INDICE

NO VOY A DISCULPARME

NO VOY A DISCULPARME
MILA MARTÍNEZ

egales
editorial

BARCELONA-MADRID

2.ª edición

© Mila Martínez, 2009

© Editorial Egales, S.L., 2009
Cervantes 2. 08002 Barcelona. Tel.: 93 412 52 61
Hortaleza 64. 28004 Madrid. Tel.: 91 522 55 99
www.editorialegales.com

ISBN: 978-84-92813-04-9
Depósito legal: M-39082-2009

© Fotografía de portada: Corbis / Cordon Press

Diseño y maquetación: Aida Peral

Diseño gráfico de cubierta: Nieves Guerra

Imprime: Top Printer Plus. Pol. Industrial Las Nieves
C./ Puerto de Guadarrama 48. 28935 Móstoles (Madrid)

Para ti, Mª José.
Tú tienes la culpa.

Mel

La terminal del aeropuerto parecía esa tarde un hormiguero enloquecido. Mel miraba otra vez su reloj, apartándose el pelo de los ojos. Apoyada en una columna, con sus vaqueros desgastados y su camiseta blanca ajustada tenía el aspecto de una adolescente rebelde. Pausadamente, iba dirigiendo su mirada de uno a otro viajero, intentando descubrir su objetivo. Álex le había pedido que recogiera a su hija Carlota en el aeropuerto.

Álex, Alejandra Real, era su editora y amiga desde hacía más de veinte años. Una mujer fuerte y luchadora con un carácter endiablado que ocultaba un corazón de oro. Cuando su marido, Víctor Román, murió de un infarto hacía doce años, Álex quedó al frente de la empresa editorial que ambos dirigían. Ella se había encargado desde el principio de editar y publicar cada novela que Mel había escrito y también se había convertido en su mosca cojonera particular. Álex era para Mel algo así como su hermana mayor, su confidente y la voz de su conciencia, aquella que le decía todo lo que Mel no quería oír. Y podía ser endemoniadamente dura y clara como el agua cuando se lo proponía.

Mel, Melania Marzal, nombre que eligió su madre, loca por *Lo que el viento se llevó*, disfrutaba de una vida plena y estructurada que, a sus cuarenta y cinco años, le hacía sentirse feliz de una manera práctica. Disponía de todo lo que la mayor parte de la humanidad deseaba: fama relativa, algo de dinero, un trabajo que le permitía cierta libertad, un coche deportivo y una estupenda casa en la playa, además de una salud envidiable, una sonrisa magnética y un cuerpo escultural que la naturaleza le había regalado y que ella mantenía en forma con escaso esfuerzo. Su melena corta rubio pajizo, cuidadosamente despeinada y sus ojos color miel con reflejos dorados, con ese brillo peculiar procedente de una energía interior perpetua, la hacían auténticamente irresistible. Y pese a todo, había decidido aparcar su vida sentimental. Se había tomado un descanso que, según Álex, estaba siendo demasiado largo. Pero compartir vida, deseos y riesgos no era lo que se dice fácil. Según Mel, lo había intentado lo suficiente y el camino le había dejado algunos surcos.

Hacía tiempo que Mel había decidido arreglárselas sola. Siempre había pensado que la vida en pareja era lo ideal para ser feliz, pero la realidad le había arrebatado la confianza en los demás. Quizás era demasiado exigente con sus parejas. La verdad es que ninguna le había durado más allá de dos años hasta que conoció a Sophie.

Siempre, en algún punto de sus relaciones, se había sentido desencantada. O bien reconocía que aquella no era la persona destinada a compartir su vida, y eso la obligaba a no continuar más allá, o sencillamente la otra persona había decidido experimentar cosas nuevas en otra parte. En el caso de Sophie había sido distinto. Todo cuadraba desde el principio. Era como si alguien la hubiera puesto en el camino expresamente para ella: atractiva, inteligente, hiperactiva y con ese acento francés, tan sexy... Todo empezó cuando le encargaron una entrevista a raíz del éxito del libro que Mel acababa de escribir en ese momento. Cuando se vieron por primera vez, la atracción fue inmediata e irremediable. El sexo fue una bomba, pero no fue sólo sexo. Los sentimientos explotaron por los aires y se dieron cuenta de que compartían mucho más que buenos momentos. Sophie acabó instalándose en casa de Mel y allí construyeron su búnker particular. Ella trabajaba como periodista para una conocida revista europea y aunque continuamente viajaba por trabajo, nunca era por mucho tiempo y siempre volvía cargada de energía y de ganas de encontrarse con ella y compartir sus experiencias. En esos seis años que estuvieron juntas Mel fue feliz por primera vez en su vida. Estaba realmente enamorada y la energía de Sophie la llenaba de inspiración. Pero llegó un momento crucial en la vida laboral de Sophie y ésta tuvo que elegir. Y eligió. Mel no se lo reprochó. Era la oportunidad de su vida: un trabajo en una de las mejores revistas del mundo. Pero tenía que vivir en Nueva York y Mel no se sintió capaz de retenerla ni de irse con ella. Lo que sí se fue con ella fue su confianza en la pareja como algo perenne e indisoluble. Se prometió no volver a hipotecar así su corazón por nadie, no se podía permitir volver a sentir su vida vacía y sin sentido como le ocurrió entonces. Dolía demasiado. Había muchas otras cosas que una persona podía disfrutar sin necesidad de machacar su corazón. Es lo que desde hacía más de un año se había propuesto: no volverse a enamorar. No le hacía falta para ser feliz. Y cuando precisamente había llegado a ese convencimiento perfecto, empezó a suceder «aquello».

Todo comenzó al final del verano, una noche como cualquier otra. Sentada a la mesa de su despacho, inmersa en su novela, sintió de repente como una mano cálida se posaba sobre el dorso de su mano derecha, apoyada en el ratón de su ordenador, mientras un extraño aroma a azahar cruzó por la habitación. De forma refleja, apartó su brazo y se separó de la mesa bruscamente, tirando el vaso de leche que tenía al lado y que fue a parar al suelo haciéndose añicos y salpicando toda la habitación. Mel permaneció petrificada, expectante. Pero no volvió a ocurrir nada.

En un principio, lo achacó al cansancio. Su mente le jugaba una mala pasada. No le hubiera dado la menor importancia si no fuera por lo que ocurrió tres noches después. Cansada tras un fallido día sin avanzar gran cosa en su novela, Mel se preparó un baño relajante. Llenó la bañera de hidromasaje y echó sales con un aroma intenso a algas marinas. Se desnudó y se metió en el agua, deslizando su cuerpo en la espuma, mientras cerraba los ojos y se dejaba arrullar por *I've got you under my skin* de Diana Krall. Su mente vagó entre brumas y se inundó del perfume de las algas. Imaginó que se sumergía en el fondo del mar y nadaba entre peces tropicales. Los corales se erguían a su alrededor, enriqueciendo el escenario exótico que su mente había elaborado. Y ese aroma a azahar que lo inundaba todo… De repente se dio cuenta. ¿Azahar en el fondo marino? Abrió los ojos y salió de su ensoñación. Todo había desaparecido de su alrededor, pero el azahar permanecía allí. ¿Cómo era posible? Mel no tenía nada en casa que desprendiera aquel olor. Y tampoco era primavera, así que los naranjos no podían haber florecido en esa época. Se sentó erguida en la bañera y mantuvo sus sentidos alerta. Fue entonces cuando percibió un roce cálido junto a su oreja izquierda. Como si alguien la hubiera besado levemente en el cuello. Inmediatamente el vello de su brazo izquierdo se erizó. Esos labios invisibles se posaron a continuación sobre sus pechos, haciendo arder sus pezones. El agua parecía hervir. Con el corazón en la boca, se lanzó fuera de la bañera y como pudo se puso las chanclas envolviéndose en el albornoz. Salió a toda prisa del cuarto de baño y atravesó su habitación en dos zancadas. Bajó la escalera como una exhalación y se sentó temblando en el sofá. Se estaba volviendo loca. Lo que más la perturbaba es que el episodio le había hecho sentir una mezcla de terror y excitación sexual. Aún notaba el calor de esas caricias en su piel.

No se atrevía a subir a su dormitorio. La sensación de que allí había alguien había sido tan fuerte que le aterraba lo que podía encontrar arriba. Sin embargo, Mel nunca se había dejado llevar por el pánico. Al cabo de unos minutos, se convenció de que su imaginación lo había elaborado todo, como en sus novelas. Estaba demasiado sola, eso era. Se anudó con fuerza el albornoz y fue subiendo la escalera despacio, aguzando el oído y con todos sus músculos tensos. Diana Krall seguía cantando. Lentamente se acercó a la puerta de la habitación y se asomó. Nada. Cruzó despacio por delante de la cama y se acercó a la puerta del cuarto de baño. Sentía en su cabeza sus propios latidos acelerados. Armándose de valor se plantó en medio del baño. Allí no había nadie. Ya no olía a nada que no fueran sus sales de baño. Vació la bañera y se miró al espejo. «Estás cansada, Mel», pensó para sí.

Apagó la música, se quitó el albornoz, se puso una camiseta de tirantes y un pantaloncito de algodón y se metió en la cama. Intentó no pensar en nada, dejar su mente en blanco y respirar pausadamente. En pocos minutos el sueño tiró de ella y se la llevó a las profundidades más oscuras.

Un rayo de luz lamió su cara y abrió un ojo despacio. Era de día. Se desperezó entre las sábanas y se sintió descansada y feliz. Había dormido plácidamente y se encontró en paz como hacía mucho tiempo que no le ocurría. Alargó un brazo y cogió el reloj que había dejado en la mesita la noche anterior. Las ocho y cuarto. Era temprano, pero tenía la sensación de haber dormido doce horas seguidas. Iba a incorporarse cuando, sobresaltada, cayó en la cuenta de una cosa. Estaba desnuda de cintura para abajo. Se había puesto los pantalones del pijama por la noche. De eso estaba segura. Levantó la sábana y buscó por todas partes. Allí no había ni rastro de los pantalones. Con los nervios de punta se levantó y se quedó mirando las sábanas. No parecía haber nada anormal. Dio la vuelta a la cama y se agachó a mirar debajo. Allí estaban en un rincón, a los pies de la cama, como si alguien los hubiera tirado despreocupadamente. Los cogió y se sentó mirándolos perpleja. No recordaba en absoluto habérselos quitado durante la noche. Fue entonces cuando se dio cuenta de otra cosa. La parte interna de sus muslos estaba brillante. Con un dedo recorrió su piel despacio y la encontró mojada y resbaladiza. Estaba empapada de flujo. No daba crédito a lo que le estaba ocurriendo.

Se dirigió a la ducha como una autómata y pasó largo rato dejando que el agua corriera por su cuerpo. No era capaz de pensar. Estaba perdiendo el control de su mente. Era como si toda su vida se circunscribiera al interior de sus libros. Ese era ya el único espacio en el que se sentía segura. Toda su realidad exterior se estaba volviendo confusa.

Decidió prepararse un buen desayuno y salir a correr como todas las mañanas. Necesitaba un poco de aire puro. Salió al paseo y contempló el mar. Ese día estaba bastante agitado. Una ráfaga de viento fresco revolvió su pelo y se quedó mirando el cielo pensativa, con un escalofrío. Iba a llover en cualquier momento. Nubarrones grises empezaban a cubrirlo todo. Comenzó a correr sin pensar, hacia el espigón, como hacía todos los días. Un relámpago cruzó por delante de su arco de visión. Pero no se detuvo. Siguió corriendo como si su vida dependiera de ello. Las primeras gotas empezaron a deslizarse por su cara. A los pocos segundos el agua había calado su ropa, mientras su flequillo empapado se le metía en los ojos empañándole la visión. Poseída por una especie de locura suicida, siguió corriendo bajo esa lluvia torrencial de los últimos días del verano, hasta llegar al final del espigón. Allí permaneció varios minutos hipnotizada por el mar bajo la tormenta. Ni siquiera sentía el viento frío que golpeaba su cuerpo, sus ropas empapadas. Sólo quería poder asimilar lo que le había ocurrido la pasada noche.

Carla

Arrellanada en el asiento del avión, Carla intentaba concentrarse en la revista que tenía delante, pero sus pensamientos volaban sin darle tregua, arrastrándola a ese pasado que había dejado atrás hacía tanto tiempo y al que ahora tenía que enfrentarse. Recordó aquel fin de semana de verano, quince años atrás, cuando se quedó por primera vez en casa de la amiga de su madre porque sus padres por fin se decidieron a celebrar su aniversario sin ella. Le costó muchísimo convencerlos de que la dejaran sola ese fin de semana. Insistió en que les hacía falta esa escapada juntos. Trabajaban demasiadas horas y se debían un merecido descanso para disfrutar de su intimidad.

La amiga de su madre hizo esa noche una cena exquisita. Y después se sentaron en el sofá con un gran bol de palomitas entre las dos, mientras Carla aparentaba concentrarse en la película. Cada vez que sus manos coincidían dentro del bol, un escalofrío recorría su cuerpo. Carla recordó con viveza ese momento en que los protagonistas de la película se besaban con pasión y ella no osaba moverse ni respirar. Si la hubiese mirado en aquel instante, seguro que hubiese leído en su cara el deseo que sentía. Sus hormonas de quince años la volvían loca. Pero ella nunca la miró. Y a la hora de irse a dormir la besaba en las mejillas y Carla sentía su sangre hervir ante el roce de sus labios.

Nunca le preocupó si lo que sentía estaba bien o mal. Fluía de ella de forma natural.

Y al día siguiente en la piscina fue muchísimo peor. Ver su cuerpo bronceado casi desnudo con ese bikini diminuto y retozar con ella despreocupadamente en el agua, disputándose el balón y chocando sus cuerpos entre risas. Carla provocaba esos encuentros fortuitos cada vez con mayor excitación. Y ella se comportaba como si no pasara nada. Era un juego inocente.

Y a la hora de comer, aquella invitada imprevista. Guapísima, altísima, seductora. Carla se moría de celos por dentro porque sabía que, una vez a solas, esa desconocida disfrutaba de todo lo que ella deseaba desde hacía tanto tiempo.

Y por la noche las imágenes que creaba en su mente la torturaban sin piedad, arrastrándola a un placer solitario que la desesperaba y la dejaba siempre frustrada.

Aquellos fines de semana se repitieron a menudo durante los siguientes tres años, con escasas variaciones. Hasta que un día un suceso terrible hizo que el suelo se alejara de sus pies.

La muerte repentina de su padre fue una sacudida que la dejó perpleja y sin capacidad de reacción. Sólo algunos años después consiguió dejar aflorar su dolor y curar la herida abierta. Y entonces se atrevió a recordarlo. Recordar a aquel hombre siempre tan ocupado y al que veía tan poco, pero que siempre la había tratado con cariño y había llenado una parte de su vida en los escasos momentos que había podido dedicarle durante su niñez y adolescencia. Su sonrisa tierna, sus ojos amables y su voz serena. Aquellas manos grandes que la cogían en el aire y los brazos fuertes que la abrazaban. Las historias que le contaba por las noches para ayudarla a dormir. Y un poco más adelante, las conversaciones en las que la trataba como a una mujer adulta, aunque no lo era tanto, y le demostraba su amor y su respeto.

De los días siguientes a su muerte sólo recordaba el ajetreo de su madre para poner los papeles en regla, sus largos silencios y su llanto cuando creía que ella no la escuchaba. Y la decisión que tomó y que cambió su vida por completo: enviarla a estudiar a París.

Carla dominaba el francés perfectamente. También había estudiado inglés e italiano. Su padre siempre había defendido que conocer idiomas le abriría todas las puertas del futuro. Y como en tantas otras cosas, había tenido razón.

El hecho de irse de España supuso para ella, en aquellos momentos, algo mucho más terrible que la muerte de su padre. Dejar de ver a la amiga de su madre fue lo que realmente dejó su vida sin sentido.

Durante mucho tiempo vivió con el dolor de su ausencia, con su recuerdo palpitante y con todos esos sueños húmedos que había forjado en su imaginación, de tal forma que no fue capaz de relacionarse con nadie hasta pasados muchos años. Y aun entonces, en su fuero interno sabía que nunca volvería a sentir por ninguna persona nada semejante.

Volcó toda su rabia y su frustración en sus estudios. Se concentró en su carrera y pronto fue admirada por los que la rodeaban. Se convirtió en la número uno de su promoción y desde ese momento dedicó toda su energía a obtener el puesto de trabajo que acabó desempeñando. Le costó grandes esfuerzos y sacrificar los mejores años de su juventud, estudiando, trabajando y luchando en idiomas que no eran el suyo, pero su tesón y su casi inexistente vida privada hizo que fuera subiendo escalones en la empresa, hasta conseguir dirigir la sucursal de París.

Además se había convertido en una mujer endemoniadamente guapa. Su aire distante e inalcanzable aumentaba su atractivo. La rodeaban escasos amigos, todos ligados a su empresa, y había tenido varios amantes que ella siempre había convertido en esporádicos y que cubrían sus necesidades físicas sin compromiso. A través de una de las fiestas de empresa conoció a Jean-Marc. Flamante abogado y conquistador de oficio, se impuso el objetivo de conseguir a toda costa a aquella diosa distante y aparentemente fría. Y ella, dejándose envolver por aquel hombre seductor y seguro de sí mismo, que le hacía sentir cómoda y en principio le ofrecía una relación sin ataduras, le dejó creer que la había conseguido. Hasta que poco a poco él cayó esclavo de su propio juego de recompensa y se ató con el mismo lazo que había utilizado para cazarla.

Todas estas imágenes se agolpaban en su cabeza cuando anunciaron que el avión iba a aterrizar. Sin embargo, en estos momentos en los que Carla creía tener cogidas las riendas de su vida, sólo venía a su mente una cosa: iba a verla otra vez, después de doce años. Pero claro, ahora ya no era esa niña tímida y solitaria de dieciocho años. Aunque aún quedara mucho de ella en su interior.

Encuentros

El avión de París había llegado con media hora de retraso. Mel no estaba segura de que Carlota hubiera pasado por su lado sin darse cuenta. Al fin y al cabo, hacía doce años que no la veía.

Le parecía increíble que aquella chiquilla fuera ahora directora de la sucursal en París de una importante empresa multinacional dedicada al campo de la moda.

La recordaba como una niña inteligente, encantadora y algo tímida, a la que había querido como a una hermana pequeña necesitada de protección. Desde que se fue, Mel había perdido todo contacto con ella. Todo lo que sabía de ella era por su madre.

Álex hacía anualmente un par de viajes a París para reunirse con ella y Carla había realizado algún que otro «viaje relámpago» a España, pero hablaban casi diariamente por teléfono y también se comunicaban frecuentemente a través del correo electrónico. Posiblemente el hecho de que Álex la hubiera tenido tan joven, con tan sólo veintiún años, facilitaba que tuvieran una relación envidiable, más que como madre e hija, como auténticas amigas. Relación que, a pesar de la distancia, permitía a la intuitiva Álex leer dentro de su hija como en un libro abierto.

El vuelo de París había sido anunciado hacía quince minutos. Volvió la vista hacia la puerta de salida de equipajes al detectar cierto movimiento, y escrutó con expectación a los viajeros que iban, poco a poco, apareciendo. Una pareja de novios con caras embobadas impregnadas de luna de miel, el típico hombre de negocios gris con su maletín, un grupo de estudiantes ruidosos, una mujer impresionante de piernas interminables y larga melena castaña con gafas de sol, posiblemente una modelo que pretendía pasar de incógnito...

—Hola, Mel.

La mujer que se acababa de plantar ante ella, era de las que obliga al mundo entero a girarse a su paso.

—¿Carlota? —Mel se quedó con la boca abierta—. Has cambiado mucho. No te había reconocido.

Carlota se quitó las gafas de sol, descubriendo unos ojos castaños, casi negros, que revelaban todo un carácter, y sonrió abiertamente.

—Ahora todos me llaman Carla. En cambio tú no has cambiado nada. ¿No me vas a dar un beso?

—Claro, ven aquí.

Se abrazaron y Carla no pudo evitar sentir un escalofrío que, afortunadamente, Mel no percibió.

—Me alegro de verte. Tu madre me ha dicho que la esperemos en su casa. Ya sabes, como siempre, ocupadísima. He comprado algo para hacer la cena. Espero que me ayudes. ¿Sabes cocinar? —dijo Mel arrancándole la maleta y mirándola de reojo con una sonrisa irónica.

—Te sorprenderías de la cantidad de cosas que sé hacer —contestó Carla con la misma sonrisa. Había decidido, ¿por qué no?, utilizar sus armas.

De camino a casa de Álex, Carla la estuvo poniendo al día acerca de su trabajo en París y el estresante mundo de la moda. No podía reconocer en aquella mujer decidida, curtida, segura de sí misma, a la Carlota que había conocido hacía años. Ahora exhibía claramente la fuerza heredada de su madre.

Metieron el coche en el garaje y sacaron la maleta y las bolsas con las cosas que Mel había comprado para la cena.

La madre de Carla vivía en un ático en pleno centro de la ciudad. Mel abrió con su propia llave.

—Veo que sigues siendo la única persona, aparte de mí, claro, en quien mi madre confía plenamente.

Mel sonrió sin hacer ningún comentario.

—Ya sabes dónde está tu habitación. Tu madre la conserva tal y como la dejaste. Yo voy a la cocina. Ponte cómoda.

El ático de Álex reflejaba su carácter. De decoración sobria pero exquisita, predominaba un estilo austero y un tanto masculino, aunque el ambiente era acogedor.

En el amplio salón se divisaba una gran terraza desde la que se contemplaba toda la ciudad. La habitación de Carla estaba en el piso de arriba del dúplex.

Mientras sacaba la compra de las bolsas, pensaba en lo extraño que se le hacía estar a solas con Carla. Ahora apenas la conocía. Había pasado mucho tiempo y se había perdido su proceso de madurez.

Carla dejó la maleta encima de su antigua cama. Realmente no había cambiado nada. Todo estaba tal como ella lo había dejado cuando se fue. Se cambió de ropa y permaneció unos segundos sentada en la cama y pensando en todo lo que estaba viviendo. ¡Qué extraño era estar allí a solas con ella!, se dijo a sí misma. No podía evitar sentir ese cosquilleo en su interior. En París, mientras se preparaba para la vuelta, pensaba que podría dominar la situación. Ahora no estaba tan segura. La única salida sería utilizar sus armas y golpear ella antes.

Apareció por la puerta con una camiseta y unas mallas ajustadas, recobrando en cierta manera ese aspecto de niña que Mel recordaba, pero con un cuerpo sensual que no podía pasar desapercibido.

—¿En qué te ayudo?

—Abre el vino. Yo mientras prepararé la salsa para la carne.

—¡Un Rioja del 2001! El vino francés es muy bueno, pero éste me encanta. Allí se paga a precio de oro.

—Pues me alegro de haber acertado. Cortamos estas verduras y las hacemos a la plancha como guarnición. ¿Qué te parece?

—Muy bien —Carla cogió un cuchillo y comenzó a cortar las verduras—. Pero no me has contado nada de ti, de todos estos años. Aunque sé que te va estupendamente. Lo sé por mi madre y porque además he leído todos tus libros.

—¿Todos? No pensé que fueras una de mis fans… —dijo Mel un tanto incómoda. No sabía por qué, pero le costaba sostener la mirada de Carla.

—Mi madre me mandaba un ejemplar en cuanto salían del horno.

—La verdad, me hace sentir incómoda hablar de mis novelas.

—Pues no debería —Carla dejó el cuchillo y la miró directamente—. Son muy buenas y lo sabes. Tienen un poco de todo lo que el público reclama: intriga, enredos, sexo...

—Me vas a hacer sonrojar. Anda, llena las copas. Álex no debe tardar.

Carla sirvió el vino.

—¡Por el regreso! —brindó Mel, forzándose a mirarla a los ojos.

—¡Por el regreso! —Carla dio un trago de su copa sin dejar de mirar a Mel—. Mmmm. Está buenísimo... —dijo en tono juguetón.

Mel desvió la mirada y decidió ignorar la provocación.

—Por cierto, tú tampoco me has contado nada de tu vida fuera de tu trabajo. Imagino que habrá alguien en París esperándote... —dijo Mel mientras trajinaba nerviosa por la cocina.

—Más o menos.

Carla fijó la vista en un rincón de la cocina y dio otro sorbo a su copa.

—Se llama Jean-Marc —añadió al cabo de unos segundos.

—Espero que te trate bien —dijo Mel bromeando, intentado relajar la tensión.

Se oyó el ruido de la llave en la puerta.

—¡Álex! —exclamó Mel con cierto alivio.

Toda la persona de Álex destilaba carácter. Con sus 52 años bien llevados, su melena corta morena y los ojos castaños que su hija sin duda había heredado, era la personificación de la energía. Su cara revelaba cierta dureza, con aspecto de perpetua concentración, fruto sin duda de haberse quedado viuda muy joven y haber tenido, ella sola, que sacar la empresa adelante. Además a Álex le encantaba cultivar su imagen de mujer dura y de mal genio. Era su defensa ante los demás.

—¡Por fin me han dejado salir! Siento el retraso. Ven aquí.

Abrazó con fuerza a su hija.

—Déjame que te vea. Estás guapísima. Veo que ese Jean-Marc te cuida bien.

—De eso estábamos hablando —dijo Mel más relajada.

—Bueno, vamos a poner la mesa que ya es tarde —replicó Carla intentando desviar la conversación.

—Vale, vale. Voy a subir a cambiarme y bajo enseguida —dijo Álex desapareciendo de la cocina.

Carla se concentró en poner la mesa mientras Mel terminaba de hacer la cena y servía los platos. Cuando volvió a la cocina, los platos ya estaban preparados de tal forma que se comían con la vista.

—Esto tiene una pinta fantástica. Estoy hambrienta —dijo Carla mirando otra vez a Mel con intención.

Mel desapareció rápidamente de la cocina con los platos en la mano. Carla la siguió hasta la mesa. A los pocos segundos, Álex bajó de su habitación y se sentaron a cenar.

—¡Por el reencuentro! —dijo Álex levantando su copa.

Las tres brindaron y bebieron de sus copas, dando inicio a la cena.

—¡Esto está de muerte! —dijo Carla tras probar su plato.

—Mel es una gran cocinera. De vez en cuando la saco de su libro y la obligo a que venga a cocinar para mí. Por cierto, ya pensé que no volverías nunca a España, hija. Siempre me toca a mí ir a verte a París.

—He tenido muchos problemas en el trabajo. Hemos

sido absorbidos por otra empresa y ha habido reestructuraciones. Se lo conté a Mel de camino. Es un trabajo que no me deja mucho tiempo libre. Y además siempre estoy de aquí para allá por media Europa.

—Estás aquí y ya te echo de menos. ¿Cuándo te vuelves a ir? —pregunto Álex con tristeza.

—No lo sé. Pretendo estar aquí dos semanas —miró a Mel directamente—. Depende de lo pronto que me reclamen.

—Bueno, disfrutaremos de ti al máximo. Prepárate, que aquí tampoco te vamos a dejar en paz, ¿verdad, Mel? —dijo Álex.

—¡Haremos lo que podamos! —contestó Mel sin atreverse a mirar a Carla.

Cuando acabaron de cenar, Álex sacó una botella de cava y tras brindar de nuevo, Mel se despidió.

—¡Tengo que volver a mi inspiración! Además supongo que vosotras tendréis mucho que contaros. Mañana os llamo y quedamos.

Mel besó a Álex. Cuando se acercó a besar a Carla, cayó en la cuenta por primera vez de su perfume sensual que le atravesó el cerebro como un latigazo. ¿Qué llevaba? Era un aroma familiar que no podía reconocer...

—Me ha encantado volver a verte después de tanto tiempo —dijo Mel mirando a Carla lo más serenamente que pudo.

—Supongo que no te podemos convencer para que te quedes un poco más —contestó Carla, en tono neutral.

La acompañaron hasta la puerta.

—Hasta mañana, entonces —dijo Álex.

—Hasta mañana.

Álex cogió la botella de cava, llenó de nuevo su copa y la de Carla y las depositó en la mesa baja junto al sofá.

—Bueno, siéntate aquí conmigo y cuéntame.

—¿Qué quieres que te cuente?

—Sé perfectamente que ésta no es una visita cualquiera. ¿Qué pasa?

—Por mucho que me entrene para ser hermética tú siempre sabes leer en mi interior. Das miedo, mamá. Eres bruja.

—No. Sólo soy tu madre y te conozco.

Carla dio un gran sorbo a su copa y la dejó con cuidado en la mesa.

—Jean-Marc me ha pedido que me case con él.

—¿Estás enamorada?

Carla tardó unos segundos en contestar:

—Es perfecto. Alto, guapo, triunfador... y me quiere. No creo que llegue a conocer a otro hombre como él.

—Yo no te he preguntado eso.

Volvió a beber en silencio de su copa. Se apartó la melena de la cara con una mano. Su expresión era sombría.

—Lo sé. De todas formas, estar enamorada no es la premisa principal para que un matrimonio funcione.

—No, pero es la base para empezar a intentarlo. Sin eso no conseguirás ser feliz, hija. No te engañes.

—Mira, Jean-Marc y yo nos compenetramos bastante, nos divertimos juntos y nos damos el espacio que necesitamos. Creo que podría funcionar.

—Sabes hija, a veces creo que no te conozco. Esa objetividad con la que hablas de tu relación me da escalofríos.

—Mamá, le tengo cariño. No es un mal tío. Un poco prepotente y orgulloso, eso sí, pero está muy enamorado de mí.

—Entonces acabarás haciéndole daño. En serio, Carla, piénsalo bien.

—No puedo pasar toda mi vida intentando encontrar el amor perfecto. El tiempo pasa muy deprisa. Te aseguro que he intentado enamorarme, pero no es cuestión de voluntad. No es tan fácil.

—No es fácil cuando ya lo estás.

—¿Qué quieres decir?

—Sabes perfectamente lo que quiero decir. Todavía tienes a alguien en la cabeza.

—Déjame en paz. Estoy muy bien como estoy.

—¿Por qué eres tan dura contigo misma? —Álex cogió la mano de su hija.

—¿Qué quieres de mí? —Carla tenía un nudo en la garganta y hacía verdaderos esfuerzos para no llorar.

—Que no te engañes por más tiempo. Lo que yo quiero es que seas feliz. ¿Crees que para mí era fácil ver cómo la mirabas cuando eras casi una niña, verte sufrir así?

—¡No sigas, por favor! —Carla tenía los ojos inundados de lágrimas.

—Carla, lo sé desde que eras una cría. Pero pensé que eran cosas de la adolescencia, que se te pasaría con la madurez y la distancia.

Carla apuró lo que quedaba de su copa y se decidió a hablar. Respiró hondo y empezó despacio.

—Te juro que he intentado quitármela de la cabeza por todos los medios posibles, pero cuando la he visto…

Álex abrazó a su hija mientras las lágrimas comenzaban a rodar por sus mejillas.

—Es imposible. Ni siquiera… —Carla volvió a tomar aire—. Aunque no lo creas, nunca he estado con una mujer. No me han atraído nunca las mujeres, pero ella… es diferente. De todas formas, Mel ni se lo plantea, me ha visto siempre como a una hermana pequeña o algo así. Y además, ella nunca osaría hacerte eso. Lo sé. Te quiere y te respeta demasiado para intentar algo conmigo —dijo con amargura.

Carla volvió a llenar su copa y se tomó su tiempo para continuar.

—Si supieras cómo me sentía cada vez que la veía con una amante nueva. Todas eran tan puñeteramente atractivas, interesantes, perfectas... ¡Y yo era invisible para ella! Me moría por una caricia, una mirada... ¡He intentado odiarla, joder!

—Carla, no sé qué decirte —Álex le acarició el pelo suavemente—. Además, sabes que te lleva quince años.

—¡Y aparenta diez menos, la muy...! Tenía la esperanza de encontrarla envejecida, cambiada, pero cuando la vi en el aeropuerto, casi me muero.

—Hija, no podrás ser feliz nunca si no lo superas. Debes intentarlo. Haz lo que quieras, pero acaba con esto.

—No sé qué hacer. Me pongo enferma de tanto darle vueltas. Además, está Jean-Marc. No sabría qué decirle.

—No adelantes acontecimientos. Igual, después de todo, lo pruebas y no te gusta...

—¿Tú crees? —Carla sonrió amargamente—. ¿Sabes? Hubo un momento en que pensé que habíais sido amantes.

—¿Mel y yo? —Álex reía escandalizada— ¡Ni pensarlo! Pero reconozco que si me hubiera atraído en algún momento una mujer sería ella. Por eso te entiendo perfectamente, aunque no sea lo que deseo para ti.

Carla abrazó a su madre y puso su cabeza en su pecho, como cuando era una niña.

—Lo sé. Yo también estoy hecha un lío.

—Lo que debes hacer ahora es descansar. Además ya hemos bebido bastante. Mañana quizás veas las cosas más claras. Anda, vamos a dormir.

32

—Y ni siquiera te he preguntado por Marcello. Tienes que contarme muchas cosas.

—Claro, cariño, pero eso será mañana. Te lo prometo.

—No sabes la falta que me hacía hablar contigo —Carla besó a su madre—. Te quiero, mamá.

—Y yo a ti. Anda, acuéstate. ¡Y no pienses!

La semilla

Mel conducía despacio hasta su casa. Había bajado la capota de su deportivo negro y dejó que la brisa cálida de verano le acariciara la cara. El encuentro de esa tarde la había dejado un poco turbada. La pequeña Carlota se había convertido en una mujer impresionante.

«¡Y cómo sabe utilizar la mirada! Le gusta jugar con fuego… ¿Pero en qué estás pensando? Es Carla, la hija de tu mejor amiga, y muchísimo más joven que tú. Anda Mel, no pienses tonterías y quítate eso ahora mismo de la cabeza», se dijo a sí misma con esa racionalidad férrea que siempre intentaba aplicar en su vida.

Aparcó el coche y entró en casa. Desde el salón observó la piscina que devolvía el reflejo de la luna y parecía llamarla. Necesitaba refrescarse y relajarse un poco. Dejó su ropa sobre la hamaca y se lanzó desnuda al agua, tibia como la noche. Era una sensación casi erótica. Nadó despacio, dejando que la luna lamiera su cuerpo y al cabo de un rato se quedó tumbada sobre la piedra, mirando el cielo. Era una noche de verano especialmente preciosa, con ese cielo raso azul profundo, tan mediterráneo, cuajado de estrellas. Sus pensamientos volaron hacia Carla, sus ojos, su pelo, esa sonrisa malévola...

—Mel, estás como una cabra —dijo en voz alta, levantándose y dirigiéndose a la casa, envuelta en la toalla.

Se colocó unos diminutos pantalones cortos y una camiseta. Preparó un vaso de leche fresca y escuchó los mensajes de su contestador. María y Eva habían llamado. La esperaban el viernes en el Beso de Luna. Era su lugar de encuentro habitual, una antigua villa con amplios jardines en la misma arena de la playa, con una selección de música extraída de lo mejor de todos los tiempos y ese ambiente relajado de gente sin prisa ni prejuicios que te llevaba a conversar hasta el amanecer. María y Eva formaban parte del grupo de amigos de Mel. Hacían una pareja verdaderamente perfecta y a la vez curiosa. Se habían conocido hacía veinte años en una manifestación y habían permanecido prácticamente pegadas desde entonces. María, dulce y conciliadora, mantenía ese *look* de artista *hippie* de los años sesenta, con su melena castaña, larga y rizada y sus ademanes tranquilos. Sus ojos, de un azul intenso, reflejaban la nobleza de su corazón. Había estudiado Bellas Artes y se había convertido en una pintora excepcional. Además, era una vegetariana convencida. Eva, al contrario, devoraba la carne con fervor. Era contestataria y rebelde y su lengua afilada y salvaje que utilizaba con absoluta maestría era su arma fundamental para una abogada matrimonialista como

36

ella, entregada a la defensa de las mujeres. Su aspecto, con ese pelo negro corto a lo *garçon*, un tanto revuelto, le daba ese punto de agresividad rebelde que amilanaba y seducía a la vez a sus rivales. Sus enormes ojos castaños eran capaces de lanzar miradas afiladas. Mel conocía a Eva desde la universidad y cuando le presentó a María estuvo segura de que sería la única capaz de sujetar sus riendas, bastante enloquecidas, por cierto, en aquellos tiempos. Eva volvía locas a las mujeres, y no era difícil por aquel entonces verla salir con dos o tres a la vez. Pero en cuanto apareció María en su vida, no hubo ojos para nadie más. Mel sabía con certeza que Eva nunca la había engañado en todos estos años y sería casi imposible que lo hiciera en un futuro. Estaba loca por ella. Y María, a su vez, besaba por donde pisaba Eva. Hasta que la conoció, se declaraba heterosexual, pero se coló por ella de tal forma que nunca más se planteó estar con otra persona, hombre o mujer.

Mel se dirigió a su estudio y se obligó a sentarse delante del ordenador, dando un gran sorbo a su vaso de leche. Era su ritual diario que le devolvía a la realidad y a la concentración necesaria para su novela. Tenía que avanzar y dejarse de distracciones. Ahora mismo lo último que necesitaba era obsesionarse con una mujer que le iba a traer problemas. Y gordos.

Tras escribir algunas páginas, decidió irse a dormir. Había sido un día un poco extraño. Subió a su habitación y se quedó contemplando la cama enorme frente a la puerta acristalada que daba a la terraza. Hacía bastante tiempo que no la compartía con nadie. Como hacía a menudo, salió a mirar las estrellas y el mar desde allí. Eso era algo que siempre le daba paz y la ayudaba a relajarse. Sin embargo, no conseguía qui-

tarse de la cabeza las imágenes de ese día y su autocontrol no estaba funcionando como solía. El sueño esa
noche tardaría en llegar. De manera inesperada, una
brisa extraña erizó su nuca. Sintió los pies clavados en
el suelo de la terraza, mientras su cerebro daba órdenes
apremiantes a su cuerpo para salir de allí. Olía a peligro y, de forma repentina, a azahar. Otra vez aquello.
Quería huir de allí, pero una fuerza aterradora la pa-
ralizaba contra el borde de la terraza. Se dobló en dos
y cayó de rodillas. Un aliento suave jadeó detrás de su
oreja. Sentía los miembros paralizados de terror y al
mismo tiempo algo incompresible empezó a sucederle.
Su entrepierna comenzó a humedecerse. Se abrazó con
todas sus fuerzas a la barandilla mientras una presencia
se pegaba a su espalda y deslizaba sus pantalones hasta
las rodillas. Una boca invisible mordía su cuello con
pasión. Mel luchaba con todas sus fuerzas contra ese
torbellino que la enloquecía y la aterraba al mismo
tiempo. En ese momento algo estaba poseyéndola de
forma irracional. Su sexo se deshacía, a su pesar, en
oleadas de placer. Cuando todo acabó, desmadejada
en el suelo de la terraza y empapada en sudor, fue
consciente de las marcas en las palmas de las manos
que ella misma se había producido al aferrarse de
forma enloquecida a la barandilla de la terraza. Su pantalón permanecía bajado hasta sus rodillas. Con dificultad, se lo subió y se puso en pie. Fue tambaleándose
hasta el cuarto de baño y se lavó las manos y la cara
con agua fría, aplicándose a continuación una pomada
en las señales enrojecidas. Ante el espejo descubrió con
horror una marca morada en su cuello. Inmediatamente cogió del armario un frasco, se tomó dos pasti-
llas y se acostó, tapándose con la sábana hasta la altura
de los ojos, a pesar del calor sofocante de esa noche.

Estaba muerta de miedo. Y lo peor es que nunca podría contarle a nadie lo que acababa de sucederle. Ni que «aquello» se estaba repitiendo regularmente desde hacía casi un año.

Álex

Álex se metió en la cama y repasó mentalmente todo lo ocurrido esa noche. Por fin se habían puesto las cartas boca arriba. Hacía tiempo que estaba preocupada por su hija. Pocas cosas podía ocultarle. Para ella era como un libro abierto. Carla, desde pequeña, había intentado rodearse de ese halo altivo y distante siempre que necesitaba defenderse de sus propios sentimientos. Precisamente esa distancia era una de las cosas que más volvía locos a los hombres. Álex siempre había conseguido leer detrás de su máscara. Y esta vez no permitiría que diera un paso del que se podría arrepentir toda su vida. Pero sus sentimientos eran contradictorios. Una parte de ella se negaba a pensar en su hija con Mel. Además, no sabía qué pensaría Mel de todo esto. Sospechaba que a ella ni se le ocurriría ver a su hija como una posibilidad. La conocía muy bien y su sentido de la lealtad, junto a su miedo a volver a equivocarse, no le permitiría traspasar esa frontera. Además, estaba el tema de la edad. Quince años suponían un obstáculo que en un primer momento podía sortearse con facilidad, pero a la larga se convertiría en un verdadero abismo. Y estaban los convencionalismos sociales. ¿Podría su hija superarlos y vivir conforme a sus sentimientos? Para Álex, la opción sexual de cada cual era totalmente respetable. Siempre lo había concebido así y, de hecho, se rodeaba de amigos de toda condición de los que estaba totalmente orgullosa. Pero para su hija sería la primera experiencia que podría marcar su vida. No por el hecho de ser una mujer, sino porque sabía que era la única persona en su vida de la que se había enamorado. Estaba realmente preocupada por ella. Y también por Mel. Álex reconocía que su lucha interna con respecto a esta historia la superaba. Tanto tiempo dándole la paliza a Mel para que volviera a enamorarse y ahora la oportunidad se la brindaba su propia hija. Bien, ya se preocuparía mañana. Dejaría que los acontecimientos se sucedieran a su propio ritmo.

Sin embargo, no pudo evitar que el sueño se alejara esa noche y su mente viajara hasta un pasado remoto, cuando conoció al padre de Carla, Víctor, en la facultad de Filología en la que ambos estudiaban. Su aspecto pulcro, tímido y afable, unido a sus ojos inteligentes y sus ademanes tranquilos cautivaron a una joven Álex, todo nervio y carácter. Y sobre todo, le atrajo su sutil sentido del humor. Se convirtieron en compañeros inseparables y pronto Álex presintió que ese hombre le daría equilibrio y algo más. Víctor, irremediablemente, no tuvo la menor oportunidad de dar el primer paso. Álex era un torbellino que arrastraba con su energía y decisión a todo lo que se acercara a menos de dos metros de ella. Aunque Víctor intentó en varias ocasiones revelarle sus sentimientos, siempre acababa paralizado de terror ante esa Álex arrolladora que le volvía loco. Hasta aquel día que, preparando un trabajo los dos solos, en el piso que Víctor compartía con otros dos estudiantes, Álex, en medio del análisis de un párrafo, se volvió hacia él y se apoderó de sus labios sin mediar palabra. Recordó, dejando escapar una sonrisa, lo que sucedió a continuación. La cara que puso él, la forma tan natural con la que ella cogió su mano y lo condujo hasta su cama. Como se desnudaron con prisas y forcejeos y acabaron haciendo el amor de forma torpe y atropellada. Por supuesto, Álex no se enteró de nada esa primera vez, ni muchas otras posteriores, hasta que tomó la decisión de enseñarle cómo conducir su cuerpo.

Recordaba esos días como los más felices de su vida. La complicidad que los unía era algo excepcional. Estudiaban juntos, sufrían juntos los exámenes, se divertían juntos. A menudo, Álex se escapaba de casa de sus padres con la excusa de estudiar con alguna amiga y pasaba la noche con él. Todo era perfecto y loco. Hasta que la realidad les golpeó en la cara. Carlota venía de camino. Eran muy jóvenes y aún les quedaban tres años de facultad. Pero Álex lo tuvo claro desde el principio. Ella quería ese hijo. Víctor, con lágrimas en los ojos, le pidió que se casara con él en cuanto se enteró. Ya se arreglarían los tres. Víctor alternaba sus estudios con el trabajo en una editorial. No fue fácil al principio vivir con poco dinero y mucho esfuerzo. Siguió estudiando con ese embarazo tan evidente y tan pesado durante los últimos meses y, finalmente, acabó la carrera con una niña pequeña en sus brazos casi permanentemente. Pero juntaron sus energías y las de la pequeña

Carlota. Los tres juntos podrían con todo. La primera vez que Álex vio a su hija, ese sapito arrugado que fue parte de su cuerpo, algo cambió en su interior. Ya nada en su vida sería igual. Un hilo de conexión las uniría para siempre.

El tiempo fue pasando y ella dedicó los primeros años a cuidar de su hija mientras Víctor trabajaba. Cuando Carlota fue un poco más mayor, Álex también se puso a trabajar en otra editorial. Al haber empezado desde abajo y haber conocido todos los aspectos de ese mundo, se decidieron, al cabo de un tiempo, a dar el paso de montar su propia empresa. Fueron unos años muy duros, en los que tuvieron que emplear grandes esfuerzos y sacrificar muchas horas de su vida privada. Sobre todo Víctor, que se quedaba hasta muy tarde en la editorial intentando solucionar problemas y llevar la empresa para adelante dentro de un sector muy competitivo. Y cuando todo empezaba a funcionar, cuando ya disponían de algún tiempo para ellos y para Carlota y comenzaban a disfrutar los resultados de su lucha, el corazón de Víctor decidió que el esfuerzo había sido demasiado grande. Álex no podía apartar de su mente aquellas imágenes. Cuando Carlota y ella lo esperaban para cenar y él no llegó. Ni contestó al teléfono. Con el corazón en un puño Álex cogió el coche y fue a buscarlo a la editorial. Nunca se borraría de su mente la imagen de Víctor tendido en el suelo boca abajo. Todo su mundo se derrumbó en esos momentos. El amor de su vida, su compañero, la había abandonado para siempre. El primer sentimiento fue de furia contra él. Tardó mucho tiempo en perdonarle que la hubiera dejado sola. Y ese sentimiento le sirvió para soportar el dolor de su ausencia. En aquellos momentos buscó, de forma masoquista, sufrir su soledad plenamente y decidió no hacer partícipe de su dolor a su hija, alejándola de aquel escenario. Debía evitar que presenciara su derrumbamiento. Además, sabía que la distancia y las nuevas experiencias la ayudarían a superar más rápidamente la muerte de su padre. No quería que se quedara allí. Ella no estaba en disposición de ayudarla. Bastante tenía en esos momentos con sobrevivir.

Calor

Al día siguiente, Álex llamó a Mel para decirle que tenía que trabajar todo el día, de forma que ésta se sintió en la obligación de invitar a Carla a su casa. Podría pasar el día en la piscina y coger un poco de bronceado, lo que en París era bastante difícil como no recurriera a los rayos UVA. Además, ese acercamiento le permitiría conocerla mejor y quizás podría librarse de esa atracción absurda que la perseguía desde el día anterior.

Fue a recogerla a casa de su madre hacia las once de la mañana y desde el coche vio como salía del portal con unos pantaloncitos vaqueros casi inexistentes y una camiseta blanca que dejaba su ombligo al aire. Con su melena al viento y su bolso al hombro se fue acercando despacio, como una pantera al acecho, al coche de Mel y se instaló en el asiento del copiloto. Mel no podía dejar de pensar en lo difícil que se le hacía ahora sentir a esa Carla como una hermana pequeña.

Fueron con la capota bajada hasta casa de Mel, por la carretera paralela al paseo marítimo, acariciadas por el sol y el viento y con el sonido del mar cercano acompañándolas, mientras Patsy Cline cantaba *Crazy, I'm crazy for feeling so lonely.*

—¿Te apetece darte un baño en cuanto lleguemos? —sugirió Mel.

—Muchísimo. Hace calor. Y me apetece coger un poco de bronce. ¿Te bañarás conmigo, como antes? —dijo Carla, sonriendo.

Mel no sabía cómo interpretar su sonrisa. Se concentró en el tráfico.

—Claro —respondió en tono neutro.

Entraron en casa de Mel y ella comenzó a subir la escalera hacia su habitación.

—Voy a coger unas toallas y un protector solar. Imagino que tú no habrás traído.

—No se me ha ocurrido, la verdad —rió Carla.

—Bueno, pues te recomiendo que te untes bien de arriba abajo si no quieres freírte como una croqueta —dijo Mel, sin volverse a mirarla.

Bajó de su habitación cargada con las toallas y dos albornoces y le pasó el protector solar. Lo dejó todo encima de las hamacas del jardín y se dirigió hasta el frigorífico.

—He preparado zumo de zanahoria antes de ir a recogerte. ¿Te apetece algo de comer?

—No, el zumo es perfecto. Estás en todo —dijo mirándola fijamente.

—Es buenísimo para la piel, sobre todo en verano. Y quita mucho la sed. ¿Llevas el bañador debajo? —preguntó Mel sin mirarla, mientras salía al jardín con la jarra de zumo en la mano y dos vasos. Cuando Carla la miraba así le cortaba la respiración.

Mel había elegido para relajar el ambiente una recopilación de música de Café del Mar.

Extendieron las toallas sobre las hamacas y se quitaron la ropa. Mel intentó no mirar directamente a Carla mientras se quedaba con tan solo un bikini diminuto. Tenía un cuerpo escultural. Aunque claro, el bikini de Mel no era mucho más grande. Aún podía presumir de un cuerpo atlético que lucía con un bronceado perfecto. Cuando se atrevió a mirar discretamente a Carla, se dio cuenta de que ésta la observaba sin ningún disimulo.

—Ya me contarás tu secreto —dijo Carla mirándola con descaro.

—Anda, vamos al agua —replicó Mel.

Se lanzó de cabeza. Sólo pensaba en huir lo más lejos posible de ella y, sobre todo, de lo que le hacía sentir. Nadó hacia la parte más honda de la piscina y se sumergió. Sintió de repente un cuerpo cercano que le rozaba durante su inmersión. Y allí se encontraron las dos: cara a cara en el fondo de la piscina. Se estableció un reto de resistencia. A medio metro una de la otra, aguantando en el fondo y mirándose a los ojos.

Mel no pudo soportar tanta presión y salió a la superficie. Nadó sin prisa hasta la parte menos profunda y aupándose ágilmente con los brazos salió de la piscina y se tumbó boca abajo en una hamaca. Desde allí vio emerger a esa diosa del agua. El cuerpo brillante, la melena mojada echada hacia atrás, resaltando todavía más los rasgos perfectos de su cara. Carla se acostó a su lado boca abajo y la miró en silencio. Mel se fijó unos segundos en los reflejos verdosos que el sol dibujaba en los ojos castaños de Carla. La música de Café del Mar seguía sonando suavemente. Queriendo salvarse de sus propios sentimientos, cerró los ojos e intentó concentrarse en el calor que el sol transmitía a su cuerpo. Carla, en cambio, no podía apartar los ojos de Mel. Los destellos dorados de su iris la habían atrapado. Aprovechando que ya no la miraba, recorrió su cuerpo e intentó aprenderse de memoria cada pliegue de su piel, adivinando su tacto, su temperatura, su sabor. La hipnotizaban los colores que el sol arrancaba de su pelo, que empezaba a secarse y lanzaba reflejos rubios, en algunas mechas casi blancos. Recorrió la forma de sus cejas, su nariz recta y se detuvo en sus labios sensuales. Una gota de agua brillaba en la comisura de su boca y entonces se dio cuenta de que el sol quemaba de verdad esa mañana. Tenía sed. Extendió su mano y bebió un sorbo de su zumo. Luego cogió el protector solar.

—¿Me pones crema? —preguntó Carla en un susurro.

Mel abrió los ojos y miró a Carla un segundo. Esta le ofrecía el bote. Se incorporó cogiendo el protector solar y sin pensarlo dos veces se sentó a horcajadas encima de la hamaca de Carla, procurando mantener el menor contacto posible entre su piel y la de ella, aunque resultaba bastante difícil: estaba sentada prácticamente encima de su culo.

Desabrochó suavemente la parte de arriba del bikini, derramando sobre la espalda desnuda una pequeña cantidad de protector solar. En el momento en que la crema tocó la piel caliente, Carla dio un respingo. Pero la sensación de frío duró poco. Al instante comenzó a sentir las manos de Mel recorriendo con suavidad su espalda, extendiendo la crema con masajes circulares que la hacían soltar gemidos involuntarios de placer. Sentir el peso de su cuerpo encima de ella, su sexo pegado a sus nalgas y sus fuertes muslos que la inmovilizaban contra la hamaca, la estaba volviendo loca.

Cuando parecía estar a punto de disolverse sobre la toalla, Mel se levantó de un salto.

—Si no te importa, mientras tomas el sol voy a escribir un poco. Luego vendré a darme otro baño antes de comer.

Mel desapareció de su lado sin darle tiempo a reaccionar. En su estudio, envuelta en el albornoz y con el zumo en una mano, se sentó frente al ordenador intentando calmar los latidos de su corazón. ¿Cómo podía estar entrando en este juego tan peligroso? «¡Dios mío, Mel, es la hija de Álex!», se gritó a sí misma.

Hacía mucho tiempo que creía haber controlado su deseo. Pero ahora le explotaba por todos los poros.

Carla intentó relajarse aprovechando las sensaciones que el sol provocaba en su piel. Pero la excitación frustrada la hacía moverse inquieta en su hamaca. Su cuerpo iba a explotar. Dejó volar su imaginación, como tantas otras veces había hecho en el pasado, enterrando su cara en la toalla y mordiéndola sin piedad.

Momentos después, se levantó y se lanzó de cabeza al agua. Necesitaba refrescarse y quitarse ese deseo obsesivo de encima. Estaba claro que Mel no pensaba ceder a sus provocaciones. Sentía que estaba empezando a hacer el ridículo. Y eso era algo que en toda su vida no se había permitido. Tenía demasiado orgullo.

Mientras tanto, en el estudio, Mel se esforzaba por concentrarse en su novela, despejando todos los pensamientos de su mente e intentando olvidar quién estaba fuera, derritiéndose al sol en una de sus hamacas.

Empezaba a sumergirse de verdad en su trabajo, cuando algo la detuvo en seco, en medio de una línea, y la obligó a girarse de repente con todo el vello erizado. Juraría haber notado una presencia a su espalda. Pero allí no había nadie. Había creído por un momento que Carla había entrado. Pero la habitación estaba vacía. Y de improviso, como una bofetada, aquel aroma a azahar... Su pulso se aceleró y un ardor que la quemaba subió poco a poco por sus piernas. «¡Ahora no!», pensó. Algo la arrastró hasta el suelo desde su sillón del escritorio y se encontró tumbada boca arriba, paralizada por el peso de un cuerpo invisible y muda de terror. Quería gritar con todas sus fuerzas pero sus cuerdas vocales no respondían. Su mirada se centró con espanto en su albornoz, que se apartaba de su cuerpo por una voluntad ajena, mientras su bikini empezaba a deslizarse por sus piernas, dejando su sexo al descubierto. Y otra vez esa posesión infernal la condujo a un orgasmo brutal nacido del más absoluto terror.

Al cabo de unos minutos, tambaleante y empapada en sudor, salió al jardín y, sin mediar palabra, se lanzó a la piscina junto a Carla, que flotaba relajada en el agua.

—¡Qué susto me has dado! ¿Ya has acabado de escribir? —dijo Carla, sobresaltada.

Mel se apoyó en el borde de la piscina mirando a Carla con una expresión extraña.

—¿Te pasa algo? —preguntó Carla preocupada ante la cara de Mel.

—No, nada. Hoy no estoy muy inspirada para trabajar. ¿Te apetece que comamos por el centro y demos un paseo?

—Claro, lo que quieras. ¿Seguro que no te pasa nada?

—No, de verdad. Vamos a vestirnos y nos vamos. Puedes utilizar el baño de abajo. Yo voy a darme una ducha rápida arriba y bajo enseguida —dijo Mel saliendo de la piscina. Cogió el albornoz y desapareció dentro de la casa.

Carla se quedó pensativa un momento, era evidente que a Mel le pasaba algo. Pero a estas alturas había decidido no dar más pasos en falso. Se dirigió al baño y se dio una ducha. Se arregló y se puso un vestido ligero de color arena que se había traído y que con el color dorado rojizo que había cogido esa mañana le sentaba de maravilla. Cuando salió del baño, Mel la esperaba en el salón. Llevaba un conjunto de camisa y pantalón color camel que le hacía parecer todavía más morena. Se miraron las dos unos segundos sin decir nada. Mel cogió las llaves de encima de la mesa.

—¿Vamos? —dijo rompiendo el silencio casi con brusquedad.

Salieron y subieron al coche. La escasa conversación en su desplazamiento hasta el centro giró en torno a cosas intranscendentes. Parecía que ninguna de las dos estaba dispuesta a dar un paso que hiciera peligrar ese equilibrio no comprometido al que habían llegado por mutuo acuerdo. Mantuvieron el resto del día una distancia cómoda y amable. Comieron en un restaurante moderno, de esos en los que la comida encierra mucho arte y poca sustancia. Pasearon por el centro y recorrieron tiendas. Hablaron de cómo había cambiado la ciudad en su ausencia, de su madre y Marcello, de toda una serie de temas no relacionados con ellas mismas, hasta la hora en que Mel dejó a Carla otra vez en casa de Álex. Se despidieron con dos besos, cruzando por un instante una mirada que expresaba mucho más. Pero el equilibrio tenso se mantuvo y Mel regresó cogiendo aire hasta su casa.

Huida

Mel se despertó temprano y no olvidó su cita de todas las mañanas. Como hacía cada día en los últimos años, preparó un desayuno con zumo de naranja natural, leche de soja y cereales y salió a correr por la playa. Era una rutina que le venía muy bien a su cuerpo y a su mente. Muchas de las ideas de sus novelas se habían gestado en esos momentos de soledad y sudor. El sol acababa de aparecer en el horizonte prendiendo fuego al cielo, reflejándose como en un espejo en el mar totalmente en calma. Comenzó su carrera por el paseo. A esas horas tempranas la playa estaba prácticamente desierta. Corrió hasta el espigón y allí, sudorosa y jadeante, permaneció sentada en una roca varios minutos, disfrutando de la visión que se extendía ante ella y de la paz que la embargaba. A continuación, desandando sus pasos, continuó corriendo hacia su casa. Llegó empapada en sudor y con la mente mucho más clara que la noche anterior. Debía centrarse en su trabajo. Se dio una ducha y se sentó a escribir toda la mañana. Se sentía con energía ese día. Nadó unos cuantos largos, comió algo y siguió escribiendo. Cerca de las ocho de la tarde sonó el teléfono.

—¿Mel?

—Hola, Álex. Estaba con la novela. Hoy voy como una moto.

—Pues apárcala, que Marcello nos invita a cenar. Quiere conocer a Carla.

—¿Y tengo que estar presente? Imaginaba que era una cosa más... no sé... familiar.

—Venga Mel, que tú eres de la familia. Y no tenemos muchas oportunidades de disfrutar de mi hija. Igual se vuelve a ir y no la vuelves a ver durante otros doce años más.

—Vale, dime dónde y a qué hora.

—En La Dorada a las nueve. No te retrases.

—Tranquila, ya me has cortado la racha. Me visto y voy para allá. Enseguida nos vemos.

Había intentado tomarse un respiro y no ver ese día a Carla, pero todo parecía jugar en su contra. Mel se tomó su tiempo y eligió para esa noche un conjunto de camisa y pantalón blanco de lino, que resaltaba su bronceado. Inconscientemente se estaba arreglando para ella. Se miró al espejo.

—¡No estás mal para tu edad! —bromeó consigo misma.

Cogió las llaves y se dirigió a su coche. El tráfico era un poco denso, como todos los viernes por la noche en la zona de la playa. La suerte hizo que encontrara un sitio para aparcar cerca del restaurante. En la terraza, junto a la barandilla, estaba Marcello. Lucía un conjunto de pantalón y polo azul marino impecable. Su aspecto atlético, con esas sienes plateadas y esos ojos azules intensos, era impresionante para sus más de sesenta años. Marcello Landi había venido desde su Italia natal de vacaciones a España y en cuanto conoció a Álex decidió instalarse aquí e intentar convencerla para que se casara con él. Era todo un personaje: atractivo, seductor, millonario y con todo el tiempo del mundo, ya que había sido un empresario importante de la construcción en su país y se había retirado de su negocio con suficiente tiempo, salud y dinero para disfrutar de la vida.

Una suave música de piano salía de dentro del local.

—Hola, Marcello.

Él se levantó al instante y con un rápido ademán le apartó una silla. Era todo un caballero.

—Hola Mel. Estás fantástica, como siempre.

Le dio un beso en la mejilla. Hablaba fluidamente español con un ligero acento que aumentaba su atractivo.

—Álex y Carla aún no han llegado, por lo que veo. Pensaba que llegaría la última. Había un poco de tráfico.

—No creo que tarden. ¿Quieres un poco de vino blanco?

—Perfecto.

Marcello llenó su copa.

—¿Cómo van las cosas?

—Bien, hoy he tenido un día bastante inspirado. Por cierto, me alegro de que por fin vayas a conocer a la hija de Álex.

—Para ser sincero, estoy un poco nervioso.

—No te preocupes, le encantarás a Carla.

En ese momento entraron por la puerta del restaurante. Álex con un elegante vestido negro a juego con su melena y Carla con un vestido blanco de tirantes que se pegaba a su cuerpo y hacía que todas las miradas se volvieran hacia ella. Mel tragó saliva. «¡Oh, Dios mío, contrólate!», se dijo a sí misma.

Marcello se adelantó hacia ellas y cogiendo la mano de Carla, la besó con una ligera reverencia muy teatral.

—Es un placer conocerte. Tengo que decir que la descripción de tu entregada madre no te hizo justicia. Eres muchísimo más hermosa —Marcello le brindó la mejor de sus sonrisas.

—¡Vaya, un perfecto caballero italiano! —Carla sonrió encantada—. Para mí también es un placer conocer al hombre que por fin ha conquistado a mi madre —añadió mirando a Álex, provocadora.

—Bueno, ya está bien de presentaciones, vamos a sentarnos —dijo Álex, en tono adusto.

—Tú estás realmente espléndida querida —dijo Marcello, dándole un ligero beso en los labios—. Debí imaginar que de ti sólo podría salir una maravilla como Carla.

Marcello apartó la silla para que Álex se sentara.

—Eres un zalamero embaucador. Anda, sírvenos una copa.

Álex se sentó frente a Marcello. Carla y Mel se miraron y se besaron en la mejilla. Mel sintió un vuelco cuando Carla se acercó para besarla. Su perfume, ese olor que Mel no podía descifrar, la envolvió e hizo que le subiera un calor tremendo desde el estómago. Luego se sentaron también una enfrente de la otra.

«No la mires, no la mires. Habla con Álex, di algo», pensó Mel para sí. Hizo un esfuerzo y se dirigió a Álex.

—Le estaba diciendo a Marcello antes de que llegarais que tengo encauzado el libro. Pronto te podré dar algún capítulo para que me des tu opinión.

—Ya tengo ganas, me tienes en ascuas con tu nueva novela. Espero que te superes a ti misma. La última fue una bomba.

—No lo sabremos hasta que la gente la lea. Ya sabes que el público es el que manda.

—Espero que esta vez seas tú la que me mandes un ejemplar. Y dedicado, por supuesto —dijo Carla mirando a Mel con intensidad.

Mel recurrió a su autocontrol y contestó a Carla obligándose a mirarla a los ojos. Esos ojos... Volvía a provocarla sin piedad. La tregua del día anterior había finalizado.

—No te preocupes, a partir de ahora te los enviaré yo. Y con dedicatoria personal —contestó Mel intentando que su voz sonara neutral.

Álex le dirigió una mirada que no supo descifrar. En ese momento, de forma providencial, llegó el camarero para entregarles las cartas y tras unos momentos tomó nota de la cena. Cóctel de marisco, almejas y lubina a la sal acompañarían al excelente vino blanco que estaban disfrutando. Marcello cambió el rumbo de la conversación.

—¿Y qué tal por París?

—La verdad es que no me puedo quejar, tengo un trabajo que me gusta en una ciudad maravillosa. ¿Qué más puedo pedir?

—Bueno, por lo que tu madre me ha contado, no sólo te retiene allí el trabajo. Parece ser que hay un caballero...

Carla evitó la mirada de Mel.

—Jean-Marc. Tenemos una buena relación.

—¿Sólo una buena relación? Sospecho que hay algo más.

Carla se movió incómoda en su silla y centró su mirada en la copa.

—Bueno, la verdad es que acaba de pedirme que me case con él.

—¡Pero bueno, eso es una gran noticia! ¿Y nos vas a contar cuándo será el feliz evento?

Carla clavó sus ojos en los de Mel.

—Aún no he decidido mi respuesta.

Mel sintió que le ardía la cara. Se disculpó discretamente y se dirigió al baño. Entró en uno de los servicios y se apoyó en la puerta. No podía creer lo que le estaba pasando. Le sudaban las manos.

«No, Mel, no puede ser. Debes parar esto inmediatamente. Álex se ha dado cuenta. Debes hablar con ella. Esto no va a pasar. No. Respira hondo y vuelve a la mesa. Se acabó», dijo para sí misma.

Armándose de valor, Mel salió del baño y se sentó a la mesa. La conversación, gracias a Dios, había evolucionado hacia otros temas. Estaban hablando de París y sus maravillas, de la moda y del trabajo de Carla. Mel se tranquilizó un poco. Carla no volvió a mirarla de aquella forma durante el resto de la cena. Mientras bebían el champán francés que pidió Marcello, Álex dijo algo que hizo saltar las alarmas de Mel.

—Mel, podías llevar a Carla a ese sitio en el que quedáis los viernes, para que lo conozca. Es una maravilla, Carla, te gustará. En París no tenéis cosas como esa a la orilla del mar. Y así conocerás también a los amigos de Mel. ¿Qué te parece?

—Perfecto, pero ¿no vais a venir Marcello y tú? Os encantaría. Además hoy hace una noche increíble —intervino Mel, haciendo esfuerzos desesperados por librarse de esa situación.

—Por eso, anda, dejadnos que la disfrutemos solos, que os lo tenemos que decir todo.

—Bueno, si es por eso…, ¿qué te parece, Carla? ¿Te

apetece? —preguntó Mel decidiéndose por fin a mirarla a la cara.

—Me encantaría —contestó Carla con una sonrisa enigmática que puso aún más nerviosa a Mel.

Aún no se había recobrado de la encerrona. Desde luego, ahora estaba convencida de que Álex no se había enterado de lo que pasaba durante la cena. Mel estaba totalmente aterrada. El equilibrio que había conseguido en su vida amenazaba con desmoronarse. Se despidieron de Marcello y Álex y se dirigieron al coche. El silencio era denso entre las dos. Mel decidió cortarlo.

—He quedado esta noche con Eva y María. Te encantarán. Son una pareja un poco peculiar, pero muy divertida. Eva es abogada, muy cañera. No tiene pelos en la lengua. No te asustes de las burradas que pueda decir. Es tremenda. Y María es un encanto. Además es una artista. Pinta unos cuadros espectaculares.

Bla, bla, bla. No podía dejar de hablar y Carla sólo la miraba divertida sin decir palabra. Se mojaba los labios, esos labios sensuales, y le lanzaba medias sonrisas en silencio. Intuía el nerviosismo de Mel. Jugaba con ella como con un cachorro indefenso. Mel se moría de ganas de llegar y bajar del coche. Quería más gente alrededor, escapar del cepo. Por fin llegaron al Beso de Luna. Sabía que Eva y María habían llegado. Su coche estaba en el aparcamiento. Respiró hondo y bajó del coche.

Una balaustrada de piedra blanca separaba los límites de la villa de la arena de la playa. Tras ella se abría un sendero empedrado que atravesaba los amplios jardines y desembocaba en el edificio principal, dotado de varios porches y terrazas, en las que se conservaban antiguas estatuas de corte helenístico. A ambos lados del sendero y a lo largo de su recorrido se elevaban candeleros de hierro forjado con enormes velones blancos encendidos. Los jardines que lo rodeaban estaban sembrados de pérgolas cerradas por lienzos blancos que ondeaban con la brisa nocturna. Cada una de las pérgolas abrigaba varias hamacas de bambú repletas de cojines blancos y una mesa baja en el centro. En cada esquina de la pérgola un candelero similar a los del sendero dotaba a la misma de esa luz fantasmal repleta de magia mediterránea. Por todas partes se extendía una frondosa vegetación en la que resaltaban las palmeras y los jazmines que, con su aroma, inundaban el ambiente y se mezclaban con el olor de los velones y el salitre del mar. Hasta ellas llegaba la voz de Cher cantando *A Different Kind of Love Song*. El conjunto convertía al Beso de Luna en un auténtico templo para la exaltación de los sentidos.

En el interior de la construcción principal de la villa se disfrutaba del mismo ambiente intimista y sensual, repartido en distintos salones reservados, jalonados de estatuas, columnas y murales que recreaban la Grecia clásica, conviviendo con telas, mobiliario y decoración en consonancia con los jardines exteriores. Varios portalones que desembocaban en terrazas empedradas de distintos tamaños comunicaban el edificio con los jardines. Una barra en el salón principal daba servicio al interior mientras que, en dos lugares equidistantes de los amplios jardines, una pérgola albergaba una barra circular para dar servicio al exterior de la villa.

Se adentraron por el sendero y Mel se dirigió al lugar habitual donde solía reunirse con sus amigos en un rincón apartado en los jardines.

—Es impresionante —comentó Carla.

—¿Te gusta? Ven. Allí están.

Eva y María las vieron acercarse y se levantaron.

—Mel, canalla, qué calladito te lo tenías —disparó Eva sin miramientos.

—Ya esperaba que dijeras algo así. Carla, te presento a Eva y María.

—Hola.

—Hola, yo soy María.

Intercambiaron besos.

—Bueno —dijo Eva—. ¿No nos vas a decir quién es este bombón?

—Vale ya. Es Carla, la hija de Álex. Acaba de llegar de París.

—¿Carlota? Mel nos había hablado mucho de ti, pero se había dejado algunos detalles —dijo Eva con expresión maliciosa.

—No le hagas caso, es muy bruta —dijo María—. Ven, siéntate aquí.

—Voy a por las copas. ¿Qué te apetece, Carla?—dijo Mel.

—¿Tienen cócteles tropicales? Tráeme el que quieras. Me fío de tu gusto.

Mel desapareció camino de la barra.

—Y vaya si lo tiene —añadió Eva en tono malévolo.

María le dio un codazo.

—No seas bicho.

—Déjala, no me molesta en absoluto —dijo Carla riendo.

—Bueno, y ¿qué te ha hecho volver después de tanto tiempo? Mel nos dijo que te fuiste hace unos cuantos años —preguntó María.

—Doce para ser exactos. Estoy de vacaciones. Tenía añoranza de mi tierra y de mi gente...

—No sabes cómo te entiendo, yo sería incapaz de irme tanto tiempo lejos de los míos. Necesito a las personas que quiero a mi alrededor.

—La verdad es que no fue decisión mía irme —contestó Carla mirando hacia el horizonte, pensativa—, pero me sirvió para hacerme fuerte en muchos aspectos.

—¿No has pensado en quedarte? Creo que a Mel le iría muy bien... —dijo Eva.

—¿Qué estáis diciendo de mí? —preguntó Mel con las copas en la mano.

—Nada, ya conoces a Eva —dijo María sonriendo.

—Toma. Espero que te guste —dijo Mel pasando su copa a Carla—. Es un Beso de Luna. La especialidad de la casa. Lleva zumo de frutas tropicales, algo de coco, algo de ron, y un toque de...

—Seguro que me gusta —le cortó Carla, mirándola divertida.

—¡Ay, ay, ay, aquí hay tomate! ¿Qué nos estáis ocultando? —dijo Eva con el ceño fruncido.

—No seas cafre. Sólo te está siguiendo el juego. Carla tiene novio en París. Y está decidiendo si se casa con él. ¿No es verdad, Carla? —Mel la miró directamente a los ojos, retándola.

—Más o menos —Carla bajó la mirada y dio un trago a su copa—. Disculpadme, ¿dónde está el baño?

—Dentro, al lado de la barra, a la izquierda —contestó María.

Carla se levantó y se alejó. Inmediatamente Eva se dirigió a Mel:

—¡Está buenísima! No me digas que no te gusta. Y además te mira de una manera... Mel: esa tía está por tus huesos.

—No digas tonterías. Es la hija de Álex y además le llevo quince años. Y es heterosexual.

—Vamos, Mel. Tú siempre dices que heterosexuales u homosexuales son las relaciones, no las personas —dijo Eva.

—Me da igual. Por lo que a mí respecta, Carla es intocable.

—Bueno, tú sabrás lo que haces —continuó Eva—. Pero es tu oportunidad de oro de acabar con esa vida de monja de clausura que llevas.

—En eso Eva tiene razón —dijo María—. Es un crimen que una persona como tú esté sola. Y te lo digo porque te quiero y no me gustaría que desperdiciaras tu vida. Tienes mucho que dar, Mel, y lo sabes. No te niegues la posibilidad de volver a enamorarte porque no te haya salido bien en el pasado. Hay alguien esperando ahí afuera para hacerte feliz. Sea Carla o cualquier otra.

—Te lo agradezco, María, pero no puede ser. Con Carla no.

—Bien, no insistiremos más —dijo María dirigiéndole una mirada significativa a Eva.

—Te dejaré en paz, pero creo que si no haces algo ahora, más tarde te arrepentirás. Es una intuición. Y ya no somos unas niñas, Mel, el tiempo pasa volando y el tren también. Y además, te conozco muy bien. Esa mujer te gusta mucho. Lo sé.

—Eva, me agotas —dijo Mel sonriendo levemente mientras se reclinaba hacia atrás en su hamaca.

Bebieron unos instantes, disfrutando de la música en silencio, hasta que María lo rompió.

—Por cierto, creo que Carla ha debido perderse. ¿No está tardando un poco?

Carla atravesó los jardines sorteando a la gente que vagaba por el local, adentrándose en el edificio y deambulando por sus salones, hasta encontrar una terraza pequeña que daba al mar, resguardada de las miradas ajenas por la frondosa vegetación que inundaba el Beso de Luna y con la iluminación tenue que proporcionaban grandes velones blancos en el suelo. Desde allí, envuelta por la fragancia del jazmín y con el mar plateado como fondo, dejó que la brisa marina le acariciara, sumiéndose en sus pensamientos, sin poder evitar que las lágrimas mojaran sus mejillas. No debía continuar con esto. ¿Qué iba a hacer con su vida? ¿Por qué había vuelto? Su mundo era perfecto en París. Su obsesión por Mel era una ficción que había alimentado desde la adolescencia. Y ella nunca cedería a sus provocaciones. Debía borrarla de una vez por todas de su cabeza y seguir con su vida planificada y cómoda.

—Carla, ¿qué haces aquí?

Mel la había encontrado. Carla se volvió, intentando ocultar sus lágrimas. Desde donde estaba, Mel no podía distinguir su rostro. En cambio Carla sí podía ver con toda claridad a Mel, con la luz de la luna bañando su cara, con esos ojos dorados que la emborrachaban, la piel bronceada contrastando con su ropa, de un blanco refulgente. Desprendía luz. A Carla le ardía la piel. Permaneció callada.

—Carla —repitió Mel suavemente—, ¿qué pasa? Estaba preocupada.

Mel se acercó a Carla, a una distancia que ya le permitía ver su rostro. Carla bajó la cara, cubriéndose con su melena. No podía hablar. Si la tocaba se desmayaría. Mel le retiró despacio el pelo de la frente. Carla estaba temblando.

—Carla, cariño, ¿estás llorando? Por favor, no me hagas esto —su voz sonó ronca.

La atrajo hacia ella y la abrazó. Respiró su aroma. Le inspiraba recuerdos de algo familiar, cercano, que no acababa de descifrar. Carla hundió su cara en el cuello de Mel. Si Mel la soltaba se iría al suelo. Las piernas no le respondían. Mel le besó las mejillas, el pelo, la frente.

Carla buscó instintivamente sus labios y se perdió en su boca, entregándose en un beso salvaje que le hizo estallar el deseo en mil pedazos. Su cuerpo ya no tenía control, completamente pegado al de Mel, las manos ansiosas, recorriendo zonas de su cuerpo que dolían...

Mel se apartó bruscamente, jadeando.

—Espera, Carla. Esto es una locura.

—¿Por qué? —dijo Carla con un hilo de voz. Sus ojos, nublados por el deseo, la quemaban. Cogió sus manos.

—¿Por qué? —repitió dulcemente.

Mel hizo un esfuerzo supremo para no hacerle el amor allí mismo, sobre el empedrado de la terraza.

—Carla, lo sabes tan bien como yo. Soy quince años mayor que tú y tu madre me mataría. Además, ¿qué pasa con Jean-Marc?

Se acercó a Mel y susurró en su oído.

—Lo que pase entre tú y yo es sólo cosa tuya y mía.

Mel se deshacía por dentro. Con los ojos cerrados, apoyó su frente en la de Carla.

—Por Dios, Carla, ¿qué quieres de mí? Tienes tu vida montada en París. Si me acuesto contigo me enamoraré de ti y no quiero que eso ocurra. Para ti esto es sólo un juego. Más tarde o más temprano, te irás... y lo sabes.

Carla negaba con la cabeza, en silencio. Se separó un momento y clavó sus ojos en ella. Su mirada ardía.

—No... esperaba que fueras tan cobarde. Esto ha sido un error —intentó que su voz sonara firme.

Mel permaneció muda.

Se oyeron voces que se aproximaban y un pequeño grupo de gente irrumpió en la terraza.

—Quisiera irme a casa —dijo Carla.

—Lo que quieras —la voz de Mel sonó apagada—. Nos despedimos de ellas y te llevo.

—No —dijo Carla—. Cogeré un taxi. Quédate.

—Carla...

No la dejó continuar. Atravesó huyendo la terraza y se adentró en el edificio. Recorriendo a grandes pasos los salones, salió a la parte del jardín donde estaban esperando las amigas de Mel. Ésta la seguía con dificultad.

—Lo siento, pero no me encuentro muy bien. Otro día quedaremos —se despidió con un beso—. Mel se queda con vosotras. Ya nos veremos.

No les dio tiempo a reaccionar. Mel salió tras ella hasta la puerta. A esas horas era habitual que allí hubiera algún taxi esperando, puesto que era un lugar de moda bastante concurrido.

—Carla, deja que te lleve. Debemos hablar.

—Ahora no, Mel. Quizás tengas razón —se despidió con un gesto de su mano sin volverse a mirarla y subió a uno de los taxis.

Mel permaneció unos momentos de pie junto a la puerta, viendo como el taxi se alejaba. Instantes después entró de nuevo y volvió junto a sus amigas. Sin mediar palabra apuró de un trago su copa y continuó con la de Carla.

—¿No nos vas a contar qué ha pasado? —inquirió Eva, preocupada.

Mel continuó unos segundos sin poder hablar, bebiendo de su copa.

—¿Qué pasa? —dijo María con cariño, acariciándole suavemente el pelo.

Mel empezó a hablar despacio, contando poco a poco todo lo ocurrido. Ellas escuchaban en silencio. Cuando terminó, se reclinó hacia atrás en su hamaca y cerró los ojos.

—Mel, mira que lo sabía. Estás acojonada, tía. Te estás enamorando de ella y lo único que se te ocurre es apartarla de ti. ¡Échale ovarios y díselo! Deja que pase esta noche, pero mañana ve a buscarla. Arriésgate, no seas idiota.

—Estoy de acuerdo, cariño —dijo María—. Habla con ella mañana. No la conozco apenas, pero tengo el pálpito de que es la mujer destinada para ti.

—Perdonadme, pero voy a irme a casa. Tengo la cabeza hecha un lío. Y si sigo bebiendo sólo empeoraré mi estado mental. Necesito descansar y pensar. Dadme un beso. Os quiero.

—Y nosotras. Llámanos.

Mel salió y se dirigió a su coche. Sentía un nudo en el estómago mientras conducía hasta su casa como una autómata. Desde el equipo de música se elevaban los cánticos de *Carmina Burana*. Su cerebro bullía con las imágenes de esa noche. Se sentía desgarrada por dentro. Sus sentimientos la empujaban con todo su ser hacia Carla. Su mente le gritaba que se alejara, que saliera huyendo de esta historia que acabaría destruyendo la paz que con tanto esfuerzo había conseguido. Pero esa paz ya se encontraba muy lejos: había sido arrancada de un plumazo por un simple beso.

Esa noche su cama se convirtió en una trampa maldita. Luchó con todas sus fuerzas por apartar la imagen de Carla de su cabeza. Cuanto más se debatía, con más fuerza sentía su boca, su lengua ansiosa, sus manos recorriéndola con avidez... Y entonces volvió a ocurrir. Como un ciclón arrasando su habitación, el aroma a azahar lo envolvió todo. Se encontró de repente paralizada boca arriba en la cama, mientras una fuerza sobrenatural le sujetaba las dos muñecas contra la almohada. Con la camiseta subida hasta el cuello y los pantalones arrancados con furia, una boca invisible y hambrienta recorrió su cuerpo, perdiéndose en sus zonas íntimas y haciéndola enloquecer de pánico y placer al mismo tiempo. Empapada en sudor y agotada, acabó sumiéndose en un sueño enfermizo.

Hacia el mediodía, como un rumor lejano, el sonido del teléfono la sacó lentamente de ese estado febril en el que había caído y la obligó a enfrentarse a la realidad.

—¿Sí? —su voz parecía surgir de una garganta ajena.

—¿Mel? —era Álex—. ¿Te he despertado?

—¿Qué hora es?

—Casi la una.

—¡Oh, Dios mío!

—Mel, necesito hablar contigo.

—¿Ahora?

—Cuanto antes —la voz de Álex era apremiante.

Mel sintió una punzada en el estómago.

—Bien, dame tiempo para darme una ducha.

—En media hora estoy ahí.

—Vale. Hasta ahora.

Se quedó inmóvil junto al teléfono. Álex lo sabía. Su mundo perfecto estaba desmoronándose. Se acabó de quitar la camiseta, arrugada en torno a su cuello, y se dirigió a la ducha obligándose a no pensar. Le dolían las muñecas. Las miró de manera inconsciente para descubrir con horror unas manchas rojizas marcadas en la parte posterior, como si unos dedos las hubieran agarrado con fuerza. El espejo le devolvió la imagen de una mujer ojerosa y asustada. Se metió en la ducha con esfuerzo. Se sentía agotada. Sólo anhelaba recrearse en esas pequeñas cosas cotidianas que le hacían sentir segura, sin amenazas. Dejar que el agua corriera por su cabeza, sus hombros, arropándola, lavando sus temores bajo ese chorro redentor. No quería sentir nada más. Sólo el agua deslizándose por su piel.

A los pocos minutos salió de la ducha y se envolvió en el albornoz. Ni siquiera se sentía con fuerzas para vestirse. Fue hasta la cocina y se preparó un café fuerte, como a ella le gustaba: corto y sin azúcar. Tras el segundo sorbo, sonó el timbre de la puerta. Álex estaba allí.

Abrió de forma mecánica.

—Hola, Mel.

—Pasa.

Mel le dio la espalda y fue hasta el salón con su taza en la mano. Álex entró tras ella.

—¿Quieres un café?

—Sí, gracias.

Álex le siguió hasta la cocina. Preparó el café con manos un poco inseguras.

—Mel, ¿qué pasó anoche?

Ya estaba. Sin preliminares. Muy típico de ella. Soltar las cosas sin rodeos.

—¿Por qué me preguntas eso?

Mel evitaba la mirada de su amiga. La conocía demasiado bien.

—Conmigo no te andes con chorradas. Y mírame.

Mel se giró lentamente hacia ella.

—Toma tu taza. Vamos al salón.

Se dejó caer pesadamente en un sillón y colocó su taza en una mesita a su lado. Su amiga la observaba sin pestañear.

—¿Qué pasó entre mi hija y tú anoche, Mel? —su tono era preocupado.

Mel dio otro sorbo de su café.

Álex permanecía de pie. Dejó su taza sobre la mesa sin probar el café.

—¿Qué te ha contado Carla? —dijo por fin Mel.

—No ha querido decirme nada. Me he levantado temprano y la he encontrado haciendo la maleta. Mel

—la miró con dureza a los ojos—, Carla ha vuelto esta mañana a París.

Notó como toda la sangre escapaba de su cabeza. Se sentía mareada. Se inclinó hacia delante y se retiró despacio el pelo hacia atrás. Permaneció unos instantes con las manos entre el pelo y la mirada fija en el suelo. Lentamente, comenzó a hablar.

—Siéntate.

Álex se sentó en el sofá, frente a ella.

—Anoche... estábamos en el Beso de Luna con Eva y María, charlando. Carla dijo que iba al baño y después de bastante rato fui a buscarla. Estaba preocupada porque no volvía.

Dio otro sorbo a su café.

—La encontré en una terraza. Estaba sola y llorando. La abracé y no sé muy bien cómo, de pronto estábamos besándonos —Mel hablaba mirando al suelo. No se atrevía a levantar la cabeza.

Álex permaneció en silencio.

—Álex, lo siento, yo... la aparté enseguida y le dije que no podía ser, que para ella eso sería un juego, pero que yo... no podía arriesgarme a enamorarme de ella. Me llamó cobarde y se fue. Es todo lo que pasó. No quiso que la acompañara, ya la conoces.

—Mel, ¿qué sientes por ella?

—Álex, por Dios, no...

—Dime la verdad.

—No... me la puedo quitar de la cabeza. Aún no comprendo cómo ha podido ocurrir. Es tu hija y...

—¡El tiempo que he pasado machacándote para que vuelvas a enamorarte! ¿No había otra persona? ¡Joder, Mel! Sabes que como le hagas daño, no te lo perdonaré.

Mel entonces miró a Álex.

72

—Yo no le puedo hacer daño, Álex, en cambio ella a mí sí. Tiene su vida resuelta y no pierde nada por intentar experimentar algo nuevo. Pero lo que no entiendo es por qué conmigo. No lo entiendo.

—Mel, ella no buscaba experimentar nada. Carla ha estado toda la vida enamorada de ti, pedazo de idiota.

—¿Qué? —Mel se puso lívida.

—Yo rezaba para que no te dieras cuenta, porque pensaba que se le pasaría, que era una tontería adolescente, pero por lo visto me equivoqué. Has estado ahí siempre, jodiéndole todas las relaciones que ha tenido.

—No me digas eso —Mel se levantó y se puso a andar por el salón, histérica.

—Ahora tienes la oportunidad de dejar que por fin mire hacia delante. Ella ha elegido irse. Deja que intente ser feliz con Jean-Marc. O con quién sea, Mel. No la busques.

La cabeza le iba a estallar. Dios mío, la había apartado de ella echándole en cara que estaba jugando, que no se podía permitir ese juego. Estaba muerta de miedo. No quería perder el control de su vida. Pero ahora entendía aquella cara, sus ojos cuando le llamó cobarde. Pensó que la estaba retando, provocando. No entendió la forma que tuvo de despedirse, de salir huyendo. Creyó que había herido su orgullo, pero ahora lo sabía. Tenía clavados en su mente esos ojos negros cargados de fuego. Por fin se había atrevido a afrontar lo que tanto tiempo había deseado y ella la había rechazado. Lo peor de todo es que a Mel le había dejado un vacío angustioso. Lejos de sentirse aliviada por la desaparición de la amenaza, ahora se sentía perdida. Y Álex le pedía que la dejara ir, que la olvidara.

Plantada en medio del salón, sin mirar a su amiga, habló con voz entrecortada.

—Muy bien. Se acabó. Las tres seguiremos como si no hubiera pasado nada. ¿Es eso lo que quieres?

—Creo que es lo mejor, Mel —contestó cortante.

—Bien, ahora tengo que ponerme a trabajar o no acabaré el libro —Mel hizo un esfuerzo para que su voz sonara firme.

—Me voy. He quedado a comer con Marcello en el centro. Ya te llamaré.

Se despidieron sin tocarse. Lo sucedido había abierto una brecha entre las dos difícil de cerrar.

Se dejó caer en el sofá y rompió a llorar. El dolor la ahogaba y no podía ponerle remedio. Se había comprometido a no hacerlo. Debía vivir con esto, como vivía con «aquello»: en el más absoluto secreto. Ahora mismo su única idea loca era coger el primer avión a París e ir buscarla. Buscarla y pedirle perdón. Y decirle que la quería. Porque la quería. ¿Qué coño había pasado? Carla había plantado una semilla en ella que estaba creciendo. A pesar de lo absurdo que era. Sólo unos días antes ni se le hubiera pasado por la cabeza. Y en tan sólo unas pocas horas se había enamorado como una colegiala. Necesitaría encontrar toda la fuerza que ahora no tenía para poder cumplir su promesa. Seguir con su vida sin ella. Como si nunca hubiera ocurrido.

Jean-Marc

De camino, en el taxi, una presión horrible atenazaba la garganta de Carla al intentar aguantar el llanto que le subía por el pecho. ¿Cómo se había atrevido a dar ese paso? ¿Por qué se había precipitado? Estaba desesperada. Había hecho el ridículo más espantoso, casi se había arrastrado ante Mel. Tenía que haber supuesto que ella echaría a correr. ¿Por qué no le había explicado lo que sentía? Se había lanzado en sus brazos y ella no podía entender sus intenciones. Pensó que quería jugar con ella. O peor aún, utilizarla. Ahora sí que había perdido toda oportunidad de estar con ella, de conseguir que la tomara en serio y la amara como ella la amaba. Se sentía desgarrada por dentro. La única salida era huir, huir lejos e intentar que el tiempo borrara de su cabeza ese momento. Nunca la tomaría en serio. Seguiría pensando que era una chiquilla malcriada que de pronto tuvo un capricho e intentó seducirla. Y ella había sido incapaz de contarle la verdad.

Cuando llegó a casa de su madre, todo estaba en calma. Gracias a Dios ella dormía. Se desnudó y se metió en la cama. Y allí explotó todo el deseo y el llanto retenido. Aferrándose a la almohada, Carla revivió la sensación del cuerpo de Mel en sus brazos, de su boca entregándose de esa forma loca. Gimió y lloró hasta dormirse agotada, para despertarse apenas hubo amanecido. Se levantó evitando hacer ningún ruido y tras darse una ducha, comenzó a hacer su maleta. Fue en ese momento cuando Álex apareció en su cuarto.

—He oído la ducha. ¿Qué estás haciendo?

Carla continuó haciendo su maleta a toda prisa, evitando mirar a su madre.

—Me voy.

—Pero... ¿qué pasa, hija?

—No me preguntes nada, por favor —tenía los ojos enrojecidos.

—No. De eso nada. Me vas a decir qué está pasando aquí.

—Mamá, por favor, te prometo que cuando llegue a París te llamo y te lo cuento. Pero ahora no me preguntes nada. Ahora no.

Carla salió como una exhalación de su cuarto con la maleta en la mano. Su madre la seguía de cerca. En la puerta, se volvió hacia ella.

—Te quiero. Te llamaré.

—Hija...

Salió cerrando la puerta tras ella, metiéndose en el ascensor a toda prisa. Anduvo hasta una avenida próxima y paró un taxi. En el aeropuerto encontró un vuelo a París que salía a las diez. Sólo quería salir de allí cuanto antes. Volver a su vida e intentar ser feliz con Jean-Marc. Tenía que borrar a Mel de su cabeza, aunque eso le costara matar parte de sí misma. Durante el vuelo, no probó bocado de la horrible comida que habitualmente se sirve en los aviones y estuvo dormitando a ratos bajo los efectos de la pastilla que se había tomado.

Llegó a su casa cerca de la una y media. Tenía que ver a Jean-Marc. Era la única posibilidad de salvar su cordura.

El recorrido desde el aeropuerto Charles De Gaulle hasta el Boulevard Haussmann, donde estaba el apartamento que Carla tenía alquilado en París, siempre la había exaltado, elevando su alma hasta hacer que su amor por esa ciudad mágica se desbordara. Pero hoy tan sólo consiguió evidenciar de forma cruel su estado de ánimo. Esa ciudad nacida para servir de escenario a una pasión desbordada hacía más patente su soledad y su angustia.

Necesitaba con todas sus fuerzas sentir algo que no fuera dolor. Necesitaba sentirse viva.

Subió a su apartamento y sin deshacer la maleta llamó a Jean-Marc.

—¿Carla? ¿Dónde estás?

—Acabo de llegar a París. Estoy en mi apartamento.

—Pero... ¡tan pronto! Dijiste que me abandonabas dos semanas —su voz denotaba la sorpresa.

—¿Podemos vernos ahora?

—Claro, mi amor. Acabo de comer con un cliente y me iba a ir ya a casa. En veinte minutos estoy ahí, pero, ¿ha pasado algo? —preguntó alarmado.

—Nada. Sólo te echaba de menos —mintió.

—Yo también. Ahora mismo estoy contigo. Hasta ahora.

—Te espero.

Carla colgó, sombría. Puso un disco de Jacques Brel, se dirigió al mueble bar y se preparó un *bourbon* con hielo. Sabía que le iba a caer como una bomba, pues desde el desayuno en el aeropuerto no había comido nada, pero casi deseaba ponerse enferma. Así estaría en concordancia con su estado mental.

Jean-Marc tardó casi media hora en llegar. Carla saboreó despacio su copa, recostada en el sofá y dejando que el *bourbon* fuera haciendo efecto, mientras un calor perezoso le invadía.

Sonó el timbre. Se levantó un poco como flotando y abrió la puerta. Ahí estaba él, un auténtico espécimen masculino deseado por todas las hembras que le rodeaban. Alto, bronceado, con el pelo negro peinado hacia atrás y los ojos castaño oscuro, con un traje de corte italiano que parecía hecho a medida para su cuerpo atlético. Carla cerró la puerta tras él. Jean-Marc le dio la vuelta y la atrajo hacia sí. Dejándose llevar por cierta sensación de embriaguez y la necesidad apremiante de no pensar, se pegó a su cuerpo y contestó a su beso casi con furia.

—Vaya, sí que me echabas de menos… —dijo él con voz ronca.

Sintió el miembro duro contra su cuerpo. No le dejó hablar más. Comenzó a desnudarlo casi arrancándole los botones de la camisa y desabrochando los pantalones con prisa. Necesitaba que la poseyera allí mismo. Él la levantó en brazos y la llevó hasta el dormitorio. La dejó encima de la cama y le sacó el vestido por encima de los hombros, quitándole prácticamente de un tirón la ropa interior. Sin siquiera quitarse la camisa, la penetró con furia, haciéndole soltar un gemido casi de dolor. Carla se agarró con ansiedad a su cuerpo, acoplándose al ritmo de él, intentando borrar la imagen de Mel fija en su mente. Mel abrazándola, su boca, su lengua, sus manos, su sabor... Todo cuanto él hacía para darle placer, aumentaba la presencia de Mel con más fuerza. Intentó concentrarse en él, pero se convirtió en una espectadora ajena y sólo consiguió recibir con frialdad sus besos, su piel, su olor. Su boca recorriéndola le resultaba insoportable. Mientras Jean-Marc gemía de placer, Carla sólo sentía un vacío en la boca del estómago y unas ganas inmensas de llorar. Pero no debía dejar que él se diera cuenta. No en ese momento. Afortunadamente, la tortura de Carla no duró demasiado. Él llegó al orgasmo con rapidez y sintió con alivio que todo había terminado. Todo. Porque ahora sabía que no podía permitirse más mentiras, ni seguir utilizando a nadie de esa forma. Debería curar sus heridas sin necesidad de destrozar la vida de otra persona.

Jean-Marc la abrazó con ternura.

—Te quiero.

Ella permaneció en silencio. Lo abrazó sin mirarlo y esperó a que se quedara dormido plácidamente. Tras unos minutos, se desasió de su abrazo, cogió la ropa y salió de la habitación. Y allí, en medio del salón, se dejó caer en el sofá y lloró. Lloró por su estupidez, su ingenuidad al pensar que aferrándose a Jean-Marc se resolverían sus problemas.

Querida camiseta

Eran cerca de las siete de la tarde y ante la certeza de que era incapaz de concentrarse para escribir una sola línea, Mel se colocó sus vaqueros preferidos, totalmente desgastados, incluso rotos por la zona encima de las rodillas y su vieja camiseta negra con aquellas letras blancas en el pecho: «No voy a disculparme». La llamaba su «escudo protector». Mel defendía que, en realidad, no era una camiseta. Era un chaleco antibalas. Significaba una auténtica declaración de intenciones. Cuando la vida la golpeaba injustamente, podía ponerse esa camiseta y le servía de defensa ante el mundo. Nadie se atrevería a meterse con ella. Siempre había hecho lo correcto y esa frase era su grito de rebeldía particular. Era como llevar un cartel luminoso en la frente que dijera: «Peligro a la vista. No me toques las narices».

Un día, hace ya casi diez años, paseando con Eva por un mercadillo *hippie*, encontró esa camiseta que llamó su atención y la compró casi en broma. ¡Qué poco se imaginaba el significado que iba a tener en el futuro! Eva la retaba convencida de que no se atrevería a ponérsela. Y como réplica a esa provocación, Mel apareció con ella al día siguiente. Ese día, de una forma casi mágica, se sintió más fuerte, más rebelde, más segura, más intocable. ¡Era como el traje de Superman! Al cabo de un tiempo, rompió con su pareja de aquel momento, con la que llevaba más de un año y a Mel le vino la idea loca de ponerse la camiseta. Y milagrosamente se sintió más capaz de afrontar la situación. De su interior sacó una fuerza que no sabía que tenía. Se puso su camiseta día tras día, lavándola y volviendo a ponérsela, hasta que creyó que podía continuar sin ella. De hecho, la fe en el poder misterioso de la camiseta la acompañó en todas las situaciones difíciles durante esos diez años, sobre todo en la ruptura con Sophie.

Cogió las llaves de su coche y salió. Necesitaba una voz amiga. Normalmente evitaba preocupar a Eva y María con sus problemas, pero Álex, la persona que más la conocía y en la que habitualmente volcaba sin tapujos sus inquietudes, en esos momentos libraba su propia batalla.

Subió al coche, bajó la capota y dejó que el viento alborotara su pelo. Así su aspecto reflejaría a la perfección su estado de ánimo.

Sus amigas vivían en la playa, a pocos kilómetros de su casa. Era una casa blanca, de estilo ibicenco, con un jardín frondoso y unas vistas maravillosas que inspiraban seguramente a María para pintar esos cuadros increíbles. Aparcó en la parte trasera y deseó que estuvieran en casa. No había querido llamarlas por teléfono. Necesitaba tenerlas cerca.

Llamó con cierta inquietud, pero al cabo de pocos segundos vio aparecer a María con su atuendo habitual de trabajo. Unas chanclas y una camisa blanca enorme salpicada por un millón de trazos de pintura de colores imposibles. En la cabeza, un pañuelo atado como si fuera un pirata escondía sus rizos.

—¡Mel!

—Hola, María, ¿os molesto ahora?

—¡Tú nunca, ya lo sabes! Pasa —le dio un beso—. Eva ha ido a comprar unos libros. No creo que tarde.

Mel la siguió a través del jardín hasta la casa.

—¿Quieres tomar algo?

—Un güisqui con hielo me iría bien, la verdad. Pero me sabe mal interrumpirte. Estás pintando.

—No seas tonta. Tengo todo el tiempo del mundo —dijo María con una gran sonrisa, desapareciendo en la cocina.

Al instante apareció con la copa de Mel y un té humeante para ella.

—Bueno, cuéntame. ¿Has hablado con ella?

Mel dio un buen trago a su copa.

—Se ha ido.

—¿Cómo que se ha ido? —los ojos azules de María se abrieron inmensos.

—Ha vuelto a París esta mañana. Sin despedirse.

—Pero, ¿cómo puede ser? —María se sentó de golpe.

Entró en ese momento Eva, cargada con una bolsa.

—¡Hombre, vaya sorpresa! No me digas más. ¡Tu querida camiseta! ¿Qué ha pasado? —su tono era de preocupación.

—Carla ha vuelto a París —dijo María.

—¿Qué? —Eva dejó la bolsa en la mesa y se quedó parada en medio del salón—. Espera, voy a ponerme una copa.

—Yo te la pongo, cariño. ¿Güisqui también? Le acabo de poner uno a Mel —María se dirigió a la cocina.

—Vale —Eva se sentó junto a Mel.

—Cuéntamelo todo —le apremió Eva.

Mel respiró hondo.

—No hay mucho que contar. Esta mañana ha venido Álex a mi casa.

—¿Álex sabe lo que pasó? —preguntó Eva con expresión tensa.

—¿Qué pasa con Álex? —María volvió con la copa y se la dio a Eva.

—Ha venido esta mañana a mi casa bastante alterada. Ha pillado a Carla a primera hora haciendo la maleta y no ha querido contarle nada. He tenido que explicarle lo que pasó anoche.

—¡Menuda putada! ¿Y cómo se lo ha tomado? —dijo Eva bebiendo de su copa.

—Me ha pedido que la deje en paz.

—¡Pero si fuiste tú la que paró la situación! Si no llegó a pasar nada fue por ti.

—Es un poco más complicado —Mel volvió a dar un buen trago de su güisqui, hundiéndose más en el sofá—. Según Álex, Carla está enamorada de mí desde siempre y yo le he jodido todas sus relaciones.

—¡Joder, qué fuerte! Pero, entonces, ¿por qué se ha ido la muy cobarde? —Eva parecía indignada.

—Eso es lo que me llamó ella, precisamente. La verdad es que pensé que intentaba tener un rollo conmigo sin complicaciones y le dejé claro que yo no estaba dispuesta a arriesgarme. Ya me conocéis. No suelo irme a la cama con alguien sin pensar las consecuencias —dio otro trago a su copa.

—¿Y ahora qué? —preguntó Eva.

—No lo sé. Lo único que sé es que ya no me la puedo quitar de la cabeza. No puedo ni escribir. Me aterra la situación, la verdad. Carla me altera todas las hormonas, me gusta mucho en todos los aspectos, pero tengo sentimientos muy contradictorios. Es mucho más joven que yo y siempre la he visto como la hija de Álex. Vamos, intocable.

—Pues bien que la tocaste... —dijo Eva con una sonrisa maliciosa.

—Calla, por favor, no quiero acordarme —Mel escondió su cara entre las manos.

—¿Qué vas a hacer, Mel? —preguntó María.

—Nada. Tengo que olvidarme de esto. Se lo he prometido a Álex.

—Eso son chorradas. Es la primera mujer que te gusta de verdad desde hace milenios. Yo de ti me iría ahora mismo a por ella. Y a Álex, que le den.

—Eva, eres el colmo. Sabes que no puedo hacer eso. Si ha vuelto a París es porque querrá retomar allí su vida, hay un hombre que la quiere. Quizás sea lo mejor para ella, es todo muy complicado. No sé si ha estado alguna vez con una mujer. Puede que ni siquiera ella sepa lo que quiere. Y yo ya no tengo edad para jugar. Voy a intentar volver a la normalidad. Como si todo esto no hubiera sucedido.

—Pues es lo más interesante que te ha sucedido desde hace mucho... —dejó caer Eva.

—Eva, no seas así, Mel está fatal —dijo María.

—No, si tiene razón. Me he encerrado en mi cubículo a escribir, como si nada del exterior pudiera afectarme. No estoy viviendo mucho la realidad últimamente. Pero para devolverme a la vida no creo que hubiera otra persona menos apropiada. ¡Joder! Y encima Álex está cabreada conmigo.

—¿Sabes lo que vamos a hacer? —dijo María—. Nos vamos a cenar por ahí y nos emborrachamos. Voy a arreglarme.

Dio un gran beso en la mejilla a Mel y salió como un rayo del salón.

—María tiene razón. Vámonos de juerga. Quizás mañana veas las cosas más claras y puedas tomar una decisión —Eva la golpeó con cariño con un cojín del sofá—. Y no te cambies esa reliquia de camiseta. Te hace muy sexy. ¡Igual ligas esta noche! Voy a arreglarme yo también. No huyas y ponte música. No tardo nada.

Mel rebuscó entre los CD de sus amigas y encontró lo que buscaba. Mientras sonaba la desgarrada voz de Mina: «... nada que hacer, olvídame ya, no quiero oír ni palabra...», con su canción *La estrella del rock*, se sentó y se acabó despacio su copa. Mel pensó que no le vendría mal salir e intentar divertirse, por una vez. Pero algo en su interior le decía que no iba a ser fácil. Tenía a Carla grabada a fuego en sus labios y con lo tranquila que vivía, ¿por qué tenía que pasarle esto ahora?

Decidieron ir paseando hasta un restaurante cercano para no depender del coche y beber con libertad. Mel se quedaría esa noche a dormir en casa de Eva y María. Eligieron un restaurante italiano en la playa, pequeño pero acogedor, al que solían ir con cierta asiduidad. Tenía ese aire familiar, con manteles azules, pequeños candelabros y la música italiana de siempre que aportaba al local cierto toque romántico. Al ser una hora temprana, cerca de las nueve, el restaurante estaba prácticamente vacío. Tan sólo una parejita en un rincón. Ellas eligieron una mesa al lado de un ventanal que daba al mar. Como era costumbre, Fabrizio, el dueño, vino a saludarlas con efusividad y a ofrecerles lo mejor de su cocina. Era un hombretón moreno y recio, con un bigote espeso y una sonrisa afable y permanente. Esa noche les obsequió con una rica pasta fresca con exquisita salsa de setas, precedida de un gran plato de provolone, sabroso queso de su tierra, frito al estilo de la casa, con hierbas aromáticas y frutos secos. Todo ello, por supuesto, regado con el mejor tinto de Sicilia. María inició el primer brindis.

—Por nuestra amistad.

—Por nuestra amistad —repitieron al unísono Mel y Eva.

—Y por que Mel se deje llevar y el amor le dé en plena frente —exclamó Eva.

—Brindo por ello —repitió María.

—¡No me obliguéis a brindar por eso! —dijo Mel, riendo.

—No sé por qué te niegas al amor, Mel. Sophie, como todas las anteriores, simplemente no era la persona adecuada. Llenó un período de tu vida y siguió su camino. Eligió su trabajo y se fue. No era una persona que pudiera adaptarse a una vida de pareja —dijo María con dulzura.

—Ya lo sé, María, pero cuando pones tu corazón en alguien, duele. De todas formas, hace más de un año que lo tengo superado, lo sabes. Yo sabía que su trabajo de reportera le obligaba a estar cada dos por tres en otra parte. Y al final se la llevaron lejos. Fui yo la que elegí. No podía irme con ella y adaptar mi vida a ese ritmo. Para escribir necesito cierta estabilidad. Y para el resto de mi vida, también. Tengo miedo de volver a fracasar. Cada vez es más difícil empezar de nuevo.

—Pero no imposible, Mel. Y vale la pena. Sólo hay que encontrar a la persona adecuada. Todo es más intenso cuando vives a dos —Eva cogió la mano de María y se la besó—. Ya lo sabes. Además tenemos ganas de volver a verte con ese brillo especial. ¿Verdad, María? —levantó su copa—. ¡Por volver a ver a Mel enamorada!

Volvieron a brindar entre risas y deseos lanzados al aire. Cerca de una hora después se habían bebido dos botellas de vino y habían iniciado sus rondas de brindis con *Strega*, «el elixir italiano de las brujas», como lo llamaba Fabrizio. El genio italiano de la cocina aseguraba que ese licor soltaba las lenguas y abría los corazones.

Salieron del local hacia el paseo marítimo entre las miradas y sonrisas de la gente que a esa hora ya llenaba el restaurante. Sin lugar a dudas habían sido el centro de atención esa noche. Fueron paseando y charlando por el borde de la playa. Eva y María cogidas de la mano. En un momento dado, se sentaron a horcajadas en el pretil del paseo. María, abrazando por detrás a Eva, mientras miraban el horizonte del mar, ese mar plata con el cielo azul profundo estrellado.

—Me encanta veros así. Sois la prueba de que una pareja puede estar enamorada toda una vida. Ahora mismo dudaría de la existencia de esa clase de amor si no os conociera. No sabéis cómo os lo agradezco —Mel se acurrucó abrazando sus piernas con los brazos. Su flequillo rubio caía sobre sus ojos.

—No nos agradezcas nada y ponte a ello. Te he dicho muchas veces que te arriesgues. Aunque luego no sea la persona de tu vida. Pero si no lo intentas una y otra vez, no la encontrarás —dijo Eva.

—Lo sé. Pero con Carla es imposible. Ha huido a toda prisa al lado de su novio. Todo vuelve a su sitio —Mel miró hacia el horizonte con melancolía.

—Mel, cariño, confía en el destino. Nunca se sabe lo que nos va a deparar a la vuelta de la esquina —dijo María, acariciando suavemente el pelo de Eva.

—Pero ayúdale tú también un poco y ponte en disposición de que te pasen cosas. ¿Vale? —dijo Eva.

—Bueno, pero eso será mañana. Ahora estoy agotada y un poco borracha —dijo Mel riendo—. Voy a tener que ir a meditar en mis sueños.

—Venga, vámonos a dormir, pero mañana hablamos. Además tenemos pendiente una fiesta de cumpleaños —dijo María, haciéndole un guiño a Eva.

—¡Vale, la haremos...! —dijo Eva—. No me apeteció mucho cuando María me lo propuso, pero la haremos por ti. Dentro de dos viernes. Invitaremos a un montón de amigas libres y guapísimas. Ponte tus mejores galas, Mel, que esta vez te van a pillar.

María y Eva abrazaron a Mel, zarandeándola.

—Sois el colmo.

Desanduvieron el camino paseando perezosas hasta casa. Mel se quedó esa noche en la habitación de invitados.

—Mañana hablamos. Os quiero.

—Que duermas bien. Te hemos dejado un pijama encima de la cama.

Esa noche Mel se metió en la cama y se prometió empezar de nuevo al día siguiente. Se obligaría a no pensar más en Carla. Bueno, por lo menos lo intentaría.

La decisión

Carla se vistió lentamente y salió. Necesitaba pensar. No podía enfrentarse a Jean-Marc en esos momentos. Comenzó a andar sin rumbo fijo por el Boulevard Haussmann. Pasear por París siempre había despejado su mente. Llegó al cabo de un buen rato hasta l'Opéra y se tomó su tiempo para admirarla. Era fantástica. Se sintió un poco más relajada. Debía hablar con él, pero ¿qué le iba a decir? Giró por las calles adyacentes enfilando por la misma Avenue de l'Opéra, desembocando en la Rue de Rivoli y recorriendo el impresionante Palais du Louvre. Al llegar a la altura de la Rue du Renard se dio cuenta de que estaba hambrienta y cansada. Necesitaba tomar algo. Alcanzó el Centro Georges Pompidou y entró en el Café Beaubourg, moderno y agradable, repleto de gente joven, justo en el momento

91

en que sonaba la música relajante de una de las piezas de la última recopilación del Buddha Bar. Pidió un café capuchino y se relajó unos momentos obligándose a recapacitar. Hacía un buen rato que Jean-Marc la estaba llamando al móvil. Imaginaba su aturdimiento al despertarse y darse cuenta de que ella no estaba en casa. Pero se sentía incapaz de contestar a sus llamadas. Aún no. Tampoco había contestado a las llamadas de su madre. Debería llamarla más tarde. Estaría preocupadísima. Pero ahora mismo necesitaba tiempo para pensar. Su vida perfecta se estaba desmoronando. Salió del café y comenzó a andar de nuevo, volviendo sobre sus pasos. Atravesó el Sena por el Puente de Notre Dame y se dirigió a esa catedral majestuosa y mágica. Una vez dentro, se sentó en un banco solitario y buscó un poco de paz. No era creyente en el sentido estricto, pero siempre había sentido que en algún lugar de su interior había alguien apoyándola en los trances difíciles. Y ahora lo necesitaba más que nunca. Estaba en una encrucijada de su vida y debía tomar decisiones que cambiarían su rumbo radicalmente. De forma casi inesperada, encontró el sosiego que venía buscando en el interior de la catedral, con el eco de los pasos de los turistas que invadían diariamente el recinto, el olor de las velas… Permaneció en calma durante varios minutos y de repente supo lo que debía hacer. Vio con claridad su vida en un futuro próximo y se agarró a ella con decisión. Salió de Notre Dame a la luz del atardecer parisino y cogió su móvil. Escribió un mensaje a su madre. Se encontraba bien y luego la llamaría. Después llamó a Jean-Marc.

—Carla, por fin, ¿dónde estás? Te he llamado mil veces.

—Estoy en la explanada delante de Notre Dame.

—¿Qué haces ahí? Me has dado un susto de muerte. Me he despertado y te he buscado por toda la casa.

—¿Dónde estás?

—No podía localizarte y he vuelto a mi apartamento. Pero... ¿qué pasa, cariño? —su voz sonaba alarmada.

—Voy para allá. Tenemos que hablar.

—Bien, te espero, pero me estás asustando.

—Ahora hablamos.

Colgó y respiró hondo. Ya no podía dar marcha atrás. Cogió el metro y se dirigió a la Place de Clichy, cerca de la cual vivía Jean-Marc.

Llamó a la puerta con determinación. Jean-Marc abrió al instante.

—Pasa. Me tenías muy preocupado.

Carla entró y se sentó en el salón.

—¿Me pones una copa? —dijo Carla mirándolo seria desde el sofá.

—¿Quieres champán? —preguntó Jean-Marc, acercándose y agachándose a la altura de sus ojos.

—Mejor un *bourbon*.

—Un poco fuerte para estas horas... Carla, ¿qué pasa? —dijo Jean-Marc dulcemente, cogiéndole las manos.

—Ponme la copa, por favor —intentó que no le temblara la voz y apartó sus manos con suavidad.

Jean-Marc se dirigió al mueble bar y preparó las copas en silencio.

—¿Me vas a contar qué pasa, cariño? —le entregó la copa a Carla con semblante serio.

—Jean-Marc, me resulta muy difícil decirte esto, pero no puedo casarme contigo. Es más, no creo que debamos continuar juntos.

—Pero... ¿Me estás diciendo... que vas a dejarme? —su cara reflejaba total incredulidad.

Los músculos de Jean-Marc estaban tensos. Carla no podía mirarle directamente. Tenía los ojos clavados en su copa.

—Jean-Marc..., me he dado cuenta de que no estoy enamorada de ti —se esforzó para que su voz sonara firme.

—Pero... y el recibimiento de esta mañana... no... no...

Carla no le dejó acabar la frase.

—Lo he intentado con todas mis fuerzas, pero no quiero hacerte más daño.

Jean-Marc estaba como paralizado, no daba crédito a lo que estaba oyendo.

—Por favor, Carla, explícamelo porque no lo entiendo. ¿Te has estado riendo de mí? —preguntó con voz dura.

—No. Es sencillamente que no siento lo que debería para continuar contigo. Lo siento. De verdad.

Carla ya lo miraba directamente a los ojos. Él se estaba poniendo cada vez más tenso.

—¿Hay alguien más? —preguntó bruscamente.

—Ese no es el problema —Carla centró otra vez su mirada en la copa.

—¡Mírame! ¿Quién es? —estaba rojo de furia.

Carla sostuvo su mirada con firmeza.

—No sigas por ahí. Soy yo, Jean-Marc. No puedo darte lo que tú necesitas.

—No me digas eso. Haré lo que me pidas. Intentaré que te enamores de mí. Pero, por favor, no me dejes —sus ojos empezaban a llenarse de lágrimas.

Carla se sentía morir. Pero no podía hacerle más daño.

—No puedo seguir con esta mentira. Entiéndeme. Te haría mucho más daño y acabarías odiándome. Y no quiero que eso ocurra —Carla notó que le corrían las

94

lágrimas por sus mejillas—. Te quiero de verdad. Con el tiempo lo entenderás.

—No me engañes. Sé que hay alguien más. No puede ser de otra forma.

—Jean-Marc... —Carla miró al suelo.

—Lo sabía. Dime quién es, por favor.

—No es nadie —no podía controlar las lágrimas que se desbordaban por su cara.

—Tienes a alguien en España, ¿verdad?

—Sí... y no.

—Dímelo. Me merezco una explicación por lo menos.

Carla bebió un trago largo de su copa y decidió contarle la verdad a Jean-Marc. Desde el principio de su obsesión. Cuando terminó, él, con las manos cubriendo su cara, guardó un significativo silencio.

—Dime algo, por favor —rogó Carla.

Él la miró con dureza.

—¿Qué quieres que te diga? Eres lesbiana. Contra eso no puedo luchar. Pero creo que no me merecía que me engañaras de esa forma. No me gusta perder el tiempo. Ni que jueguen con mis sentimientos.

—Te aseguro que no es eso lo que pretendía...

—No sé lo que pretendías, pero quiero que te vayas, Carla. Y que te lleves todo lo que tienes en mi casa.

Carla permaneció en silencio unos segundos.

—Haz con ello lo que quieras. No vale la pena —contestó con voz apagada. Se puso de pie y se dirigió a la puerta.

—Puede que algún día volvamos a hablar de esto —añadió.

—Vete, por favor.

Carla salió y Jean-Marc cerró la puerta tras ella.

Comenzó a andar con decisión a lo largo de la Rue de Clichy. Ya estaba hecho. Le había hecho mucho daño, pero se había liberado por fin de esa gran mentira que la corroía. Era libre. Continuó por la Rue Saint-Lazare hasta encontrar el Boulevard Haussmann. Entró en su apartamento. Sólo quería acostarse y dormir. No pensar hasta el día siguiente. Debía relajarse y poner en orden su vida. Mañana llamaría a su madre. Ahora el tiempo era sólo suyo.

Sobreviviendo

Mel se levantó pronto y con resaca. No quiso despertar a sus amigas y les dejó una nota. En cuanto llegó a casa, se preparó su desayuno habitual, puso música y fue hasta la piscina. Estuvo nadando desnuda, con desgana, sintiendo el frescor que aliviaba su piel y su mente un poco nublada. Ya no tenía cuerpo para esas juergas. Se tumbó un rato dejando que el sol la acariciara, mientras desde el salón llegaban las notas de la banda sonora de *Bilitis*. La imagen de Carla, afortunadamente, era un poco más tenue esa mañana. La resaca le había venido bien, al fin y al cabo. Decidió que era hora de retomar su libro. Sólo faltaba que no lo terminara cuando había acordado y tuviera a Álex doblemente cabreada.

Se preparó un zumo de naranja y se colocó delante de su ordenador. Intentaría sacarle partido al día.

Escribió buena parte de la mañana. Sólo recibió la llamada de María hacia el mediodía para constatar que seguía viva. Sus amigas no la dejaban ni un segundo. Tenía suerte de tenerlas a su lado. En cambio Álex no dio señales de vida. Normalmente hablaban todos los días al menos una vez, pero algo había cambiado desde ayer. Habría que dejar que el tiempo suavizara las cosas. No debía ser fácil tampoco para ella, pensó para sí misma.

Siguió escribiendo a lo largo de la tarde y se acostó relativamente temprano, pues al día siguiente había pensado acercarse al centro a comprar un regalo para Eva. La semana siguiente era su cumpleaños. La famosa fiesta que iban a montar en su casa para que conociera caras nuevas. Le daba una pereza terrible. Hacía ya mucho tiempo que sus reuniones festivas se reducían a pocas personas y todas conocidas. Bueno, se dijo, había prometido abrirse un poco más al mundo y quizás le viniera bien conocer gente. Esa noche tardó un poco menos en dormirse, a pesar de que su mente luchaba con la imagen con la que se esforzaba en no pensar.

A la mañana siguiente se despertó temprano, retomando viejas costumbres, desayunó ligero y se fue a correr a la playa. Necesitaba recobrar algo de su rutina, sentir la estabilidad. Hoy se notaba un poco más entumecida, pero a medida que iba avanzando iba sintiendo fluir su vieja energía.

Regresó a casa con cierto optimismo, posiblemente con la ayuda de las endorfinas generadas por la carrera, y se dio una ducha lenta y reconstituyente. A media mañana fue al centro y compró un regalo para Eva. Un magnífico reloj de diseño italiano que iba mucho con su personalidad. Con eso siempre acertaba, porque Eva se volvía loca con los relojes. Tenía una pequeña colección y los adoraba.

Bien, decidió, ya era hora de ponerse a trabajar. Debía acabar esa novela que se le estaba poniendo difícil con tanta distracción. Y Álex seguía sin llamarla. Mejor, porque iba un poco retrasada con las entregas estipuladas. Ya tendría tiempo para hablar con ella. Afortunadamente para su salud mental, «aquello», como solía llamar a las posesiones inexplicables que sufría desde hacía tiempo, no había vuelto a suceder desde hacía tres días.

Álex buscó nerviosa su móvil. No dejaba de sonar y estaba perdido al fondo del bolso.

—¿Mamá?

—¡Menos mal, Carla, estaba a punto de ir a buscarte a París! ¿Cómo estás, hija?

—Ahora bien. Siento haberme ido así. He tomado una decisión, mamá. He roto con Jean-Marc. Necesito estar sola una temporada y aclarar mis sentimientos.

—Imagino que para haber tomado esta decisión debes de estar muy segura.

—Lo estoy. Sé que le quiero un montón, pero no estoy enamorada. Así no puedo continuar con él. Tenías razón.

—¿Cómo se lo ha tomado?

—Mal.

—Lo siento mucho, cariño.

—Espero que algún día podamos hablarlo con tranquilidad. Pero ahora es imposible. Le he hecho mucho daño.

—¿Qué le has contado?

—Todo, mamá. No me ha dado otra opción.

—¡Dios mío! Le habrás destrozado. Y sobre todo en su orgullo masculino.

—Espero que comprenda con el tiempo. Que la causa

haya sido una mujer no tiene importancia. Habría sucedido lo mismo si Mel fuera un hombre.

—Sí, pero la educación machista de nuestra cultura hace muy difícil comprender eso. Le costaría mucho menos superarlo si hubiera sido otro hombre. Así de absurdas son las cosas. Pero al fin y al cabo, cariño, lo importante es que tú estés bien. Y sobre todo, intenta averiguar lo que quieres hacer con tu vida.

—Gracias mamá, eso es precisamente lo que quiero. Por cierto, he sido muy egoísta y no te he preguntado cómo estás tú. ¿Qué tal con Marcello? Me parece un hombre muy interesante. Y muy atractivo. Se le nota que está loco por ti. Y me parece, por lo que te conozco, que no te es del todo indiferente...

Carla casi la veía sonreír al otro lado del teléfono.

—La verdad es que me siento feliz a su lado. Es un hombre maravilloso, Carla. Pero hay un pequeño problema: intenta apartarme de la vida que llevo y arrastrarme hasta su paraíso italiano. Tiene una villa a las afueras de Roma y pretende que nos retiremos allí para vivir nuestro «otoño romano». Además, quiere llevarme a ver mundo. Piensa pasar el resto que le queda de vida enseñándome sitios paradisíacos.

—Pues no suena como una condena precisamente...

—Ya lo sé, hija, pero sabes que para mí el trabajo es una parte fundamental de mi vida. No puedo abandonar la empresa que tanto nos costó levantar a tu padre y a mí y retirarme a vivir la vida con Marcello. No creo que funcionara.

—De todas formas, mamá, deberías pensar en ello. Las personas excepcionales no abundan. Y la proposición que te ha hecho, mucho menos.

—Gracias, cariño. Sabes que lo pensaré en serio. Aunque por ahora lo veo como un callejón sin salida.

100

—Yo ahora necesito descansar unos días y pensar. Y tú deberías hacer lo mismo. Te llamaré pronto, te lo prometo. Te quiero.

—Y yo a ti. Cuídate y no desaparezcas otra vez.

—Lo haré, mamá. Hasta pronto.

—Hasta pronto, hija.

Álex se quedó sentada, pensativa, tras la llamada. ¿Se habría precipitado? Estaba segura de que no. Carla pensaba muchísimo las cosas antes de hacerlas. Habría llegado al límite para tomar esta decisión. Y algo que tranquilizaba a Álex era el hecho de que se planteara estar sola y no volver corriendo al lado de Mel. No creía que ésta fuera una buena decisión. Intentaría por todos los medios que Mel no se enterara de la ruptura de su hija con Jean-Marc. De todas formas, ahora las cosas estaban lo suficientemente tensas con Mel como para no hablar de nada relacionado con Carla. Sería lo mejor.

Premeditación

Eva llegó esa tarde más pronto que de costumbre y encontró a María concentrada pintando, con esa camisa blanca manchada que adoraba aunque le quedaba como un saco, pero que la hacía tan sexy... Se acercó sin hacer ruido por detrás y la abrazó, introduciendo su mano derecha por debajo de la camisa y acariciando uno de sus pechos.

—¡Qué susto me has dado! No hagas eso, cariño, un día me dará un infarto.

Eva le dio la vuelta y la besó separando sus labios con la lengua y apretando su cuerpo contra ella.

—Qué ganas tenía de volver a casa y coger este culo.

—Veo que el trabajo te ha ido bien hoy, cariño, te noto inspirada —susurró María.

Se separó de ella despacio, la cogió de la mano sin mediar palabra y la condujo hasta el dormitorio. Frente a Eva, sonriendo con picardía, se sacó la camisa por la cabeza

—Ven aquí. Siempre consigues ponerme como una moto —dijo Eva, atrayéndola hacia sí.

Hicieron el amor el resto de la tarde y permanecieron relajadas en la cama hasta la hora de la cena hablando de la fiesta.

—Vamos a hacer la lista de gente que vamos a invitar. Tienes que llamar a tus amigas de la facultad. Las artistas tenéis ese no sé qué... —dijo Eva, besándola.

—No creo que sean del estilo de Mel. Seguro que le gusta más alguna compañera tuya del despacho. Ya sabes, del estilo ejecutivo agresivo —contestó María riendo.

—Bueno, creo que es el momento de que juntemos a nuestros amigos y conocidos, a ver qué pasa. Puede ser divertido. Además se me está ocurriendo que hay una persona que le va seguro. ¿Te acuerdas de Patricia, la abogada nueva que lleva temas fiscales en el despacho?

—¿La rubia de pelo largo con la que pretendías darme celos? —dijo María con cierta malicia.

—¿Que yo qué? —dijo Eva con el ceño fruncido.

—Es broma, cariño. Pero ¿es esa, verdad? Aquella con la que estabas hablando en la calle cuando fui a recogerte al despacho la semana pasada. Era guapísima.

—Esa. No hace mucho vino Mel al despacho a consultarme unos puntos de su declaración de la renta y se la presenté. Ella es la experta en esos temas.

—¿Y le resolvió sus dudas? —sonrió María.

—Me parece que la dejó, digamos... gratamente impresionada.

—¡Cuéntame!

—Antes de irse pasó por mi despacho y con cara de circunstancias me dijo: «¡Qué calladito te lo tenías!». Y me arreó con los papeles que tenía en la mano.

—¡Vaya! Eso es buena señal. Y esa Patricia, ¿de qué va? ¿Entiende?

—Pues es una incógnita para todos. Lleva a los hombres del despacho de cabeza, pero ninguno se atreve a decirle nada. No sabemos si está con alguien, pero me da la impresión de que vive sola. Nunca habla de su vida privada. Aunque claro, lleva sólo dos meses trabajando con nosotros.

—¿Y accederá a venir a tu fiesta?

—Podemos probar.

—Vale, yo voy a ir llamando a mis amigas y tú invítala mañana cuando la veas en el despacho. Además, llamaremos a Fran e Iván, a ver si traen a alguien interesante.

—Los llamo ahora mismo.

—¡Comienza la operación «Salvar a Mel»! —dijo María cogiendo el teléfono con entusiasmo.

La fiesta

Los días siguientes pasaron lentos y rutinarios para Mel. Inexplicablemente, «aquello» no había vuelto a producirse. ¿Habría recobrado la cordura? El viernes acordado amaneció radiante, como esos días de final del verano que se niegan a dar paso al otoño, aunque la brisa nocturna haga presagiar el cambio de estación. Mel se tomó su tiempo para arreglarse. Eligió una camisa negra de lino ajustada y unos pantalones blancos que resaltaban su figura. No presentía que esa noche fuera a ocurrir nada especial, pero no quería decepcionar a sus amigas. Ya que le habían preparado semejante encerrona, les seguiría el juego.

La cita era a las ocho en casa de Eva y María. No pensaba llegar la primera, así que se demoró un poco más y subió al coche a eso de las ocho y diez. Estaba anocheciendo y el espectáculo desde el camino paralelo a la playa era fascinante. Diez minutos más tarde llegó a casa de sus amigas. Mel comprobó con cierta inquietud que una docena de coches ocupaba ya los alrededores de la casa. Aparcó y llamó a la puerta.

—Hola, guapa. Ya teníamos ganas de verte.

Ahí estaba Fran, con su sonrisa espectacular y sus modales envolventes. Desde fuera se percibía el murmullo de conversaciones mezclado con música *retro* de los ochenta. Alaska gritaba: «¿A quién le importa lo que yo diga? Yo soy así y así seguiré...». Mel no pudo reprimir una sonrisa.

Fran era compañero de estudios y amigo de María desde hacía años. Sus ojos azules con largas pestañas y su pelo canoso rizado le otorgaban un atractivo especial. Cerca de la barrera de los cincuenta, irradiaba sabiduría y serenidad. En la actualidad, ocupaba un puesto en el departamento de Historia del Arte de la facultad. Mel sentía un cariño especial por este hombre sensible e inteligente. La abrazó con ternura y la acompañó al interior de la casa rodeándole la cintura con el brazo. En el salón se mezclaba el sonido de la música, las risas y conversaciones con el barullo procedente de la gente que ocupaba el jardín trasero de la casa. Mel se demoró un momento hablando con Fran antes de incorporarse a la fiesta.

—¡Vosotros sí sois caros de ver! ¿Qué tal el fin de semana en Granada?

—De lujo. Pero hubiera preferido no perderme el tuyo. ¿Cómo estás? —la miró con cariño.

Mel suspiró.

—Supongo que bien. Ya veo que te lo han contado. Ahora no es buen momento, pero ya hablaremos. ¿Dónde está Iván?

—Anda por la cocina, ayudando a María. ¡Ah! Ahí tenemos a la protagonista.

Mel se acercó a Eva y le dio un fuerte abrazo.

—Felicidades cariño. Estás guapísima. Te sienta de miedo cumplir años. ¿Cuántos dices que cumples? —Mel sonreía provocadora.

—Los mismos que tú, carca ¡No sé por qué te quiero! —bromeó Eva arrugando el entrecejo.

—Porque no tienes más remedio. Anda, toma. Espero que te guste.

Eva abrió el regalo de Mel.

—¡Me encanta! —Le cogió con ambas manos la cara, dándole un sonoro beso en los labios. Inmediatamente se puso el reloj.

—Siempre has tenido un gusto exquisito —intervino Fran—. Por cierto, estaba a punto de decirle a nuestra amiga que no podemos dejarla sola. Enseguida la lía —dijo guiñándole un ojo a Eva.

—Lo que deberíamos hacer es dejarla más veces sola. A ver si alguna loba se la come. Voy a enseñárselo a María. Ven conmigo, te tenemos que presentar a toda la fauna, a ver si alguna te gusta y te quitas de la cabeza a ya sabes quién.

—Antes necesitaré una copa, que te conozco y seguro que me metes en algún compromiso.

—No te preocupes que yo se la pongo —dijo Fran dirigiéndose a Eva—. Déjamela un ratito, que ahora os la devuelvo, cuando esté preparada.

Se dirigieron a una mesa repleta de bebidas en un rincón del salón y desde allí observaron a los grupos que se habían formado por toda la casa.

—Las chicas han reunido a la flor y nata en tu honor —rió Fran mientras entregaba una copa de vino a Mel.

—Por Dios, Fran, que nos van a oír. No sabes el coraje que me da esto.

—Pues hala, pégale un trago y relájate. La noche es joven.

—No me dejes sola o te mato. Vamos a salir al jardín a ver si veo a María y a Iván.

Se dirigieron al jardín entre la gente, percibiendo algunas miradas curiosas a su alrededor.

—Ahí está tu fisioterapeuta preferido —dijo Mel señalando hacia Iván.

Iván, la nueva pareja de Fran desde hacía poco más de un año, era un mulato guapísimo que había conocido durante su rehabilitación, después de operarse los ligamentos de la rodilla. Y por lo visto le había hecho una rehabilitación de miedo.

—¡Hola, guapo! —dijo Mel dirigiéndose hacia él.

—¡Mel! Ya pensábamos que no venías —la besó estrechándola con fuerza.

—No me perdería el cumpleaños de Eva por nada del mundo. Lo han organizado todo de miedo —dijo Mel echando una mirada en torno al jardín.

Dispuestos en varias mesas se exhibían diversos platos magníficamente presentados. María deambulaba de uno a otro grupo de gente, como siempre, preocupada porque todo fuera del gusto de sus invitados. De repente, vislumbró a Mel y se acercó corriendo con los brazos abiertos.

—¡Mel! —le dio un abrazo que casi la tira al suelo— Eva me ha enseñado el reloj. Es precioso. Ven, que te voy a presentar a unas amigas.

—Espera...

La cogió de la mano y prácticamente sin dejarle hablar la arrastró hasta un grupo de tres mujeres que charlaban al lado de una de las mesas. Fran hizo un guiño a Iván, que sonrió y volvió hacia la cocina, mientras él seguía a corta distancia a María y Mel, presagiando que en algún momento tendría que rescatar a ésta.

110

—Estas son Isabel, Marta y Vera. Os presento a mi amiga Mel. ¡Ya tenían ganas de conocerte! —dijo María mirando a Mel sonriente.

Tras los besos y presentaciones, María se disculpó y las dejó para seguir atendiendo al resto de invitados.

Isabel, una morena menudita muy vivaracha, de ojos inteligentes, llevaba el pelo suelto en una melena corta muy lisa, que se agitaba al ritmo de sus movimientos. A su lado, Marta parecía moverse a cámara lenta. Con el pelo castaño recogido en una trenza, compartía el mismo estilo bohemio de María y sus ademanes eran pausados. Daba la sensación de que acababa de salir de una sesión de yoga. Vera, por contraste, una pelirroja alta de pelo largo rizado con grandes ojos verdes permanentemente asombrados, era un manojo de nervios. En sólo dos minutos de conversación consiguió derramar su copa, parte en el suelo, parte encima de su camisa. Fran observaba de cerca, divertido, viendo como las tres, por turno, la acosaban a preguntas y, por supuesto, miradas con mensaje a las que Mel no hacía ni caso. Ella respondía con soltura a sus interlocutoras. Fran ya había visto en otras ocasiones a Mel en acción. Siempre le incomodaban estas situaciones, pero una vez en el ruedo, lidiaba con ellas de maravilla. Tenía un poder de seducción natural y la capacidad para mantener la atención de todo un grupo, por grande que fuera. Al cabo de un rato, Fran se dirigió hacia ellas, dispuesto a echarle un cable.

—Bueno, veo que ya os han presentado a Mel.

—¡Fran! —Las tres se acercaron a besarlo, consiguiendo éste con fortuna sortear la nueva copa que esgrimía Vera en su mano.

—Estábamos hablando con Mel de la última novela que ha escrito. ¡Nos encanta! —exclamó Vera entusiasmada.

—Y la estamos animando para que termine la que tiene entre manos, que ya la esperamos impacientes —añadió Isabel.

—Hacéis muy bien. Yo también tengo ganas de leerla. Perdonadme que os robe un momento a Mel. Enseguida os la devuelvo.

Fran cogió a Mel por la cintura y alejándola del grupo le susurró al oído.

—¿Llego a tiempo?

—Justito. Ya no podía aguantarme la risa —contestó atragantándose.

—La verdad es que estas tres juntas forman un grupo pintoresco. Anda, vamos a comer algo —dijo riéndose.

Se dirigieron a una parte más alejada y tranquila del jardín y probaron los platos de una de las mesas.

—Está todo buenísimo. Me gustaría decírselo a las chicas pero han desaparecido —dijo Mel.

—Ahora las buscamos. Desde aquí podemos tener una perspectiva más tranquila. ¿Has visto a alguien que te guste? Hoy eres la reina de corazones.

—De eso nada. La protagonista de hoy es Eva, que para eso es su cumpleaños.

—Sí, pero ella está pillada y tú no. Supuestamente, claro.

—Supuestamente.

—¿No vas a contarme lo que ha pasado?

—Ya te habrán adelantado algo las chicas, supongo.

—Algo. ¿Quién es esa «supermujer» que le quita el sueño a nuestra Mel?

—¿Te acuerdas de Álex, mi editora?

—¡Cómo olvidarla! Guapa y con carácter.

—Pues Carla es su hija.

—¿¡No será menor...!?

—¿Pero tú qué te crees que soy? —Mel le dio una palmada en el hombro, bromeando.

—En serio. Debe ser un fenómeno para que te haya dado tan fuerte.

—Lo es. En todos los aspectos —Mel dio un trago a su copa, poniéndose seria.

—¿Y por qué la has dejado ir?

—Porque no puede ser, Fran. Es quince años más joven que yo, Álex me ha pedido cordialmente que la deje en paz y además tiene novio, con el que debe estar en estos momentos.

—¿Te gustan las cosas fáciles, eh?

—¡Ya ves! —Mel sonrió con cierta tristeza—. Por cierto, ¡allí está Eva!

—¿Quién es la rubia que va con ella?

—¡No me digas que se ha atrevido a invitarla!

—¿La conoces? Anda, cuéntame, que me muero de curiosidad. Esa te tiene que gustar seguro. Es un bellezón.

—Es una asesora fiscal de su despacho.

—¿Y?

—Me la recomendó una vez para un tema de renta. ¡Calla que viene hacia aquí!

—¡Os andaba buscando! ¿Te acuerdas de Patricia?

—Por supuesto.

Se saludaron con dos besos.

—¿Qué tal tu declaración? —preguntó Patricia con una sonrisa. Sus ojos verdes perforaban el alma.

—Mucho mejor que la anterior, gracias a ti —contestó Mel devolviéndole la sonrisa.

—Me alegro. Si tienes algún problema ya sabes dónde estoy.

—Fran —intervino Eva—, ¿me ayudas con el vino? Quiero sacar algunas botellas más. ¡No veas la gente cómo bebe!

—¡Cómo no! —la mirada que Fran lanzó a Eva fue significativa.

Se alejaron los dos hacía el interior de la casa.

—Bueno, se han dado prisa en desaparecer y dejarnos solas —dijo Mel sonriendo.

—Eso parece. Ahora entiendo por qué Eva me ha invitado a su cumpleaños —añadió Patricia mirando a Mel con complicidad—. La verdad es que me extrañó en un principio, porque nuestra relación es estrictamente laboral y no nos conocemos apenas, pero sentía curiosidad. Está intentando emparejarte con alguien, ¿me equivoco?

—No. Y te pido disculpas por esta situación. Eva siempre anda metiendo en compromisos a todo el mundo. Es totalmente desinhibida y no se plantea que los demás puedan sentirse incómodos.

—No te preocupes —dijo Patricia riendo—. La verdad es que no me siento incómoda en absoluto. Me divierte esta situación. Lo que me llama la atención es que una persona como tú necesite que le organicen encuentros sus amigas.

Tanto su mirada como su tono eran provocadores. A Mel pareció pillarle por sorpresa, pero reaccionó rápido.

—Vaya, eres incluso más directa que Eva. Y yo preocupándome por ti —contestó Mel en el mismo tono.

—Bueno, a mí también me gusta jugar de vez en cuando... Pero, en serio, ¿qué hace alguien como tú sin pareja? Imagino que es una opción personal, porque problemas para ligar precisamente no pareces tener.

—Gracias por el cumplido. Y sí, es una decisión personal. Decisión que algunas de mis amigas se empeñan en no respetar.

—¿Puedo preguntar por qué? —la mirada de Patricia era directa.

—Bueno, digamos que necesito tiempo para pensar y trabajar con tranquilidad. No busco complicaciones en estos momentos de mi vida.

—¿Acabas de terminar una relación?

—No. Hace más de un año. Me lo tomo con calma, simplemente.

—Bueno, un año ya es tiempo para empezar de nuevo, si uno quiere.

—Probablemente. ¿Y tú? Me cuesta imaginarte sola.

—Nunca estoy sola. Tengo mi trabajo, mi familia, mis amigos.

—Bueno, eso está muy bien. Si no quieres, no tienes por qué contarme nada.

—Puedo contártelo en mi casa, con una copa.

—No te andas con rodeos.

—Si algo me interesa, no. ¿Nos vamos?

—Vamos a despedirnos de Eva, por lo menos.

—Déjalo. Que nos echen de menos.

Mel se sintió arrastrada por esa mujer enigmática y un tanto peligrosa. Sin darle tiempo a pensar, se encontró huyendo con ella de casa de sus amigas y siguiéndola con su coche.

Patricia

Aquella noche, mientras Mel seguía con su coche al to-
doterreno de Patricia, sus pensamientos bullían en su
cabeza como agua hirviendo. ¿Qué estaba haciendo? Ni
siquiera se había despedido de Eva. Se habían escapado
de su casa como delincuentes. No era propio de ella ac-
tuar así. Bueno, se dijo a sí misma para tranquilizar su
conciencia, al fin y al cabo una copa no comprometía a
nada y le daría la oportunidad de averiguar si era capaz
de ir más allá sin acordarse de Carla. Mejor ocasión
sería difícil de encontrar, pero el nerviosismo le atenazaba el estómago. En otras circunstancias no tendría
ninguna duda. Patricia era una mujer muy atractiva.
Lo terrible era que, pasara lo que pasara, al día siguiente tendría que soportar las bromas y el interroga-
torio de sus amigos. Más valdría no pensar y dejarse

llevar por una vez en la vida. Un toque de locura no le vendría mal.

Al cabo de unos minutos, Patricia le hizo una señal desde su coche para que aparcara en un hueco. Mel aparcó y la esperó. Enseguida apareció con esa sonrisa enigmática.

—Es aquí mismo.

Entraron en el portal y subieron al ascensor. Cada segundo de silencio se convertía en un suplicio. Patricia la miraba directamente a los ojos, retándola. Parecía disfrutar con esa situación. Mel sentía claustrofobia. Deseaba salir de allí volando. ¡No sería capaz de atacarla antes de llegar! Notaba una gota de sudor deslizándose por su espalda. Y por si fuera poco, vivía en el ático. El tiempo se hizo interminable hasta aquel piso. Patricia abrió la puerta y la dejó pasar delante. Era un apartamento moderno, decorado con gusto.

—Ponte cómoda. ¿Te apetece champán, güisqui, *bourbon*...?

—Güisqui, gracias.

«Tranquila, Mel», se dijo un poco más calmada, «no vas a hacer nada que no quieras.»

Patricia se dirigió al equipo de música y al instante empezó a sonar la voz de Chavela Vargas, «Tú me acostumbraste...», mientras ella desaparecía en la cocina. Al cabo de un minuto volvió con dos vasos, acercándose a Mel.

—Toma. Y no te preocupes —dijo sonriendo—, sólo hablaremos.

Mel no pudo evitar poner cara de asombro.

—Si quieres que te sea sincera, desde el primer día que viniste al despacho me gustaste. Y me pareció que yo a ti también. He estado a punto de abalanzarme sobre ti en el ascensor y besarte. Pero al ver la cara de susto que tenías he comprendido que había llegado tarde. ¿Es así?

—Vaya, eres muy observadora —Mel no pudo evitar bajar los ojos al suelo.

—Vamos a sentarnos.

Se dirigieron al sofá.

—Hay alguien, ¿verdad?

—Sólo en mi cabeza —dio un gran sorbo a su copa y la dejó sobre la mesa.

—Y has venido esta noche para intentar quitarla de ahí... —Patricia acercó su mano hasta el pelo de Mel y se lo retiró de la frente con una caricia—. No me importa.

Mel, en un arranque de desesperación, la agarró de la muñeca y la atrajo hacia sí. Patricia buscó su boca con deseo. De forma inconsciente empujó a Mel hasta que su cuerpo quedó recostado en el sofá y ella lo cubrió con el suyo. Mel luchó con todas sus fuerzas por dejarse llevar. Sentía el cuerpo de esa mujer fascinante encima de ella, reclamándola y... el sabor de Carla en su cabeza. Y en ese mismo momento el mayor temor de su mente empezó a hacerse real. Una ráfaga de azahar la golpeó como una bofetada. Entre jadeos, sólo pudo decir una palabra.

—Espera.

Patricia se quedó quieta con la melena revuelta sobre la cara y fue apartándose despacio. Se sentó tomando aire al otro lado del sofá y cogió su copa.

—Debe ser muy importante para ti esa mujer.

Mel se levantó como movida por un resorte, con el corazón desbocado. Afortunadamente «aquello» sólo se manifestó un segundo y cesó de repente.

—Lo siento. Me gustas muchísimo, de verdad. Pero no puedo hacerlo. Tengo que solucionar esto antes. Perdóname.

Patricia se levantó y se acercó a Mel.

—No te disculpes. Lo has intentado y te lo agradezco. Puede que más adelante todo cambie... Llámame entonces.

—Te lo prometo.

—No prometas nada.

—Te llamaré.

—Suerte —dijo Patricia despidiéndola con un ligero beso en la mejilla.

Mel abandonó la casa sintiéndose derrotada. Estaba condenada a no poder rehacer su vida. Era como si la hubieran marcado como al ganado. Pertenecía a Carla. Y nunca la tendría. ¡Por Dios! Y encima «aquello» había vuelto, aunque fuera por un momento. Pero lo más aterrador es que le había ocurrido por primera vez estando acompañada.

La mezcla de frustración y de ira la llevó a vagar sin rumbo con su coche por toda la ciudad hasta que el amanecer la devolvió agotada a su casa.

Desaparecida

Esa noche, en casa de Eva y María, Fran vagaba de un lado a otro de la casa buscando a Mel. Al cabo de un rato se acercó a Eva, que discutía vehementemente con un grupo de amigas de un tema indudablemente apasionante y le susurró al oído:

—Adivina quién ha desaparecido y con quién.

Eva se disculpó ante el grupo y agarrando del brazo a Fran, se alejó de allí.

—No me jodas.

—No la encuentro por ninguna parte.

—¿Y a Patricia?

—Tampoco —Fran sonreía divertido.

—No me lo puedo creer —Eva tenía los ojos abiertos como platos.

—Me parece que nuestra Mel te ha hecho caso.

—Me alegro, pero me alucina que se haya ido sin despedirse.

—Bueno, la tal Patricia no parecía precisamente una mosquita muerta.

—¡Vaya con Patricia! Me parece que se han despejado todas las dudas. Espera a que se lo cuente a María.

—Pues ahí la tienes.

María apareció con Iván.

—¿Qué pasa? Parece que acabas de ver un fantasma —dijo María acercándose preocupada.

—Cuando te lo cuente no te lo vas a creer.

—¿¡Qué!? ¡No me asustes!

—No, si es estupendo, pero aún no me he recuperado del impacto.

—¡Dímelo ya!

—Mel se ha largado sin despedirse. Con Patricia.

—¿¡Qué!? —María estalló en carcajadas—. ¡Me encanta!

—¿Me he perdido algo? —dijo Iván.

—Eva le ha presentado a Mel a una compañera de despacho y ha desaparecido con ella.

—La verdad, pensé que iba a costarnos un poco más. ¡Joder con Mel! Se ha decidido pronto —dijo Eva aún sorprendida.

—Bueno, la verdad es que ligar nunca ha sido su problema —dijo Fran, cada vez más divertido con la situación.

—Ya, más bien al contrario. Cuanto más se ha empeñado en estar sola, más tías han pululado a su alrededor ¡Es la leche! —Eva se sentó dando un trago a una copa de vino.

—Y lo raro es que no es mujer de una noche. Se lo piensa mucho antes de irse a la cama con alguien —añadió María.

122

—Por eso me extraña lo de esta noche. Esa decisión a la desesperada... ¡Mañana sé de alguien que nos va a tener que contar un montón de cosas!

—¡Brindemos por Mel! —dijo María levantando su copa.

—¡Por Mel! —dijo Eva riéndose—. ¡Hacerme esto el día de mi cumpleaños!

Cuando Mel despertó ese sábado, casi a la hora de comer, tenía varias llamadas perdidas en su móvil y unos cuantos mensajes en su buzón de voz. A saber:

Mensaje número uno, a las 12:05:
—Mel, no sé si te han raptado los extraterrestres. Cuando puedas nos llamas. Ah, por si no te acuerdas, soy Eva, la anfitriona de la fiesta de anoche de la que desapareciste sin despedirte (risas). Un beso.

Mensaje número dos, a las 12:30:
—Mel, ya imagino lo «ocupada» que estás. Pero, ¡llámanos, coño! Cuando te levantes o cuando llegues a casa, ¿vale? Hasta ahora.

Mensaje número tres, a las 12:55:
—O te levantas de la cama o te vas a morir, en serio. Que ya eres una ancianita para tanto meneo. ¡Llama! Adiós.

Mensaje número cuatro, a las 13:30:
—Ya nos estamos preocupando. Te recuerdo que el ser humano tiene que alimentarse para sobrevivir. ¡Llámanos! Estamos como locas por hablar contigo. Hasta ahora.

Mensaje número cinco, a las 14:07:

—Bueno, Mel, si en diez minutos no llamas me planto en tu casa, en serio. ¡Poneos algo decente que pienso entrar aunque sea por la ventana! Ah, que María dice que se apunta. Hasta ahora mismo.

A las 14:20 Mel decidió coger el teléfono.

—¡Bueno, estás viva! —casi gritó Eva.

—No mucho —el tono de Mel era lacónico.

—¿Qué pasa? —Eva cambió su tono.

—Nada.

—¿Cómo que nada?¿Qué te pasa? —la voz de Eva reflejaba preocupación.

—Estoy fatal —dijo Mel sombría.

—¿Estás sola?

—Sí.

—Ahora mismo estamos ahí.

—Eva, no...

—Di lo que quieras pero voy a ir. Hasta ahora.

En menos de veinte minutos Eva y María cruzaban la puerta de Mel.

—¡Por Dios, Mel! ¿Qué ha pasado? Estás hecha un asco.

—No he dormido mucho —dijo con media sonrisa—. Pasad y sentaos. ¿Queréis una cerveza?

—Luego. Ahora cuéntanos —le apremió Eva.

—Pero, anoche te fuiste con ella, ¿no? —preguntó María.

—Sí, fuimos a su casa.

—¿Y? —preguntó Eva.

—Y nada. A la hora de la verdad no pude.

—¡Joder! Mira que me lo imaginaba. ¡Sí que te ha dado fuerte! ¿Qué dijo ella?

—Se lo ha tomado con mucha elegancia. Es una

mujer muy inteligente. Comprendió que no era el momento.

—¿Y qué vas a hacer? —dijo María.

—Absolutamente nada. Ya no pienso volver a ponerme en esta situación. Me vuelve loca no poder controlar mi cabeza. Y, créeme, no la controlo.

—Pues no lo hagas y enfréntate a tu fantasma. Ve a por ella —dijo Eva.

—Sabes que no puedo hacer eso.

—¿Y qué pretendes? ¿Encerrarte aquí como una monja de clausura? —insistió Eva.

—No. Encerrarme como lo que soy, una escritora centrada en su trabajo. Esta clase de distracciones no hacen más que perjudicarme.

—Dime, ¿en estas condiciones vas a ponerte a escribir? ¡Si no puedes quitártela de la cabeza, Mel! No te engañes, esa no es la solución.

—Ya lo sé. Pero es lo único que puedo hacer ahora. No quiero salir, no quiero complicarme con nadie. No tengo ganas, de verdad.

—Mel, tú no eres así. Eres una persona con mucha vida que necesita calor y cariño a su alrededor —dijo María con ternura.

—Ahora lo que necesito es alejarme, de verdad, María. Lo necesito por salud mental.

—Mira, sé que en estos momentos estás cabreada contigo misma, pero la solución no es encerrarte. Lo sabes de sobra. Ponte tu camiseta, sal a la calle y grítale al mundo bien fuerte: ¡No voy a disculparme!

—Ahora no, Eva. No puedo. Tengo que encontrarme otra vez a mí misma y para eso necesito aislamiento y tranquilidad.

—Lo que quieras, pero ¿ni siquiera aceptas una comida en nuestro italiano preferido? —preguntó María.

—No me apetece, de verdad. Os agradezco que os preocupéis por mí. Pero estaré bien. Os llamaré.

—Hazlo o te sacaré de tu encierro a patadas —dijo Eva.

—Lo prometo.

—Dame un beso —María la abrazó fuerte.

—No os preocupéis.

—O resucitas pronto, o no te dejaré en paz. Ya me conoces —Eva la abrazó.

Marcello

Los dedos de Álex jugaban perezosamente con el pelo rizado del pecho de Marcello, abrazada a él en la cama.

—Estás muy callada. ¿Estás bien, cariño?

—Estoy feliz. Pero no dejo de pensar en Carla. Estoy preocupada.

—Llámala. Te quedarás más tranquila. Pero ya verás como el tiempo lo pone todo en su sitio. Mientras hablas con ella voy a darme una ducha y preparo algo para cenar —le dio un ligero beso en los labios y se dirigió al baño.

Álex permaneció acostada unos minutos, pensando en la última conversación con su hija. Y sobre todo en su última conversación con Mel. No había vuelto a hablar con ella desde aquel día. Las dudas la asaltaban, pero pensaba que había tomado la decisión correcta.

Mel lo entendería. Esperaba que con el tiempo su relación volviera a ser la de siempre, aunque no había imaginado ver a Mel tan afectada. En el tiempo que la conocía, nunca la había visto perder así el control. Sentía la necesidad de hablar con ella, ayudarla, pero no sabía cómo hacerlo. La echaba mucho de menos. Hacía casi un mes desde aquella conversación. Cogió el teléfono y decidió llamar a su hija.

—¿Carla?

—¡Mamá!

—¡Cómo me alegro! Me apetecía hablar contigo pero no sabía si estarías en casa.

—Estaba trabajando un rato. Vamos muy liados esta semana. He de traerme trabajo a casa.

—Hija, ¿no sales por ahí a divertirte?

—La verdad es que no salgo mucho. Aunque de vez en cuando quedo con alguna amiga y voy a cenar, al cine, a la ópera... Me apetece aislarme un poco. No tengo muchas ganas de marcha. Casi siempre llego tan cansada que prefiero quedarme en casa y leer.

—Carla, ¿cómo estás? Sigo muy preocupada por ti.

—No te preocupes, mamá. Centrarme en el trabajo me está ayudando mucho. No tengo demasiado tiempo para pensar.

—Ya sabes que si necesitas hablar estaré siempre aquí. Te echo de menos. Marcello y yo hemos pensado que quizás el mes que viene nos podamos escapar a verte. ¿Qué te parece?

—¡Sería estupendo! Además podré enseñarle a Marcello muchas cosas de París que aún no conoce. Me vendría muy bien verte, mamá. Yo también te echo de menos. A veces me siento un poco sola.

—No me digas eso, hija, me rompes el corazón. No te preocupes que iremos pronto. Pero prométeme que saldrás a divertirte más a menudo. Me duele imaginarte recluida y triste, cariño.

—Tranquila, mamá. Tengo ratos malos, pero los supero día a día. Ya sabes cómo soy. No te preocupes tanto y disfruta tú con Marcello. Me encanta verte tan feliz.

—Me siento mal porque tú no lo eres, Carla.

—Pues no seas tonta. Las oportunidades no son muchas en esta vida. Ya llegará la mía.

—Te quiero, hija. Siempre me sorprende tu fortaleza.

—Tengo a quién parecerme.

—Un beso. Te dejo, vamos a cenar. Te vuelvo a llamar pronto. O me llamas tú.

—Yo te llamaré. Te quiero.

Marcello apareció envuelto en una bata de seda. Álex se levantó de la cama y le abrazó.

—Mientras preparas la cena voy a ducharme.

—¿Has hablado con Carla?

—Sí. Está bien.

—¿Seguro?

—No. La verdad es que lo está pasando fatal.

—¿Te ha preguntado por Mel?

—Nunca la nombra y eso ya significa bastante. Pero tampoco podría contarle mucho, no sé nada de ella. Tendré que llamarla pronto.

—Bueno, todo a su tiempo. Ahora ¡a la ducha! —la atrajo hacia él y la besó.

—Si me sigues besando así tendrás que volver a ducharte conmigo —susurró mientras introducía la mano dentro de su bata.

—Me parece que hoy cenaremos muy tarde… —dijo Marcello junto a su oído.

Visita inesperada

Álex estaba repasando unos documentos cuando se acercó a ella un empleado hablando con alguien que le seguía por el pasillo. Era Eva.

—Hola, Álex.

—¡Eva, qué sorpresa!

Se saludaron con dos besos.

—¡Cuánto tiempo! ¿Qué pasa? —Álex oyó una voz de alarma en su cabeza. No tenía una relación cercana con Eva ya que sólo habían coincidido en fiestas comunes con Mel. Era totalmente extraño que apareciera en la editorial.

—Necesito hablar contigo.

—Espera, vamos a mi despacho.

Se dirigieron al despacho de Álex y ésta cerró la puerta.

—Dime.

—¿Cuánto hace que no hablas con Mel?

—Bastante, ¿por qué? —Álex se puso a la defensiva.

—Te lo voy a decir. Exactamente un mes y tres semanas. Justo desde que tu hija se fue.

—¿Y? —la voz de Álex era tensa.

—¿Y no te parece raro que en casi dos meses no se haya puesto en contacto contigo?

—Imagino que estará concentrada escribiendo. A veces tiene rachas así.

—Álex, Mel está hecha una mierda y dudo mucho que acabe el libro que tenía entre manos. Por lo que la conozco, lleva por lo menos tres semanas sin escribir ni una línea.

—No te andes con rodeos, Eva. Suelta lo que tienes que decirme.

—Tienes que hablar con ella. Y dejar que se ponga en contacto con Carla.

—Eso no es asunto tuyo.

—Lo es desde que veo a mi amiga tirar su vida por la ventana. Álex, Mel ya no sale de casa. Y ni siquiera puede tocar a otra mujer. Está loca por tu hija y soy testigo de que ha intentado por todos los medios quitársela de la cabeza y no ha podido. Está cayendo en barrena. Y tú que la conoces tanto como yo deberías saber hasta qué punto eso es raro en ella.

Álex permanecía callada, mirando pensativa hacia un punto perdido.

—He venido porque pensé que debías saberlo. Ahora me voy, tengo que volver al trabajo.

Eva fue hasta la puerta y la abrió.

—Eva.

Se dio la vuelta y la miró.

—Gracias —dijo Álex.

—No me las des.

Eva se fue y Álex permaneció largo rato en su despacho pensando. Tenía que hablar con Mel. Lo había dejado demasiado tiempo y ahora le parecía un abismo difícil de cruzar. Lentamente se dirigió al teléfono y extendió su mano. Pero antes de llegar a rozarlo comenzó a sonar, provocándole un sobresalto.

—¿Sí?... Sí, soy yo.

La persona al otro lado del auricular habló durante escasos segundos.

—Voy inmediatamente.

Álex colgó el teléfono con el rostro demudado, cogió su bolso y salió corriendo de la editorial.

Acercamiento forzoso

Entró como una exhalación por la puerta de urgencias del hospital y fue directa al mostrador.

—Me han llamado por teléfono. Ha ingresado mi pareja con un infarto.

—¿Me dice el nombre?

—Marcello Landi.

—Sí, lo han llevado directamente a la UCI. Está en el pabellón central. Segundo piso. Pregunte allí.

—Gracias.

Con el corazón en un puño, Álex se dirigió hacia la UCI en un recorrido que le pareció interminable. Abordó a la primera enfermera que se cruzó en el pasillo.

—Por favor, estoy buscando a Marcello Landi. Me han dicho que ha ingresado esta tarde.

—¿Es usted un familiar?

—Soy su pareja.

—Espere un momento.

Transcurrieron unos segundos angustiosos mientras la enfermera consultaba unos papeles.

—Tendrá que hablar con el médico de guardia. Un momento, voy a llamarlo.

Mientras la enfermera hablaba por teléfono, un nudo atenazaba el estómago de Álex.

—Viene enseguida, no se preocupe —le comunicó la enfermera tras colgar.

Álex deambulaba por el pasillo retorciéndose las manos con angustia creciente. Al cabo de unos minutos que le parecieron horas, un médico joven se dirigió hacia ella.

—¿Preguntaba usted por un paciente?

—Sí, Marcello Landi.

—¡Ah, el señor italiano!

—Por favor, dígame cómo está —rogó Álex.

—Bueno, ahora está estable, pero su situación no era muy buena cuando ingresó. Ha sufrido un infarto. Suerte que vino al hospital en cuanto empezó a encontrarse mal. Un poco más tarde y no hubiéramos podido hacer nada.

—Pero, ¿se pondrá bien? —preguntó con un hilo de voz.

—Esperamos que sí. Parece un hombre fuerte. Pero tendrá que cuidarse un poco más a partir de ahora si quiere seguir viviendo.

—¿Puedo verle?

—Pero sólo unos segundos. Necesita tranquilidad. Hay un régimen de visitas muy estricto. Venga conmigo.

Álex siguió al médico por los pasillos. Le aterraba pensar lo que podría encontrarse.

Entraron en el box y notó que se le erizaba el vello de la nuca. Marcello yacía como un muñeco de trapo entre tubos y máquinas a su alrededor. Nunca había imaginado a ese hombre tan fuerte, tan dueño de todas las situaciones, en semejante estado de debilidad. Le dio la sensación de encontrarse ante un niño desamparado y la ternura se desbordó por sus mejillas. No quería que la viera así, pero no podía controlarse. Se acercó a su cama y él la miró con todo el amor reflejado en sus ojos azules.

—No llores —dijo él dulcemente.

—¿Por qué no me has llamado antes? —le recriminó Álex con las lágrimas rodando por su cara.

—No quería preocuparte.

—Te pondrás bien, me lo han prometido —dijo mientras acariciaba su mano e intentaba serenarse.

—Lo sé. No te vas a deshacer de mí tan fácilmente.

—Te quiero.

—Y yo a ti.

—Mañana volveré a verte. No me dejan quedarme. Pero a primera hora estoy aquí.

—Tranquila. Te estaré esperando, como siempre.

—No esperarás más. Te lo prometo.

—¿Segura? —una chispa brilló en los ojos de Marcello.

—Segura.

—Tiene que despedirse ya. Lo siento —dijo el médico.

Álex lo besó suavemente en los labios.

—Hasta mañana, cariño.

—Hasta mañana, *amore mío*.

Álex salió de allí con los ojos arrasados en lágrimas y llegó a la calle sin saber qué hacer. Se sentía impotente. En ese momento se había dado cuenta de cuánto quería a ese hombre. Y el descubrimiento le impactó como una bofetada. ¡Dios mío!, tenía que hacer una llamada.

Cogió el teléfono y marcó el número de Mel.

—Mel —la voz le temblaba.

—¿Sí?

—Soy Álex.

—¡Álex! No te había reconocido. ¿Te pasa algo?

—Estoy en el hospital. Marcello ha sufrido un infarto. Está en la UCI.

—¿¡Cómo!?

—Acabo de hablar unos segundos con él, pero no me dejan quedarme. Hasta mañana no puedo volver a verlo —su voz sonaba ahogada.

—Dime dónde estás, voy enseguida.

—No, de verdad, estoy bien.

—Entonces, ven a mi casa, no quiero que estés sola.

—Mel, yo…

—No digas nada más. Te espero.

Álex suspiró.

—Ahora voy. Pero antes tengo que pasar por la mía. En una hora estoy ahí.

—Hasta ahora. No tardes.

Planes

Con el corazón en un puño, Álex entró en su casa y preparó una bolsa con lo necesario. No podía ni pensar en lo que pasaría si Marcello se fuera. Ahora tenía la certeza de que él era el responsable de la plenitud que sentía en su vida en estos momentos. Antes de irse cogió el teléfono. Tenía que hablar con Carla.

—¿Mamá?

—Hola, cariño.

—Tienes la voz triste. ¿Ha pasado algo?

—Marcello ha sufrido un infarto. Está en el hospital.

—¡Oh, Dios mío! ¿Cómo está?

—Mal, hija. Estoy muy asustada. Está en la UCI. Los médicos dicen que es fuerte y puede que se ponga bien, pero yo no quiero ni pensar…

—Escúchame. Mañana mismo estoy ahí contigo. Cogeré el primer avión.

—No vengas, Carla, de verdad. No puedes hacer nada, cariño.

—Sí puedo. Puedo estar contigo. No quiero que pases por esto sola. Además, aún me quedan vacaciones.

—Lo que quieras. No puedo discutir contigo. Llámame mañana y me dices a qué hora llegas. Te recogeré en el aeropuerto.

—No hace falta. Dime en qué hospital está y cogeré un taxi.

—Prefiero recogerte en el aeropuerto. Llámame, ¿vale?

—Te llamo en cuanto tenga el vuelo. Un beso y tranquila. Todo saldrá bien.

—Eso espero, hija. Te quiero.

—Y yo a ti. Hasta mañana, mamá. Intenta descansar. Tómate algo.

—No te preocupes. Hasta mañana, cariño. Llámame.

Tras hacer una llamada a la editorial para contar lo ocurrido y dar las instrucciones precisas, Álex se dirigió preocupada hacia su coche. Condujo despacio hasta casa de Mel. ¿Qué podría decirle? Las cosas se le estaban escapando de las manos. A ella, que era la reina del control.

Mel abrió la puerta y ella y su amiga se miraron a los ojos, calladas.

—Ven aquí —dijo Mel alargando los brazos.

Sus ojos reflejaban todo el dolor y el miedo de la incertidumbre. Álex se fundió en un abrazo con Mel.

—Vamos a sentarnos —dijo Mel acompañándola hasta el sofá.

—Mel, te debo una disculpa por cómo me comporté.

—No digas nada. Eso ya es pasado. Y tenías razón.

—No. No tenía derecho a inmiscuirme en tu vida de

esa forma. Eres libre para hacer lo que sientas, Mel. No necesitas mi permiso. Aunque sea mi hija.

—Bueno, ahora eso ya no tiene importancia. Todo está donde debería. Ahora lo importante sois tú y Marcello. ¿Carla lo sabe?

—Sí, he hablado hace un rato con ella. Quería venir pero le he dicho que no hacía falta. No quiero interrumpir su trabajo si no es necesario —mintió.

Mel guardó silencio unos momentos.

—¿Qué te han dicho en el hospital?

—Por lo visto, llegó bastante grave. Pero dicen que es fuerte y hay esperanzas de que se recupere. Estoy aterrorizada, Mel. Le quiero.

—Lo sé.

—¿Lo sabes? —Álex la miró sorprendida.

—Te delata la forma de mirarlo cuando crees que no te vemos. Es un hombre muy inteligente, Álex. Ha sabido ganarte. Te da exactamente lo que necesitas y respeta tu espacio. Y además te adora. Y a ti hace tiempo que no te veo tan feliz.

—¡Oh, Mel! No sabes lo impotente que me siento.

—Tranquila, está en buenas manos. ¿Has cenado?

—No tengo hambre.

—Tienes que tomar algo. Voy a preparar cuatro tonterías y un poco de vino. Te sentará bien.

—Vale, pero déjame que te ayude. Necesito hacer cualquier cosa para no pensar.

Fueron juntas hasta la cocina.

—Toma —le alargó una botella y un sacacorchos—. Ábrela.

Álex se quedó mirando a Mel con la botella en la mano.

—Te quiero, Mel. Siento mucho por lo que estás pasando.

Mel siguió preparando los platos sin girarse a mirar a su amiga.

—Yo también te quiero.

—Me gustaría hablar de ello —insistió Álex.

—Ahora no, Álex.

Mel salió de la cocina cargada con dos platos y Álex la siguió con el vino. En silencio, volvieron a la cocina y acabaron de preparar la mesa. Se sentaron y comenzaron a cenar.

—¿A qué hora vas a ir al hospital? Quiero ir contigo —dijo, por fin, Mel.

—Las visitas son a las once, pero me gustaría llegar antes.

—Vamos a la hora que quieras. Has dado tu teléfono ¿no?

—Sí. No voy a apagar el móvil en toda la noche. Y espero por Dios que no suene.

—No te preocupes. Ya te han dicho que es muy fuerte. Y es cierto. Las dos lo sabemos.

Álex cogió su copa y bebió un trago largo.

—Le he advertido cientos de veces que se cuidara más, que no comiera tantas grasas y sobre todo que dejara el tabaco. Pero es tan cabezota como yo.

—Imagino que a cierta edad acabas pensando que no vale la pena renunciar a las pocas cosas que te hacen feliz.

—Por eso he tomado una decisión, Mel. Voy a casarme con él.

—¿Te vas a ir con él a Italia? —preguntó Mel alarmada.

—Lo llevo pensado hace tiempo, pero me costaba tomar la decisión. Tenía que pasar esta mierda para verlo claro —dió un trago de su copa—. Voy a esperar un tiempo y dejar las cosas arregladas. Venderé la empresa, tengo algunas ofertas. Creo que ha llegado la hora de dejar de trabajar y disfrutar de la vida. No sé si sabré hacerlo, Mel. Ya sabes que gran parte de mi vida es mi trabajo, pero esto me ha abierto los ojos. Debo intentarlo. Se lo debo a Marcello y creo que me lo debo a mí misma también.

—Brindo por ello. Es una decisión muy valiente y sé que no te arrepentirás, Álex. Sólo espero que me pongas en manos de un buen editor antes de irte —dijo bromeando.

—No te preocupes por eso. Se pelearán por ti en cuanto te suelte, lo sabes. Eres una inversión segura. Por cierto, ¿cómo va la novela?

—Bueno, no tan bien como debería. No te voy a mentir —contestó Mel mirando su copa.

—Mel, ayer vino Eva a la editorial. Me ha contado cómo estás.

—No sé lo que te habrá dicho, pero el tiempo pasa rápido, Álex. Y pone las cosas en su sitio. No te preocupes. Ahora sólo quiero concentrarme y volver a escribir. Es lo que necesito.

—Lo que no quiero es verte sufrir.

—Las cosas a veces no son fáciles. Tú lo sabes.

—Lo sé. Pero también las hacemos más difíciles de lo que son.

Mel se acercó a Álex y le dio un beso en la mejilla.

—Creo que ahora lo que necesitamos las dos es descansar. Mañana va a ser un día muy largo. Te he preparado la habitación de invitados.

—Sí, será mejor que nos acostemos. Me gustaría ir mañana sobre las diez al hospital. Aunque no me dejen verlo antes.

—No te preocupes. Yo te despertaré y prepararé el

desayuno. Ahora a descansar. Acuéstate mientras yo retiro esto. Y no pienses.

—No va a ser fácil.

—Lo sé. Pero inténtalo, ¿vale?

—Vale —le dio un abrazo—. Buenas noches, Mel. Y gracias.

—No tienes que dármelas. Anda, descansa.

—Hasta mañana. Llámame temprano.

—No te preocupes.

A la mañana siguiente Mel se levantó a las ocho y encontró ya vestida a Álex en el salón.

—Buenos días —dijo Álex.

—¿A qué hora te has levantado?

—Hace una hora más o menos. Me he despertado y mi cabeza ya no ha dejado de dar vueltas. Me he dado una ducha y me he vestido. Estaba intentando distraerme con una revista.

—Tenías que haberme llamado. Voy a hacer el desayuno.

A los pocos minutos, Mel apareció con una bandeja repleta y se sentaron a la mesa.

—No han llamado del hospital, ¿no?

—Afortunadamente no. Me costó mucho dormirme pensando en que sonaría el teléfono en cualquier momento. Pero al final caí rendida.

—Imagino que en el trabajo lo habrás dejado todo arreglado.

—Sí. De todas formas, después del hospital iré por allí. Ya que no puedo hacer otra cosa, me dedicaré a prepararlo todo para lo que te dije ayer.

Tras el desayuno, Mel fue a darse una ducha y a arreglarse. Álex ojeaba una revista cuando sonó su móvil. Con el corazón en un puño contestó.

—¿Mamá?

—Carla, cariño, qué susto me has dado. Creí que era del hospital.

—Lo siento. ¿Cómo está?

—No sé nada. No me han llamado. Supongo que es buena señal. Voy a ir ahora hacia allí.

—Escucha, llegaré a las seis.

—Perfecto. Tengo muchas ganas de verte, hija.

—Y yo también.

—Iré a recogerte y nos iremos las dos al hospital. La visita de la tarde es a las siete.

—Muy bien. Nos vemos dentro de un rato.

—Hasta luego entonces, cariño.

—Un beso.

En cuanto Mel estuvo lista, salieron cada una con su coche hacia el hospital. Llegaron poco antes de las diez. Álex localizó a una doctora y preguntó por Marcello.

—No se preocupe. Está respondiendo muy bien a la medicación. Si sigue así estará fuera de peligro en dos días y lo bajaremos a planta. Ahora tendrá que esperar un poco. Hasta las once no se permiten visitas.

—Gracias.

—Vamos a la cafetería a tomar algo. Falta casi una hora —dijo Mel.

—Sí, será lo mejor. Odio estos pasillos.

Se dirigieron a la cafetería y pidieron dos cafés.

—Bueno, esa doctora te ha tranquilizado un poco.

—Sí, pero van a ser dos días muy largos. Sólo me dejan verlo unos minutos. Es una tortura.

—Tranquila. Lo importante es que se está recuperando. Pronto lo tendrás en casa todo para ti.

—Es lo que más deseo en este mundo.

—Aunque pasará un tiempo hasta que todo vuelva a

la normalidad. Imagino que deberá llevar un trata-
miento y unos cuidados especiales. Tendréis que tomá-
roslo con calma.

—Haré lo que haga falta. Ya te he dicho que estoy
dispuesta a dejarlo todo por él.

—No hace falta que te diga que me tienes para lo
que necesites.

—Lo sé —Álex cogió la mano de Mel con ternura.

A las once menos cinco estaban en la puerta del box
donde se encontraba Marcello. Mel lo saludó a través del
cristal. No quería robarle a Álex el tiempo que pudiera
estar con él.

Álex entró en el box con paso ansioso.

—Hola, cariño, ¿cómo te encuentras? —preguntó
agarrándole la mano.

—Un poco aburrido y te echo mucho de menos.

—Y yo a ti. Me han dicho que te está haciendo efecto
la medicación y que en un par de días te podrán bajar
a planta. Entonces te prometo que no me separaré de ti
ni un minuto.

—Te compensaré por todo lo que te estoy haciendo
pasar.

—Lo que me tienes que prometer es que te cuidarás
y harás todo lo que digan los médicos. Necesito un marido que me dure mucho tiempo.

—¿Eso quiere decir...? —los ojos azules de Marcello
se abrieron de par en par.

—Sí, mi amor. Pero no quiero que te exaltes. Ya hablaremos cuando salgas. Ahora tienes un motivo más
para ponerte bien.

—Cara mía. Me muero por estar a solas contigo.

—Creo que eso que estás pensando tendrá que esperar un tiempo —dijo Álex con una sonrisa.

—En cuanto me den permiso los doctores.

146

—Ahora descansa y no pienses en eso. No seas malo.

—Señora, tendrá que salir ya. El paciente tiene que descansar —avisó una enfermera.

—Esta tarde vengo a verte, cariño.

—¡Qué corto se hace este momento!

—Ten paciencia, mi amor —le dio un beso en los labios—. Descansa. Te reservo una sorpresa.

—¿No me la vas a contar?

—No sería una sorpresa. Hasta luego, cariño.

Álex se reunió con Mel fuera. Fueron andando despacio hasta el aparcamiento del hospital.

—¿Cómo le has encontrado?

—Es el Marcello de siempre.

—Desde fuera no tenía mal aspecto. Aunque impresiona verlo enchufado a esas máquinas.

—Es horrible. Espero algún día poder quitarme esa imagen de mi cabeza.

—¿Qué quieres hacer ahora?

—Voy a acercarme al trabajo a arreglar cosas. Imagino que estaré hasta tarde. Tengo que prepararlo todo.

—¿Quieres que pase a por ti y volvemos juntas?

—No, prefiero que vayas a mi casa después y te invito a cenar. Me gustaría que habláramos de algunas cosas.

—Vale. ¿A qué hora quieres que vaya?

—¿A las ocho?

—De acuerdo. Nos vemos luego —se acercó y abrazó a Álex.

—Hasta luego, Mel. Y gracias otra vez.

—Ya te he dicho que a mí no me des las gracias —dijo sonriendo mientras entraba en su coche.

El regreso

Carla miraba pensativa por la ventanilla del avión. Estaba preocupada por su madre. Hacía mucho tiempo que no la veía tan asustada. Parecía que la historia se repetía: primero su padre y ahora Marcello. Rezaba para que esta vez el final fuera distinto. Sabía que su madre quería a Marcello y la destrozaría volver a pasar por lo mismo.

Pero, a su pesar, su mente se alejó de su madre y voló hasta Mel. Hacía casi dos meses desde que se fue. La última vez que cogió ese avión Mel la estaba esperando en el aeropuerto. Estaba aterrorizada ante la idea de volverla a ver. Se avergonzaba de su último encuentro y sobre todo de la forma en que había huido. Pero una parte de ella deseaba verla con toda su alma. Todos los esfuerzos por olvidarla habían sido inútiles. Pensar en ella le hacía perder el control. Carla se consideraba una mujer afortunada. Era consciente de que despertaba pasiones y normalmente ella tenía el poder. Los hombres la consideraban una diosa distante difícil de alcanzar. Y ella había cultivado ese mito, sobre todo en los últimos tiempos, para mantenerlos alejados. Pero con Mel era distinto. En su presencia se convertía en una niña desprotegida. Odiaba sentirse así, pero no lo podía evitar, la desarmaba. De todas formas, cabía la posibilidad de que en esta ocasión no la viera. Imaginaba que su madre evitaría las situaciones en las que pudieran encontrarse. En ese caso no tendría de qué preocuparse. También podría ocurrir que Mel evitara encontrarse con ella. Sería lógico. Pero si surgiera el encuentro, esta vez no se comportaría como una idiota y ante todo, le pediría perdón. No podía dejar que siguiera pensando de ella que era una niña inmadura. Se lo contaría todo.

Inmersa en estos pensamientos, recogió su maleta y se dirigió a la salida. Allí estaba su madre. Salió corriendo hacia ella y se fundieron en un abrazo. Carla la miró con preocupación. Su cara reflejaba los momentos horribles que estaba pasando.

—¡Qué ganas tenía de abrazarte, mamá! No sabes lo largas que se me han hecho las horas hasta llegar aquí.

—Más ganas tenía yo, cariño, te lo aseguro. No puedo volver a pasar por esto otra vez, Carla.

—Lo sé. Y no va a pasar. Ten fe.

—Los médicos dicen que se está recuperando bien, pero no puedo evitar estar aterrada.

—Es normal. Anda, vamos a verle —Carla cogió a su madre por la cintura y juntas salieron hacia el aparcamiento.

Casi una hora después estaban ante la puerta del box de Marcello. Esta vez Álex le dijo a Carla que entrara ella unos segundos a saludarlo. Era su sorpresa. Carla se acercó sigilosa a la cama de Marcello.

—¡Has venido! Debo de estar muy grave.

—De eso nada. De ésta te libras —Carla lo besó en la mejilla—. Además, vas a tener que cuidar de mi madre. Ella te necesita.

—Y yo a ella. No te preocupes, no le voy a hacer la faena de morirme.

—No te lo perdonaríamos.

—Me alegro de verte, de verdad. Cuida de tu madre por mí.

—Lo haré, tranquilo. Pero pronto te sacarán de aquí. Voy a dejar que entre ella a verte, ¿vale? Nos veremos mañana.

—Gracias, Carla.

Carla salió y se quedó mirándolo desde el cristal. Álex entró junto a Marcello.

—Hola, mi amor.

—Me ha encantado tu sorpresa.

—Ha insistido en venir. Yo no quería que dejara su trabajo, pero quería estar con su familia —los ojos de Álex se llenaron de lágrimas.

—Me hará muy feliz formar parte de tu familia, Alexandra.

—Ya formas parte de ella, cariño —lo besó en los labios—. Mañana estaremos aquí a las diez. Espero que sea el último día en esta sala. Voy a hablar con el médico en cuanto salga. Ten paciencia, mi amor. Saldrás muy pronto de aquí.

—No te preocupes, *cara mía*. Mirarte me da fuerza para aguantar cualquier cosa.

—Te quiero.

—Y yo a ti.

—Nos veremos muy pronto, mi amor.

—Te estaré esperando.

Álex se despidió con otro beso. La enfermera venía ya a avisarla.

Carla le lanzó un beso desde el cristal. Ella y su madre salieron cogidas por la cintura hasta el aparcamiento.

—¿Mel ha venido a verle? —preguntó Carla en tono casual.

—Sí, ha venido conmigo esta mañana.

—¡Ah! —Carla permaneció en silencio.

—Carla, voy a llevarte a casa y así te acomodas y te relajas un poco del viaje. Yo tengo que pasar un rato por la editorial a arreglar unas cosas.

—Pensaba acompañarte.

—Prefiero que me esperes en casa, cariño.

—Vale, como quieras. ¿Quieres que prepare algo para cenar?

—Echa un vistazo en la nevera. Algo encontrarás. Yo te llamaré antes de salir.

—De acuerdo. Tenemos que hablar de muchas cosas.

—Ya lo creo.

Álex dejó a su hija en casa hacia las ocho menos cuarto y salió disparada en su coche con una sonrisa malévola en los labios. Ese día pensaba volver muy tarde a casa.

Se cierra el círculo

A las ocho en punto Mel llamaba a la puerta de casa de Álex, con una botella de vino en la mano. Al abrirse la puerta, le faltó poco para dejar caer la botella al suelo. Estaba viendo un espejismo. Allí estaba. Carla a un metro de ella. Con esos ojos como llamas observándola perplejos y las mejillas encendidas. Las dos se quedaron calladas unos instantes, mirándose sin creer lo que veían. Por fin, Mel se decidió a dar el primer paso.

—Hola, Carla.

—¿Has quedado con mi madre aquí? —preguntó nerviosa.

—Sí, esta mañana.

—No me lo puedo creer.

—Ni yo tampoco. A mí me ha dicho que no ibas a venir.

—Pasa, no te quedes ahí —dijo, haciéndose a un lado.

—¿No está Álex? —preguntó Mel entrando.

—No, ha ido al trabajo. Me ha dicho que llamaría antes de salir.

—Ya.

Carla cerró la puerta y se situó ante Mel.

—Bueno, ¿quieres tomar algo?

—Si te parece, abrimos la botella. Antes de que se me caiga —bromeó Mel para suavizar un poco la tensión.

—Dame —Carla no pudo reprimir una sonrisa.

Desapareció en la cocina. Mel no daba crédito a lo que estaba viviendo. Sentía el pulso desbocado. Con los esfuerzos que había hecho para no pensar en ella y de pronto el destino se la ponía delante de las narices ¡Dios, estaba guapísima! Con esa camisa negra de escote imposible y esos pantalones ajustados que resaltaban su cuerpo perfecto. Y sus ojos. Esos ojos que le hacían temblar las rodillas cuando la miraban. Necesitaría una buena dosis de vino para mantenerse en pie. De momento se sentó en el sofá del salón y procuró no pensar, aunque su cabeza corría a la velocidad de la luz.

En la cocina, Carla luchaba con el corcho del vino. Si seguía con esos temblores acabaría cercenándose un dedo. Por fin el tapón cedió y llenó las dos copas, vaciando una entera de un trago. ¡Cómo se la había jugado la ladina de su madre! ¡Menuda encerrona les había preparado! Y por lo visto, Mel estaba tan enterada como ella. Mel… ¡Cómo deseaba volver a besarla! Llevaba esos viejos vaqueros desgastados y esa camiseta que se le pegaba al cuerpo… Hacía mucho tiempo que luchaba contra su recuerdo, pero en un segundo todos sus deseos la volvían a atacar con furia. Sus ojos, sus manos,

154

su boca... ¡No iba a poder controlarse! Tenía que serenarse. Acordarse de todo lo que pensaba decirle, no perder la dignidad. ¡Por Dios! ¿Dónde estaba la diosa distante? Tenía que salir de la cocina. No podía esconderse allí toda la vida.

Armándose de valor, cogió las dos copas y fue hasta el salón. Mel se puso de pie como empujada por un resorte.

—Toma —Carla le dio una copa.

—Por ti —dijo Mel llevándose la copa a los labios.

Tras apurarla de un trago, la dejó encima de la mesita auxiliar.

—Carla...

—No, déjame hablar a mí.

Carla dejó también su copa vacía en la mesa y se sentó en un sillón. Mel se sentó a una distancia prudencial en el sofá.

—Quería pedirte disculpas por cómo me comporté —dijo Carla lentamente.

—No tienes que disculparte por nada.

—Sí tengo. Me fui sin despedirme. Y también... te besé sin darte una explicación.

—No tienes que explicarme nada.

—Quiero hacerlo. Voy a traer la botella.

Se levantó nerviosa y volvió a desaparecer en la cocina.

A los pocos segundos apareció con el vino y volvió a llenar las copas. Haciendo acopio de valor empezó a hablar.

—Seguro que pensaste que me apetecía una aventura sin complicaciones. Al fin y al cabo, iba a casarme. Y era sólo un juego sin importancia.

Mientras decía esto, Carla centraba su mirada en la copa. No podía permitirse mirar a Mel a los ojos.

—Algo así. Por eso te aparté de mí —Mel calló unos instantes—. Pero sobre todo te aparté porque me dio miedo lo que me hacías sentir. Y saber que después te ibas a ir y yo me iba a quedar aquí, volviéndome loca con tu ausencia... como ha sucedido.

—¿Qué? —Carla se quedó mirándola con la boca abierta y el corazón acelerado. No daba crédito a lo que acababa de oír.

—Que no he podido dejar de pensar en ti ni un solo minuto —dijo Mel apartándose de forma refleja el pelo hacia atrás y mirando fijamente al suelo.

Carla se levantó y se sentó pegada a ella. Le cogió la cara y se la levantó.

—Mírame, Mel.

Sus ojos se encontraron con deseo. Sin poder contenerse, las bocas se buscaron como aquella vez, mientras sus cuerpos ardían entrelazados en el sofá.

Con un esfuerzo supremo, Carla consiguió separar su boca y acercarla al oído de Mel.

—Te he querido siempre, Mel. He roto con Jean-Marc. He roto con todo lo que no seas tú.

Mel metió sus dedos entre su melena y la atrajo de nuevo hacia su boca. Las manos de Carla comenzaron a perderse bajo la camiseta de Mel, mientras su lengua la volvía loca. Cuando pensaba que iba a explotar, Carla se apartó de un salto y tiró de ella.

—Aquí no. Ven conmigo.

Comenzó a subir la escalera llevando de la mano a Mel. Ésta sentía esa mano, caliente como el fuego, que la guiaba hacia el dormitorio y notaba que las rodillas le fallaban. Pensó, por un momento, que no conseguiría llegar hasta arriba. Sin embargo, allí estaba al fin, en su habitación. Carla, en un susurro, dijo junto a su oído:

—Quiero verte desnuda.

Mel pensó que se iba a caer allí mismo. ¡Dios mío, cómo la deseaba! Empezaron a desnudarse, lentamente, saboreando el espectáculo una frente a la otra.

—Eres preciosa —Mel le apartó el pelo de la cara y acercó sus labios.

La besó despacio, saboreando su boca, jugando con su lengua. Las manos de Carla parecían tener vida propia. Recorrían sus senos, su cintura, se perdían entre sus piernas...

Cayeron abrazadas en la cama. Mel sentía sobre ella el cuerpo de Carla, presionándola ansioso, sus caderas acopladas a las suyas, su boca entregándose como nunca. Deslizó suavemente una mano entre sus cuerpos fundidos y sus dedos recorrieron expertos el centro del placer de Carla, sintiendo cómo crecía, perdiéndose en su humedad, acariciándola rítmicamente y sin dar tregua a los gemidos y jadeos de ésta. Carla cayó en una especie de trance, sin ser dueña de sí, moviéndose frenéticamente al ritmo que Mel le imponía, hasta que entre gritos ahogados, explotó en convulsiones incontroladas de placer. Mel, excitada hasta la locura, retiró su mano y se aferró al cuerpo de su amante, uniendo su propio placer a los movimientos de ella, las dos prendidas en un baile furioso. Y en aquel mismo instante, en medio del éxtasis, un destello brillante cruzó su mente y lo supo. ¡Por fin había descubierto lo que le evocaba el perfume de Carla y que no había podido descifrar hasta ahora! Tuvo una imagen vívida de la primavera mediterránea y los campos de naranjos reventando en flor. El azahar lo impregnaba todo. Era ella. Siempre había sido ella. Por primera vez su mente se libró del terror pasado y se dejó llevar únicamente por el placer.

Poco a poco, las convulsiones se fueron haciendo más espaciadas, menos profundas, hasta que cayeron exhaustas, entrelazadas, empapadas en sudor.

Y así abrazadas, se miraron a los ojos, embelesadas, recobrando el aliento. No eran capaces de hablar, únicamente se miraban, se acariciaban las mejillas, el pelo, la boca, diciéndose con los ojos todo lo que sus labios no expresaban. Se fundieron en un beso lento, suave, interminable, inmersas en una burbuja en la que no transcurría el tiempo. Permanecieron en ese estado largo rato, escrutándose con los ojos, los labios, las manos... hasta que Mel sintió que la boca de Carla volvía a besarla con deseo renovado. Desasiéndose de su abrazo, comenzó a explorar su cuerpo con la boca, lamiendo, succionado sus pezones erectos, bajando hasta su ombligo, mientras Carla se retorcía de deseo. Se apoderó de su sexo, recorriéndolo con su lengua sabia, sus labios hambrientos, saboreándola con pasión. Carla se aferró a su pelo y se entregó de nuevo a oleadas de placer como nunca antes había experimentado.

Sintiéndola una vez más satisfecha, Mel la abrazó con su cuerpo y la besó lentamente.

—Me encanta notar mi sabor en tu boca —dijo Carla, por fin.

—Sabes dulce como la miel.

—Te quiero —susurró Carla, mirándola a los ojos.

—Yo también te quiero —contestó Mel—. Has destrozado todas mis barreras. Y me alegro —volvió a besarla. Permanecieron calladas, abrazadas, mirándose hipnotizadas. El tiempo volvió a detenerse.

Al cabo de un tiempo interminable, Mel comenzó a reír.

—¿De qué te ríes? —dijo Carla sonriendo.

—Soy muy feliz, pero creo que si seguimos un minuto más en esta cama sin comer nada nos vamos a morir —siguió riendo.

—Y nos encontrará mi madre abrazadas, desnudas y muertas —Carla reía ya a carcajadas.

Mel se levantó, se puso tan sólo la camiseta y bajó a preparar algo.

Al cabo de unos minutos apareció con una bandeja repleta de montaditos rellenos con todo lo que podía comerse crudo de la nevera. Y, cómo no, lo poco que quedaba de la botella de vino.

—¡Avituallamiento!

Puso la bandeja en la cama y se acostó al lado de Carla.

—¡A ver esa boca!

Comenzó a darle pequeños bocados de la bandeja, mientras ella comía obediente de su mano. Entre bocados, besos y risas, Carla empezó a hacer lo mismo con Mel. Eran como dos niñas jugando felices, despreocupadas del mundo. En un momento dado, un trozo de pan untado con queso cremoso cayó de las manos de Carla y fue a parar al muslo izquierdo de Mel. Carla, sin darle tiempo a reaccionar, se abalanzó sobre su pierna y comenzó a lamer los restos de comida, subiendo lentamente hacia su entrepierna.

—¿Dónde vas?

—A comer lo que más me apetece.

—Carla...

No pudo pronunciar una sola palabra más. Se relajó, mientras ella jugaba con su lengua, devolviéndole con creces el placer que antes le había regalado. Perdió completamente el control sobre su cuerpo. Ahora se encontraba a merced de Carla, se deshacía en su boca. Y esa mujer, que nunca antes había amado a otra mujer, consiguió que Mel ya no pudiera recordar a ningún otro ser humano que hubiera pasado por su cama.

Momentos después, la abrazó y la besó con dulzura.

—Me encanta tu cuerpo, tu sabor, tu placer...

—¿No soy un poco vieja para ti? —dijo Mel, mimosa.

—Estás buenísima. No te cambio por ningún otro cuerpo, ni más joven, ni de ninguna otra forma. Superas todo lo que me había imaginado de ti.

—Dime una cosa: ¿has tenido fantasías conmigo? —preguntó Mel.

—Desde que te conocí. No sabes la cantidad de noches que has estado en mi cama sin saberlo.

Mel se incorporó sobre un codo.

—Te va a parecer una locura, pero ni te imaginas hasta qué punto sabía que lo hacías. Cada vez. Desde hace un año, más o menos, he recibido tus visitas apasionadas regularmente. Lo que ocurre es que entonces no sabía que eras tú. Ahora lo sé.

—¿¡Cómo!? —Carla tenía los ojos como platos.

—Voy a decirte algo que no sabe nadie. Nunca he tenido el valor de contarlo. Yo misma pensaba que me estaba volviendo loca. Pero prométeme que no te vas a reír.

Mel comenzó a relatar, despacio, hasta donde podía recordar, todas las veces que «aquello» se había manifestado perturbando por completo su vida. Carla la escuchaba en respetuoso silencio, sintiendo cada dos por tres como su vello se erizaba al reconocer las situaciones que Mel iba describiendo con detalle. Y sobre todo el omnipresente aroma a azahar. Cada escena que Mel revelaba se correspondía con precisión absoluta con las fantasías que Carla había creado para encauzar su deseo loco por ella. Hasta aquella vez, en casa de Patricia, cuando «aquello» se manifestó unos segundos, desapareciendo luego por completo. Carla le explicaría más tarde que fue interrumpida bruscamente en sus fantasías por el teléfono.

—No me lo puedo creer —exclamó Carla con absoluta cara de asombro cuando Mel terminó—. Nunca tomé en serio... —Carla se calló de repente.

—Continúa, por favor —dijo Mel.

—Hace poco más de un año iba paseando por la Rue Mouffetard, en París, en la zona del Panteón, cuando vi de pronto algo que me atrajo como un imán. Era una tiendecita pequeña y poco iluminada en un callejón. Ni siquiera tenía un letrero en la puerta. Había pasado muchas veces por allí, pero nunca había reparado en ella. Era una especie de tienda esotérica de regalos y estaba llena de botellitas con líquidos de colores y hierbas extrañas. Entré llevada por un impulso y me encontré frente a frente con una viejecita afable que se acercó a mí enseguida con una sonrisa curiosa. Era muy pequeñita. Salió de detrás del mostrador y me cogió una mano con su mano diminuta, sin dejar de mirarme a los ojos. Y me dijo algo que me estremeció. Dijo: «Tú sufres por una persona que está lejos. Yo puedo acercarte a ella. Tengo lo que necesitas». Y me puso en la mano un frasquito lleno de una esencia transparente. «Ponte una gota en el cuello cuando pienses en ella.» La verdad es que me lo tomé como una broma. Pero la anciana tenía un no sé qué que me inspiró ternura. Así que me llevé la botella. Además, me costó bastante barata. El caso es que esa noche, antes de acostarme, vi la pequeña botella encima de la mesa y la destapé. Ni siquiera me había acordado de ella hasta entonces. Instintivamente me la llevé a la nariz e inspiré. El aroma a azahar invadió mi mente. No pude evitar un estremecimiento.

Hacía mucho tiempo que no había respirado ese perfume. Era el aroma de mi tierra. Y por supuesto, me acordé de ti al instante. Sin pensarlo, me puse una gota en el cuello y me metí en la cama. Y entonces te hice el amor a distancia, como tantas veces desde el día en que te conocí. Pero esa vez algo había cambiado. Fue como si tú estuvieras allí de verdad. Mucho más real y más intensamente que nunca. A partir de entonces, nunca se me olvida mi gota de perfume antes de estar contigo.

—Es impresionante. Todavía no me lo puedo creer —dijo Mel con la boca abierta.

Había estado escuchando la historia con asombro creciente.

—Bueno. Lo mejor de todo es que ya no me queda casi perfume. Incluso volví a la tienda dos o tres veces para comprar otra botella, pero siempre encontré la persiana bajada. Como si la hubieran cerrado para siempre. O nunca hubiera existido. De hecho, ya te dije antes que había pasado muchas veces por esa calle y nunca la había visto hasta aquel día. Parece que la botella hizo su función hasta que ya no fue necesaria.

—Justo hasta este momento en el que he descubierto quien es mi fantasma perverso —concluyó Mel mientras recorría la línea de su cuerpo, despacio, con un dedo—. No sabes el miedo y el placer que he sentido durante todo este tiempo sin saber lo que me ocurría.

—A partir de ahora ya no va a hacer falta que te haga el amor a distancia —dijo Carla mientras se deslizaba encima de ella y comenzaba a moverse excitada.

En ese momento empezó a sonar el teléfono.

—Lo siento cariño, debe ser tu madre.

Carla se estiró a regañadientes para alcanzarlo.

—¿Sí?

—¿Carla?

—Hola, mamá —la sonrisa de Carla se reflejaba en su voz.

—¿Estáis visibles para que vuelva a casa? —dijo Álex.

—Sabes que no. Pero puedes volver.

—Vale, ahora os veo. Tardo unos... veinte minutos.

—Mamá... que... no he hecho la cena —dijo Carla riendo.

—Me lo imagino. Ya se nos ocurrirá algo. Hasta ahora.

Carla colgó y miró a Mel divertida.

—Tenemos veinte minutos para adecentarnos y recibir a mi madre.

—¡Necesitamos una ducha! —grito Mel. La besó rápidamente en los labios y saltó de la cama como un gamo.

—No creo que nos dé tiempo —dijo Carla riendo.

—Si nos duchamos juntas, sí. Ven —tiró de Carla, que fue a regañadientes hasta el baño.

Mel se quitó su camiseta y entraron juntas en la ducha. El agua corría caliente por sus cuerpos. Carla se pegó al cuerpo de Mel bajo el agua y la besó con pasión.

—Si no te portas bien, nos va a pillar aquí.

—Es que no puedo... —ronroneó Carla.

Mel comenzó a enjabonar el cuerpo de su amante, mientras intentaba contener sus deseos. Se enjabonaron una a la otra, despacio, acariciándose, cada vez más excitadas. En un acto desesperado, Mel abrió de golpe el agua fría y entre gritos, volvieron a la realidad.

—¡Estás loca! ¡Y te quiero! —dijo Carla riendo a carcajadas.

—Es lo único que se me ha ocurrido para poder salir de aquí antes de que nos saque tu madre de los pelos.

163

Mel la besó suavemente y volvió a regular la temperatura del agua. Acabaron de ducharse entre risas, cuando sonó la voz de Álex desde abajo.

—¡Ya bajo! —gritó Carla—. Anda, toma este albornoz. No nos da tiempo a vestirnos.

Carla bajó las escaleras con el pelo mojado revuelto y envuelta en el albornoz. Su madre la esperaba al pie de la escalera. Cuando llegó a su altura, simplemente la abrazó y susurró en su oído.

—Soy muy feliz.

—Me alegro —Álex se apartó un poco y la miró con el ceño fruncido—. Y se te nota. Veo que Mel no me ha defraudado.

Carla se ruborizó un poco, pero cogió a su madre de la mano y la arrastró hasta la cocina.

—Te ayudo a preparar algo, ¿qué hora es?

—Las once menos cuarto.

—¡Tan tarde! No me había dado cuenta.

—Decidí daros un poco de tiempo. Ayúdame, he comprado algo para cenar.

—Eres... increíble —Carla le dio un efusivo beso en la mejilla.

—Anda, quita. ¿Y Mel?

—La he dejado en el baño. Ahora baja.

Mel decidió vestirse. Necesitaba tiempo para asumir esta situación tan... peculiar. Álex lo había montado todo a la perfección. Seguía siendo esa vieja zorra a la que quería con locura y que siempre se salía con la suya. Y ésta había sido su manera de demostrarle cuánto le importaba. ¿Qué podía decirle? Sería mejor que bajara y se enfrentara por fin a sus temores.

Las encontró atareadas en la cocina.

—¿Puedo ayudar?

Álex se volvió y la miró.

164

—Creo que ya has ayudado bastante —dijo Álex irónica.

Mel se acercó a ella y la besó en la mejilla.

—Te quiero.

—Lo sé. Toma, prepara la mesa. Imagino que tendréis hambre.

—La verdad es que hemos marraneado un poco con lo que había en la nevera —dijo Carla mirando a Mel con picardía.

Mel se movió incómoda por la cocina buscando los platos. Le parecía estar viviendo algo completamente irreal.

Acabaron de preparar la cena y se sentaron a la mesa. Álex tomó la iniciativa, cogió su copa y la levantó.

—Por vosotras.

—No —dijo Mel—. Por ti y por Marcello. Que todo salga como os merecéis.

—Sí, mamá. Por vosotros. Y sobre todo por ti, que eres nuestra hada madrina —Carla miró a Mel con los ojos brillantes.

—Yo diría más bien que eres una bruja mentirosa —dijo Mel sonriendo.

—Si te hubiera dicho que Carla estaba aquí hubieras salido corriendo. Y sobre todo después de lo que te dije.

—¿Hay algo que tenga que saber? —preguntó Carla seria.

—No —dijo Mel, mirando con intensidad a Álex.

—Tiene que saberlo, Mel —Álex se giró hacia su hija—. Cuando volviste a París fui a hablar con Mel y le dije que te dejara en paz. Pero afortunadamente me he dado cuenta a tiempo de que estaba equivocada. Ninguna de las dos os merecíais sufrir de la manera que he visto. Estaba a punto de hablar contigo, Mel, para decirte que llamaras a Carla, cuando pasó lo de Marcello. Creo que esto os lo debía a las dos.

—¿Y cómo sabías lo que iba a ocurrir? —preguntó Carla cogiendo de la mano a Mel.

—Porque os conozco muy bien a las dos. Pero eso sí, ahorradme los detalles, ¿vale? Aún soy tu madre.

—Descuida —dijo Carla sonriendo.

—Y no andéis por ahí besuqueándoos delante de mí. Todavía no me he acostumbrado a que mi hija esté enrollada con mi mejor amiga.

—Lo intentaremos —rió Carla mirando a Mel.

—Bueno, dicho esto, hay otro tema del que tenemos que hablar, hija.

—¿Prefieres hablarlo cuando yo me vaya? —dijo Mel.

—No. Quiero que te quedes. Carla, hija, si todo sale bien he decidido casarme con Marcello.

—¡Eso es estupendo! ¿Cuándo?

—Aún no lo hemos hablado. Pero hay algo más. Ya sabes que siempre ha dicho que quiere que me vaya con él a Italia.

—Pero... ¿y qué vas a hacer con tu trabajo?

—Voy a vender la editorial, Carla. Lo he decidido.

—Mamá, ¿estás segura?

—Nunca pensé que sería capaz de hacerlo. Pero lo que ha pasado me ha hecho ver que la vida pasa muy deprisa y creo que ya tengo merecido el descanso. No sé si saldrá bien, Carla, pero estoy dispuesta a asumir ese riesgo. Le quiero, hija. Le quiero muchísimo y no quiero perderlo.

—Imagino que no habrá sido fácil para ti tomar esta decisión. Sabes que hagas lo que hagas, siempre te apoyaré. Quiero que seas feliz —Carla se levantó y abrazó a su madre.

166

—Gracias, hija. Ahora voy a acostarme. Estoy muy cansada y mañana quiero estar pronto en el hospital por si deciden pasarle a una habitación.

Se levantaron de la mesa y Álex se despidió de las dos con un beso.

—Mel, ¿te vas a quedar? —preguntó Álex.

—No. Me voy a ir. Mañana os acompañaré. Necesito cambiarme de ropa y trabajar un poco —contestó Mel.

—Lo que quieras. Hasta mañana, entonces.

—Hasta mañana, Álex.

Álex desapareció rumbo a su habitación. Carla se acercó a Mel, pegándose a su cuerpo, y se besaron apasionadamente.

—Mel, no quiero que te vayas —susurró junto a su cuello.

—Yo tampoco quiero separarme de ti. Pero tu madre te necesita. Y va a ser la única forma de que descansemos un poco. Si me quedo no vamos a dormir mucho. Y me parece un poco fuerte acostarme contigo con tu madre aquí.

—Pero no quiero…

—No lo hagamos más difícil, cariño —dijo Mel dulcemente—. Dentro de pocas horas estaré aquí. Lo sabes.

—Está bien. Pero llámame en cuanto llegues a casa. Quiero saber que has llegado bien. Y quiero oír tu voz.

—Te llamo enseguida.

Mel se despidió con un beso interminable que se vio obligada a cortar en seco para poder volver a la realidad. Si seguía un minuto más junto a ella, volverían a hacer el amor como locas en medio del salón.

El día después

A la mañana siguiente, Mel se levantó temprano y se preparó el desayuno habitual. Pero no se sentía con fuerzas para salir a correr. Aún estaba agotada del día anterior. Desayunó con calma, saboreando esa sensación de estar flotando que la dominaba. Recordaba cada caricia de Carla, cada centímetro de su piel, su sabor, sus gemidos. Un puño le atenazaba el estómago haciendo difícil tragar incluso el agua. Sólo deseaba volver a estar con ella, volverla a tocar. Pero ahora debía concentrarse en otras cosas. Había quedado con Álex y Carla para ir a ver a Marcello. Y quería llegar pronto a recogerlas. Álex lo estaba pasando fatal y seguro que se moría de ganas de volverlo a ver. Sería mejor que saliera cuanto antes de casa. Se vistió con un traje de chaqueta negro que sabía que le sentaba como un guante. Quería que Carla la viera resplandeciente.

A las nueve y cuarto estaba en la puerta de casa de Álex. Al verlas salir, su mandíbula cayó hasta el suelo. Carla estaba impresionante. Llevaba un conjunto verde oscuro probablemente creado por algún diseñador de París. Hizo grandes esfuerzos para poder apartar los ojos de ella, que también la miraba con la boca abierta.

—Bueno, ¿qué os parece si salimos hacia el hospital antes de que os dé algo? —dijo Álex, rompiendo el hechizo.

—Vamos, os llevo yo. Tengo el coche abajo —dijo Mel.

Mel ni siquiera se planteó acercarse a darles un beso. Si Carla la hubiera tocado se la hubiera comido allí mismo, en la puerta de casa, delante de su madre. Condujo con Álex a su lado. Carla se sentó un poco incómoda en el asiento de atrás. Ya se sabe que los coches deportivos no son muy apropiados para reuniones familiares.

Llegaron al hospital con tiempo suficiente. Se dirigieron a la UCI y al entrar en el box de Marcello, se llevaron un sobresalto: allí había otra persona en su lugar. Álex corrió al control de enfermería con el corazón acelerado. La enfermera que la atendió dijo que esperara un momento y se puso a consultar algo en el ordenador.

—Le han bajado esta mañana a una habitación. La 114. En la primera planta. Estaba mucho mejor.

—Gracias a Dios —Álex se apoyó en la pared.

—Nos hemos llevado un buen susto —dijo Mel.

—Vamos. Me muero por verle —Álex echó a andar con resolución.

Cuando llegaron a la habitación, Marcello las recibió con una gran sonrisa. Tenía mucho mejor aspecto. Aún llevaba un gotero, pero ya no estaba enchufado a ninguna máquina. Se había peinado y perfumado.

—Debo de estar en el cielo. Veo tres ángeles que vienen a visitarme.

—Hola, cariño —Álex se echó literalmente en sus brazos—. ¿Cómo te encuentras?

—Muchísimo mejor. Y sobre todo después de este beso. Déjame verte bien. Estás maravillosa.

—Tú sí que estás guapo —dijo Álex acariciándole el pelo.

—¿Y vosotras os habéis puesto tan guapas para venir a verme? Se agradece.

Las dos se ruborizaron a la vez. Se acercaron y le besaron.

—Nos alegramos mucho de verte así, Marcello. Nos diste un buen susto —dijo Mel.

—Prometo portarme mejor. Tengo un buen motivo —miró con los ojos brillantes a Álex, mientras ésta sujetaba su mano con fuerza.

—¿Qué te han dicho los médicos? —preguntó Álex.

—Que en cuatro o cinco días puedo marcharme a casa. Me tendrán que hacer algunas pruebas, pero por ahora he salido de ésta.

—Tendrás que hacerte algunas revisiones más adelante, supongo —dijo Carla.

—Sí, pero ahora todo irá bien. Lo sé. Con tu madre al lado soy capaz de superar cualquier cosa.

—Me alegro. Y te felicito de verdad. Creo que por fin lo has conseguido —dijo Carla con una sonrisa.

—¿Ya se lo has dicho? —dijo mirando a Álex.

—Sí. Aunque no tenías que llegar tan lejos para convencerme.

—Yo tampoco lo pretendía, te lo aseguro —dijo él riendo.

—Bueno, si queréis, podéis iros por ahí y aprovechar el tiempo que te queda de vacaciones, hija. Yo pretendo quedarme con Marcello todo el tiempo que me dejen.

—De eso nada. Nos turnaremos para cuidarlo —contestó Carla fingiendo estar ofendida.

—¡Anda, marchaos de una vez!

—Carla tiene razón, Álex. No puedes estar cinco días sin salir de aquí. Volveremos a la hora de la comida y te vas a casa a descansar y comer algo —dijo Mel.

—Bueno, ya veremos.

—De ya veremos, nada. A las dos estaremos aquí —insistió Mel.

—Las chicas tienen razón, *cara*, no podrás cuidarme cuando salga de aquí si estás agotada. No dejaré que te quedes a todas horas conmigo, aunque ya sabes que lo adoro, pero no voy a ser tan egoísta. Además puedo quedarme solo perfectamente. Aquí hay unas enfermeras muy guapas.

Álex le dio una palmada en la pierna con el ceño fruncido, simulando estar muy celosa. Luego miró a Mel.

—Vale, nos vemos a la hora de comer. Te la dejo para que me la cuides. Ya sabes.

—Y tú sabes que lo haré —dijo Mel mirando a Álex con picardía.

Se acercó a ella y le dio un gran beso en la mejilla.

—Hasta luego, mamá —dijo Carla abrazándola.

Se despidieron de Marcello besándolo con cariño y haciéndole prometer que la convencería para que se fuera a descansar de vez en cuando.

Salieron del hospital hacia el aparcamiento evitando tocarse, pero devorándose con los ojos. Una vez dentro del coche, sin esperar un minuto más, sus bocas se buscaron como locas, desapareciendo de alrededor toda realidad que no fueran ellas dos.

—Ya no podía resistirlo más. Estaba loca por besarte —dijo Carla.

—¿Dónde quieres ir? —dijo Mel, acariciándola, sin apartar sus ojos de los de ella.

—A tu casa.

Sin decir palabra, Mel puso en marcha el coche y salieron de allí.

Entraron en su casa a los pocos minutos. Sin hablar, cogidas de la mano, fueron directamente al dormitorio. Mel se puso frente a Carla y sin dejar que la besara, empezó a desnudarla despacio, haciéndola sufrir, mientras ella temblaba de deseo. Una vez desnuda, las manos de Carla arrancaron ansiosas la ropa de Mel, casi desgarrándola. Su boca no tenía freno, besándola, recorriendo su cuello, demorándose en sus pezones hasta arrancar de Mel gemidos desesperados. Sus cuerpos se entregaron al placer una y otra vez, explorándose y descubriéndose durante horas, con un deseo febril que las poseía sin darles tregua. En un momento dado, Mel, alargó el brazo hasta el reloj y dio un respingo.

—¡La una y cuarto!

—¡Oh, Dios mío, hay que volver al hospital! —dijo Carla perezosamente, acurrucándose contra Mel.

Haciendo acopio de fuerzas, salieron de la cama y se dieron una ducha rápida. A los pocos minutos estaban otra vez camino del hospital.

—¡Llega el relevo! —dijo Mel entrando en la habitación.

—¿Habéis comido? Marcello me estaba diciendo que nos bajemos las tres a comer —dijo Álex.

—Es verdad. Me encuentro estupendamente y no pasará nada porque me dejéis solo un rato. Además tengo el timbre a mano. Si necesito algo llamo a la enfermera y ya está.

—¿Estás seguro? No me apetece nada dejarte solo ni un minuto.

—Anda, no seáis tontas. Id a comer. Estaré bien.

—Bueno, pero Carla y yo vendremos enseguida —dijo Mel.

—Prometido —dijo Carla sonriendo.

Salieron las tres hacia la cafetería. Álex las miró de reojo.

—Vaya caritas que traéis. ¿Dónde habéis estado? ¿En el zoo? —dijo con ironía.

—Creo que no querrías oírlo —contestó Carla riéndose.

—Desde luego que no.

Comieron algo en veinte minutos y Álex se despidió hasta las nueve. Mel la quiso llevar a casa con el coche, pero Álex insistió en coger un taxi. Carla y Mel pasaron toda la tarde haciendo compañía a Marcello, charlando con él y dejándolo dormir a ratos. A las ocho ya estaba allí Álex.

—Eres imposible. ¿Por qué has venido tan pronto? —preguntó Mel.

—No podía descansar más. Estaba intranquila. Y tenía muchas ganas de volver a verte —dijo Álex besando a Marcello.

—Acaban de darle la cena —dijo Mel.

—Bien, pues ahora eres todo mío. Gracias por cuidármelo esta tarde. Ya habéis estado demasiadas horas aquí encerradas. ¡Id a que os dé el aire!

—Ha sido un placer, mamá —dijo Carla—. Es un encanto y nos ha estado contando un montón de cosas.

—Así que no le habéis dejado descansar...

—¡Si me he pasado casi toda la tarde durmiendo! Se habrán aburrido muchísimo —dijo Marcello sonriendo.

—Bueno, pues ahora me toca a mí. ¡Fuera de aquí las dos! —dijo Álex bromeando.

—Bien, pero mañana a las nueve estaremos aquí para el relevo —dijo Mel.

—De eso nada. Vamos a hacer lo mismo que hoy. Os vais por ahí, que hoy es viernes. ¿No son los viernes cuando quedáis en el Beso de Luna? Y mañana nos vemos aquí a las dos y vamos a comer.

—Pero, Álex, son muchas horas para ti —protestó Mel.

—Cuando estamos juntos las horas pasan volando. Quedamos así y no se hable más.

—Vale, pero intenta descansar un poco —Mel se despidió de los dos con un beso.

—Hasta mañana a los dos. Que paséis buena noche —Carla les dio un abrazo—. Os quiero.

—Hasta mañana hija. Y nosotros a ti.

En cuanto salieron por la puerta, Álex se sentó en la cama de Marcello y lo besó.

—¿Cómo te encuentras?

—Estupendamente. Y tú, ¿has descansado?

—Sí, no te preocupes. Descanso mejor cuando estoy contigo.

—Las chicas se han portado de maravilla. Por cierto, parece que no se separan ni un minuto.

—Están como dos adolescentes —dijo Álex poniendo los ojos en blanco.

—La verdad es que me alegro. Parecen felices.

—Hacía mucho tiempo que no veía a Carla así, tan expansiva, tan cariñosa. Creo que Mel ha sabido arrancarle esa máscara de frialdad que usa para defenderse del mundo. Parece otra vez una niña.

—Y están guapísimas las dos. Se nota ese brillo en los ojos que tú y yo conocemos.

—Aunque me cueste acostumbrarme a ello, tengo que reconocer que están locas la una por la otra. Me preocupa pensar qué va a pasar ahora. Carla tendrá que volver a París.

—No te preocupes, seguro que se les ocurre algo. Ten fe en el destino.

—Bien, intentaré preocuparme sólo por lo más inmediato, que eres tú —dijo mientras acariciaba su pelo.

Otro Beso de Luna

Una vez en el coche, Mel se volvió hacia Carla y se quedó observándola un rato.

—Estás guapísima.

—Tú sí que estás irresistible —dijo Carla mientras se acercaba y besaba sus labios.

Mel respondió a su beso, pero se apartó poniendo cierta distancia.

—Si empezamos a besarnos sabes que no podremos parar.

—Vamos a casa de mi madre a por algo de ropa y luego vamos a la tuya. Quiero dormir contigo esta noche.

—Yo también. Pero hay algo que quisiera hacer. Les debo a Eva y María una explicación. Se han estado preocupando por mí todo este tiempo y yo se lo he pagado

177

recluyéndome en casa y alejándome de ellas y del mundo.

—¿Estarán esta noche en el Beso de Luna?

—Seguramente.

—Pues nos cambiamos de ropa, cenamos y nos vamos a verlas.

—¿No te molesta?

—No me molesta nada de lo que te haga feliz. Y yo también les debo una explicación. Fui muy grosera al irme de aquella forma el día que las conocí.

—Bueno, ellas saben por qué lo hiciste. No tienes que explicar nada.

—De todas formas quiero hacerlo. Son tus amigas.

—Te quiero —dijo Mel, besándola otra vez.

Una vez en casa de Álex, Carla desapareció en su habitación, saliendo a los pocos minutos cargada con su maleta.

—Me lo voy a llevar todo, si no te importa. Cuando mi madre salga del hospital con Marcello se lo traerá directamente aquí. Imagino que querrán estar solos.

—Bueno, me lo pones fácil. No sabía cómo decirte que te vinieras a mi casa.

—Seré muy egoísta, pero quiero estar contigo todo el tiempo que pueda...

—¿Cuándo... vuelves a París?

—Ahora no quiero pensar en eso —dijo Carla soltando la maleta y abrazándose a Mel.

—Bueno, ya hablaremos —dijo Mel suavemente—. Ahora vámonos a casa.

Una vez en casa de Mel, Carla se instaló en su habitación.

—Espera. Voy a dejarte sitio en mi armario para que pongas tu ropa.

Ninguna de las dos tenía hambre, así que decidieron

picar cualquier cosa en casa, plantarse unos vaqueros, cazadoras de cuero y salir a gritarle al mundo. Carla, ironías del destino, en cuanto vio en el armario de Mel cierta camiseta, le imploró que se la dejara para esa noche. Así que al cabo de unos minutos, allí estaban de nuevo como aquel día, en la puerta del Beso de Luna, con una Carla refulgente que blandía en su pecho como una provocación la frase: «No voy a disculparme».

Atravesaron el jardín cogidas de la mano, caminando lentamente, saboreando ese escenario magnífico, sus aromas y su música envolvente. En el ambiente flotaba la impresionante voz de Sarah Brightman cantando *Here with Me*. Mel la guió hacia la estancia interior donde normalmente se reunían sus amigos cuando ya no hacía tiempo para disfrutar del jardín.

Y allí estaban: María, Eva, Fran e Iván. Mel, no sin cierto nerviosismo, se fue acercando al grupo. La primera que las vió a cierta distancia fue Eva, que se levantó de un salto.

—¡No me lo puedo creer!

Todos volvieron la vista hacia ellas, sobresaltados.

—¡Mel! —gritó María.

Eva se acercó la primera a Mel y le dio un sonoro beso en los labios.

—¡Eres la leche! Llevamos un montón de tiempo llamándote y no contestas a nuestras llamadas. Y ahora, de pronto, la gran aparición. Ya me explicarás como lo has hecho.

—El destino, que es muy cruel —dijo Mel guiñándole un ojo—. Gracias —susurró en su oído—. Ya sabes por qué.

Todos se acercaron y las besaron con efusividad. Mel hizo las presentaciones a Fran e Iván que no conocían a Carla.

—Ahora ya comprendo todo lo que me habían contado —dijo Fran sonriendo a Carla.

—Vamos a sentarnos y nos lo explicáis todo —dijo María.

—Eso, que nos habéis dejado con la boca abierta —añadió Iván.

—Bueno, yo primero quería pediros disculpas por la forma en que me fui aquel día... —empezó a decir Carla.

—No tienes que explicar nada, Carla —le cortó María.

—Pues yo creo que nos tienen que explicar muchas cosas las dos —dijo Eva fingiendo enfado.

—Bueno, la verdad es que todo parte de un suceso nefasto. Marcello está ingresado en el hospital con un infarto —explicó Mel.

—¡No jodas! —soltó Eva.

—Sí, pero ahora ya está mejor. Ha estado unos días en la UCI. Parece que está fuera de peligro y volverá pronto a casa. Carla vino desde París para estar con su madre y Álex aprovechó y nos montó una encerrona en su casa que ninguna de las dos nos esperábamos, imagino que influenciada por cierta conversación —dijo Mel mirando significativamente a Eva.

—Encerrona que vosotras habéis aprovechado muy bien por lo que veo —dijo Eva—. Por cierto, también compruebo que has desmitificado tu famosa camiseta.

—¿Qué...? —dijo Carla.

—Ya te lo contaré, cariño. Esa camiseta que llevas es todo un mito que tú acabas de romper. ¡Por fin!

—Has roto muchas cosas en torno a Mel, por lo que adivino —dijo Fran.

—Bueno, no la asustéis más —dijo Mel.

—No, si le tenemos que dar la enhorabuena por haberse llevado la pieza más cotizada del mercado —dijo

Eva—. ¡No sabes el tiempo que llevamos intentando colocarla! Le hemos plantado delante las tías más estupendas y dispuestas y las ha rechazado a todas. Estaba reservándose para su francesita.

—¡Calla ya, bicho! —Mel le dio un cachete cariñoso.

—Bueno, ya veo que me tenéis que contar muchas cosas que todavía no sé —dijo Carla con picardía.

—Eso, ahora tú únete a estas fieras contra mí.

—Bueno, esto se merece un brindis —dijo María.

—Voy a por un par de botellas de cava —Mel se levantó y salió de la estancia.

—Me alegro de que hayas vuelto —dijo María.

—Mel se nos iba muriendo por los rincones desde que te fuiste —dijo Eva en tono dramático—. En serio, no la habíamos visto así desde que la conocemos. Y son muchos años, te lo aseguro. Si la quieres de verdad, no le hagas daño. Ha dado un paso muy grande para decidirse a estar contigo. Yo sé los demonios interiores que ha tenido que matar.

—Para mí tampoco ha sido fácil. Y la quiero. De eso estoy segura.

—Me alegro. Ahí viene.

—¡Preparad las copas! —gritó Mel, dejando una cubitera con un par de botellas en la mesa.

Mel abrió la primera botella y llenó las copas. Fran levantó la suya y brindó.

—¡Por vosotras, que habéis sido capaces de derribar barreras!

—¡Por vosotras! —repitieron todos.

—¡Y por vosotros, mis amigos, que siempre estáis ahí! —dijo Mel.

Alrededor de una hora más tarde, en casa de Mel, ésta se dejaba llevar de la mano por Carla hasta llegar al baño de su habitación.

—¿Qué haces? —preguntó Mel divertida.

—Vamos a darnos un baño de espuma.

—¿Ahora?

—Ahora. Yo preparo el baño y tú podrías traer una botella de cava y dos copas. ¿Qué te parece el plan?

—Tremendo.

—Te espero dentro —dijo Carla sensual.

Mel fue hasta la cocina y preparó sin prisa la cubitera. Añadió unas trufas junto a las copas y se dirigió al baño con la bandeja. Desde la puerta admiró extasiada el espectáculo que tenía ante sus ojos. La mujer más hermosa que había visto nunca con el cuerpo desnudo cubierto parcialmente de espuma y con esa mirada que la penetraba con descaro, provocándola desde la bañera redonda de su cuarto de baño.

Se lo tomó con calma, a pesar de que la deseaba con locura, poniendo la bandeja en la repisa junto a la bañera. Abrió con parsimonia la botella de cava y llenó las dos copas, mirando intensamente a Carla a los ojos. Después desapareció unos instantes, volviendo con dos velones encendidos que depositó al borde de la bañera. Desde la habitación llegaba la voz sensual de Gigliola Cinquetti cantando *Non ho l'età*. A continuación apagó la luz y fue desnudándose despacio, dejando que los ojos de Carla se alimentaran ansiosos de su cuerpo. Le entregó una copa y se metió en la bañera deslizándose entre sus piernas. El agua caliente le produjo un intenso placer. Se recostó en su regazo, con la espada apoyada sobre ella y, girando su cara, la besó suavemente en los labios, dejando entreabierta la boca hambrienta de Carla. Ella la atravesaba con sus ojos ardientes. Dio un gran sorbo de su copa y, volviéndose, depositó el líquido burbujeante directamente en sus labios. Carla bebió excitada hasta la última gota. Despacio, cogió una trufa, se la metió en la boca y se la entregó a su amante en medio de un beso apasionado, en una lujuria de cacao fundido con lenguas enlazadas. Lentamente se dio la vuelta y cubrió el cuerpo de Carla con el suyo. Sus brazos la rodearon atrayéndola hacia sí. Mel separó suavemente sus piernas y la recorrió con su mano sabia una y otra vez, hasta que sintió la respiración acelerada de su amante. Sus dedos expertos llegaron hasta lugares profundos que llevaron a Carla a un estallido de placer incontrolado. Sus uñas se clavaron inconscientemente en la espalda de Mel, que no pudo reprimir un grito ahogado. Con un movimiento instintivo Carla giró a Mel colocándola bajo su cuerpo, y acoplándose a ella comenzó a montarla desatada, con acometidas feroces que hicieron que Mel perdiera el control de su mente. La bañera se desbordaba por todas partes. Momentos después, yacían abrazadas entre la espuma, con sus cuerpos todavía palpitantes y sin pronunciar una palabra.

Por fin, Carla alcanzó su copa, dio un sorbo a Mel y bebió el resto de un trago.

—¡Dios mío! ¿Esto va a ser siempre así?

—Mejor —contestó Mel besándola.

Minutos más tarde se abrazaban perezosamente entre las sábanas. Mel acariciaba suavemente el pelo de Carla, que apoyaba su cabeza contra su pecho.

—Mel…

—Dime.

—No quiero irme.

—Ni yo que te vayas.

Carla se incorporó sobre un codo y miró a Mel fijamente.

—En serio. No sé cómo hacerlo. Sé que no puedo pedirte que dejes toda tu vida y te vengas conmigo a

París, pero mi trabajo me gusta. Es muy importante para mí y me ha costado mucho llegar donde estoy.

—¿De verdad querrías que me fuera contigo?

—No. Sé que con el tiempo echarías de menos tu casa, tu gente, tu ciudad. Llegaría un día que me harías responsable de tu tristeza. Y yo no lo podría soportar.

—¿Y tú no me harías responsable de separarte de tu trabajo, si te quedas?

—Estamos en un callejón sin salida.

—¿Sabes qué?

—¿Qué?

—Que ya lo pensaremos mañana. Será mejor dormir un poco. Estamos cansadas y no podemos pretender tomar una decisión ahora. Esto es algo que hay que madurar.

—Tienes razón. Mañana... —Carla besó a Mel y comenzó a acurrucarse abrazada a su cuerpo.

Durmieron hasta casi las doce del mediodía y remolonearon perezosas en la cama hasta que su cita con Álex y Marcello las obligó a levantarse. Con tan solo un café en el cuerpo se pusieron en marcha hasta el hospital.

—Desde luego, si seguimos así no hará falta que hagamos dieta —rió Mel mientras conducía.

—A mí ya me viene holgada toda la ropa —dijo Carla con una sonrisa.

—Pues tendré que cebarte un poco.

—Me encantará —dijo Carla, mientras deslizaba su mano entre las piernas de Mel.

—¡Para, que nos matamos!

—No será para tanto... —susurró Carla sin apartar la mano de su objetivo.

—¡Carla, por favor! —Mel giró por una calle solitaria y paró el coche.

Carla desabrochó los pantalones de Mel e introdujo su mano mientras la besaba fuera de sí.

—Esto es una locura... —gimió Mel, que ya no podía luchar contra el deseo que se apoderaba de ella.

—Tú sí que me vuelves loca... —dijo Carla con voz ronca.

Mel introdujo a su vez la mano por debajo del vestido de Carla y ya no le importó nada que pudiera pasar alguien por la calle y las viera. Un frenesí loco las arrastraba sin freno.

Resoluciones

Entraron por la puerta de la habitación de Marcello poco después de las dos de la tarde.

—Hola, mamá. ¿Cómo habéis pasado la noche? —dijo Carla abrazando a Álex y acercándose a besar a Marcello.

—Bastante bien. Marcello ha insistido en que me acostara a su lado y he dormido unas horas.

—¿Ha pasado el médico? —preguntó Mel tras besarlos a los dos.

—Sí. Ha dicho que si todo sigue así en un par de días le da el alta. A lo mejor el lunes. Ya tenemos ganas, la verdad.

—Estupendo —dijo Mel.

—Si os parece nos vamos a comer. Creo que a las dos os va a venir bien. ¡Estáis quedándoos en los huesos! —dijo Álex con determinación.

—Y esta vez tomaos vuestro tiempo. Según me ha dicho Álex, la comida de la cafetería del hospital es bastante mala. Salid fuera y comed tranquilas. Yo no me voy a ir, os lo prometo —dijo Marcello con una gran sonrisa.

Haciendo caso a las palabras de Marcello, decidieron ir a un restaurante cercano al hospital. Tras tomar nota el camarero, Mel se levantó para ir al baño.

—Esperaba esta ocasión para hablar un poco contigo a solas —dijo Álex—. ¿Cómo estás, hija?

—Completamente feliz —dijo Carla con un suspiro.

—La verdad es que estás guapísima, aunque un poco delgada. Se te nota en los ojos que estás enamorada. Pero no te voy a engañar, estaba preocupada por tu decisión. Una cosa es lo que siente tu corazón y otra distinta es encontrarte con la realidad de lo que deseas. ¿Es lo que te imaginabas?

—Ni en mis sueños podría haber imaginado nada igual. Me da un poco de apuro decirte esto, pero estoy disfrutando del mejor sexo que he tenido en mi vida. Y te aseguro que algo de experiencia en este campo ya tenía. Con hombres, claro. Pero esto...

—No me des detalles, por favor —dijo Álex poniendo los ojos en blanco—. En serio, me alegro muchísimo por ti. Me hace feliz verte así. Pero hija, ¿qué vais a hacer ahora?

—No lo sé. No quiero pensarlo. Lo único que sé es que quiero estar con ella. O se viene conmigo a París o tendré que buscar trabajo aquí.

—Escucha, hija, yo te querría proponer algo. No querría decírtelo hasta saber lo que me acabas de contar.

—Dime.

—¿Por qué no te pones al frente de la editorial? Es el negocio que levantó tu padre y que yo he mimado todos estos años. No me digas nada todavía. Quiero que te lo pienses bien. Pero es un buen negocio, da dinero para vivir muy bien y lo tienes todo montado. Sólo tienes que aprender su funcionamiento. Lo tienes todo hecho, Carla, aunque se trabaja duro, eso ya lo sabes.

—No lo había pensado. Es algo...

—Luego hablaremos. Por ahí viene Mel.

—Bueno, a ver si nos sirven pronto. Me sabe mal dejar a Marcello solo tanto rato —dijo Mel, sentándose a la mesa.

—No creo que tarden. Voy yo ahora a lavarme las manos —dijo Carla.

Mel se quedó frente a frente con Álex.

—¿No vas a decirme nada? —preguntó Mel.

—Esperaba que me contaras tú.

—La quiero, Álex. Me ha propuesto que me vaya con ella a París y lo estoy pensando seriamente. Al fin y al cabo, puedo escribir en cualquier parte. Su trabajo es muy importante para ella. No tengo derecho a pedirle que lo deje todo y se venga aquí conmigo.

—Ya. Es curioso, porque eso es precisamente lo que ella se está planteando.

—¿Qué? —Mel la miró sorprendida.

—Parece que os queréis de verdad. Las dos estáis dispuestas a sacrificarlo todo por la otra.

—¿Qué te ha dicho?

—Que te lo diga ella —dijo Álex mirando a Carla que se acercaba a la mesa.

—¿Qué le diga qué?

—Cuéntale lo que te he propuesto.

Mel miró a Carla con expectación.

—Mi madre me ha propuesto que me quede con la editorial.

—Pero...

—Aún no he podido pensar en ello. Me ha pillado por sorpresa.

—Le he dicho que se tome su tiempo. Marcello y yo aún tendremos que estar bastante tiempo aquí hasta que se recupere del todo.

—Lo pensaré. Sólo puedo decirte eso ahora.

—Muy bien, cariño —dijo Álex.

No se volvió a tocar el tema durante la comida y después Carla y Mel volvieron junto a Marcello.

—¿Hemos tardado mucho? —preguntó Mel.

—En absoluto.

Se sentaron junto a él en la cama.

—Bueno, cuéntanos los planes para cuando os marchéis a Italia —dijo Carla.

—Aún no me lo creo. Que haya convencido a tu madre para que se venga conmigo.

—Yo tampoco. Pero me alegro.

—Quiero que conozca mi casa y mi tierra. Me gustaría llevarla a los lugares más románticos y espectaculares que haya visto jamás. Quiero hacerla feliz.

—Lo harás. Lo sé. De hecho ya lo haces —dijo Mel.

—Y espero que vengáis a menudo a vernos. Las dos juntas.

Carla sonrió y miró a Mel.

—No te preocupes, Marcello. Lo haremos.

Esa noche, cuando yacían abrazadas, Mel acariciaba despacio la espalda de Carla, pero su cabeza estaba en ebullición.

—Carla. Quiero decirte algo.

—Dime —dijo Carla perezosa.

—No quiero que hagas lo que te ha propuesto tu madre por mí. Tu trabajo te encanta. Quiero que sepas que estoy dispuesta a irme contigo a París. Allí puedo escribir igual que aquí. Y si no me adapto, ya lo habla-

190

remos. Pero no quiero que dejes un trabajo que significa tanto para ti.

Carla se incorporó sobre un codo y la besó.

—Te quiero. Pero la de mi madre es una proposición que tengo que pensar en serio. No es una mala idea en absoluto. Además es la empresa de mi padre. Él estaría orgulloso de que lo hiciera. Y es un trabajo interesante. En cierta manera, trabajarías para mí y yo para ti —rió Carla.

—Sí, pero no es lo tuyo, Carla.

—Lo mío es dirigir empresas, Mel. Y además, dirigiría la mía propia. Trabajaría para mí. Es todo un reto.

—No me creo que lo estés considerando en serio.

—Pues créetelo. Mira, cuando mi madre me dijo que la iba a vender, algo dentro de mí se movió. A mi padre le costó mucho levantarla y mi madre ha invertido gran parte de su vida en ella. Siento que tengo cierta responsabilidad respecto a esa empresa.

—Pero, ¿y tu trabajo en París? Tienes un contrato que cumplir. No podrás dejarlo de un día para otro, imagino.

—Tendría que arreglar unas cuantas cosas y estar aún un tiempo allí, pero no creo que me pusieran problemas. Además, tengo un equipo muy bueno capaz de hacerse cargo de todo por un tiempo, hasta que encuentren otra persona.

—¿Y el resto de tu vida allí, tus amigos, tu casa...?

—Para mí sería mucho más fácil romper con ello que para ti, Mel. Tengo amigos, pero no son como los tuyos, de toda la vida. Mi casa es de alquiler. Ten en cuenta que mi trabajo me obliga a viajar a menudo. No he echado raíces como has hecho tú. Y siempre ha habido algo que me ha atado aquí... —Carla acompañó estas últimas palabras siguiendo con su mano la curva del cuerpo de Mel, haciendo que ésta sintiera un estremecimiento por toda su piel.

—Tienes el poder de nublar mi mente —dijo Mel atrayéndola hacia sí.

Con un movimiento casi felino, Carla se deslizó encima de Mel, su larga cabellera cayendo como una cascada sobre su cara. Mel no quería apartar su mirada de esos ojos que la fascinaban, que, a medida que Carla se excitaba más y más, brillaban como dos llamas, la llevaban en décimas de segundo del infierno al cielo. Su respiración se hacía cada vez más agitada, sus caderas se movían con un ritmo ciego hasta que perdían el control. Y en ese momento, sus ojos entrecerrados rebelaban el deseo animal y la entrega al placer sin límites. Era entonces cuando Mel dejaba de ver, arrastrada por la explosión de su propio deseo que la llevaba casi hasta el límite de la razón.

—Adoro cómo te entregas cuando hacemos el amor —dijo Mel en un susurro, cuando fue capaz de hablar.

—Eso sólo lo consigues tú. Contigo no me da vergüenza nada. Has roto todas mis inhibiciones.

—Suerte que estamos bastante lejos de las casas de alrededor. Nos deben de oír desde kilómetros de distancia —rió Mel.

—Que se acostumbren. No voy a disculparme.

Dos semanas después, mientras Marcello descansaba en casa de Álex, prácticamente recuperado, Carla contemplaba las nubes desde la ventanilla del avión, rumbo a París, para ultimar los detalles que la conducirían hacia ese futuro por construir. Su mente vagaba serena mientras se aferraba a la mano de Mel, sentada a su lado. Al cabo de unos minutos, Mel se levantó y se dirigió al baño del avión. Entró y cerró la puerta tras ella. Apenas hubo girado el pestillo y sin siquiera darle tiempo a volverse, una fuerza irresistible la empujó contra la puerta. En un principio, lo achacó a una turbulencia del vuelo, pero enseguida se dio cuenta de su error. Un fuerte olor a azahar comenzó a atravesar su mente mientras su camiseta se deslizaba sola hasta el cuello.

En su asiento, Carla, con los ojos cerrados, pasaba lentamente la lengua por sus labios, mientras una sonrisa malévola se dibujaba en su cara.

Títulos de la Colección
Salir del Armario

En otras palabras
Claire McNab

Pintando la luna
Karin Kallmaker

Con pedigree
Lola Van Guardia

Diario de Suzanne
Hélène de Monferrand

Nunca digas jamás
Linda Hill

Los ojos del ciervo
Carlota Echalecu Tranchant

La fuerza del deseo
Marianne K. Martin

Almas gemelas
Rita Mae Brown

Un momento de imprudencia
Peggy J. Herring

Plumas de doble filo
Lola Van Guardia

Vértices de amor
Jennifer Fulton

Punto y aparte
Susana Guzner

Amor en equilibrio
Marianne K. Martin

Cartas de amor en la arena
Sharon Stone

Dame unos años
Lais Arcos

Algo salvaje
Karin Kallmaker

Media hora más contigo
Jane Rule

La vida secreta de Marta
Franca Nera

Honor
Radclyffe

Encuentro en la isla
Jennifer Fulton

Rápida Infernal y otros cuentos
Jennifer Quiles

Alma mater
Rita Mae Brown

La otra mujer
Ann O'Leary

Sexutopías
Sofía Ruiz

The Runner

Books by Peter May

The Enzo Files
Dry Bones (formerly Extraordinary People)
A Vintage Corpse (formerly The Critic)
Blacklight Blue
Freeze Frame

The China Thrillers
The Firemaker
The Fourth Sacrifice
The Killing Room
Snakehead
The Runner
Chinese Whispers

Other Books
The Noble Path
Hidden Faces
Fallen Hero
The Reporter
Virtually Dead

The Runner

Peter May

Poisoned Pen Press

Copyright © 2003 by Peter May

First U.S. Edition 2010

10 9 8 7 6 5 4 3 2 1

Library of Congress Catalog Card Number: 2009931402

ISBN: 9781590586044 Hardcover
        9781590587119 Trade Paperback

Poisoned Pen Press
6962 E. First Ave., Ste. 103
Scottsdale, AZ 85251
www.poisonedpenpress.com
info@poisonedpenpress.com

Printed in the United States of America

For my sister, Lynne

Acknowledgments

As always, I would like to offer my heartfelt thanks to those who have given so generously of their time and expertise during my researches for *The Runner*. In particular, I'd like to express my gratitude to Professor Joe Cummins, Emeritus of Genetics, University of Western Ontario; Steven C. Campman, MD, Medical Examiner, San Diego, California; Dr. Richard H. Ward, Professor of Criminology, and Dean of the Henry C. Lee College of Criminal Justice and Forensic Sciences at the University of Newhaven, Connecticut; Professor Dai Yisheng, former Director of the Fourth Chinese Institute for the Formulation of Police Policy, Beijing; Professor Yu Hongsheng, General Secretary for the Commission of Legality Literature, Beijing; Professor He Jiahong, Doctor of Juridicial Science and Professor of Law, People's University of China School of Law; Professor Yijun Pi, Vice-Director of the Institute of Legal Sociology and Juvenile Delinquency, China University of Political Science and Law; Dr Véronique Dumestre-Toulet of Laboratoire BIOffice, France; Mac McCowan, of ChinaPic, Shanghai; Calum MacLeod and Zhang Lijia for Beijing Snow World and the frozen cottage at Dalingjiang; and Shimei Jiang for her insights into *I Ching*.

'I say everyone should die healthy!'

—Tom McKillop,
Head of AstraZeneca,
July 2001

Prologue

The swimmers come in by the south gate, off Chengfu Lu. A dozen of them, balancing carefully in the early evening dark as plummeting temperatures turn the snow-melt to ice under the slithering tyres of their bicycles. The only thing that can dampen their spirits ahead of tomorrow's competition is the death that lies in silent wait for them just minutes away.

But for now, their only focus ahead is the warm chlorine-filled air, water slipping easily over sleek, toned muscles, the rasp of lungs pumping air in the vast echoing chamber of the pool. A final training session before confrontation tomorrow with the Americans. A flutter of fear in the stomach, a rush of adrenaline that accompanies the thought. So much riding on them. The aspirations of a nation. China. More than a billion people investing their hopes in the efforts of this chosen few. An onerous responsibility.

They wave at the guard who glares sullenly at them as they cycle past. He stamps frozen feet and hugs his fur-lined grey coat tighter for warmth, icy breath clouding around his head like smoke.

Turning right, by pink accommodation blocks, the swimmers shout their exuberance into the clearest of night skies. The foggy vapour of their breath clearing in their wake like the pollution the authorities have promised to sweep from Beijing's summer skies before the world finally descends for the Greatest Show on Earth. Past the towering columns of the Department of Mechanics, legs pumping in unison, they slew into the main drag. Ahead of them, the ten lit storeys of the master building shine coldly in the darkness. On their right, the floodlit concrete angles of the Department of Technology. On their left, the imposing steps of the Department of Law. The vast, sprawling campus of Qinghua University, dubbed by one American Vice-President as the MIT of China, is laid out before them, delineated in the dark by light reflecting off piles of swept snow. But it is not a reputation for excellence in science and technology which has brought them to this place. It is another kind of excellence. In sport. It is here that John Ma inspired the rebirth of Chinese sport more than seventy years ago, building the first modern sports complex in China. Snow rests now on his head and shoulders, gathering also in his lap, a cold stone statue by a frozen lake somewhere away to their left.

But they are not even aware of this nugget of history, of the statue, of the old pool where Mao used to swim in splendid isolation while the building was ringed by armed guards. They are interested only in the lights, beyond the gymnasium and the running track, of the natatorium. For it is here they have spent these last weeks, burning muscles, pushing themselves to the limits of pain and endurance, urged on by the relentless hoarse barking of their coach.

As they pass beneath the shadow of the athletics stand, a handful of students bounce a ball around a floodlit basketball court scraped clear of snow, sport for them a recreation. Their only pressure is academic, and failure will disappoint only their families and friends.

The swimmers park up among the hundreds of bicycles stacked in rows beneath the student apartments. Washed clothes left hanging on balconies are already frozen stiff. They trot across the concourse, swinging arms to keep warm, and push open the double doors of the east entrance, warm air stinging cold skin. Down deserted corridors to the locker room which has become so drably familiar, synonymous with the pain of the training which they hope will reap its rewards in just a few intense minutes of competition. The hundred meters butterfly. The two hundred meters crawl. The backstroke, the freestyle. The relay.

It is only as they strip and drag on costumes that they notice he is missing.

'Hey, where's Sui Mingshan?'

'Said he'd meet us here,' someone replies. 'You see him when we came in?'

'No…' Heads shake. No one has seen him. He isn't here. Which is unusual. Because if anything, Sui Mingshan is the keenest of them. Certainly the fastest, and the most likely to beat the Americans. The best prospect for the Olympics.

'He probably got held up by the weather.'

They pass through the disinfectant foot bath and climb steps leading up to the pool, excited voices echoing between the rows of empty blue seats in the auditorium, wet feet slapping on dry tiles. The electronic clock above the north end of the pool shows ten to seven.

When they first see him, they are slow to understand. A moment of incomprehension, a silly joke, and then a silence not broken even by breathing as they realise, finally, what it is they are witnessing.

Sui Mingshan is naked, his long, finely sculpted body turning slowly in a movement forced by air conditioning. He has fine, broad shoulders tapering to a slim waist. He has no hips to speak of, but his thighs beneath them are curved and powerful, built to propel him through water faster than any other living human. Except that he is no longer living. His head is twisted at an unnatural angle where the rope around his neck has broken his fall and snapped his neck. He dangles almost midway between the highest of the diving platforms above and the still waters of the diving pool below. He is flanked on either side by tall strips of white fabric, red numbers counting off the meters up to ten, recording that he died at five.

It takes all of the swimmers, the team-mates who had known him best, several moments to realise who he is. For his head of thick, black hair has been shaved to the scalp, and in death he looks oddly unfamiliar.

Chapter One

The walls were a pale, pastel pink, pasted with posters illustrating exercises for posture and breathing. The grey linoleum was cool beneath her, the air warm and filled with the concentrated sounds of deep breathing. Almost hypnotic.

Margaret tried to ignore the ache in her lower back which had begun to trouble her over the last couple of weeks. She sat with her back straight and stretched her legs out in front of her. Then she slowly bent her knees, bringing the soles of her feet together and pulling them back towards her. She always found this exercise particularly difficult. Now in her mid-thirties, she was ten years older than most of the other women here, and joints and muscles would not twist and stretch with the same ease they had once done. She closed her eyes and concentrated on stretching her spine as she breathed in deeply, and then relaxing her shoulders and the back of her neck as she breathed out again.

She opened her eyes and looked at the women laid out on the floor around her. Most were lying on their sides with pillows beneath their heads. Upper arms and legs were bent upwards, a pillow supporting the knee. Lower legs were extended and straight. Expectant fathers squatted by their wives' heads, eyes closed, breathing as one with the mothers of their unborn children. It was the new Friendly to Family Policy in practice. Where once men had been banned from the maternity wards of Chinese hospitals, their presence was now encouraged. Single rooms for mother and child, with a fold-down sofa for the father, were available on the second floor of the First Teaching Hospital of Beijing Medical University for Women and Children. For those who could afford them. The going rate of four hundred yuan per day was double the weekly income of the average worker.

Margaret felt a pang of jealousy. She knew that there would be a good reason for Li Yan's failure to turn up. There always was. An armed robbery. A murder. A rape. A meeting he could not escape. And she could not blame him for it. But she felt deprived of him; frustrated that she was the only one amongst twenty whose partner regularly failed to attend; anxious that in her third trimester, she was the only one in her antenatal class who was not married. While attitudes in the West might have changed, single mothers in China were still frowned upon. She stood out from the crowd in every way, and not just because of her Celtic blue eyes and fair hair.

From across the room she caught Jon Macken looking at her. He grinned and winked. She forced a smile. The only thing they really had in common was their American citizenship. Since returning to Beijing with a view to making it her permanent home, Margaret had done her best to avoid the expat crowd. They liked to get together for gatherings in restaurants and at parties, cliquish and smug and superior. Although many had married Chinese, most made no attempt to integrate. And it was an open secret that these Westerners were often seen by their Chinese partners as one-way tickets to the First World.

To be fair to Macken, he did not fall into this category. A freelance photographer, he had come to China five years earlier on an assignment and fallen in love with his translator. He was somewhere in his middle sixties, and Yixuan was four years younger than Margaret. Neither of them wanted to leave China, and Macken had established himself in Beijing as the photographer of choice when it came to snapping visiting dignitaries, or shooting the glossies for the latest joint venture.

Yixuan had appointed herself unofficial translator for a bewildered Margaret when they attended their first antenatal class together. Margaret had been lost in a sea of unintelligible

Chinese, for like almost every class since, Li had not been there. Margaret and Yixuan had become friends, occasionally meeting for afternoon tea in one of the city's more fashionable teahouses. But, like Margaret, Yixuan was a loner, and so their friendship was conducted at a distance, unobtrusive, and therefore tolerable.

As the class broke up, Yixuan waddled across the room to Margaret. She smiled sympathetically. 'Still the police widow?' she said.

Margaret shrugged, struggling to her feet. 'I knew it went with the territory. So I can't complain.' She placed the flats of her hands on the joints above her buttocks and arched her back. 'God…' she sighed. 'Will this ever pass?'

'When the baby does,' Yixuan said.

'I don't know if I can take it for another whole month.'

Yixuan found a slip of paper in her purse and began scribbling on it in spidery Chinese characters. She said, without looking up, 'A journey of a thousand miles begins with a single step, Margaret. You have only a few more left to take.'

'Yeh, but they're the hardest,' Margaret complained. 'The first one was easy. It involved sex.'

'Did I hear someone mention my favourite subject?' Macken shuffled over to join them. He cut an oddly scrawny figure in his jeans and tee-shirt, with his cropped grey hair and patchy white beard.

Yixuan thrust her scribbled note into his hand. 'If you take this down to the store on the corner,' she said, 'they'll box the stuff for you. I'll get a taxi and meet you there in about ten minutes.'

Macken glanced at the note and grinned. 'You know, that's what I love about China,' he said to Margaret. 'It makes me feel young again. I mean, who can remember the last time they were sent down to the grocery store with a note they couldn't read?' He turned his grin on Yixuan and pecked her affectionately on the cheek. 'I'll catch up with you later, hon.' He patted her belly. 'Both of you.'

Margaret and Yixuan made their way carefully downstairs together, holding the handrail like two old women, wrapped up warm to meet the blast of cold night air that would greet them as they stepped out into the car park. Yixuan waited while Margaret searched for her bike, identifying it from the dozens of others parked in the cycle racks by the scrap of pink ribbon tied to the basket on the handlebars. She walked, wheeling it, with Yixuan to the main gate.

'You should not still be riding that thing,' Yixuan said.

Margaret laughed. 'You're just jealous because Jon won't let you ride yours.' In America Margaret would have been discouraged at every stage of her pregnancy from riding a bicycle. And during the first trimester, when the risk of another miscarriage was at its highest, she had kept it locked away in the university compound. But when her doctors told her that the worst had passed, and that the baby was firmly rooted, she had dug it out again, fed up with crowded buses and overfull subway carriages. She had been at more danger, she figured, on public transport, than on her bike. And, anyway, women here cycled right up until their waters broke, and she saw no reason to be different in yet another way.

Yixuan squeezed her arm. 'Take care,' she said. 'I'll see you Wednesday.' And she watched as Margaret slipped on to her saddle and pulled out into the stream of bicycles heading west in the cycle lane. Margaret's scarf muffled her nose and mouth against the biting cold of the Beijing night. Her woollen hat, pulled down over her forehead, kept her head cosy and warm. But nothing could stop her eyes from watering. The forecasters had been predicting minus twenty centigrade, and it felt like they were right. She kept her head down, ignoring the roar of traffic on the main carriageway of Xianmen Dajie. On the other side of the road, beyond the high grey-painted walls of Zhongnanhai, the leadership of this vast land were safe and warm in the centrally heated villas that lined the frozen lakes of Zhonghai and Nanhai. In the real world outside, people swaddled themselves in layers of clothes and burned coal briquettes in tiny stoves.

The restaurants and snack stalls were doing brisk business beneath the stark winter trees that lined the sidewalk. The tinny tannoyed voice of a conductress berating passengers on her bus permeated the night air. There were always, it seemed, voices emitting from loudspeakers and megaphones, announcing this, selling that. Often harsh, nasal female tones, reflecting a society in which women dominated domestically, if not politically.

Not for the first time, Margaret found herself wondering what the hell she was doing here. An on-off relationship with a Beijing cop, a child conceived in error and then miscarried in tears. A decision that needed to be taken, a commitment that had to be made. Or not. And then a second conception. Although not entirely unplanned, it had made the decision for her. And so here she was. A highly paid Chief Medical Examiner's job in Texas abandoned for a poorly remunerated lecturing post at the University of Public Security in Beijing, training future Chinese cops in the techniques of modern forensic pathology. Not that they would let her teach any more. Maternity leave was enforced. She felt as if everything she had worked to become had been stripped away, leaving her naked and exposed in her most basic state—as a woman and mother-to-be. And soon-to-be wife, with the wedding just a week away. They were not roles she had ever seen herself playing, and she was not sure they would ever come naturally.

She waved to the security guard at the gate of the university compound and saw his cigarette glow in the dark as he drew on it before calling a greeting and waving cheerily back. It was nearly an hour's cycle from the hospital to the twenty-storey white tower block in Muxidi which housed the University of Public Security's one thousand staff, and Margaret was exhausted. She would make something simple for herself to eat and have an early night. Her tiny two-roomed apartment on the eleventh floor felt like a prison cell. A lonely place that she was not allowed, officially, to share with Li. Even after the wedding, they would have to continue their separate lives until such time as the Ministry allocated Li a married officer's apartment.

The elevator climbed slowly through eleven floors, the thickly padded female attendant studiously ignoring her, squatting on a low wooden stool and flipping idly through the pages of some lurid magazine. The air was dense with the smell of stale smoke and squashed cigarette ends, and piles of ash lay around her feet. Margaret hated the ride in the elevator, but could no longer manage the stairs. She tried to hold her breath until she could step out into the hallway and with some relief slip the key in the door of number 1123.

Inside, the communal heating made the chill of the un-insulated apartment almost bearable. The reflected lights of the city below crept in through her kitchen window, enough for her to see to put on a kettle without resorting to the harsh overhead bulb which was unshaded and cheerless. If she had thought this was anything other than a temporary address, she might have made an effort to nest. But she didn't see the point.

Neither did she see the shadow that crossed the hall behind her. The darting silhouette of a tall figure that moved silently through the doorway. His hand, slipping from behind to cover her mouth, prevented the scream from reaching her lips, and then immediately she relaxed as she felt his other hand slide gently across the swell of her belly, his lips breathing softly as they nuzzled her ear.

'You bastard,' she whispered when he took his hand from her mouth and turned her to face him. 'You're not supposed to give me frights like that.'

He cocked an eyebrow. 'Who else would be interested in molesting some ugly fat foreigner?'

'Bastard!' she hissed again, and then reached on tiptoe to take his lower lip between her front teeth and hold it there until he forced them apart with his tongue and she could feel him swelling against the tautness of her belly.

When they broke apart she looked up into his coal dark eyes and asked, 'Where were you?'

'Margaret...' He sounded weary.

'I know,' she said quickly. 'Forget I asked.' Then, 'But I do miss you, Li Yan. I'm scared of going through this alone.' He drew her to him, and pressed her head into his chest, his large hand cradling her skull. Li was a big man for a Chinese, powerfully built, more than six feet tall below his flat-top crew cut, and when he held her like this it made her feel small like a child. But she hated feeling dependent. 'When will you hear about the apartment?'

She felt him tense. 'I don't know,' he said, and he moved away from her as the kettle boiled. She stood for a moment, watching him in the dark. Lately she had sensed his reluctance to discuss the subject.

'Well, have you asked?'

'Sure.'

'And what did they say?'

She sensed rather than saw him shrug. 'They haven't decided yet.'

'Haven't decided what? What apartment we're going to get? Or whether they're going to give us one at all?'

'Margaret, you know that it is a problem. A senior police officer having a relationship with a foreign national…there is no precedent.'

Margaret glared at him, and although he could not see her eyes, he could feel them burning into him. 'We're not having a *relationship*, Li Yan. I'm having your baby. We're getting married next week. And I'm sick and tired of spending lonely nights in this goddamn cold apartment.' To her annoyance she felt tears welling in her eyes. It was only one of many unwanted ways in which pregnancy had affected her. An unaccountable propensity for sudden heights of emotion accompanied by embarrassing bouts of crying. She fought to control herself. Li, she knew, was as helpless in this situation as she was. The authorities frowned upon their relationship. Nights together in her apartment or his were stolen, furtive affairs, unsanctioned, and in the case of her staying over with him, illegal. She was obliged to report any change of address, even for one night, to her local Public Security Bureau. Although, in practice, no one much bothered about that these days, Li's position as the head of Beijing's serious crime squad made them very much subject to the rule from which nearly everyone else was excepted. It was hard to take, and they had both hoped that their decision to marry would change that. But as yet, they had not received the blessing from above.

He moved closer to take her in his arms again. 'I can stay over tonight.'

'You'd better,' she said, and turned away from him to pour hot water over green tea leaves in two glass mugs. What she really wanted was a vodka tonic with ice and lemon, but she hadn't touched alcohol since falling pregnant and missed the escape route it sometimes offered from those things in life she really didn't want to face up to.

She felt the heat of his body as he pressed himself into her back and his hands slipped under her arms to gently cup her swollen breasts. She shivered as a sexual sensitivity forked through her. Sex had always been a wonderful experience with Li. Like with no other. So she had been surprised by the extraordinarily heightened sense of sexuality that had come with her approaching motherhood. It had hardly seemed possible. She had feared that pregnancy would spoil their relationship in bed; that she, or he, would lose interest. To the surprise of them both, the opposite had been true. At first, fear of a second miscarriage had made them wary, but after medical reassurance, Li had found ways of being gentle with her, exploiting her increased sensitivity, taking pleasure from driving her nearly to the edge of distraction. And he had found the swelling of her breasts and her belly intensely arousing. She felt that arousal now, pushing into the small of her back and she abandoned the green tea and turned to seek his mouth with hers, wanting to devour him, consume him whole.

The depressingly familiar ring tone of Li's cellphone fibrillated in the dark. 'Don't answer,' she whispered. And for a moment she actually thought he wouldn't. He responded hungrily to her probing tongue, hands slipping over her buttocks and drawing her against him. But the shrill warble of the phone was relentless and finally he gave in, breaking away, flushed and breathless.

'I've got to,' he said, and he unclipped the phone from his belt, heavy with disappointment, and lifted it to his ear. '*Wei?*'

Margaret turned back to her green tea, still shaking and aroused, desperately wanting to have sex with him, but knowing that the moment had passed. Angry with him, but knowing that it was not his fault. His work intruded on their lives all the time. She had always known it would. And there was even a time when she could have shared in it. But it was months since she had last worked on a case, performed an autopsy. Li had forbidden it, fearing that there could be health risks for the baby, and she had not resisted. Just one more erosion, one more piece of herself falling back into the sea she had tried so hard to build defences against. It was easier now just to give in, and she was no longer interested in his cases.

He clipped his phone back on his belt. 'I have to go,' he said.

'Of course you do,' she said in a flat tone, and she reached over to switch on the overhead light and turned to blink at him in the sudden brightness. 'What is it this time? Another murder?' Beijing appeared to be in the throes of a crime wave. Crime figures were sky-rocketing. And there had been some particularly gruesome killings. Li's team had just arrested an ethnic Korean for murdering a twenty-nine-year-old woman for her hair. Consumed by some bizarre desire to posses her long, black locks, he had stabbed her to death and then beheaded her with an axe. After taking the head home with him he had peeled off the scalp and hair. When detectives from Section One burst into his apartment, they had found him stir-frying her facial skin with the apparent intention of eating it.

'No,' Li said. 'Not a murder. At least, it doesn't appear that way.' Although he smiled, he was perplexed. 'Death by sex, apparently.' He stooped to kiss her softly on the lips. 'Perhaps we had a narrow escape.'

II

Li's bike rattled in the back of his Jeep. The Chrysler four-wheel drive, built in the city by a Chinese–American joint venture, was affectionately known as the Beijing Jeep, much beloved by the municipal police who had adopted it almost as their own.

The vehicle allocated to Li as Section Chief was an unmarked dark green with smoked glass windows. The only indication that this was a police vehicle, to those who knew, was the *jing* character and the zero which followed it on the registration plate. Normally he left it at Section One and cycled home, which was often faster than trying to negotiate the capital's increasingly frequent gridlocks, but it was a long way across the city in the bitter cold to Margaret's apartment, so tonight he had bundled his bike in the back.

Many of the side streets, which had not been cleared of snow, were still treacherous with ice. But as he turned on to West Chang'an Avenue, this brightly lit arterial route which dissected the city east to west, was free of ice, and traffic was light. Hotels and ministry buildings, China Telecom, were all floodlit, and Li could see the lights of Christmas trees twinkling incongruously in hotel forecourts. Just two weeks away, Christmas in Beijing was primarily for the tourists. But the Chinese welcomed any excuse for a banquet.

He drove past the impressive front gates of Zhongnanhai on his left, and on his right the big black hole behind the Great Hall of the People where work had already begun on building China's controversial new National Grand Theatre, at a cost of three hundred and twenty-five million dollars. Ahead was the Gate of Heavenly Peace and the portrait of Mao smiling benignly over Tiananmen Square where the blood of the democracy protesters of eighty-nine seemed to have been washed away by the sea of radical economic change that had since swept the country. Li wondered fleetingly what Mao would have made of the nation he had wrested from the Nationalist Kuomintang all those decades ago. He would not have recognised his country in this twenty-first century.

Li took a left, through the arch, into Nanchang Jie and saw the long, narrow, tree-lined street stretch ahead of him into the darkness. Beyond the Xihuamen intersection it became Beichang Jie—North Chang Street—and on his right, a high grey wall hid from sight the restored homes of mandarins and Party cadres that lined this ancient thoroughfare along the banks of the moat which surrounded the Forbidden City. Up ahead there were two patrol cars pulled up on to the ramp leading to tall electronic gates in the wall. Li saw a Section One Jeep drawn in at the kerb, and Doctor Wang's Volkswagen pulled in behind it. There were a couple of unmarked vans from the forensics section in Pao Jü Hutong. A uniformed officer stood by the gate, huddled in his shiny black fur-collared coat, smoking a cigarette and stamping his feet. His black and silver peaked cap was pulled down low over his eyes trying to provide his face with some protection from the icy wind. Although it had been introduced shortly before his spell at the Chinese Embassy in Washington DC, Li still found it hard to get used to the new black uniform with its white and silver trim. The red-trimmed green army colours of the police in the first fifty years of the People's Republic had been virtually indistinguishable from those of the PLA. Only the Armed Police still retained them now.

Detective Wu's call to Li's cellphone had been cryptic. He had no reason to believe this was a crime scene. It was a delicate matter, perhaps political, and he had no idea how to deal with it. Li was curious. Wu was a brash, self-confident detective of some fifteen years' experience. Delicacy was not something normally associated with him. Nor tact. All that he had felt able to tell Li on the phone was that there was a fatality, and that it was of a sexual nature. But as soon as he had given Li the address, the Section Chief had known this was no normal call-out. This was a street inhabited by the powerful and the privileged, people of influence. One would require to tread carefully.

The officer on the gate recognised Li immediately, hastily throwing away his cigarette in a shower of sparks and saluting as Li got out of the Jeep. The gate was lying open, and a couple of saloon cars, a BMW and a Mercedes, sat in the courtyard beyond, beneath a jumble of grey slate roofs.

'Who lives here?' Li asked the officer.

'No idea, Section Chief.'

'Where's Detective Wu?'

'Inside.' He jerked a thumb towards the courtyard.

Li crossed the cobbled yard and entered the sprawling, single-storey house through double glass doors leading into a sun lounge. Three uniformed officers stood among expensive cane furnishings engaged in hushed conversation with Wu and several forensics officers. Wu's butt-freezer leather jacket hung open, the collar still up, his cream silk scarf dangling from his neck. He wore jeans and sneakers, and was pulling nervously at his feeble attempt at a moustache with nicotine-stained fingers. His face lit up when he saw Li.

'Hey, Chief. Glad you're here. This one's a real bummer.' He steered Li quickly out into a narrow hallway with a polished parquet floor, walls lined with antique cabinets and ancient hangings. From somewhere in the house came the sound of a woman sobbing. From the sun lounge behind them Li could hear stifled laughter.

'What the hell's going on here, Wu?'

Wu's voice was low and tense. 'Local Public Security boys got a call an hour ago from the maid. She was hysterical. They couldn't get much sense out of her, except that somebody was dead. So they sent out a car. The uniforms get here and think, "Shit, this is over our heads," and the call goes out to us. I get here and I think pretty much the same damned thing. So I called in the Doc and his hounds and phoned you. I ain't touched a thing.'

'So who's dead?'

'Guy called Jia Jing.' Li thought the name sounded faintly familiar. 'Chinese weightlifting champion,' Wu clarified for him.

'How did he die?'

'Doc thinks it's natural causes.' He nodded his head towards the end of the hall. 'He's still in there.'

Li was perplexed. 'So what's the deal?'

'The deal is,' Wu said, 'we're standing in the home of a high-ranking member of BOCOG.' Li frowned. Wu elucidated. 'The Beijing Organising Committee of the Olympic Games. He's in Greece right now. His wife's in their bedroom with a three-hundred-pound weightlifter lying dead on top of her. And he's, how can I put it…' he paused for effect, but Li guessed Wu had already worked out exactly how he was going to put it, '…locked in the missionary position and still in the act of penetration.' He couldn't resist a smirk. 'Seems like his heart gave out just when things were getting interesting.'

'In the name of the sky, Wu!' Li felt the first flush of anger. 'You mean you just left him like that? For more than an hour?'

'Hey, Chief,' Wu held his hands up. 'We didn't have any choice. Doc says she's had some kind of involuntary muscular spasm and she's holding him in there. We can't uncouple them, even if we wanted to. And, hey, have you ever tried moving three hundred pounds of dead meat? It's going to take everyone here to lift him off.'

Li raised his eyes to the heavens and took a deep breath. Whatever he might have imagined, it could never have been this. But the implications were scandalous, not criminal, and his immediate inclination was to wash the section's hands of it as quickly as possible. 'What's the Doc's prognosis?'

'He's given her a sedative. Says when it takes effect the spasm should relax and we can prise him free.' Again, the hint of a smirk, and Li knew that Wu was choosing his words carefully for their colour, enjoying the moment, and enjoying passing the buck.

'Wipe that fucking smile off your face!' Li said quietly, and the smirk vanished instantly. 'A man's dead here, and a woman's seriously distressed.' He took another deep breath. 'You'd better show me.'

Wu led him through into a bedroom of extraordinary opulence and bad taste. A thick-piled red carpet, walls lined with crimson silk. Black lacquer screens inlaid with mother of pearl set around a huge bed dressed in peach and cream satin. Pink silk tassles hung from several hand-painted lanterns whose light was instantly soaked up by the dark colours of the room. The air was sticky warm, and layered with the scents of incense and sex.

The room's incongruous focal point comprised the large, flaccid buttocks of the three-hundred-pound weightlifting champion of China. His thighs and calves were enormous below a thick waist and deeply muscled back and shoulders. A pigtail, like an old-fashioned Chinese queue, curled around the nape of his neck. By contrast, the legs he lay between were absurdly fragile. The woman was pale and thin, with short, bobbed hair, her make-up smeared by sex and tears. It seemed incredible that she had not been crushed by this monster of a man who lay prone on top of her, literally a dead weight. Li thought she looked as if she were in her forties, perhaps twice the age of her late lover.

She was still sobbing quietly, but her eyes were clouded like cataracts and staring off into some unseen distance. Doctor Wang Xing, the duty pathologist from the Centre of Criminal Technological Determination in Pao Jü Hutong, was sitting in a chair by the bedside holding her hand. He cocked an eyebrow in Li's direction. 'Administering sedatives and holding hands is not my usual domain,' he said. 'But it's one for my memoirs, if ever they let me publish them.' He flicked his head towards the lady of the house. 'I think it might be worth trying to get him off her now.'

It took eight of them to lift Jia Jing clear of his lover long enough for Doctor Wang to pull her free. She was liquid and limp from the sedative, and he had difficulty getting her into a chair. Li tossed a silk dressing-gown over her nakedness and cleared the room.

'So you think it was a heart attack?' Li said.

Wang shrugged. 'That's how it looks. But I won't know for sure until I get him on the slab.'

'Well, I'd appreciate it if you could have your boys get him out of here just as soon as possible.'

'They're on their way.'

'And the woman?'

'She'll be okay, Chief. She's a bit groggy just now from the sedative, but it'll wear off.'

Li knelt down beside her and took her hand. Her chin was slumped on her chest. He lifted it up with thumb and forefinger, turning her head slightly to look at him. 'Is there someone who can come and spend the night with you? A friend maybe?' Her eyes were glazed. 'Do you understand what I'm saying?'

There was no response. He looked at Wang. 'Is there anyone we can get to stay over?'

But suddenly she clutched his wrist, and the glaze had half-cleared from her eyes. They were dark and frightened now, black mascara smudged all around them. 'He doesn't have to know, does he?' Li didn't have to ask who. 'Please...' she slurred. 'Please tell me you won't tell him.'

III

Dongzhimennei Street was a blaze of light and animation as Li nursed his Jeep west towards Beixinqiao. Hundreds of red lanterns outside dozens of restaurants danced in the icy wind that blew down from the Gobi Desert in the north. Ghost Street, they called this road. While most of the city slept, the young and the wealthy, China's *nouveau riche*, would haunt Dongzhimennei's restaurants and bars until three in the morning. Or later. But in the distance, towards the Dongzhimen intersection with the Second Ring Road, the lights of Ghost Street faded into darkness where the hammers of the demolition contractors had done their worst. Whole communities in ancient *siheyuan* courtyard homes had been dismantled and destroyed to make way for the new Beijing being fashioned for the Olympic Games. The mistakes of the West being repeated forty years on, city communities uprooted and rehoused in soulless tower blocks on the outskirts. A future breeding ground for social unrest and crime.

Li took a left and saw the lights of Section One above the roof of the food market. There were lights, too, in the windows of the One Nine Nine Bar as he passed, shadowy figures visible behind misted windows. He turned left again into the deserted Beixinqiao Santiao and parked under the trees opposite the brown marble façade of the All China Federation of Returning Overseas Chinese. During the day there would be a constant stream of ethnic Chinese wanting papers to return to the country of their birth, or the birth of their ancestors, anxious to take advantage of the opportunities provided by the fastest growing economy on earth.

He slipped in the side entrance of the four-storey brick building that housed Section One of the Criminal Investigation Department of the Beijing Municipal Police and climbed the stairs to the top floor. The detectives' office was buzzing with activity when he poked his head in. It was often busier at night than during the day. Wu was already at his desk, blowing smoke thoughtfully at his computer screen and pushing a fresh strip of gum in his mouth. He looked up when Li appeared in the doorway. 'How do you want me to play this, Chief?' he said.

'Dead straight,' Li said. He was only too well aware of the possible repercussions of what they had witnessed tonight. Members of the Beijing Organising Committee of the Olympic Games were political appointees. Its president was the city's Mayor, its executive president the head of the Chinese Olympic Committee. China regarded the success of the Games as vital to its standing in the world, and the committee itself was invested with a huge weight of responsibility. A scandal involving one of its senior members would send shockwaves rippling through the corridors of power. And it was becoming increasingly difficult to keep scandal out of the media. Li was going to have to prepare his own report on the incident to supplement Wu's.

He glanced towards the office of his deputy. The door was ajar, and the office beyond it in darkness. He had not expected to find Tao Heng at his desk at this hour and was relieved not to have to discuss this with him. He made his way down the corridor to his own office and flicked on his desk lamp, tilting back in his chair so that his head was beyond the ring of light it cast. He closed his eyes and wished fervently that he could have a cigarette. But he had promised Margaret that he would give up, for the baby's sake, and he was not about to break his promise. In any case, she had a nose like a blood-hound and would have smelled it on him immediately.

A knock on his door brought him sharply back from his tobacco reveries and he tipped forward again in his chair. 'Come in.'

Sun Xi stepped in from the corridor. 'They told me you were in. Do you have a minute, Chief?' He was a young man, not yet thirty, who had recently transferred to Beijing from Canton where he had a brilliant record of crime-solving and arrests. As Li had once been, he was now the youngest detective in Section One, which specialised in solving Beijing's most serious crimes. And like Li before him, he had already tied up an impressive number of cases in just a few short months in the section. He reminded Li very much of himself at the same age, although Sun was more extrovert than Li had ever been, quick to smile, and even quicker with his one-liners. Li had immediately spotted his potential and taken him under his wing. Sun dressed smartly, his white shirts always neatly pressed, pleated slacks folding on to polished black shoes. His hair was cut short above the ears, but grew longer on top, parted in the centre and falling down either side of his forehead above thick dark eyebrows and black, mischievous eyes. He was a good-looking young man, and all the girls in the office were anxious to catch his eye. But he was already spoken for.

'Pull up a chair,' Li said, glad of the diversion. And as Sun slipped into the seat opposite, he asked, 'How's Wen settling in?'

Sun shrugged. 'You know how it is, Chief,' he said. 'Provincial girl in the big city. It's blowing her mind. And the little one's started kicking hell out of her.' Like Li, Sun was anticipating fatherhood in a little over a month. Unlike Li, Sun had already been allocated a married officer's apartment in Zhengyi Road, and his wife had just arrived from Canton.

'Has she sorted out her antenatal arrangements yet?'

'You're kidding! You know what women are like, she's still unpacking. I'll need a whole other apartment just to hang her clothes.'

Li smiled. Although he saw Sun as being like a younger version of himself, they had married very different women. Margaret's wardrobe could only be described as spartan. She detested shopping. He said, 'Margaret's been going to the antenatal classes at the maternity hospital for several months. Maybe she could give Wen some advice on where to go, who to see.'

'I'm sure Wen would appreciate that,' Sun said.

Li said, 'I'll speak to her.' Then he sat back. 'So what's on your mind?'

Sun took out a pack of cigarettes. 'Is it okay?'

'Sure,' Li said reluctantly, and he watched enviously as Sun lit up and pulled a lungful of smoke out of his cigarette.

'I got called out to a suspicious death earlier this evening, Chief. Not long after you left. At the natatorium at Qinghua University.' He grinned. 'That's a swimming pool to you and me.' He pulled again on his cigarette and his smile faded. 'Apparent suicide. Champion swimmer. He was supposed to take part in a training session at the pool with the national squad ahead of tomorrow's two-nation challenge with the Americans.' He paused and looked at Li. 'Do you follow sport?'

Li shook his head. 'Not really.'

'Well they got this challenge thing this week with the US. Two days of swimming events up at Olympic Green, and three days of indoor track and field at the Capital Stadium. First ever between China and America.'

Li had been aware of it. Vaguely. There had been a considerable build-up to the event in the media, but he hadn't paid much attention.

'Anyway,' Sun said, 'this guy's been breaking world records, expected to beat the Americans hands down. Only he turns up for tonight's training session half an hour before the rest of them. The security man on the door claims he never even saw him go in. The place is empty, the coach hasn't arrived. The swimmer goes into the locker room and drinks half a bottle of brandy for Dutch courage before he undresses and hangs all his stuff neatly in his locker. Then he takes a five-meter length of rope and goes up to the pool wearing nothing but his birthday suit. He climbs to the highest diving platform, ten meters up. Ties one end of the rope to the rail, loops the other round his neck and jumps off. Five meters of rope, ten-meter drop.' Sun made a cracking sound with his tongue at the back of his mouth. 'Neck snaps, clean as you like. Dead in an instant.'

Li felt an icy sensation spreading in his stomach. Random pieces of information, like digital bytes on a computer disk, suddenly began forming unexpected sequences in his head. He said, 'Weren't there three members of the national athletics team killed in a car crash in Xuanwu District last month?' He had seen a report of it in *The People's Daily*.

Sun was surprised. 'Yeh…that's right. Members of the spring relay team.' He frowned. 'I don't see the connection.'

Li held up a hand, his brain sifting and cataloguing the information it had absorbed on a daily basis and filed under *Of No Apparent Importance But Worth Retaining. Maybe.* He found what he was searching for. 'There was a cyclist…I can't remember his name…He came second or third in the Tour de France last summer. Best ever performance by a Chinese. Drowned in a freak swimming accident a couple of weeks ago.'

Sun nodded, frowning again, the connections beginning to make themselves.

'And I've just come from a house where a weightlifter collapsed and died tonight during the act of sexual intercourse. A heart attack. Apparently.' Had it not been for this bizarre event, it was possible Li would never even have been aware that there might be connections to be made.

Sun chuckled. 'So you figure the Americans are bumping off our top athletes so they'll get more medals?'

But Li wasn't smiling. 'I'm not figuring anything,' he said. 'I'm laying some facts on the table. Perhaps we should look at them.' The words of his Uncle Yifu came back to him. *Knowing ignorance is strength. Ignoring knowledge is weakness.* He paused. 'You said *apparent* suicide.'

Sun leaned into the light of Li's desk lamp, cigarette smoke wreathed around his head. 'I don't think it was, Chief.'

The ringing of Li's telephone crashed into the room like an uninvited guest. Li snatched the receiver irritably. '*Wei?*'

'Section Chief, this is Procurator General Meng Yongji.' Li's lungs seized mid-breath. The Procurator General was the highest ranking law officer in Beijing, and Li was not accustomed to taking calls from him. It was the Procurator General's office which decided whether or not to prosecute a case in the courts, and in some cases would take over an investigation completely. It was a moment before Li could draw in enough air to say, 'Yes, Procurator General.'

'I received a call several minutes ago from the executive assistant to the Minister of Public Security.' Meng did not sound too pleased about it and Li glanced at his watch. It was nearly ten-thirty, and there was a good chance Meng had been in his bed when he took the call. 'It seems the Minister would like to speak to you, Section Chief. In his home. Tonight. There is a car on its way to pick you up.'

Li understood now why Meng sounded unhappy. Protocol demanded that any request from the Minister should be passed down through a superior officer. But, in effect, the Procurator General had been woken from his sleep to pass on a simple message, and he clearly did not relish the role of message boy. He heard Meng breathing stertorously through his nostrils on the other end of the line. 'What have you been up to, Li?'

'Nothing, Procurator General. Not that I know of.'

A snort. 'I'd appreciate being kept informed.' A click and the line went dead.

Li held the receiver halfway between his ear and the phone for several moments before finally hanging up. The icy sensation he had felt earlier in his stomach had returned, and a chill mantle seemed to have descended from his shoulders over his whole body. To be summoned to the home of the Minister of Public Security at ten-thirty on a cold December night could only be bad news.

IV

The black, top-of-the-range BMW felt as if it were gliding on air as it sped past the north gate of the Forbidden City and turned south into Beichang Jie where Li had attended the death of Jia Jing only two hours earlier. Li had changed into his uniform in his office, and sat now on soft leather in the back of this ministerial vehicle, stiff and apprehensive. As they passed them, Li saw that the electronic gates of the senior BOCOG official were locked, and there were no lights on in his home. The cops were all gone. Li had stayed long enough to see the body of the weightlifter bagged and taken away in the meat wagon, trying all the while to assuage the growing hysteria of the adulterous wife as her sedative started wearing off. There were, he had told her, no guarantees that her husband would not get to know what had happened there that night, and she had dissolved into uncontrollable sobbing. He had left when finally a girlfriend arrived to spend the night.

The street was virtually deserted now as they passed through the tunnel of trees that arched across the roadway, and at the Xihuamen intersection they turned west. The high walls of Zhongnanhai rose up before them. When the car stopped at the gate, his electronic window wound down automatically, and Li showed his maroon Public Security ID to the armed guard who scrutinised his face and his photograph carefully in turns. And then the car was waved through, and Li was within the walls of Zhongnanhai for the first time in his life. He found that his breathing had become a little more shallow. Lights burned in the windows of a government office compound away to their left, but they quickly left these behind as the car whisked them along a dark road lined with willows, before emerging into the glare of moonlight shining on frozen water. Zhonghai Lake. It was white with ice and a sprinkling of snow reflecting a nearly full moon.

Here, on the shores of this lake, his country's leaders and high officials lived in the luxury and seclusion of their state villas and apartments. The privileged indulging the privileges of power. Catching the light on the far shore, Li saw a pavilion by a small jetty, eaves curling outwards and upwards at each of its four corners. A mist was rising now off the ice, and through it, lights twinkled in homes beyond yet more trees on the other side.

The driver turned off the lakeside road into a driveway that curved through a bamboo thicket. The hanging fronds of leafless willows rattled gently across the roof. He pulled up outside an impressive villa built on two levels in the traditional Chinese style, pillars the colour of dried blood supporting the sloping roof of a veranda which ran all the way around the house. Inside, the driver left Li standing nervously in a dark hallway of red lacquered furniture and polished wood before a young woman in a black suit appeared and asked him to follow her up thickly carpeted stairs.

At the end of a long hall of hanging lanterns, she showed him into a small room lit only by an anglepoise and the flickering light of a television set. A soccer match was playing on it, but the sound was turned down. A polished wooden floor was strewn with Xinjiang rugs. A small desk with a laptop computer sat below a window whose view was obscured by wooden slatted Venetian blinds. The walls were covered with framed photographs of the Minister in his dress uniform shaking hands with senior police officers and leading politicians. He was pictured smiling with Jiang Zemin; towering over Deng Xiaoping as they shook hands; warmly embracing Zhu Rongji.

The Minister was sitting on a soft, black two-seater sofa, scribbling by the light of the anglepoise on a bundle of papers balanced on his knee. More papers and official publications were strewn across the seat next to him. He was wearing soft, corduroy trousers, an open-necked shirt and carpet slippers. A pair of half-moon reading glasses was balanced on the end of his nose. He glanced up distractedly and waved Li to a well-worn leather armchair opposite. 'Sit down, Li, I'll be with you in a moment,' he said, and returned to his papers.

Li felt stiff and awkward in his uniform and wondered if he'd made a mistake in wearing it. He perched uncomfortably on the edge of the seat and removed his braided peaked cap. He glanced at the TV screen and saw that China were playing South Korea. Korea were two goals ahead.

'You like football, Li?' the Minister said, without looking up.

'Not particularly, Minister,' Li replied.

'Hmmm. Athletics?'

'Not really.'

'Don't like games at all, then?'

'I enjoy chess.'

The Minister peered at him over his half-moons. 'Do you now? Any good?'

'I used to give my uncle a decent game.'

'Ah, yes…' The Minister put his papers aside and turned his focus fully on to Li for the first time. 'Old Yifu. He was a foxy old bastard, your uncle. Good policeman, though.' He paused. 'Think you'll ever make his grade, Section Chief?'

'Not a chance, Minister.'

'Ah…' the Minister smiled. 'Modesty. I like that.' Then his smile faded. 'But, then, you're not going to make any kind of grade at all if you're not prepared to rethink your personal plans.'

Li's heart sank. So this is why he had been summoned.

But the Minister cut his thoughts short as if he had read them. 'Though that's not why you're here.' He appeared to be lost in reflection for some moments, as if unsure where to begin. Then he said, 'A certain wife of a certain member of a certain committee made a telephone call tonight after you left her home.' The Minister paused to examine Li's reaction. But Li remained impassive. He should have realised that a woman in her position would always know someone of influence. The Minister continued, 'The recipient of that call made another call, and then my telephone rang.' He smiled. 'You see how connections are made?' Li saw only too well.

The Minister removed his reading glasses and fidgeted with them as he spoke. 'As far as we are aware, no crime was committed tonight. Am I correct?' Li nodded. 'Then it is perfectly possible that a certain weightlifter arrived at the home of a certain committee member for reasons unknown to us. Perhaps he wished to make representations on behalf of his sport to that committee member who, unfortunately, was out of the country.

But, then, we'll never know, will we? Since the poor chap collapsed and died. Heart attack, is that right?'

'We'll know for sure after the autopsy.'

'And that, of course, will all be reflected in the official report?'

Li hesitated for a long moment. He despised the thought of being involved in any way in a cover-up. If he had thought there was anything more to it than sparing the blushes of a few officials he might have fought against it. But in the circumstances it hardly seemed worth it. He could almost hear his Uncle Yifu referring him to Sunzi's *Art of War* and the advice offered by history's most famous military strategist that *He who knows when to fight and when not to fight will always win.* And there were other, more important battles, he knew, that lay ahead. 'I'll see that it does, Minister,' he said.

The Minister smiled and appeared to relax. 'I'm glad. It would be a great pity, damaging even, if certain people were embarrassed by certain unwarranted speculation.'

'It certainly would,' Li said, unable to keep an edge of sarcasm out of his voice.

The Minister glanced at him sharply, searching for any hint of it in his expression, his smile dissolving quickly into studied reflection. After a moment he folded his reading glasses, placed them carefully on the table beside the sofa and stood up. Li immediately felt disadvantaged, still balanced uncomfortably on the edge of his armchair clutching his hat. But he had not been invited to stand.

'However,' the Minister said, 'there are other, more consequential issues, raised by the death of Jia Jing tonight. You may not be aware of it, Li, but he is the fifth senior Chinese sportsman to die within the last month. All, apparently, from natural or accidental causes.'

'Three members of the sprint relay team,' Li said. 'A cyclist, a weightlifter.'

The Minister looked at him thoughtfully and raised an eyebrow. 'You've been keeping your eye on the ball.' He seemed surprised.

Li did not like to admit that he had only spotted the ball for the first time that night. What was significant to him was that others had been keeping an eye on it long before him. But now he was one step ahead of them. 'You're going to have to revise that figure, Minister. The number is up to six.'

The Minister had a young, unlined face, the merest trace of grey in his hair, although he was probably in his mid-fifties. He appeared suddenly to age ten years. 'Tell me.'

'I don't have all the details yet. It appears to have been a suicide. A member of the swimming team. He was found hanging from the diving platform in the training pool at Qinghua.'

'Who was it?'

'His name was Sui Mingshan.'

The name had meant nothing to Li, but the Minister knew immediately who he was. 'In the name of the sky, Li! Sui was our best prospect of Olympic gold. He should have been swimming against the Americans tomorrow.' He raised his eyes to heaven and sighed deeply. 'How on earth are we going to keep a lid on this?' Then his mind took off in another direction. 'It can't be coincidence can it? Six of our leading athletes dead within a month?'

'On the balance of probability, Minister, it seems unlikely,' Li said.

'Well, you'd better find out, pretty damned fast. And I don't want to read about this in the foreign press, do you understand? It will be difficult enough to explain the absence of such athletes from this event with the Americans, but with the Olympics coming to Beijing in 2008, we cannot afford even the whiff of a scandal. The prestige and international standing of China are at stake here.'

Li stood up, still holding his black peaked cap with its silver braiding and shiny Public Security badge. 'The investigation is already under way, Minister.'

The Minister found himself looking up at Li who was a good six inches taller than him. But he was not intimidated. The power of his office gave him supreme confidence. He scrutinised Li thoughtfully. 'We can't afford to lose officers of your calibre, Section Chief,' he said. 'This…personal problem that you have…How can it be resolved?'

'With all due respect, Minister, I don't believe that I am the one with the problem. There is no legal requirement—'

The Minister cut him off. 'Damn it, Li, it's not law, it's policy.'

'Then you could make an exception.'

'No.' His response was immediate and definitive. 'No exceptions. You make one, others follow. And when many people pass one way, a road is made.'

'Then I may have to pass on the baton before the case is resolved.'

The Minister glared at him. 'You're a stubborn sonofabitch, Li. Just like your uncle.'

'I'll take that as a compliment.'

The Minister stood staring silently at Li for several long moments, and Li was not sure if he was furious or just at a loss for words. Finally he turned away, retrieved his half-moons from the table and sat down again on his sofa, lifting the bundle of papers back on to his knee. 'Just keep me informed.'

And Li realised he was dismissed.

V

Wu's report was waiting for him on his desk when he got back to Section One. It was nearly midnight. He was too tired to change out of his uniform, throwing his cap on to the desk and slumping into his seat wearily to read the report, reliving the sad absurdity of the whole sordid tale. He got up and crossed to the door and shouted down the corridor, 'Wu!'

After a moment Wu appeared, emerging from the detectives' office, cigarette smoke billowing at his back. 'Chief?'

Li breathed deeply as if he might be able to steal some second-hand smoke, waved him up the corridor and went back to his desk. When Wu came in he chucked his report back at him. 'Do it again.' Wu frowned. 'Only this time, leave out the stuff in the bedroom.'

'But that's the juiciest bit, Chief.'

Li ignored him. 'Our weightlifter arrived looking for our committee member, but before he could say why, he collapsed and died. Okay?'

Wu looked at him curiously. 'That's not like you, boss.'

'No it's not. Just do it.' Wu shrugged and headed for the door and Li called after him, 'And tell Sun I want to talk to him.'

When Sun came in Li told him to close the door behind him and turn out the overhead light, which left only the ring of light cast around the desk by its lamp. He motioned Sun to take a seat, then sat back so that he could watch him from outside the reach of the light. His eyes were stinging and gritty. It had been a long day. 'Tell me why you think this swimmer didn't kill himself,' he said.

Sun said, half-rising, 'I've finished my report if you want to read it.'

'No, just tell me.'

Li closed his eyes and listened as Sun described how he and Qian Yi, one of the section's older detectives, had arrived at the natatorium shortly after seven-thirty.

'What made us suspicious initially was the security man on the door saying he didn't see Sui going in. I asked him if there was any chance Sui had arrived when he was in the toilet. He said he'd been at his post for two hours, uninterrupted. So I asked if there was any other way in. Turns out there are half a dozen emergency exits that you can only open from the inside. We looked at them all. One of them was not properly shut, which had to be how Sui got in without being seen.'

Li thought about it for a moment. 'Why would he have to sneak in through an emergency exit? Wouldn't he just have walked in the front door? And if he did come in the emergency door, how did he open it from the outside?'

'I asked myself the same questions,' Sun said.

'And did you come up with any answers?'

'The only thing I could think was that he wasn't on his own.'

Li frowned and opened his eyes. 'What do you mean?'

Sun leaned forward into the light. 'I mean that he didn't go there of his own free will, Chief. That he was taken, against his will, by people who had already got him drunk. People who had arranged to have that fire door left unlocked.'

Li raised a sceptical eyebrow. 'And all this speculation because the security man didn't see him going in? Eye witnesses are notoriously unreliable, Sun. Memories are defective things. Maybe he did go to the toilet and just doesn't remember. Maybe he was reading and didn't notice Sui going past.'

'And the fire door?'

Li shrugged. 'Doors get left open.' Sun seemed slightly crestfallen. Li said, 'Tell me you're basing your doubts on more than a security man and a fire door.'

Sun shook his head, exasperated by his boss' scepticism. 'Chief, I don't know what to say. It just didn't *feel* right. Everything about it. His team-mates said he never touched alcohol. Ever. Yet he was stinking of drink, and there was a half-empty bottle of brandy in the bag in his locker. And, I mean, if he'd drunk a half bottle of brandy, would he have been in any state to fold up his clothes and leave them hanging in his locker? And, anyway, why would he? And why would he shave his head?'

Li sat forward. This was a new piece of information. 'He'd shaved his head?'

'Yeh. He could only have done it a couple of hours before. There were fresh nick marks on his scalp, dried blood, and he had a full head of hair the last time anyone saw him.'

Li puzzled over this for several moments. 'Was there a pathologist in attendance?'

'Doc Zhu, one of Wang's deputies from Pao Jü Hutong.'

Li knew him. He was young, not very experienced. 'What did Zhu say?'

'Not a lot, Chief. Just that there were no external signs of a struggle, and that death appeared to have been caused by a broken neck due to hanging. Of course, he couldn't commit to that until after the autopsy.'

'Who's doing the autopsy?'

'He is.'

Li shook his head. 'Put a stop on that. I don't want anyone with his lack of experience touching the body.'

Sun was taken aback, and for a moment didn't know how to respond. Was this vindication? 'You mean you think I might be right? That this isn't just a straightforward suicide?'

Li pondered his response briefly. 'While accepting that your assumptions are speculative, Sun, I think they are not unreasonable. For two reasons.' He held up a thumb to signify the first. 'One. We've got to look at this in the context of six top athletes dead in a month. It stretches the theory of coincidence just a little far.' He added his forefinger to signify the second. 'And two. There's the hair thing. That just doesn't make sense.'

Sun looked puzzled. 'How do you mean?'

'You asked why Sui would have shaved his head. My understanding is that it's not unusual for swimmers to shave off their hair in order to create less resistance in the water.'

Sun nodded. 'And…?'

Li said, 'Well, if you were planning to kill yourself, why would you shave your head to make yourself faster for a race in which you had no intention of taking part?' He saw the light of realisation dawning in Sun's eyes, and added, 'But that leaves us with an even more implausible question. Why would somebody else do it?'

VI

Margaret was finding it difficult to sleep. She liked to keep her curtains open, safe in the knowledge that there were no other tower blocks sufficiently close to allow anyone to see in, even if she put the lights on. She enjoyed moving around the apartment, able to see by the light of her small television set, and the ambient city lights that surrounded her. For some reason she had become more sensitive to bright light since becoming pregnant, and there was a sense of security in the darkness. She felt safer. She also liked to look out over the city on a clear night like this. You could see the tail lights of cars and buses for miles as they negotiated the gridiron road network of the capital, queuing in long tailbacks at rush hour, speeding along deserted ring roads late at night, like now.

But tonight, the nearly full moon was bathing her bedroom in a bright silver light, falling through the window and lying across her bed in distortions of bisected rectangles, keeping her awake. And Li's departure had left her frustrated and lonely, and still with the aching regret of unfulfilled sex.

In just over a week she would be married. And yet the thought filled her with dread. Of the ordeals she would have to endure in the next few days. A belated betrothal meeting. The reunion with her mother. The first meeting with Li's father. And then what? What would be different? Until Li was allocated an apartment for married officers they would still be forced to spend much of their lives apart. And when the baby came...She closed her eyes. It was a thought she did not want to face. She had attended enough births during her time as an intern at the UIC Medical Centre in Chicago to know that it was an experience she would have preferred not to live through in person. She found pain hard enough to cope with when it was other people's. Her own scared her to death.

She turned on to her side, pulling the covers up over her head, determined to try to sleep, and heard a key scraping in the latch. She sat bolt upright and glanced at the red digital display on the bedside clock. It was 1:14 am. Surely he hadn't come back at this time of night? 'Li Yan?' she called, and her bedroom door swung open and she saw him standing there in the moonlight. He still had on his uniform and cap, his coat slung over his shoulder.

'I didn't mean to wake you,' he said.

She tutted her disbelief. 'Of course you did. You're sex obsessed. Why else are you here?'

But he didn't smile. 'I've got a couple of favours to ask.'

'Oh, yes?' But she didn't ask what. 'Are you going to stand out there in the hall all night, or are you coming to bed?' She grinned. 'I do like a man in uniform.'

He moved into the room, pushing the door shut behind him, and started to undress. She watched the way the light cut obliquely across his pectorals and made shadows of the six-pack that ribbed his belly as he opened his shirt. He moved with an easy, powerful grace, and she felt the rekindling of her earlier frustrated desires as he slipped out of his pants and stood three-quarters silhouetted against the window. But he made no attempt to get into bed. He said, 'There's a young guy in the section. I've talked to you about him. Sun.' She waited in silence, wondering what on earth he could be going to say. 'He came up from Canton three months ago, and they've only now allocated him married quarters.'

'Oh, I see,' she said, stung. 'So the junior detective gets an apartment, but his boss has to wait.'

'That's just an administrative thing,' Li said quickly, not wanting to get involved in a discussion about apartments. 'The point is, his wife's just arrived from the south. She doesn't know anybody here, she doesn't know Beijing. And she's due about the same time as you are. I thought…well, I wondered, if maybe you could show her the ropes, so to speak.'

Margaret snorted. 'Hah! Like I've not got enough to think about with my mother arriving, a betrothal meeting, a wedding…' She stopped and looked at him hard. 'You didn't come here at one o'clock in the morning just to ask me to nanny some country-girl wife of one of your detectives.'

'Well,' Li said. 'There was something else.'

'And what was that?'

'I want you to do an autopsy.'

She was silent for a very long time. 'I thought I was banned,' she said quietly. 'You thought there could be health risks for the baby, and I didn't argue with that. What's changed?'

'I wouldn't ask if I didn't think it was important.' He paused. 'And I won't ask if you think there *is* the slightest risk.'

She knew that in reality if there was no risk to her there was no risk to the baby. And she had never been inclined to put herself at risk. 'What's the case?' She could barely keep the excitement out of her voice. It was a chance to take her life back, be herself again, put all these other personas—wife, mother, daughter—on the back burner, at least for a time.

He sat on the edge of the bed and took her through the events of the evening. She lay thinking about it for a long time. 'Who's doing the autopsy on the weightlifter?'

'Wang.'

She nodded. Wang was okay. She had worked with him before. 'What about the others? The road accident victims, the guy who drowned. Can I see their autopsy reports?'

Li shook his head. 'We don't autopsy every accidental death, Margaret. Only if there are suspicious circumstances, or cause of death is not apparent. We don't have enough pathologists.'

'That's inconvenient,' she said, unimpressed. 'I don't suppose we can dig them up?'

Li sighed, realising himself just how little they were going to have to go on. 'Burials are forbidden in the city. I'll check, but I'm pretty sure they'll all have been cremated.'

'You're not making this very easy for us, are you?'

Li said, 'The more I think about it, the more it seems to me like someone else has been trying to make it that way.'

Margaret snorted her derision. 'In the event that you ever got around to actually investigating.'

Li said evenly, 'Will you do the autopsy on the swimmer?'

Her face was in shadow but he heard her grin. 'Try stopping me.' And after a pause she grabbed his arm. 'Although, right now I'm hoping we can get to the third reason you came back.'

'There was a third reason?' he asked innocently.

'There had better be.' And she pulled him into her bed.

Chapter Two

I

She was late, but knew that to hurry could be dangerous. And so she pumped her pedals at a slow, even rate, keeping pace with the flow of cyclists heading east along the reduced cycle lane in Chang'an Avenue. As the number of motorists had increased and the number of cyclists diminished, so the authorities had allowed the traffic to encroach on the generous cycle lanes originally laid out by the twentieth-century city fathers. Dividers now cut their width by half and streams of taxis jammed the tarmac which had once been the domain of the bicycle.

When she had wakened Li was gone, but his warmth and the smell of him lingered on the sheets and pillow beside her. She had rolled over and breathed him in, remembering how good it had been just a few hours before when he had made slow and careful love to her, and she had felt a desire simply to be absorbed by him completely, to lose herself in all his soft, gentle goodness. To be a better person. And then she had seen the clock, and knew that Mei Yuan would be waiting for her.

The sky was light in the east, pale gold rising to the deepest blue, but the sun had not yet found its way between the sky-scrapers to throw its long shadows westward. And it was so cold her muscles had nearly seized solid.

Up ahead, the traffic had been halted at Tiananmen to allow the dawn ritual of the raising of the flag. She saw the soldiers, in their slow-motion goose-step, march in impressive formation from the Gate of Heavenly Peace to the flagpole in the square, and she dismounted quickly to guide her bike between the stationary vehicles to the other side of the avenue. Below the high red walls of Zhongshan Park, an old man wearing a beret sat huddled on a bench watching the soldiers. A street sweeper in a surplus army greatcoat scraped his broom over the frozen pavings beneath the trees. Margaret cycled to the arched gate and parked her bike, before hurrying into the entrance hall with its crimson pillars and hanging lanterns, and paying her two yuan entrance fee at the ticket window.

Beyond Zhongshan Hall and the Altar of the Five-Coloured Soil, she found Mei Yuan in a courtyard in front of the Yu Yuan pavilion. A row of windows gave on to tanks containing thirty different breeds of goldfish which swam, oblivious to the cold, in water heated to tropical temperatures. Along with half a dozen others, Mei Yuan moved in slow, controlled exercises to traditional Chinese music playing gently from someone's ghetto blaster. *Tai chi* looked easy to the non-practitioner, but its leisurely control demanded something of nearly every muscle. It was a wonderful way of maintaining fitness without exertion, particularly for the elderly. Or the pregnant.

When she saw her coming, Mei Yuan broke off to give Margaret a hug. 'I thought perhaps you were not coming today.' She looked forty, but was nearer sixty. Her smooth moon face beneath its soft white ski hat creased in a smile around her beautifully slanted almond eyes. She was shorter than Margaret, stocky, and wrapped in layers of clothes below a quilted green jacket. She wore blue cotton trousers and chunky white trainers. 'Have you eaten?' she asked in *putonghua* Chinese. It was the traditional Beijing greeting, born of a time when food was scarce and hunger a way of life.

'Yes, I have eaten,' Margaret replied. Also in *putonghua*. She fell in beside the older woman, and after a moment they joined the others in the slow sweep of the *tai chi*, following the intuitive methodical rhythms evolved over five thousand years of practice. 'I can't stay long this morning. Li Yan has asked me to do an autopsy.' She glanced at Mei Yuan and knew that she would not approve.

'Of course, you said yes.'

Margaret nodded. Mei Yuan said nothing. She knew better than to question Margaret's decision. But Margaret saw her disapproval clearly in her face. Pregnancy in the Middle Kingdom was treated with almost spiritual reverence, and the mother-to-be handled like the most delicate and precious Ming china. Even after delivery, the mother would often be confined by relatives and friends to a month of inactivity in a darkened room. They even had a phrase to describe the phenomenon: *zuo yuezi*. Literally a woman's 'month of confinement' after giving birth to a child. Margaret, however, was not inclined to submit to constraint at any time—before birth or after.

Half an hour later the gathering broke up when the woman with the ghetto blaster apologised and said she had to go. Mei Yuan and Margaret walked back through the park together, past a large group following their *wu shu* master in the art of slow-motion sword play. The red tassles that hung from the grips of their ceremonial weapons arcing in the sunlight that slanted now through the naked branches of the park's ancient scholar trees.

Mei Yuan said, 'I have reserved a room for the wedding ceremony.' She was the closest thing to a mother-figure in Li's life. His own mother had died in the Cultural Revolution. Margaret, too, had become very fond of her. She thought of her as her 'Chinese' mother. And she wondered how her real mother would get on with her Chinese counterpart when she arrived. Li had asked Mei Yuan to make the arrangements for a traditional Chinese wedding, and Margaret had been happy to leave everything to someone else. She was only half listening to Mei Yuan now. The wedding still seemed distant and remote, as if it were all happening to another person.

'And I have ordered the flowers for the altars,' Mei Yuan was saying. She had already explained to Margaret that there were no formal wedding vows in Chinese culture. The couple simply interlinked arms and drank from cups joined by red string, a symbol of their binding commitment. This was performed in front of two altars to honour the ancestors of each family. It had already been decided that this would not take place at Li's home, as was traditional, since the apartment was too small. 'Now, it is usual to place a rice bowl and chopsticks on one of the altars if there has been a recent bereavement in either of the families.' She left this hanging. It was not so much a statement as a question. Margaret immediately thought of her father. But she did not know how her mother would respond.

'Perhaps Li will want to make the gesture in memory of his uncle,' she said.

Mei Yuan said, 'It is some years since Yifu died.'

'Yes, but his death still casts a shadow over the family. I know that there isn't a day goes by when Li doesn't think about him.' Li's description of his uncle's death was as vivid in Margaret's mind as if she had witnessed it herself. 'I'll ask him.'

Mei Yuan nodded. 'I have spoken to Ma Yun,' she said, 'and she will be happy to cater for the wedding banquet. Of course, her price is far too high, but we can negotiate her down. However, there are certain items which *must* appear on the menu, and they *will* be expensive.'

'Oh?' Margaret was not too concerned. Her definition of *expensive*, and Mei Yuan's were rather different. Mei Yuan earned her living from a mobile stall selling fast-food Beijing pancakes called *jian bing*. She was lucky if she made seventy dollars a month.

'There must be fish, roast suckling pig, pigeon, chicken cooked in red oil, lobster, dessert bun stuffed with lotus seeds...'

'Sounds good,' Margaret said. 'But why?'

'Ah,' Mei Yuan said, 'because every item of food has a symbolic meaning. We must have fish, because in Chinese the word for fish is pronounced the same as *abundance*, which means the newly-weds will have plentiful wealth.'

'I'll drink to that,' Margaret said, and then added quickly, 'not with alcohol, of course.'

Mei Yuan smiled indulgently. 'Lobster is literally called *dragon shrimp* in Chinese,' she said, 'and having lobster and chicken together at the wedding banquet indicates that the dragon and phoenix are in harmony and that the Yin and Yang elements of the union are balanced.'

'And one just has to have one's Yin and Yang in balance,' Margaret said.

Mei Yuan ignored her. 'The roast suckling pig is usually served whole as a symbol of the bride's virginity.' She stopped suddenly, realising what she'd said, and the colour rose on her cheeks as her eyes strayed to Margaret's bump.

Margaret grinned. 'Maybe we'd better skip the suckling pig, Mei Yuan.'

They hurried on towards the bronze statue of Dr. Sun Yat Sen and passed on their left the red, studded gates of the Beijing Centre of Communication and Education for Family Planning. And Margaret was reminded that in a country where birth had been controlled for decades by the One Child Policy, a baby was a precious thing. Her hands strayed to the swelling beneath her woollen cape and she experienced a sense of anticipation that was both thrilling and scary.

At the gate, she retrieved her bicycle and said, 'Say hi to Li for me. You'll probably see him before I do.' Mei Yuan's stall was on a street corner not far from Section One. It was where Li had first met her. He still had a *jian bing* for breakfast most mornings.

Mei Yuan opened her satchel and brought out a small, square parcel and handed it to Margaret. 'A gift,' she said, 'for your wedding day.'

Margaret took it, embarrassed. 'Oh, Mei Yuan, you shouldn't go buying me things.' But she knew she could not turn it down. 'What is it?'

'Open it and see.'

Margaret carefully opened the soft parcel to reveal, folded within, a large, red, silk and lace square. 'It's beautiful,' she said.

It was real silk, and she realised it had probably cost Mei Yuan half a week's earnings.

'It's a veil,' Mei Yuan said. 'To be draped over the head during the ceremony. Red, because that is the symbolic colour of happiness.'

Margaret's eyes filled. She hugged the smiling Mei Yuan. 'Then, of course, I will wear it,' she said. 'And wish for all the happiness in the world.' For there had been precious little of it these last turbulent years.

II

Smoke made it nearly impossible to see from one side of the meeting room to the other. The ceiling fan was on, but only succeeded in moving the smoke around. It was too cold to open a window, and almost the only person in the room without a cigarette was Li. He wondered why he had bothered giving up. At this rate he'd be back on thirty a day without ever putting one to his lips.

There were more than twenty detectives in the room, some arranged around a large rectangular meeting table, others sitting in low chairs lined up along the walls. Flasks of piping hot green tea sat on the table, and every detective had his own mug or insulated tankard. The central heating was toiling to cope with an outside temperature which had so far failed to rise above minus five centigrade, and most of the detectives were wearing coats or jackets. One or two even wore gloves. Everyone knew now why they were there, that this was a priority investigation.

The tone of the meeting was set from the start by a clash between Li and his deputy, Tao Heng. Tao was a man in his fifties with thinning dark hair scraped back across a mottled scalp, his bulging eyes magnified behind thick-rimmed glasses. Nobody liked him.

'I'd appreciate,' Tao said, 'being told why the autopsy of last night's suicide victim was cancelled.' He looked around the room. 'Since I seem to be the only one here who doesn't know.'

'The autopsy has not been cancelled, Deputy Section Chief,' Li said. 'Merely re-assigned.'

'Oh? And who is going to do it?' Tao asked.

'The American pathologist, Margaret Campbell,' Li told him evenly.

'Ah,' Tao said. 'Keeping it in the family, then?'

There was a collective intake of breath around the table. Nepotism was considered a form of corruption, and in the present political climate, police corruption was very much under the microscope. No one had any illusions about the subtext of Tao's comment.

Li said coldly, 'Doctor Campbell is the most experienced forensic pathologist available to us. If you have a problem with that, Tao, you can raise it with me after the meeting.'

Relations between Li and his deputy were strained at best. When Li left the section to take up his position as Criminal Liaison at the Chinese Embassy in Washington DC, Tao had succeeded him as Deputy Section Chief, coming from the criminal investigation department in Hong Kong. He had known that there was no way he could try to follow in the footsteps of the most popular deputy anyone in Section One could remember. So from the start he had been his own man and done things his own way. Which was remote and superior. He believed in a dress code. Which was unpopular. He always wore his uniform, and he fined detectives for the use of foul language in the office. If anyone crossed him he could expect to get every shit assignment on the section for the next six months.

When Section Chief Chen Anming had retired earlier that year Tao was expected to succeed him. But Chen's retirement had coincided with Li's return from America and Li was appointed over Tao's head. The appointment had coloured their relationship from the start. And with two such diametrically different personalities, it was a relationship that was doomed to failure.

Tao resumed his silent sulking, and they listened as Wu gave his account of Jia Jing's adulterous misadventure with the wife of the BOCOG member the previous evening. Some muted laughter was immediately cut short by Li's admonition to them that he would remove from his job anyone who revealed details of the case outside the section. The official report, for reasons they did not need to know, reflected less than the full story, he told them. And none of them had any doubt what that meant.

They sat, then, with their files open in front of them listening to Sun going over his report on the 'suicide' of the swimmer, Sui Mingshan. He had altered it to take account of Li's thoughts on the shaven head, which he repeated now as if they were his own.

Li took over. He said, 'I want the swimming pool and Sui's home treated as potential crime scenes. We won't know the cause of death for certain until we have the autopsy report, so unless or until we have reason to believe otherwise we'll treat it as suspicious.'

He flipped through the folder in front of him. 'You all have the report on the accident which killed three members of the sprint relay team last month.' There had been no reason then for anyone to think it was anything other than an accident. Three young men travelling too fast in a car late at night, losing control on black ice and wrapping their vehicle around a lamppost. Li said, 'And the cyclist who was killed in a freak accident in a private pool.' They all shuffled their papers to bring that report to the top. 'Three witnesses saw him slip on the diving board and crack his skull as he fell in. Dead by the time they got him out.' He took a deep breath. 'We have no autopsy reports. No bodies. But in light of last night's fatalities, we have no choice but to go back over all these deaths in the minutest detail. I have no idea what we're looking for, or even if there is anything to be found, but I doubt if there's anyone in this room who would think the deaths of six athletes in little over four weeks worthy of anything other than our undivided attention.'

There was nobody in the room who did.

'So let's kick it around,' Li said. 'Anyone got any thoughts?'

Wu had the report on the cyclist open in front of him. 'These three witnesses,' he said. 'They all have addresses in Taiwan. Are they still going to be around for further questioning?'

'Why don't you make it your personal responsibility to find out?' Li said. Wu pulled a face, and there was a sprinkling of laughter around the table. 'Talk to the attending officers. Get them to go over it all again, in the smallest detail. There might be stuff that never made it into the report.' He turned to the detective next to him. 'And Qian, why don't you talk to the officers who attended the car crash? Same thing.' Qian was about ten years older than Li. He would never be management material, but he was steady and reliable and Li had a lot of time for him.

'Sure, chief.'

'Shouldn't we talk to the relatives, too?' This came from Zhao, the youngest detective in the section, a sharp and intelligent investigator destined, in Li's view, to be a future deputy chief. But the arrival of Sun had somewhat eclipsed him, and he had spent the last few months sulking in the shadows.

'Absolutely,' Li said, 'and the coaches, and other athletes, as many friends as we can track down. We need to look at financial records, any remaining personal belongings...' He glanced around the table. 'I'm sure that Deputy Tao will be able to organise you all to ensure you make the best use of your time.'

There were several stifled sniggers. Tao was fond of charts and worksheets and rotas.

'What about drugs?' asked Sang. He was another of the section's younger detectives. In his early thirties, Sang had distinguished himself, while still downtown, during an investigation into a particularly bloody serial killing, and had transferred to Section One soon after.

'What *about* drugs?' Li asked.

'Well,' Sang said. 'If we're looking for a motive...'

'We're not looking for a motive, Detective,' Tao cut him off sharply, and the earlier tension immediately returned to the room. 'We're looking for evidence. As much as we can accumulate. No matter how painful, or how slow. Only then will we see the bigger picture. There are no shortcuts.'

It was the old argument, the traditional Chinese approach to criminal investigation. Accumulate enough evidence and you will solve the crime. Unlike the approach of criminal investigators in the West, motive was regarded as being of secondary importance, something which would become self-apparent when enough evidence had been gathered.

Li said, 'Deputy Tao clearly thinks you've been reading too many American detective novels, Sang.' Which provoked some laughter and softened the tension. 'But I agree with him. It's too early to be looking at motive. We don't even know if there has been a crime.'

As the meeting broke up and Li gathered together his papers, he became aware of Tao hanging back to speak to him, and he sighed inwardly. Tao kept his peace until they were on their own. Then he closed the door so that they would not be overheard, and crossed the room to drop his copy of Wu's report on the death of Jia Jing in front of Li. 'Why was I not consulted about this?'

'You weren't here last night, Tao.'

'And this morning? Before the meeting? Did it not occur to you, Section Chief, that I should have been briefed before the detectives? Have you any idea how it feels to be told by a junior officer that an autopsy has been cancelled when you know nothing about it?'

'I'm sorry, Tao, if you feel slighted. Protocol has its time and its place. Unfortunately, this morning there was no time.' Li picked up his folder to go, but Tao was not finished. He stood his ground.

'I want to put on record my strongest objections to the fact that this report has been doctored.' He tapped his forefinger on the file as he spoke.

Li was losing patience. Tao's pedantry was tiresome at the best of times. But in this instance, he was also touching a raw nerve. 'Are you objecting to the doctoring of the report or the fact that you weren't consulted about it?' They each knew it was the latter.

'Both,' Tao said defiantly. 'As far as I am aware it is not the practice of this section to file inaccurate reports.'

'You're right,' Li said. 'It's not. But for reasons I am not prepared to discuss, this case is an exception. And if you have a problem with that then I suggest you take it up with the Minister.'

Tao frowned. 'The Minister?'

'Of Public Security,' Li said wearily. He glanced at his watch. 'I'm sure he'll be at his desk by now if you want to give him a call and express your disapproval in person.'

Tao drew his lips into a thin, tight line. 'And is the Minister also responsible for re-assigning the autopsy on Sui Mingshan?'

'I've already told you the reason for that.'

'Ah, yes,' Tao said. 'Doctor Campbell is the "best available". You seem to be of the opinion, Section Chief, that anything American is better than everything Chinese.' He paused. 'Perhaps you should have stayed there.'

Li glared back at him. 'Your trouble, Tao, is that you spent too long under the British in Hong Kong learning how to be arrogant and superior. Perhaps you should have stayed there.'

He brushed past his deputy, but paused at the door long enough to tell him, 'By the way, I'm taking personal charge of this investigation, and I'll expect officers released from other duties as and when I require them.'

He went out leaving Tao silently fuming in the cold, empty meeting room.

III

Li and Wu arrived at Pao Jü Hutong as the autopsy was nearing its completion. Jia Jing lay on the stainless steel autopsy table, his chest cavity cut open and prised wide like a carcass in a butcher's shop. Li had downloaded essential information on Jia Jing from the Internet. He was five feet, eight inches tall, and weighed three hundred and thirty-three pounds. Three threes. These should have been lucky numbers, but somewhere it had all gone wrong for Jia. He held the current Chinese weightlifting record with an extraordinary squat lift of one thousand and eight pounds.

His heart, lungs, liver, kidneys, had already been removed. Extraneous body fluids trickled along the side channels, dripping into the drain below. The body was fresh, so the smell was not overpowering, and the temperature in the autopsy room was so low their breath condensed through their masks and clouded around their faces. Chill white light reflecting harshly off scrubbed white tiles made it seem even colder.

Li shivered as he gazed upon the vast cadaver of a man who had once had the power to lift more than three times his own body weight, an achievement put into context by the fact that it had taken eight officers to prise him free of his lover, and four sturdy autopsy assistants to get him from the gurney on to the table. But all his strength was gone now, stolen by death, and all that remained was the mountain of bulging muscle he had worked so hard to cultivate, limp and useless.

Doctor Wang was swaddled in layers of protective clothing, eyes darting behind his goggles, sweat gathering, in spite of the cold, along the elasticated line of his plastic head cover. He had peeled the dead man's scalp down over his face and was preparing the oscillating saw to cut through the top of the skull and remove the brain.

'Never seen muscles like them,' he was saying. 'In all my years. A man of this size, you'd expect a lot of fat. There's hardly an ounce of it.'

'Is that abnormal in a weightlifter?' Wu asked.

'If I'd cut one open before, I might be able to tell you,' Wang said with a faintly withering tone. 'But I can tell you that all the weight he was carrying, and all the weight he was lifting, will have contributed in no small way to his death. The heart is just another muscle, after all. You put too much strain on it, you'll damage it.' He put down his saw and crossed to the table where the sections of Jia Jang's heart lay at an angle, piled one on top of the other, like thick slices of bread. 'In this case…' he picked up a slice of heart, '…the left anterior descending coronary artery was clogged, causing it simply to erupt. Probably congenital.' Holding up the cross section of the artery, he added,

'There was also an acute rupture of the atherosclerotic plaque. You see this kind of yellow, cheesy stuff? In older people that gets rock hard and calcified. It blocks the lumen of the artery, like sludge build-up in an old pipe, narrowing the available space for the blood to flow through. You can see here that the artery is about zero-point-four of a centimeter in diameter, and it's about seventy-five percent blocked. And if you look closely under this cheesy stuff…' Li made a face, but moved closer to see, '…there's a thin layer of red. Blood. Under pressure from the artery it has dissected into and under the plaque, expanding it to further block the lumen, occluding it and stopping blood flow to that portion of the heart which the artery serves.' Wang sucked air through his teeth. 'Effectively, he had a massive heart attack.' He looked at Li. 'The fact that he was in the act of sexual intercourse at the time may have been what brought it on. A lot of men die on the job…so to speak.'

'Way to go,' Wu said.

Wang cast a critical eye over him. 'I wouldn't have thought you were in much danger, Wu.' The detective pulled a face. 'I'm amazed, however, that our friend here had the where-withal.' He crossed back to the body and they followed him, watching as he lifted the penis up and weighed the testicles appraisingly in his hand. 'Tiny,' he said.

'Is there some significance in that?' Li asked.

Wang shrugged. 'The muscle mass, the reduced size of the testes. Could be consistent with steroid abuse.' He paused. 'Or not. He may just have had small testicles, and built his muscle mass by training very hard.'

'Yeh,' Wu cut in, 'but if his nuts were that small, it would have reduced his testosterone production, and therefore his sex drive, wouldn't it? Hardly consistent with a man having an affair.'

Wang said, 'Testosterone is often the steroid of choice when it comes to building muscle. In the short term that can actually increase the sex drive, although a side-effect can be the shrinking of the testes, and ultimately severely impaired sexual performance.'

'Is there any way you can tell for sure if he'd been taking steroids?' Li asked. He smelled a scandal. Some high profile Chinese weightlifters and swimmers had tested positive for drug-taking in the nineties and been banned from national and international sport. The authorities were very anxious to clean up the country's image.

'I've asked specifically for hormone screening. If he took any during the last month it'll show up in tox. If it's been longer than that, no.' He took his oscillating saw around the top of the skull and eased the brain out into a stainless steel bowl. 'Of course, there can often be behavioural changes with steroid abuse. Users can become moody, aggressive. Talk to people who knew him.'

Li walked over to a side table against the wall, where Jia Jing's clothes were laid out along with the contents of his pockets and a small shoulder bag he had had with him. The clothes were huge. Vast, elasticated cotton pants, an enormous singlet, a shirt like a tent, a hand-knitted cardigan and a quilted jacket which he must have had specially made. He wore an odd little blue cap with a toggle on the top, and must have looked very odd with his pleated queue hanging down below it to his shoulder blades. Li glanced back at the autopsy table as Wang pulled back the scalp which had been covering his face. Jia's features were almost as gross as the rest of him, thick pale lips and a flattened nose, eyes like slits in tumescent swellings beneath his brows. He made Li think of a Japanese sumo wrestler. He was an ugly man, and heaven only knew what the woman he died on top of had seen in him.

His pockets had turned out very little. There was a leather purse with some coins; a wallet with several one hundred yuan notes, a couple of international credit cards and membership cards for three different gymnasia; some taxi receipts and a bill from a restaurant; a small gold-coloured aerosol breath freshener. Li wondered if steroids gave you bad breath. He sprayed a tiny puff of it into the air, sniffed and recoiled from its pungent menthol sharpness. There was a length of white silk cord tassled at each end. 'What's the rope for?' Li asked.

Wang laughed. 'That was his belt. Infinitely flexible when it comes to keeping trousers in place over a belly like his.'

Li picked up a dog-eared photograph, its glaze cracked in several places where it had been folded. The colour was too strong and the picture was a little fuzzy, but Li recognised Jia immediately. He was wearing his lifting singlet and a white leather back brace, black boots laced up to his calves. There was a gold medal on a blue ribbon around his neck, and he was holding it up for emphasis. He was flanked on one side by a small elderly man with thinning grey hair, and on the other by an even smaller woman with a round face and deep wrinkles radiating outwards from smiling eyes. Both were beaming for the camera. Li turned the picture over. Jia had scrawled on the back *With Mum and Dad, June 2000*. Li looked at Mum and Dad again and saw the pride in their smiles, and for a moment he felt their pain. The people they brought in here to butcher did not live or die in isolation. They had mothers, fathers, husbands, wives, children. He put the photograph back with Jia's belongings and wondered how it was possible that such a small woman could have carried such a giant inside her.

He turned briskly to Wang. 'You'll let me have your report as soon as you have the results in from tox?'

'Of course.'

Li said to Wu, 'You might as well stay with it. I'm heading out to Qinghua University with Sun to talk to Sui Mingshan's team-mates. Keep me up to date with any developments.'

And he hurried out, feeling oddly squeamish. Death was never easy, but with such a big, powerful man, it seemed particularly cruel somehow. He had been only twenty-three years old.

IV

Sun steered Li's Jeep carefully through the bike and tricycle carts that thronged the narrow Dongzhimen Beixiao Street, taking them down from Section One on to Ghost Street. Li sat in the passenger seat, huddled in his dark grey three-quarter-length woollen coat, a red scarf tied at the neck, gloved hands resting in his lap. He gazed out at the wasteland on their left. The streets and courtyards, the jumble of roofs that had once stretched away to the distant trees of Nanguan Park and the Russian Embassy beyond, were all gone. They had been replaced by a flattened, featureless wasteland where tower blocks and shops would eventually replace the life that had once existed there. For the moment it provided temporary parking for hundreds of bikes and carts belonging to the traders and customers of the food market opposite. Li looked right, and on the other side of the street the old Beijing that he knew so well existed still, as it always had. Although, for how much longer he was not sure.

A boy stood in the doorway of a downmarket clothes store in his red slippers, slurping noodles from a bowl. Next door, a woman wrapped in a brown coat was arranging oranges in boxes along her shop front. A group of young men was delivering fresh cooked lotus buns from the back of a tricycle, hands blue with the cold. A woman with a jaunty hat and green scarf cycled slowly past them, talking animatedly into her cell-phone. An old man with matted hair, sporting army surplus jacket and trousers, strained at his pedals to move a tottering pile of coal briquettes at less than walking pace.

Li told Sun to pull in at the corner where a woman was cooking *jian bing* in a pitched roof glass shelter mounted on the back of an extended tricycle. She wore blue padded protective sleeves over a white jacket, and a long black and white chequered apron over that. A round white hat was pulled down over her hair, covering her eyebrows, and there was a long red and white silk scarf wrapped several times around her neck. For years Mei Yuan had occupied the space on the south-east corner of the intersection. But all the buildings had been demolished and hoardings erected. She had been forced to the opposite side of the road.

Li gave her a hug.

'You missed breakfast this morning,' she said.

'I was too early for you,' he smiled. 'And my stomach has been grumbling all morning.'

'Well, we can put that right straight away,' she said, brown eyes shining with fondness. She glanced at Sun. 'One? Two?'

Li turned to Sun. 'Have you tried a *jian bing* yet?'

Sun shook his head. 'I've driven past often enough,' he said, 'but I never stopped to try one.' He did not sound very enthusiastic.

'Well, now's your chance,' Li said. And he turned back to Mei Yuan. 'Two.'

They watched as she leaned into the shelter through a large opening on the far side and poured a scoop of batter mix on to a large hotplate. She dragged it into a perfect circle before breaking an egg on to it and smearing it over the pancake. From a jar she sprinkled the pancake with seeds and then flipped it over, steam rising from it all the while. Above the roar of the traffic in Ghost Street and the blasting of car horns, they could hear the repetitive rhythmic thumping of sledge-hammers on concrete as demolition men worked hard to reduce the city around them to rubble.

Mei Yuan was smearing the pancake now with hoisin and chilli and other spices from jars around the hotplate before throwing on a couple of handfuls of chopped spring onion. Finally she placed a square of deep fried, whipped egg white in its centre, folded the pancake in four and scooped it up in a paper bag. Li handed it to Sun who looked apprehensive. 'Go on,' he said. 'Try it.'

Reluctantly, Sun bit into the soft, savoury, spicy pancake which dissolved almost immediately in his mouth. He smiled his surprise. 'Wow,' he said. 'This is good.' And he took another mouthful, and another. Li grinned. Mei Yuan had already started on his.

She said, 'I have the answer to your riddle. It really was too easy.'

'Riddle?' Sun looked perplexed. 'What riddle?'

Li said, 'Mei Yuan and I set each other riddles to solve each day. She always gets mine straight away. I usually take days to figure out hers.'

Sun looked from one to the other in disbelief before taking another mouthful of *jian bing* and saying, 'Okay, try it on me.'

Li looked faintly embarrassed. 'It's just a silly game, Sun.'

'Let the boy see if he can work it out,' Mei Yuan said.

Li shrugged. 'Okay,' he said. 'What is as old as the world, but never older than five weeks?'

Sun thought for a moment, then he glanced suspiciously from one to the other. 'Is this a joke? There's a catch, right? So I make a fool of myself.'

'There's no catch,' Li said.

Sun shrugged. 'Well, then, it's obvious,' he said. 'It's the moon.'

'Hah!' Mei Yuan clapped her hands in delight. 'You see? Too easy.' Then she looked thoughtfully at Sun. 'You know, I could have made a better riddle out of it with you.'

Sun was taken aback. 'How do you mean?'

'Your name is Sun. In Roman letters that would be spelled S-U-N. Which in English means the sun, in the sky. Given some time I could have made an interesting wordplay with sun and moon to create a riddle just for you.'

'You speak English?' Sun was clearly astonished at the idea that some peasant woman selling snacks on a street corner could speak a foreign language. Then suddenly realised how he must have sounded. 'I'm sorry, I didn't mean…'

'Do *you* speak English?' Mei Yuan asked.

He shrugged, embarrassed now. 'A little,' he said. 'Not very well.'

Li grinned. 'Mei Yuan graduated in art and literature from Beijing University.'

'But life does not always follow the path we plan for it,' she said quickly. 'Do you have any English books? My passion is reading.'

'I'm afraid not,' Sun said, clearly disappointed that he could not oblige. Then suddenly he said, 'But I have a friend whose English is excellent. He has many books. I'm sure he would be happy to lend you some. What kind do you like?'

'Oh, anything,' Mei Yuan said. 'History, literature…' she grinned, her cheeks dimpling, '…a good detective story…'

'I'll see what he has.'

Li reached over and pulled out a book stuffed down the back of her saddle. It was where she always kept her current book, pages read in snatches between the cooking of pancakes. '*Bon-a-part-e*,' he read, ignorance furrowing his brow. 'What is it?'

Her face lit up. 'Ah,' she said, 'the life of Napoleon Bonaparte. You know him?' Her eyes flickered between them.

'Not personally,' Sun said.

Li shook his head.

'He was a dictator in nineteenth-century France,' she told them, 'who conquered nearly all of Europe. He died in lonely exile, banished to a tiny island in the South Atlantic. Some people even think he was murdered there. It is a fascinating story. I can lend it to you if you are interested.'

'My English wouldn't be good enough,' Sun apologised.

'Put it on the shelf for me,' Li said, and he stuffed it back down behind the saddle. He had almost finished his *jian bing*, and he wiped his mouth with the back of his hand, licking his lips. 'So what do you have for me today?'

Mei Yuan's smile widened, lights dancing mischievously in her dark eyes. 'This is a good one, Li Yan,' she said. 'It is the story of Wei Chang.' And she wiped cold red hands on her apron. 'Wei Chang,' she began, 'was born on the second of February in the year nineteen twenty-five. He was a great practitioner of *I Ching*, and people would come from all over China to seek his advice and learn the future. One day, on his sixty-sixth birthday, a young woman came to see him. Before anything else he explained to her how important numbers and calculations would be in correctly interpreting her situation and prospects. For that reason, he said, he would not ask her name, but would instead give her a unique number. In that way they could keep a record of her readings. Then he explained how he would arrive at that unique number.

'He would take that day's date, put her age at the end of it, then reverse it—so that it would be easy for her to remember. So he wrote down the date, and when she told him her age, he could not believe it. Looking at her in astonishment he said, "In all my sixty-six years this has never occurred before. And to think that it has happened on my birthday. This is a most auspicious day for both of us.'"

Mei Yuan paused and looked at them both. 'Why did he say this?'

Li and Sun looked at her blankly, to her great delight.

Sun said, 'I think I prefer your riddles, Chief. They're a lot easier.'

Li was lost in thought. 'Obviously something to do with the numbers,' he said.

'Think about it,' Mei Yuan told him, 'and you can tell me tomorrow when I make you another *jian bing*.'

Li nodded. 'Did you see Margaret this morning?'

'Yes.' She smiled ruefully. 'I am doing my best, Li Yan, to educate her in the niceties of the traditional Chinese wedding. But she seems a little…distracted.' She paused. 'She said to say hi, I'm not sure why, because she'll see you at the autopsy.'

Li knew immediately from her tone that she disapproved. 'I'll see you tomorrow, Mei Yuan,' he said pointedly, clearly drawing a line that he did not want her to cross. He dropped a ten yuan note in her tin.

'And your young friend?'

'Try keeping me away,' Sun grinned. 'You don't mind if I bring my wife sometime? She always complains I keep her tied to the kitchen and never take her out for a meal.'

Li cuffed him playfully around the head. 'Cheapskate,' he said.

When they got on to the ring road heading north, Sun said, 'So you're going ahead with it then?'

Li looked at him, but Sun kept his eyes on the road. 'With what?'

'The wedding.'

Li guessed that everyone in the section must know by now. Tao, too. He would no doubt be waiting in the wings to fill his shoes. 'Yes,' he said simply.

Sun refrained from comment. Instead, he asked, 'When do your parents arrive for it?'

'My father gets here from Sichuan tomorrow,' Li said. 'Margaret's mother flies in from America the day after.' He grimaced and blew air through clenched teeth. 'I'm not looking forward to it. Two people from opposite ends of the world, and from either end of the social spectrum. I can't see how they're going to get on.'

Sun said, 'Didn't they meet at the betrothal meeting?'

Li glanced at him self-consciously. 'We haven't had the betrothal meeting yet.' The betrothal meeting would normally have taken place six months before the wedding. In this case it would be only a matter of days. 'Thank heaven we have Mei Yuan to bridge the gap.'

'She's an unusual woman,' Sun said. 'How does someone with a degree from Beida end up selling pancakes on a street corner?'

'The Cultural Revolution,' Li said. 'She was an intellectual, and suffered particularly badly. They took away her baby boy and sent her to work in the countryside. She never saw him again, and never recovered.' He knew that in many ways he had filled the hole in her life left by the son she had lost and never had the chance to raise. He turned to Sun, a sudden recollection returning. 'Who do you know in Beijing who has English books?'

Sun shrugged. 'No one,' he said. 'I thought maybe I could buy her some books at the English Language Bookstore. She wouldn't ever have to know, would she?'

Li looked at him, moved by his thoughtfulness. 'No,' he said. 'She wouldn't.'

Chapter Three

I

The national team swimming coach was a small man in his middle fifties, wiry and nervous, with close-cropped greying hair and black darting eyes. He didn't look as if he would have the strength to swim a length of the Olympic-sized pool below them, never mind train a gold medal winner. Even beneath his thick sweatshirt and track suit bottoms, Li could see that he did not have the build of a swimmer. He was slight, almost puny. Perhaps he had reached his current position because of his motivational qualities.

They sat up amongst the tiered rows of blue seats with a grandstand view of the swimming pool. The air was warm and damp. Both Li and Sun had unbuttoned their coats, and Li loosened the scarf at his neck. Away to their right, forensics officers had taped off the diving area and were painstakingly searching every square inch of tile. The diving pool itself was being drained through large filters that would catch any evidence traces that might be suspended in the water. The diving platform and the steps leading up to it had been tape-lifted. But so far all their efforts had been unrewarded.

Coach Zhang could not sit still. 'It's outrageous,' he said. 'My team are in competition this afternoon and they have nowhere to train, nowhere to warm up.'

Sun said, 'Aren't there two pools up at Olympic Green?'

'They are both in use,' Zhang said irritably. 'One for swimming, one for diving. We don't have access to either.'

Li said, 'You seem more concerned about training facilities than the death of your star swimmer.'

Zhang flicked him a wounded look. 'Of course, I am shocked by Sui's death,' he said. 'But the competition is going ahead. I can't bring him back, and we still have to compete.'

Li smiled cynically. 'The show must go on. How very American.'

'Oh, I'd be happy to cancel,' Zhang said quickly. 'But we're not even allowed to say why Sui's name has been withdrawn. It's your people who have forced that upon us.'

Li had no reply to that. Instead, he asked about Sui. 'When was the last time you saw him?'

'At training, the night before last.'

'And how did he seem then?'

'Morose. But he always was. Not one of the more gregarious members of our team.'

'Did he ever discuss with you the idea of shaving his head?'

Zhang frowned. 'No. No, he didn't. And I would not have approved. The naked head is such an ugly thing, and I don't believe it makes a centimeter of a difference.' He scratched his chin thoughtfully. 'But it doesn't surprise me. Sui was a very single-minded young man. He had a bout of flu about ten days ago. Knocked the stuffing out of him. We thought he wasn't going to be able to compete this week. But he worked so hard in training…' Zhang lost himself for a moment in some distant, private thought, and then he looked at Li and Sun. 'He was determined he was going to make it. Absolutely determined. I just can't believe he committed suicide.'

Nor could his team-mates. Li and Sun found them gathered in one of the changing rooms downstairs, sitting around the slatted benches with sports bags at their feet waiting for the mini-bus to collect them and take them across town to Olympic Green. In contrast to the high spirits of the previous evening, their mood was sombre and silent. Not exactly conducive to successful competition.

Although they had been questioned last night by Sun and Qian, they were still eager to help in any way they could. But none of them had had contact with Sui on the day of his death, so nobody had seen his shaven head until they found him dangling above the diving pool.

'What was he like, I mean as a person?' Li asked.

Several of them ventured views not dissimilar to his coach. 'He used to be a lot more fun.' This from a tall, broad-shouldered boy called Guo Li upon whom high hopes were invested for the two hundred meters butterfly.

'You'd known him a long time?' Li asked.

'We were at school together in Guilin. He used to be a good laugh. You know, serious about his swimming, but fun to be with. Lately he started taking it all a lot more seriously.'

'How lately?'

'About six months ago,' one of the others said. 'He started getting…I don't know, *too* serious.'

'And started winning big time,' another of them pointed out.

'He was a pain in the ass,' someone else said. And when the others glared at him said defensively, 'Well, he was. He'd bite the head off you if you looked at him the wrong way.'

Li remembered Wang's observation at Jia Jing's autopsy. *There can often be behavioural changes with steroid abuse. Users can become moody, aggressive.* He said, 'Is there any chance he was taking drugs?'

'No way!' Guo Li left no room for doubt. And there was a murmur of agreement from around the changing room, even from the one who thought Sui was a pain in the ass. 'He treated his body like a temple,' Guo said. 'His diet, his training. There was no way he would do anything to damage himself.'

'And yet,' Li said, 'if appearances are to be believed, he drank a half bottle of brandy and then hanged himself. Hardly the actions of someone who treated his body like a temple.'

None of them had anything to say to that.

◇◇◇

Outside, the sun remained winter low in the sky, and snow still lay across the concourse on the shaded side of the building. The road below remained white, too, and as they scrambled down the embankment, students rode gingerly past on bikes that were liable to slither from under them without warning. Sun had parked their Jeep opposite the student accommodation block. 'Where to now, Chief?'

'Let's go and see where an Olympic gold medal prospect lives.'

II

Sui Mingshan, Chinese swimming's best prospect of Olympic gold, rented an apartment in one of the city's most up-market new housing complexes, above Beijing New World Taihua Plaza on Chongwenmenwai Street. Three shining new inter-linked towers formed a triangle around the plaza below. Eighteen storeys of luxury apartments for the wealthy of the new China. Out front, a huge Christmas tree bedecked with lights and foil-wrapped parcels dwarfed a gaggle of plastic Father Christmases looking absurdly like over-sized garden gnomes. An ethereal *Oh Come All Ye Faithful* in Chinese drifted across the concourse. External elevators ascended in polished glass tubes.

Sun parked in a side street and they entered the apartment block at number 5 on the north-west corner. Marble stairs led them to a chrome and glass entrance from behind which a security man in light grey uniform watched them advancing.

'Can I help?' he asked, and looked them up and down as if he thought they might be terrorists. Sun showed him his Public Security ID and his attitude changed immediately. 'You'll have come to see Sui Mingshan's place. Some of your people are already here. I'll show you up if you like.'

He rode up with them in the elevator to the fifteenth floor. 'How long was Sui living here?' Li asked.

The security man sucked air in through his teeth. 'You'd need to check with the sales office around the corner. But I'd reckon about five months.' He grinned at them in an inexplicably comradely sort of way. 'Been thinking about joining the police myself,' he said, as if that might endear him to them. 'Five years in security. I figure that's almost like a foot in the door.'

But neither of them returned his smile. 'Better get your application in fast,' Li said, 'I hear there might be a vacancy coming up soon.' And the doors slid open on the fifteenth floor.

As they stepped on to the landing, Sun asked, 'Did he have many visitors?'

'In all the time I've been on duty, not one,' said the security man. 'Which makes him just about unique in this place.'

The door of Sui's apartment was lying open, yellow and black crime scene tape criss-crossed between the jambs. Li said, 'We'll call you if we need you.' And he and Sun stood and watched as the disappointed security man walked back down the hallway to the elevator. They ducked under the tape into the apartment, and stepped into another world, feet sinking into a deep-piled fawn patterned carpet laid throughout the flat. The walls were painted in pastel peach and cream white. Expensive black lacquered furniture was arranged in a seating area around a window giving on to a panoramic view across the city. A black glass-topped dining table had six seats placed around it, reflecting in a large cut-glass wall mirror divided into diamonds. A huge still-life of flowers in a window adorned one wall, real flowers arranged in crystal or pottery vases carefully placed on various surfaces around the vast open living area. There were the sounds of voices coming from a door leading to the kitchen. Li called out, and after a moment Fu Qiwei pushed his head around the door. He was the senior forensics officer from Pao Jü Hutong, a small wizened man with tiny coal black eyes and an acerbic sense of humour. He wore a white Tivek suit, plastic shoe covers and white gloves.

'Oh, hi, Chief,' he said. 'Welcome to paradise.'

'Do we need to get suited up, Fu?' Li asked.

Fu shook his head. 'Naw. We're just about finished here. Not that we found anything worth a damn. Barely even a hair. It's like he was a ghost, completely without personality. Left no traces of himself anywhere.'

'How do you mean?' Li was curious.

'Just look at the place.' Fu led them into the bedroom. 'It's like a hotel room. When we got here the bed was made up like it had never been slept in. Not a trace of dust on any surface you might run your finger over.' He slid open the mirrored doors of a built-in wardrobe. Rows of clothes, immaculately laundered and ironed, hung neatly on the rail. 'I mean, you figure anyone's ever worn this stuff?' Polished shoes and unmarked white trainers were arranged carefully in the shoe rack below. 'And I'm thinking, this guy's what—nineteen? You ever been in a teenager's bedroom that looked like this? And have a look in here…' He took them through to the kitchen.

Every surface was polished to a shine. The hob looked as if it had never been used. Crockery was piled neatly in cupboards, cutlery gleamed silently in drawers. There was a bowl of fruit on an island in the centre of the kitchen. It was fresh, but looked as if it had been arranged. The refrigerator was virtually empty. There was an open carton of orange juice, some tubs of yoghurt. The larder was also sparsely stocked. Rice in a packet, some tinned vegetables, dried noodles. Fu said, 'If I didn't know the kid lived here, I'd have said it was a showhouse, you know, to show potential customers how their very own apartment could be. Totally fucking soulless.' He chuckled. 'Turns out, of course, they got housekeeping in this place. Maids come in every day to clean the apartment, change the sheets, do the laundry, replace the flowers. They even got a service that'll do your shopping for you. Can you believe it? And hey, look at this…' They followed him through into a small study, where a polished mahogany desk filled most of the available space. A lamp sat on one corner beside a handful of books pressed between bookends that looked as if they had been placed there by a designer. But it was here that they saw for the first time the only evidence that Sui had lived here at all. The walls were covered with framed winner's medals, certificates of excellence, newspaper articles extolling Sui's victories, photographs of Sui on the winner's podium. Almost like a shrine. And Guo Li's words came back to Li. *He treated his body like a temple.*

Fu opened one of the drawers and took out a glossy brochure on the Beijing New World Taihua Plaza apartments. *A Perfect Metropolitan Residence* it claimed on the front cover. Fu opened it up and read from inside. 'Listen to this: *Atop each apartment tower are the exclusive duplex penthouses for celebrities, featuring the extravagant vertical space of the floor lobby and parlours, generous natural light and open sunshine terraces to capture the magnificent views of the city—a lifestyle only the very rich and successful deserve.'* Fu looked at them, shaking his head in wonder. 'I mean, have you ever heard any-fucking-thing like it? *A lifestyle only the very rich and successful deserve!* Did I fall asleep for twenty years or something? I mean is this still China? The Communist Party still runs things, yeh?' He continued shaking his head. 'How's it possible? Only the rich and successful deserve shit like this? Is that how it is now?' He tossed the brochure on the desk. 'And I thought I'd seen it all.'

He turned to the two detectives. 'You know, there's a private gymnasium down the stairs, and a private pool. Every apartment has fibre optic broadband internet connection as well as international satellite and cable TV. Tell me, Li. This kid was a swimmer, right? Just a boy. How could he afford stuff like this?'

'There's a lot of money in international sport these days,' Sun said. 'Big prize money at the top events around the world, millions in sponsorship from commercial companies.'

'Do we know if Sui had a sponsorship deal?' Li asked.

Sun shook his head. 'No.'

'Then we'd better find out.' Li pulled his gloves on and went through the top drawer of Sui's desk. There were a few bills and receipts, neatly clipped, an HSBC chequebook, half a dozen bank statements. Li ran his eyes quickly over the figures and shook his head. 'Well, his bank balance is healthy enough, but not enough to finance a lifestyle like this.' He bagged the chequebook and handed it to Sun. 'Better check out his bank. Maybe he had other accounts.'

They took some time, then, to wander around the apartment looking at everything in detail. Fu had been right. It was, indeed, as if a ghost lived here. There were virtually no personal belongings of any kind. No books—other than those placed for effect—no magazines, no family photographs. No loose change, no combs with hair stuck in the teeth, no subway tickets or taxi receipts.

The bathroom, like the rest of the apartment, was unnervingly immaculate. The bathroom cabinet revealed a spare box of toothpaste, two packs of soap, an unopened box of aspirin, a jar of cotton pads. Sun said, 'Well, if he was taking steroids, or any other kind of performance enhancers, he didn't keep them here.'

On the shelf above the sink there was a Gillette Mach3 razor and a box of four heads. There were also two bottles of Chanel aerosol aftershave. Li frowned, an unexpected character clue in an otherwise sterile environment. A young man who liked his scents. Li picked up one of the bottles. He sprayed it into the air and sniffed, his nose wrinkling at the bitter orange scent of it. 'Wouldn't catch me wearing that,' he said.

Sun said, 'I'd be amazed if *he* did. Doesn't look like he shaved.' He lifted the box of razor heads. 'None of them have been used.' The Chinese were not a hairy race. Some men never had to shave. He picked up a small gold-coloured aerosol smaller than a lipstick. 'What's this?'

Li took it from him and frowned. 'It's a breath freshener.' It was exactly the same as the one found among Jia Jing's belongings. He sprayed a tiny puff of it into the air, as he had done a couple of hours earlier in the autopsy room. The same sharp menthol smell.

Sun sniffed and screwed up his face. 'I think I'd rather have bad breath.' He looked around. 'Well, it doesn't look like he shaved his own head either. At least, not here.'

'We should find out if he had a regular barber,' Li said. Sun nodded and made a note. 'And get the local police in Guilin to talk to his family. Find out when he left home, how long he's been living in Beijing, did he have any family here.'

In the living room, Li drew back the net curtains from the window and looked out on the sun slanting between the sky-scrapers of the burgeoning Beijing skyline. Traffic jammed the street below, and in the distance he could see lines of vehicles crawling across a long sweep of ring road flyover. Factory chimneys belched their toxins into an unusually blue sky, ensuring that it would not stay that way for long. He wondered what kind of boy Sui had been, who could live his ascetic, dustless existence in this rich man's bubble and leave not a trace of himself behind. What had he done here all on his own? What had he thought about when he sat in his show-house furniture looking out on a city a thousand miles from home? Or had everything revolved entirely around the pool, a life spent in chlorinated water? Had his existence in this apartment, in this city, been literally like that of a fish out of water? Is that why he had left no traces? Except for his own body, his temple, and a room full of medals and photographs, his shrine.

He turned to find Sun watching him. 'I don't think this boy had any kind of life outside of the pool, Sun. No reason for living except winning. If he killed himself it was because someone took that reason away.'

'Do you think he did?'

Li checked his watch. 'Margaret will be starting the autopsy shortly. Let's find out.'

III

Students, future police officers, were playing basketball on the court opposite the Centre of Material Evidence Determination at the south end of the campus. The University of Public Security played host to the most advanced facilities in the field of forensic pathology in China, and they were housed in a squat, inauspicious four-storey building along one end of the playing fields. The students were wrapped up warm in hooded sweatsuits and jogpants, shouting and breathing fire into the frozen midday. Through small windows high up in the cold white walls of the autopsy room, Margaret could hear them calling to each other. She, too, was wrapped up, but for protection rather than warmth. A long-sleeved cotton gown over a plastic apron over green surgeon's pyjamas. She had plastic shoe covers on her feet, plastic covers on her arms, and a plastic shower cap on her head, loose strands of fair hair tucked neatly out of sight. She wore a steel mesh gauntlet on her left, non-cutting hand, and both hands were covered in latex. She wore goggles to protect her eyes, and had tied a white, synthetic, paper-like fibre mask over her mouth and nose. The masks that the Centre usually supplied for pathologists were cotton. But the spaces between the threads in the weave of the cotton masks were relatively large, and more liable to let through bacteria, or microscopic water droplets, or aerosolised bone dust. Acutely aware of the bulge beneath her apron, Margaret wasn't taking any chances. She had dipped into her dwindling private supply of synthetic masks, affording herself and her baby far greater protection from unwanted and undesirable inhalations.

She had two assistants working with her, and she let them do the donkey work under her close scrutiny: cutting open the rib cage, removing and breadloafing the organs, slitting along the length of the intestine, cutting open the skull. They worked to her instructions, and she only moved in close to make a personal examination of the things that caught her attention. She recorded her comments through an overhead microphone.

Right now she was examining the heart at another table. It was firm and normal in size. Carefully, she traced the coronary arteries from their origins at the aorta, around the outside of the heart, incising every five millimeters looking for blockage. She found none, and began breadloafing part way, examining the muscle for evidence of old or recent injury. When she reached the valves that separate the chambers of the heart she stopped sectioning and examined them. They were well formed and pli-able. Although the left ventricle, which pumps the blood out of the heart through the aorta, was slightly thickened, she did not consider this abnormal. A little hypertrophy was to be expected in the left ventricle of an athlete. It was, after all, just another muscle, worked hard and developed by exercise. She was satisfied it was not his heart that had killed this young man.

She then embarked on a process of taking small sections, about one by one-point-five centimeters, from each of the organs for future microscopic examination. Although she did not consider that this would be necessary. Carefully, she placed each one into the tiny cassettes in which they would be fixed in formalin, dehydrated in alcohol and infiltrated by paraffin, creating pieces of wax tissue firm enough to be cut so thin that a microscope could see right through them.

Her concentration was broken by the sound of voices in the corridor, and she looked up as Li and Sun came in, pulling on aprons and shower caps. 'You're a little late,' she said caustically.

'You've started?' Li said.

'I've finished.'

Li looked crestfallen. She knew he liked to be there to go through each step with her, picking up on every little observation. 'The services of the assistants were only available to me for a short time,' she told him. 'And I didn't think I was in any condition to go heaving a body around on my own.'

'No, of course not,' Li said quickly. He half turned towards Sun. 'You've met Sun, haven't you?'

'I don't think so,' Margaret said. 'But I feel as if I have, the amount of talking you've done about him.' Sun blushed. 'You didn't tell me he was such a good-looking boy. Afraid I might make a pass at him?'

Li grinned. 'I wouldn't wish that on my worst enemy.' He looked at Sun. 'Are you following any of this?'

'A little,' Sun said.

'Ignore her. She loves to embarrass people.'

'Well, anyway,' Margaret said. 'It doesn't matter that you're late. You've missed all the boring bits. We can get straight to the point.'

'Which is?' Li asked.

She crossed to the table where Sui Mingshan lay opened up like his fellow competitor on the other side of the city, cold and inanimate, devoid of organs, brain removed. Even like this he was a splendid specimen. Broad shoulders, beautifully developed pectorals, lithe, powerful legs. His face was obscured by the top flap of skin above the Y-shaped incision which had begun at each shoulder blade. Margaret pulled it down to reveal a young, not very handsome face, innocent in its repose, frozen in death, cheeks peppered by acne. His shaven head had been very roughly cut and was still quite stubbly in places. Li tried to imagine this young man in the apartment they had examined just an hour earlier. Perhaps his spirit had returned there and was haunting it still.

Margaret said, 'You can see, there is no petechial haemorrhaging around the face, the eyes or the neck. He didn't die of strangulation.' She lifted up the flap again to expose the muscles of the neck, and the open area where she had transected the trachea and oesophagus, peeling them away from the backbones and down into the chest. 'The hyoid bone, just above the Adam's apple, is broken, and the neck dislocated between the second and third cervical vertebrae, as you can see, cleanly severing the spinal cord.'

She turned the head each way to show them the deep red-purple abrasions where the rope had burned his neck, high up under the jaw bone. 'It's all very unusual in a suicide.'

'Why?' Li asked.

'Most suicidal hangings don't involve such a drop, so the neck isn't usually broken. Effectively they are strangled by the rope, and there would be evidence of pinpoint haemorrhages where tiny blood vessels had burst around the face, eyes, neck. Petechial haemorrhaging. As you saw, there is none.'

She nodded to one of her assistants and got him to turn the body over. She said, 'We know that he was alive when he made the drop, because the abrasions made by the rope on his neck are red and bloody. There is no doubt that death was caused by a dislocation of the vertebrae of the neck severing the spinal cord. A broken neck to you.'

'So...you think he kill himself?' Sun ventured in English.

Margaret pursed her lips behind her mask. 'Not a chance.'

Li looked at her. 'How can you be so sure?'

'The amount of alcohol in his stomach,' she said. 'Can't you smell it?' Li found it hard to pick out any one odour from the melange of faeces, blood and decaying meat that perfumed the air. 'I nearly sent the boys out for some soda so we could have a party.'

'Half bottle brandy,' Sun said.

'Oh, much more than that,' Margaret said brightly. 'I nearly had to ask for bread and milk to be brought in. There was so much alcohol in the air I thought I was getting drunk. Not a good idea in my condition.'

'But he didn't drink,' Li said. 'His team-mates were quite definite about that.'

'Well, then, I'm surprised it wasn't the alcohol that killed him. From the smell alone, I'd say we were looking at something around zero-point-four percent. Enough to seriously disable, or even kill, the untrained drinker. Maybe somebody encouraged him to drink the first few. Perhaps with a gun at his head. And if he wasn't used to alcohol, then it probably wasn't long before they were able to pour it down his throat.'

'How do you know he didn't drink it himself?' Li persisted.

'Well, maybe he did.' Margaret removed her mask and goggles, and Li saw the perspiration beaded across her brow. 'But with that much alcohol coursing through his veins, he wouldn't have been able to stand up, let alone climb ten meters to the top ramp of a diving pool, tie one end of the rope around the rail, the other around his neck and then jump off. Someone got him very drunk, took him up there, placed the noose around his neck and pushed him over.'

They heard the hum of the air-conditioning in the silence that followed, and the guys with the basketball were still pounding the court outside.

Eventually, Li said stupidly, 'So somebody killed him.'

She said trenchantly, 'When you push someone off a thirty-foot ramp with a rope around their neck, Li Yan, they usually call it murder.'

She returned her attention immediately to the body and asked, 'Has the question of drug-taking arisen?'

Li frowned. 'Why? Was he taking drugs?'

'I have no idea. I've sent several samples down to toxicology and asked for priority analysis.'

'You *think* he was, then?'

She shrugged non-committally and ran her fingers across the tops of his shoulder and upper back. The whole area was covered with acne spots and scars. 'Acne is quite a common side-effect of steroids. On the other hand boys of his age can suffer like this.'

'Toxicology should tell us, though?'

She peeled off her latex gloves. 'Actually, probably not. He was due to swim in competition today, right?' Li nodded. 'So there would be a high risk of testing. If he *was* taking steroids he'd have stopped long enough ago that it wouldn't show up.' She shrugged again. 'So who the hell knows?'

Outside, the basketball players were taking a cigarette break, steam rising from them with the smoke as they stood around chatting idly, one of them squatting on the ball. It put Sun in the mood, and he lit up, too, as Li dialled Section One on his cellphone. He got put through to the detectives' room.

'Qian? It's Li. Tell the boys it's official. Sui was murdered.' He watched Sun drawing on his cigarette and envied him every mouthful. 'And Qian, I want you to check with the various sports authorities when any of these athletes was last tested for drugs.'

'You think it is drug-related, then?' Qian asked.

'No, I don't think anything,' Li said. 'I just want every little piece of information we can get. The more pixels the clearer the picture.' He couldn't stand it any longer. He put his hand over the mouthpiece and said to Sun, 'Give me one of those.' And he held his hand out for a cigarette.

Sun looked surprised, then took out a cigarette and handed it to him. Li stuck it in his mouth and said to Qian, 'This indoor athletics competition with the Americans, it starts today, right?'

'Yes, Chief.'

'At the Capital Stadium?'

'Yeh, the place where they have the speed skating.'

'Okay, get me a couple of tickets for tonight.'

'I didn't know you were a sports fan, Chief.'

'I'm not,' Li said, and disconnected. He clipped the phone on his belt and starting searching his pockets for a light, before he remembered he didn't have one. Sun flicked open his lighter, and a blue-yellow flame danced in the sunlight. Li leaned forward to light his cigarette and saw, over Sun's shoulder, Margaret coming down the steps of the Centre for Material Evidence Determination behind him. He quickly coughed into his hand, snatching the cigarette from his mouth and crumpling it in his fist. Sun was left holding his lighter in mid-air. He looked perplexed. 'Put that fucking thing away!' Li hissed.

Sun recoiled as if he had been slapped, slipping the lighter quickly back in his pocket. Then he saw Margaret approaching and a slow smile of realisation crossed his face. Li met his eyes and blushed, then whispered threateningly, 'Not a word!' Sun's smile just broadened.

As she joined them, Margaret said, 'Where are you off to now?'

'We're going to have a look at the weightlifter's place.'

'I thought Wang said it was natural causes.'

'He did,' Li said. 'I just don't like coincidences.'

Margaret's hair was held back by a band, and she had not a trace of make-up on her face. But she looked lovely, her skin clear and soft and brushed pink by pregnancy. 'I'm going back to the apartment,' she said, 'to shower and change. Then I guess I'll head off to my exercise class. Will I see you later?'

'I'm getting a couple of tickets for the indoor athletics tonight. I thought you might like to come along and see the Americans being shown how to do it by the Chinese.'

Margaret cocked an eyebrow. 'The other way around, don't you mean? You people have come a long way in a short time, but you've still a long way to go.'

Li grinned. 'We'll see. You'll come then?'

'Sure.'

And then he remembered, 'Oh, yeh, and I thought we might have lunch tomorrow, with Sun Xi and his wife, Wen. It would be a good time to meet her. And you could maybe take her up to the hospital tomorrow afternoon. Get her sorted out.'

There was murder in Margaret's eyes, but she kept a smile fixed on her face. 'Maybe that wouldn't be convenient for Detective Sun,' she said through slightly clenched teeth.

Sun was oblivious. 'No,' he said in all innocence. 'Tomorrow will be good. I very grateful to you Misses, eh...Miss...'

'Doctor,' Margaret said, flicking Li a look that might have dropped a lesser man. 'But you can call me Margaret. And it's my pleasure.' She waved Sun's cigarette smoke out of her face. 'You know, you should have given that up long ago. Apart from the fact that it is not good for you, it is not good for your wife, or your baby.'

Sun looked dutifully ashamed. 'I know,' he said. 'I should follow example of Chief. He has great will-power.'

Li looked as if he might kill him, and then he saw that Margaret was giving him another of her looks. Her eyes strayed down to his still clenched fist, where Sun's scrunched up cigarette was beginning to turn to mush. 'Yes,' she said. 'He does, doesn't he?' And then she beamed beatifically. 'I'll see you guys later.' And she turned and headed off into the early afternoon sunshine towards the white apartment block at the north end of the campus.

Sun grinned at Li. 'Near thing, Chief.'

'Let's just go,' Li said, with the weary resignation of a man who knows he's been rumbled.

IV

Jia Jing lived in another of Beijing's new luxury apartment complexes, this time beyond the China World Trade Centre at the

east end of Jianguomenwai Avenue. As they took the elevator up
to the twelfth floor, Li said, 'There's something wrong with the
world, Sun, when you can live like this just because you can lift
more weight than anyone else, or run further, or swim faster. I
mean, what makes any of that more valuable than the guy who
sweeps the streets?'

'People aren't going to pay to watch a guy sweeping the streets,
Chief,' Sun said. And, of course, Li knew that he was right.

They let themselves into the apartment with the key the
security man on the desk had given them. If Sui's apartment had
been the height of luxury aspired to by the wealthy, Jia's apartment was quite the opposite. It was large, with a long rectangular
living and dining area with three bedrooms off it. But it was
filled with cold, hard surfaces, unrelenting and austere. Jia Jing
had not been a man to seek comfort, except perhaps between
the legs of another man's wife.

The floors were polished wood, reflecting cold, blue light from
the windows. The furniture was antique, purchased for its value
rather than its comfort. There were lacquered wooden chairs and
an unforgiving settee, a magnificent mirrored darkwood cabinet inlaid with beech. An old-fashioned exterior Chinese door,
restored and varnished and mounted on a heavy frame, stood in
the centre of the room serving no apparent purpose. A dragon dog
sat on either side of it. Beyond it, the sole comfort in the room—a
luxuriously thick Chinese rug woven in pale pastel colours. The
walls were hung with traditional Chinese scrolls. Candles in ornate
holders sat on a dresser below a long antique mirror and a scene
of ancient China carved in ivory and mounted in a case.

One of the bedrooms was empty. In another, a large rug on
the wall above Jia's antique bed was woven with a strange modern
design of angles and circles. Facing the bed, a huge television sat
on yet another antique dresser.

'I'm surprised it's not an antique television as well,' Sun said.

There was a video player on the dresser beside it, and in the top
drawer, a neatly stacked row of tapes in unmarked boxes. Li took
one out, slipped it into the player, and turned on the television.

After a moment they found themselves watching the flickering images of two black men and a Caucasian woman engaged in bizarre sex acts. Li swore softly and ejected the tape. He tried another. Two women writhed together in an apparently unsatisfied pursuit of sexual gratification. From their imprecations, and foul-mouthed mutual encouragement, it was clear that they were Americans. Li turned it off and glanced, embarrassed, at Sun. 'He had a big appetite for a man with such small testicles.'

Sun frowned. 'Small testicles?'

'According to Wang, abnormally small.'

The third bedroom had been turned into a study. There were only three items of furniture in it. A desk, a chair and an antique roll-top dresser. The drawers and cupboards of the dresser were filled with personal papers—bills, receipts, letters. The death of Jia Jing was not a criminal investigation, so his personal effects would remain undisturbed. Li turned on the computer, and when Windows had loaded resorted to a trick Margaret had taught him. He clicked on the Internet Explorer web browser and opened up the document entitled HISTORY, where the last three hundred sites Jia had visited were stored. A quick scroll down them told Li that Jia's use of the Internet had been primarily for accessing porn.

'Not so much an appetite as an obsession,' Sun observed.

Li powered down the computer. There was something depressing about delving into the dark side of people's secret lives once they were dead.

The bathroom was spartan and functional, cold white tiles on the floor, no mats or rugs to soften the shock for naked feet. In a wall cabinet above the sink, they found two bottles of aerosol aftershave, identical to those they had found in Sui Mingshan's bathroom. The same brand. Chanel.

'You think maybe the whole Chinese team got a job lot?' Sun said, smiling. 'Maybe Chanel is sponsoring our Olympic effort. We could be the best-smelling team at the Games.'

But Li wasn't smiling. There were warning bells ringing in his head. He knew there was something wrong here. He picked up one of the bottles and fired a burst of aerosolised perfume into the air. They both sniffed and recoiled in unison. It was a strange, musky smell, like almonds and vanilla, with a bitter edge to it. Not sweet.

'No wonder he had to resort to watching porn if he smelled like that,' Sun said.

But Li could not recall any scent from Jia the night they found him in the bedroom in Beichang Street. He remembered only the sweet, heavy scents of incense and sex in the room.

He sprayed a tiny puff from the other bottle on to his wrist and smelled the same bitter orange scent of the one he had tried at Sui Mingshan's apartment. He held his wrist out for Sun to sniff.

Sun wrinkled his nose. 'Same as the one at Sui's place.'

Li nodded. 'Let's get out of here.' The smell seemed to have filled the bathroom. It was offending Li's olfactory senses and making him feel a little queasy. 'I don't like breathing this stuff.'

They opened the door of the apartment to find an elderly couple standing in the hallway looking perplexed, a little dazed. 'Is this number twelve-oh-five?' the old man asked.

'Yes,' Li said cautiously. 'Who are you looking for?'

'It's our son's apartment,' the woman said, and Li suddenly recognised them as the old couple flanking Jia in the photograph they had found among his things. His parents. Sun flicked him a look.

'We're police officers,' Li said. He had no idea if they had been notified.

'They told us this morning,' Jia's father said. 'We've travelled up from Yufa by bus.' Li knew Yufa. It was a small town on the road south to Gu'an. The bus would have taken several hours. He could imagine what a depressing journey it had been. 'Did you know him?'

'I'm afraid not.'

'He was a lovely boy,' his mother said. 'Couldn't do enough for us. He bought us a colour television, and a video recorder, and a new refrigerator...'

'Sent us money every month,' his father said. Money that would stop now. And Li wondered how much of what Jia owned they would inherit. The value of the antiques in the apartment alone was probably several thousand dollars. More than they could have hoped to earn in a lifetime. But the inheritance laws were still in a state of flux. It might be that everything went to the State. Had they any real idea how much their son had been earning?

'Do you know how he died?' his mother asked, and Li again wondered at a creature so small producing a monster like Jia. In his mind he saw the weightlifter lying dead between the legs of his adulterous lover, lying cut open on the pathologist's table. Either image would have been shocking to this old couple.

'It was natural causes,' Li said. 'A heart attack.' And he added unnecessarily, 'He died at the home of a friend.' He would see that they never learned the truth. They were much more worth protecting than those who concerned the Minister of Public Security.

But as he and Sun left them to enter their son's apartment, he knew that nothing could protect them from what they would find in the top drawer of the bedroom dresser. His heart ached for the poor parents of a dead rich boy.

In the street outside, a sweeper wearing a grubby white hat and a blue face mask rattled the twigs of his broom along the gutter, collecting trash in a long-handled can that opened and closed, like a mouth, to devour the garbage. He emptied it into a large trash can on wheels. His eyes above the mask were dead and empty, his skin dry, cracked, ingrained with the dust of the city. And Li wondered why he wasn't just as deserving as a weightlifter or a swimmer. But the new creed, it seemed, was that only the rich and successful were worth rewarding. Although death, he figured, had probably never been part of that reckoning. And he recalled his Uncle Yifu quoting an old Chinese proverb. *Though you amass ten thousand pieces of silver, at death you cannot take with you even a copper penny.*

V

Someone had brought a portable television up from an office downstairs, and when Li and Sun got back to Section One, most of the officers in the detectives' office were crowded around it. The excited voices of a couple of commentators soared above the roar of the crowd belting out of the set's tiny speakers.

'What the hell's going on?' Li barked. And they all turned guiltily towards the door, like naughty children caught in an illicit act. Someone hurriedly turned the set off. Sun smirked happily at them. He wasn't one of the bad boys.

Wu said, 'Professional interest, Chief. They've already had the four hundred meters freestyle and the hundred meters butterfly. They've got the breast stroke and the crawl to come. One hundred and two hundred meters. We figured we should take it in.'

'Oh, did you? And what does Deputy Tao think?'

'He told us to turn it off,' Sang said.

'And you ignored him?' Li was incredulous.

'Not while he was here,' Wu said. 'But he went out about half an hour ago. He didn't say we had to keep it switched off when he wasn't here.'

Li cast a disapproving glare around the faces turned towards him. 'You guys are fools,' he said. 'You didn't even put a lookout on the stairs.'

And they all burst out laughing.

But Li's face never cracked. 'I suggest you get back to your work. We've got a murder inquiry in progress here.' He turned towards the door as they started returning to their desks, but paused, turning back. 'Just out of interest…how are we doing?'

'Won the butterfly, first and second,' Wu said. 'Lost the freestyle, but took second and third. We're ahead on points.'

Li allowed himself a tiny smile. 'Good,' he said.

He was halfway down the corridor when Qian caught up with him. He was clutching a sheaf of notes. 'Couple of things, Chief.' He followed Li into his office. 'You asked about dope-testing.'

Li was surprised. 'You've got that already?'

'It's a matter of record, Chief. Same with all the sports authorities. Seems that nowadays they all do out-of-competition testing, to discourage athletes and other sportsmen from using drugs to enhance their training. They're given twenty-four hours' notice, and then it's mandatory to provide the required urine samples.'

'Couldn't they just turn in clean samples?' Li asked. 'Someone else's urine, even?'

'Not these days, apparently,' Qian said. 'The guy I spoke to from the Chinese authority said the athlete being tested is assigned what they call a chaperone. Someone of the same sex. He or she stays with the athlete the whole time. Has to watch them pissing in the jar, and then the athlete has to pour the stuff into two small bottles they label as A and B samples. These are packed into small cases, locked with special seals and sent to a laboratory for analysis.'

'So what about the people we're interested in?'

'Sui was tested two weeks ago. Clean. Two of the three killed in the car crash were tested a week before the accident. Also clean. The cyclist hasn't been tested since he was last in competition. It's normal to test first, second and third in any competition, and then they pick someone else at random. He came third in his last event and was clean then. Jia Jing was tested six weeks ago. Also clean.'

Li sat down thoughtfully. 'Almost too good to be true,' he said. 'There must be ways these people can cheat the tests.'

'Seems like the international sports bodies have got wise to all the tricks, Chief. The stuff this guy told me! There was one female swimmer in Europe apparently laced her sample with whiskey, making it worse than useless. Pissing the Drink, they called it. She got banned. It's easier for the women to cheat, though. I mean, you and I have got our dicks out there for the chaperone to see, there's not much you can do about it. But this guy said they caught women hiding clean samples in condoms tucked up inside themselves. They were even buying one hundred percent drug-free urine on the Internet.'

Li said, 'You're taking the piss, right?'

Qian grinned. 'Straight up, Chief. But there's this World Anti-Doping Agency now, and they've got people supervising who know every trick in the book. It's hard to put one by them. Really hard. And particularly in China, because the government here's so keen for us to have this squeaky clean image for the Olympics.'

Li nodded. 'You said, a couple of things.'

'That's right, Chief. The officer who attended the car crash that killed those three athletes? He's in an interview room downstairs, if you want to talk to him.'

The traffic cop sat smoking in an interview room on the second floor. His black, fur-collared coat hung open, and he had unbuttoned his jacket to reveal his neatly pressed blue shirt below. His white-topped peaked cap sat on the table beside his ashtray. He had broad, well-defined northern features, short hair brushed carefully back, and was leaning forward, elbows on his knees, when Li and Qian came in. He stood up immediately, stubbing out his cigarette and snatching his hat from the table. He was clearly ill at ease, finding himself on the wrong side of a Section One interrogation.

'Sit down,' Li told him, and he and Qian sat down to face him across the table. 'We have the report you filed on the fatal car crash you attended in Xuanwu District on November tenth. Three athletes, members of the Chinese hundred-meters sprint relay team, were found dead inside the wreck of their car.' Li dropped the report on the table. 'I want you to tell me what you found when you got there.'

The officer cleared his throat nervously. 'I was on patrol with officer Xu Peng in the vicinity of Taoranting Park at eleven thirty-three on the night of November ten when we received a call that there had been a road accident in You'anmennei Dajie—'

Li cut him off. 'Officer, I don't want you to sit there and regurgitate your report. I can read, and I've read it. I want to know what's not in the report. What you felt, what you smelled, what you thought.' He nodded towards the ashtray. 'You can smoke if you like.'

The officer appeared to be relieved, and took out a pack of cigarettes. After he had lit one, it belatedly occurred to him that he should have offered one to his interrogators. He held out the pack. Qian took one. Li didn't. The officer took a deep drag on his. 'I hate car crashes,' he said. 'They can be God-awful messy things. Bits and pieces of people all over the place. Arms and legs. Blood everywhere. Stuff you don't want to see.' It was as if Li had opened a floodgate. Now that he had started, the traffic cop couldn't seem to stop. 'My wife keeps on at me to give it up. Get a job in security. Anything but traffic.' He flicked nervous eyes at them. 'There's nights I've come home and just lain on the floor shaking.'

'Is that how it was the night you attended the accident in You'anmennei Dajie?'

The cop nodded. 'Pretty much. The car must have been doing over a hundred KPH. It was a hell of a mess. So were the guys inside. Three of them. Two in the front, one in the back—at least, that's where they started off. They weren't wearing seat belts.' He grimaced, recalling the scene, pulling images back into his mind that he had probably hoped were gone forever. 'It's bad enough when you don't know them, but when it's people you've seen on television, you know, big-time sports stars…well, you always figure stuff like this doesn't happen to people like that.'

'You recognised them, then?'

'Not straight off. Well, two of them, yeh. I mean, they always wore their hair short anyway, so they didn't look that different with their heads shaved.'

Li felt as if the room around them had faded to black. He focused his entire attention on the officer in front of him. 'Their heads were shaved?' he said slowly.

The cop seemed surprised by Li's interest. He shrugged. 'Well, it's a bit of a fashion these days, isn't it? All these sports stars in the West have been shaving their heads last couple of years. It's catching on here now.'

'So you didn't think it was odd?'

'Not in those two, no. It was the other one that kind of shocked me. Xing Da. That's why I didn't recognise him at first. He always wore his hair shoulder length. It was kind of like his trademark. You always knew it was him on the track, all that hair flying out behind him.'

'And his head was shaved, too?' Li asked.

'All gone,' the traffic cop said. 'It looked really weird on him.'

As they climbed the stairs back to the top floor Li said, 'What about the doctor's report?' Pieces of this bizarre puzzle appeared suddenly to be dropping into place, but Li could still make no sense of the picture it was forming. It had, however, got his adrenaline pumping.

Qian said, 'Got it upstairs, chief. But all he did was sign off the death certificates. Death caused by multiple injuries suffered in a car accident.'

'Fuck!' Li cursed roundly. A staged suicide in which the victim's head had been shaved. Three deaths in what appeared at the time to have been an accident. All with their heads shaved. And all four, members of the Chinese Olympic team. The trouble was, the evidence from the crash—the vehicle and the bodies—was long gone.

Wu intercepted them on the top corridor. 'Those tickets you got Qian to order for tonight, chief? They arrived by courier. I put them on your desk.'

'Fine.' Li brushed past, his mind on other things, but Wu called after him. 'Something else, Chief…'

Li turned and barked, 'What!'

'Those three athletes in the car crash?'

He had Li's attention now. 'What about them?'

'Only two of them were cremated, Chief. The parents of the other one live out in a village near the Ming tombs. Seems they buried him in their orchard.'

Li wanted to punch the air. But all he said was, 'Which one?'

'Xing Da.'

VI

The village of Dalingjiang lay fifty kilometers north-west of Beijing in the shadow of the Tianshou mountains, a stone's throw from the last resting place of thirteen of the sixteen Ming emperors. A rambling collection of brick-built cottages with slate roofs and walled courtyards, Dalingjiang was believed to have the best *feng shui* in the whole of China. After all, its inhabitants reasoned, thirteen dead emperors couldn't be wrong.

Li took Sun with him to drive the Jeep. They had headed out of the city on the Badaling Expressway, past countless developments of pastel-painted luxury apartments with security-gated compounds and private pools. Built to meet the demands of the new bourgeoisie.

The sun was dipping lower now as they neared the tombs. The mountains had lost their definition, and looked as if they had been cut from paper and laid one over the other, in decreasing shades of dark blue, against a pale orange sky. The road was long and straight, lined with tall, naked trees with white-painted trunks. The roadside was piled high with bricks and stacks of golden corn stalks. They passed a peasant on a bicycle, a large parcel in his basket, his daughter on a makeshift seat over the rear wheel. Perhaps he had spent his hard-earned cash on a Christmas present for his Little Empress.

Off to their left, Li saw a large white scar cut into the shadow of the hills. It interrupted his silent thoughts. 'What the hell is that?' he asked Sun.

Sun screwed his eyes against the setting sun and glanced in the direction of Li's gaze. 'That's Beijing Snow World,' he said.

'Beijing what?'

'Snow World. It's an artificial ski slope. At least, it's real snow artificially generated. Guaranteed not to melt till the spring.' He glanced at Li. 'Haven't you heard of it?'

Li shook his head. He felt like a stranger in his own country. A ski slope! 'Who in the name of the sky goes skiing in China?' he asked.

Sun shrugged. 'The new kids on the block out of Beijing. The sons and daughters of the rich and successful. It's pretty neat.'

Li was amazed. 'You've been there?'

'Some friends took me out when I first got here.' He grinned. 'I guess they thought I'd be impressed, a country bumpkin up from the provinces.'

'And were you?'

'You bet.' They were approaching the turn-off. 'You want to see it?'

Li glanced at his watch. There was time. 'Let's do it.'

A long, newly paved road took them down to an elaborate black and gold wrought-iron gate between two low, white buildings with steeply pitched red roofs. Hawkers were selling fruit and vegetables and tourist trinkets off the back of bicycle carts, stamping their feet in the cold, grim expressions set in the face of a meagre trade. Sun parked the Jeep among the hundred or so private vehicles outside the gate, and went into the right-hand building to buy them visitors' passes. Li stood listening to western elevator music being piped through speakers mounted on every wall. He could see, through the gate, lampposts lining a long walkway up to the main building, speakers dangling from each one. The air was filled with their music, pervading every tree-lined slope, reaching perhaps into the very graves of the emperors themselves.

He fished in his pocket to find his purse when Sun emerged with their tickets. 'How much do I owe you?'

But Sun waved him aside. 'I think I can afford to stand you a ten yuan ticket, Chief.'

Attendants in red ski suits let them through the gate. The walk up the cobbled walkway took them to a long, green-roofed building. It was warm inside, with large restaurants off to left and right, floor to ceiling windows giving on to views of the ski slope itself. The one to the left was still doing late business, groups of wealthy young men and women in fashionable ski gear gathered at round tables, picking over the debris of their meals, draining the last of their beer. The other restaurant was empty, and Sun led Li through it to a café at the far end. It, too, was deserted, apart from a young woman behind a polished wood counter. She wore the Snow World uniform of dark grey trousers and a dark waistcoat over a white blouse. They ordered tea from her and sat by the window.

Li looked out in astonishment at the dozens of skiers gliding down the shallow slope, then queuing to be dragged back up again on a continuous pulley. At the far side, screaming children sitting in huge inflated tyres flew down a separate run, while a motorised skidoo plied a non-stop trade for goggle-eyed thrill seekers up and down a deserted slope off to the right. He watched as a novice, a young girl togged up in the most expensive of designer ski wear, tried to propel herself along the flat with her ski sticks. She looked clumsy in the great plastic boots that were clipped into her skis, and she ended up sitting down with a thump, severely denting her dignity. There was nothing very sophisticated about any of it, but it was a brand new China experience for Li. 'Do these people actually have their own skis?' he asked Sun.

Sun laughed. 'No, most of them hire everything here.'

'How much does it cost?'

'About three hundred and sixty *kwai* for a day's skiing.' Half a month's income for the average Chinese.

Li looked at Sun in astonishment. 'Three hundred and sixty…?' He shook his head. 'What an incredible waste of money.' He had only been in America for little over a year, but somehow China had changed hugely in that time, and he felt as if he had been left behind, in breathless pursuit now of changes he could never catch. He glanced at Sun and saw the envy in the young man's face as he looked out at these privileged kids indulging in pursuits that would always be beyond his pocket. There were only ten years between them, but the gap was almost generational. While Li saw Beijing Snow World as something invasive and alien to his country's culture, it was something that Sun clearly aspired to. On the other side of the glass, a young woman walked past with two tiny white pet dogs frolicking at her heels. One of them wore a pink waistcoat.

Sun laughed. 'That'll be to keep it warm. She must be going to eat the other one first.'

The setting sun had become a huge red globe and was starting to dip below the line of the hills. Li drained his tea and stood up. 'Better go,' he said.

It was twilight as they drove into Dalingjiang. The village square was a dusty, open piece of broken ground where the men of the village sat on well-worn logs lined up against the wall of the now crumbling production team headquarters of the old commune. Several village elders were gathered in the dying light, smoking pipes and indulging in desultory conversation. A rusty old notice board raised on two poles had nothing to announce. Nothing much happened any more in Dalingjiang. They watched in curious silence as the Jeep rumbled past. Along another side of the square, were the logs laid out for the women. But they were empty.

Sun pulled up at the village shop, a single-storey brick building with a dilapidated roof and ill-fitting windows. Corncobs were spread out to dry over the concrete stoop. The door jarred and rattled and complained as Li pushed it open. A middle-aged woman behind two glass counters smiled at him. He flicked his eyes over the half-empty shelves behind her. Jars of preserves, Chinese spices, soy sauce, cigarettes, chewing gum. Under the glass were packets of dried beans, cooking utensils, coloured crayons. Crates of beer were stacked under the window.

'Can I help you?' the woman asked.

'I'm looking for the home of Lao Da,' he said. 'Do you know him?'

'Of course,' said the woman. 'But you won't be able to drive there. You'll have to park at the end of the road and walk.'

She gave him instructions and they parked the Jeep further up the dirt road and turned off through a maze of frozen rutted tracks that led them between the high brick walls of the villagers' courtyard homes. There were piles of refuse gathered at the side of the larger alleys, stacks of red bricks, sheaves of corn stalks for feeding the donkeys. Dogs barked and bayed in the growing darkness, a scrawny mongrel beneath a piece of corrugated iron growling and whining at them as they passed. A donkey looked up with interest from its evening meal, and a cackle of hens ran off screaming from behind their chicken wire. The air was filled with the sweet scent of wood smoke, and they saw smoke drifting gently from tubes extending horizontally from holes in the side walls of houses. There were no chimneys on the roofs.

They found Xing Da's parents' house next to a derelict cottage, long abandoned and left to rot. The children of the village no longer stayed to work the land as their ancestors had done for centuries before them. They left for the city at the first available opportunity, and when their parents died, their houses were allowed to fall down—or else be purchased by entrepreneurs and developed as country cottage retreats for the wealthy.

Li pushed open a rusted green gate and Sun followed him into the courtyard of Lao Da's cottage. In the light from the windows they could see firewood and coal stacked along the wall. Frozen persimmons were laid out along the window ledges. Li knocked on the door, and a wizened old man opened it, too old to be Xing Da's father. Li told him who he was and who he was looking for, and the old man beckoned them in. He was Xing's grandfather, it turned out. His wife, who looked even older, sat on a large bed pushed up below the window by the door to the kitchen. She glanced at the strangers without showing the slightest interest. Her eyes were vacant. In the light, Li saw that the old man's face was like parchment, dried and creased. His hands, the colour of ash, were like claws. But his eyes were lively enough, dark and darting. He called through to the bedroom, and Lao Da emerged, peering at Li and Sun with suspicious eyes. Although *lao* meant *old*, Lao Da was only in his forties, half the age of his old father. He glanced beyond the policemen to the kitchen doorway where his wife had appeared, holding aside the ragged curtain that hung from it.

'It's the police,' he said to her. And then to Li, 'What do you want?'

'It's about your son,' Li said.

'He's dead,' his father said, his voice laden with everything that meant to him.

'I know,' Li said. 'We have reason to believe that the crash he was involved in might not have been an accident.' He saw the frown of confusion spreading over Lao Da's face, like blood soaking into a carpet. 'We'd like to perform an autopsy.'

'But we buried him,' his mother said from the doorway, in a small voice that betrayed her fear of what was coming next. 'Out there, in the orchard.'

'If you'd agree to it,' Li said, 'I'd like to have him exhumed.'

'You mean you want to dig him up?' his father said. Li nodded, and Lao Da glanced towards his wife. Then he looked again at Li. 'You'll have a job,' he said. 'The ground out there's frozen harder than concrete.'

Chapter Four

I

They drove west along Xizhimenwai Dajie past the towering floodlit neo-classical buildings that housed the Mint and the China Grain Reserves Corporation, the Paleozoological Museum guarded by a velociraptor, the French supermarket and department store, Carrefour, the latest in Beijing chic. Li was lost in silent thoughts Margaret did not want to interrupt. Burned still on his retinas was the image of the grave in the shadow of the mountains. Lao Da had led them by torchlight through a moongate from the courtyard into a small adjoining orchard. Trees that in summer would be laden with fruit and leaves, were winter stark, silent mourners for a young man who had played in this place as a child, guardians of a grave marked by a crude stone slab. A large pink wreath leaned still against the wall. Frozen fruit and vegetables, a bowl of rice, were laid by the stone. The charred remains of paper money, burned by poor people to provide their wealthy son with the means to survive in the afterworld, had been scattered by the breeze and were stuck now by frost to the ground all around. He had heard the mother sobbing, and seen her shadow moving in the courtyard. She had not wanted her son disturbed. But his father had said if there was the slightest doubt about how he had died, then they should know the truth. For they could not lay him properly to rest until they did.

Li had waited until he and Sun were away from the house before he called in the exhumation team on his cellphone. They would need pickaxes to break the ground, he had told them, perhaps even a pneumatic drill. And he warned them to bring screens to place around the grave. He did not want to subject the parents to more grief than he was already causing them. And lights, for it would be dark.

Margaret had agreed to do the autopsy. But he had deliberately refrained from telling her too much. He did not want in any way to influence her findings.

He turned in at the entrance to the Chinese Skating Association, and showed his Public Security ID to the man on the gate, who ventured reluctantly from his glass cubicle wrapped in a thick coat, hood pulled tight around a face that was red with the cold. He waved them through. Li steered north past the competition hall and the training gym and parked in front of the Shouti Hotel where the American athletes were staying.

They walked the rest of the way to the stadium, joining the streams of people heading in excited expectation to watch the athletics, and crossing an ornamental bridge over a narrow stream whose still water filled the air around it with the perfume of raw sewage.

The stadium was a huge oval, with upper terraces leading to the eighteen thousand seats which ringed the interior track. At various times, the floor space was flooded and frozen to create an ice rink, and in front of the competitors' entrance, there was a massive silver representation of a speed-skater. In the vast subterranean space beneath the stadium, thousands of shoppers still thronged a popular market selling clothes and fancy goods.

'We're not really just coming here to watch the athletics, are we?' Margaret asked as they approached a large ornamental wall carved with the figures of ice-skaters and the five inter-linked rings of the Olympics.

Li dragged himself away from his thoughts. 'I want to talk to some of the athletes,' he said. 'And their coach.' Qian had downloaded some biographical information for him on Chinese athletics' recently appointed Supervisor of Coaching, a position created with new powers over even the national team coach. It had made interesting reading.

Supervisor Cai Xin was a tall, lean man with short, grey hair and square, steel-rimmed glasses. Li had expected to find him in a tracksuit and trainers. Instead, he wore a dark business suit with polished black shoes, a white shirt and red tie. He seemed distracted, and less than pleased to see Li and Margaret. With field events under way, and the first track event in less than an hour he did not consider this a convenient time to conduct an interview with the police, and told them as much. Li apologised and introduced Margaret. Cai, although displeased, remained polite. His English was immaculate, and he spoke it, unbidden, in deference to the American doctor. He led them down a long, brightly lit corridor beneath the main stand, and into a private room with leather settees and a large television set, and panoramic windows with a view on to the track. The stadium was vast, rows of seats rising up on either side into a cavernous roof space criss-crossed with tubular supports. The pole vault, the men's long-jump and the men's shot-put were already in progress. Competitors and officials milled around the area inside the six-lane track. The bleachers were about two-thirds filled, and people were still streaming in. Occasional bursts of applause punctuated the hubbub of people and competition that filled the hall.

Cai told them to sit, but remained standing himself, patrolling the window, keeping a constant, distracted eye on proceedings beyond it. 'How can I help you?' he asked.

'I want to talk to some of your athletes,' Li told him. 'In particular, members of the men's sprint relay team. But, in general, anyone who knew the three sprinters who died in last month's car crash.'

Cai looked at him sharply, his distraction suddenly gone, his focus very clear. 'Why?'

'I have reason to believe their deaths might not have been accidental.' Li watched his reaction very carefully, and could have sworn that the colour rose very slightly on his cheeks.

Cai was clearly searching for a response, but in the end nothing came.

Li said, 'And at some time I would like to speak to colleagues of Jia Jing, his coach, others in his weight class. I thought protocol demanded that I should speak to the Supervisor of Coaching first. You know Jia was found dead last night?'

Cai remained silent for a moment or two longer. Then he said, quietly, 'I understood it was a heart attack.'

'It was.'

'Then what's the connection?'

'I don't know that there is one.'

Cai regarded him thoughtfully. 'We seem to be losing most of our best medal hopes,' he said at length. 'But, really, I don't think I want you speaking to any of my athletes when they are just about to engage in competition with the United States. I don't believe my superiors, or yours, would be particularly happy if we were to upset our competitors and lose to the Americans.' He made a tiny nod of acknowledgement towards Margaret. 'With all due respect.'

'With all due respect,' Li said, 'I won't speak to anyone until after they have competed. Do we have any of the sprint events tonight?'

Cai said grudgingly, 'The men's and women's sixty meters, the four hundred and the eight hundred.'

'Then I'll be able to speak to some of them later,' Li said.

Cai glanced at his watch. 'Is that all?'

'Actually, no,' Li said. 'I'd like you to tell me what you know about doping.'

Cai's face clouded, and a frown gathered around his eyes. His demeanour conveyed both defensiveness and suspicion. 'Why are you asking me?'

'Because as National Supervisor of Coaching, I would have thought you might have some expertise in the subject,' Li said evenly. 'Even if only to ensure that none of our athletes is taking drugs.'

'That's impossible,' Cai said defiantly.

'Why?'

'Because we have so many competitors, in so many disciplines, and there are so many different drugs.'

'So tell me about some of them.'

Cai sighed deeply. 'There are five main categories of drugs, Section Chief. Stimulants, narcotics, anabolic agents, diuretics, and peptide hormones.' He appeared to think this was sufficient.

Li said, 'That doesn't tell me much. What are the more commonly used substances?'

Cai glanced at his watch again. 'Anabolic steroids,' he said. 'Mostly testosterone and its derivatives, including clostebol and nandrolone. They increase muscle strength by encouraging new muscle growth.'

Margaret spoke, almost for the first time. 'And bone mass,' she said. 'They stimulate the muscle and bone cells to make new protein.'

Cai nodded. 'They help the athlete to train harder and longer. But usually an athlete stops taking them at least a month in advance of competition, because they are so easily detectable. They're used mainly by swimmers and sprinters.'

'And weightlifters?' Li asked.

Cai flicked him a look. 'Yes,' he confirmed. 'Although generally human growth hormone would be the drug of choice for weightlifters. Being a naturally produced hormone, it is very difficult to detect. It is excellent for building muscle and muscle strength, and allows the user to take shorter breaks between workouts.'

Margaret said, 'And it can cause heart and thyroid disease.' Li looked at her and raised an eyebrow. She went on, 'As well as acromegaly.'

'What's that?' Li asked.

Cai said, 'Enlargement and thickening of the hands and the face.'

Margaret said, 'Not necessarily noticeable in a weightlifter, who has already distorted his body by building muscles beyond their natural shape and size. But if he was taking it long enough it could also distort the growth of bone and internal organs.'

'Which, of course, would be preferable to taking steroids which would only shrink your testicles and give you acne,' Li said.

'Oh, worse than that,' Cai said ignoring Li's sarcasm. 'Steroids can damage your liver and your kidney. They can change your blood cholesterol and increase the risk of heart disease and stroke. Oddly some men even grow breasts. And that's not to mention the psychological effects. Paranoia, psychosis, or *roid rage* as the Americans call it.'

'And that's just the men,' Margaret said. 'Women get hairy, it screws up their menstrual cycle, and gives them deep voices.'

Li listened with growing disbelief. It seemed inconceivable to him that people would voluntarily submit themselves to such horrors. 'So what else do they take?'

'EPO,' Cai said. 'Erythropoietin. And its new, improved version, Darbepoetin. It's a naturally occurring hormone produced in the kidney. It promotes the production of red blood cells, so more oxygen gets carried to the muscle, increasing the stamina of the athlete. Used by distance runners and cyclists.' He gazed out as a Chinese pole-vaulter cleared five meters seventy-two, and the crowd roared its approval. 'When a genetically engineered version of EPO became available in the late eighties its use became virtually endemic among cyclists.' He turned and looked at Li. 'Between nineteen eighty-seven and nineteen ninety, nearly twenty cyclists died mysteriously in their sleep.'

'I read about that,' Margaret said. 'They all died from heart failure. Increase the number of red blood cells and you increase the viscosity of the blood. It gets thicker, reduces the speed of the blood flow, and when the athlete is sleeping and his heart rate falls, the blood gets so thick it just stops. And so does the heart.'

Li swore softly.

'Of course, they got around that,' Cai said, 'by diluting their own blood with a saline drip and monitoring their heart rate while sleeping. It used to be undetectable, which is why they all loved it. But now there is a very efficient test which can detect synthetic EPO, differentiating it from the endogenous hormone.'

'And what about blood doping?' Margaret asked.

Cai nodded. 'It happens.'

'What is that?' Li asked.

Margaret said, 'The athlete draws off some of his own blood and stores it in a frozen state. He trains in his depleted blood condition, prompting his body to replenish its blood supply, then re-injects himself with his own blood just before competition, again increasing the red blood cell count. Of course, he's just as likely to infect himself with something nasty, and if he uses blood products other than his own, risks allergic reaction, kidney damage, fever, jaundice, even AIDS or hepatitis.'

'There are plenty of other drugs,' Cai said. 'Diuretics for losing weight, or flushing other substances out of your system. Amphetamines to give you a competitive edge, increase alertness, fight off fatigue if you're a team sport player. Beta blockers to steady your hand if you're a shooter or an archer. Narcotics to mask the pain of an injury.'

Li shook his head. 'We live in a sick world,' he said.

Cai shrugged. 'It's human nature, Section Chief. Just like today, victory in the ancient Olympic Games in Greece brought rich rewards. Money, food, housing, tax exemptions, release from army service. So the athletes started taking performance enhancing substances—mushrooms, plant extracts. Ultimately drug use was one of the main reasons the ancient games were abandoned. So, you see, nothing has really changed in the last two thousand years.'

'That's hardly a justification for not cracking down on it now,' Li said.

'Of course not,' Cai responded. He glanced at Margaret as if he felt the need to underline his point. 'Which is why supplying banned drugs to athletes was made a criminal offence in China in 1995. Unlike the United States where most of them can be bought freely on the Internet.'

'Why don't we keep our point-scoring to the track and field?' Li said pointedly.

Cai glared at Li. 'I really cannot spare any more time, Section Chief. Are you finished, do you think?'

A collective sigh washed across the stadium beyond the glass. The Chinese pole-vaulter had finally brought the bar crashing down with him.

'For the moment,' Li said.

II

They took their seats high up in the main stand with a superb view of the track below and the layout of the field events within it. A giant television screen kept them apprised of what was happening, and a constantly changing scoreboard flashed digital figures in red, green and yellow. Lengths jumped, heights gained, distances thrown; the current standings in every ongoing event; the points totals to date. Every seat was taken, and the stadium was filled with the buzz of anticipation, and the monotonous voice of the female announcer whose relentless, high-pitched, nasal commentary penetrated the very soul.

Around them, People's Liberation Army officers in green uniforms sat together joking and snacking and drinking beer. Li had obviously been given tickets in a section set aside for 'guests.' The fact that he was accompanied by a non-Chinese had drawn some curious looks.

A giant of an American with blond hair tied back in a pony-tail threw his shot-put more than twenty-three meters sixty, taking the lead in the competition, to a groan of disappointment from the crowd and a sprinkling of polite applause. The Americans had already won the pole-vault.

'I don't understand,' Li said to Margaret, 'why an athlete would risk so much just so they can stand on the winner's podium. I mean, it's not just the risk of being caught and branded a cheat. Humiliation's bad enough. It's what they're doing to their bodies. The side-effects of those drugs are horrific. They must be out of their minds!'

'Well, I'm sure psychology is the biggest part of it,' Margaret said. 'The pressure to win must be enormous. And it's not just the expectations of your family and friends, is it? Or your state. It's your country. Millions of people who live their lives vicariously through you. Your victory is their victory. You win for China, or for America, you win for them. So when you lose…' She left the consequences of that hanging. 'And then, of course, there are the rewards. Big prize money, millions in sponsorship.'

Li thought about the apartments he had visited earlier that day.

'And then there's the fame and the glory. One minute you're nobody, the next you're a star. Everybody wants to be your friend. Your picture's in all the papers, you're being interviewed on TV.' She shrugged. 'I can see how weak people could be seduced.' She thought about it for a moment. 'And then there's national prestige. Just look at the lengths East Germany went to so that their athletes would bring home gold medals.'

Li shook his head. He knew nothing about East German athletes. 'I've never really followed sports, Margaret.'

'Sport?' She laughed. But it was a laugh without humour, full of contempt. 'It was never about sport, Li Yan. The East German state seemed to think that if their athletes brought home more gold medals than anyone else, it would somehow endorse a whole political system, prove to the rest of the world that their corrupt and repressive regime was actually working. So they took their most promising young athletes away from their parents, many of them still children, and systematically pumped them full of drugs.'

'And the kids just took the stuff, without question?' Li found it hard to believe.

Margaret shook her head. 'They didn't know. Twelve, thir- teen, fourteen-year-old kids, taken from their homes, subjected to the most ferocious training regimes, and given little pink and blue pills every day which they were told were vitamins.'

'But they were drugs?'

'State-produced steroids. A substance called Oral-Turinabol, of which the active ingredient was chlordehydromethyl-testosterone. They also had something called Turinabol-Depot, which they injected into the muscle. It contained nandrolone.'

'And did the athletes get caught?' Li asked. 'I mean, drug-tested, in competition?'

Margaret shook her head. 'In the early days there was no simple urine test for testosterone. Then they discovered a test in the early eighties that could measure the levels of testosterone in the body against another naturally occurring hormone, epitestosterone. If the ratio of testosterone to epitestosterone was greater than six to one, they knew you'd been topping up your body's natural production with additional testosterone. Of course, the whole corrupt machinery of the East German state went into hyperdrive to find a way round the new test.'

'And did they?'

Margaret pulled a face. 'It was very simple really. They started manufacturing artificial epitestosterone and giving that to their athletes in direct correlation to the amount of testosterone they were taking. That way the balance between the two was maintained, and so the drug-taking didn't show up in urine tests.'

Li looked at her quizzically. 'You seem to know a lot about this.'

She smiled. 'I don't know too much about drug-taking these days, but back in the nineties I came face to face with it on the autopsy table. A former East German swimmer, Gertrude Klimt, who emigrated to the United States.' She could still see the pale, bloodless flesh of the young woman lying on her table. Short, blonde hair. Bold, aggressive, Aryan features. 'She was still only in her early thirties. Died from tumours on the kidneys. Prosecutors in Berlin paid for me to go to Germany to give evidence in court proceedings against former East German coaches. A lot of former athletes were giving evidence. Some had tumours, some of the women had had children with horrific birth defects, one had even been pumped full of so much testosterone she had changed sex. Heidi had become Andreas. I gave evidence on behalf of poor Gertrude.' She gave a deep sigh. 'You see, it all came out after the collapse of the Berlin Wall and the files of the secret police, the Stasi, became public. It turned out that a lot of those coaches and doctors were also members of the Stasi, with code names and everything. In those days, the athletes were the victims, and they finally got their revenge in the late nineties when the people who tricked them into taking steroids as children were convicted under the new, reunified Germany.'

Li shook his head in wonder. 'I never knew anything about this.'

Margaret cocked an eyebrow. 'Call me cynical, Li Yan, but I doubt very much if anyone in China heard much about it. And the Chinese were having their own drug-taking problems in the nineties, weren't they? I seem to recall something like thirty-plus Chinese athletes testing positive at the world championships in the mid-nineties.'

Li shrugged, embarrassed by his country's record in international competition. 'Things have changed,' he said.

'Have they?'

He looked at her very directly. 'I don't think any country sees a virtue these days in winning by cheating.'

Margaret said, 'Especially if they're going to get caught.' Her smile reflected her sarcasm. Then she thought for a moment. 'What was going on downstairs between you and Cai?'

'What do you mean?'

'You know perfectly well what I mean, Li Yan. You were prodding him to see if he'd squeal.' She mimicked, *'As National Supervisor of Coaching, I would have thought you might have some expertise in the subject.* What was that all about?'

Li watched the women warming up on the track below for the sixty meters sprint. Three Chinese, three Americans. He sighed. 'In the late nineties Cai coached a team of athletes from one of the western provinces. Several of them scored big successes. At home and abroad. Gold medals, world records. Then one by one they started turning up positive in dope tests. They were almost all discredited, and so was Cai.'

Margaret looked at him in amazement. 'So you made him your Supervisor of Coaching?'

Li said, 'He was in the wilderness for several years. Largely discredited. But he always claimed he had no idea his athletes were taking drugs, and there was never any proof against him. And there was no denying his talents.' He sneaked a glance at her, embarrassed again. 'I guess he must have friends in high places who believe those talents can't be overlooked.'

The crack of the starting pistol cut across their conversation, and they turned to see six women flying from their blocks, legs and arms pumping for a few short moments of powerful intensity. Americans and Chinese covering the ground with astonishing speed. And these were no tiny, coy Asian women. They were as tall as the Americans, powerfully built, the muscles of their legs standing out like knots in wood. In just over seven seconds they had covered the sixty meters, and crossed the finish line to run up the ramp to bring themselves to a stop. The Americans had won, and Margaret let out a shriek of delight, only to become suddenly self-conscious as silent faces all around her turned to look. 'Oops,' she said under her breath.

Li lowered his forehead into his hand and closed his eyes. It was going to be a long night, he could tell.

Margaret stood in the foyer, drawing looks from competitors and officials alike. They all knew she wasn't an athlete because of her distended belly. The security man on the door kept staring at her uncertainly, as if wondering whether or not she should really be here. But he never asked. She heard some familiar accents as a group of male American runners in track-suits, carrying sports bags, brushed past her. She felt a momentary pang of homesickness as she heard them laughing, and she watched them push out through glass doors into the streams of spectators making their way out of the stadium. It had been pretty much honours-even over the course of the evening. The Chinese were just ahead on points, so the crowd was going home happy. And Li was in the dressing rooms talking to athletes.

It was hot here, and airless, a sour smell of body odour and feet hanging in what air there was. She was beginning to feel a little faint and for a moment closed her eyes and became aware of herself swaying.

She felt a hand on her arm and a girl's voice said, 'Are you okay?'

Margaret opened her eyes, startled, and found herself looking into the concerned face of a young woman with an ugly purple birthmark covering most of one cheek. 'Yes. Thank you.'

The girl was nervous. 'My name Dai Lili. Everyone call me Lily.' A smile flitted briefly across her face before a shadow darkened it again and she glanced quickly around.

'Are you an athlete?' Margaret asked. She had forgotten about her faintness.

'Sure. I run in three thousand meter heats tomorrow. Hope to be in final day after.' She hesitated. 'You lady pathologist, yes? With Chinese policeman?'

Margaret was taken aback. 'How do you know that?'

'Everyone talking about it in dressing room. Supervising Coach Cai, he say no one to talk to you.'

Margaret felt her hackles rising. 'Did he now?' She looked at the girl. 'But *you're* talking to me.'

'Yes,' she said. 'I wanna speak to you, lady. I must speak to you. Ve-err important. Don't know who else to talk to.' Her eyes darted to the left and down the corridor to the dressing rooms. Her face visibly paled, and her birthmark seemed to darken. 'Not now. Later, okay?'

And she hurried away down the corridor, eyes to the floor, brushing past Supervising Coach Cai as he emerged into the foyer. He glanced after the girl and then looked over at Margaret, clearly wondering if there had been some kind of exchange. Against all her inclinations, Margaret smiled over at him.

'Congratulations, Supervisor Cai,' she said. 'The Americans will have to do better tomorrow.'

He inclined his head in the minutest acknowledgement, but his face never cracked. He turned and strode through double doors leading on to the track.

Margaret was left disturbed by the encounter. The image of the girl's face had imprinted itself on her mind. A plain girl, with shoulder-length black hair tied back in a loose ponytail. Tall and skinny, with dark, frightened rabbit's eyes. The strange purple birthmark. Margaret repeated the name to herself so that she would remember it. Dai Lili. What could she possibly have wanted to speak to her about?

When Li emerged from the dressing rooms fifteen minutes later, his mood was black. 'A complete waste of time,' he told her. 'I learned nothing that I didn't already know.' He led Margaret out into the cold night, and they headed for the ornamental bridge and the smell of the sewer.

'Not very talkative, were they?' Margaret asked.

'It was like trying to get blood from a stone,' Li growled.

'Perhaps that's because Supervisor Cai warned them all not to talk to you.'

He stopped and looked at her. 'How do you know that?'

'Because a young female athlete told me. She's running in the three thousand meters heats tomorrow. She said she needed to speak to me urgently about something very important, and that Supervisor Cai had told all the athletes not to talk to us.'

Li was seething. 'What does that bastard think he's playing at?' And it was all Margaret could do to stop him from going back to pick a fight.

'He'd only deny it, Li Yan,' she said. 'What's more interesting is why that girl wanted to speak to me. What it was she had to say.'

'She didn't tell you?'

Margaret shook her head. 'She saw Cai coming and scuttled off. But whatever it was, I didn't get the feeling she was going to tell me there and then.' She slipped her arm through his, and they hurried over the bridge together, holding their breath. When they got to the other side, she said, 'So they didn't tell you *anything* at all?'

Li shrugged. 'Just confirmed what I already knew. That none of the three killed in the road crash had had their heads shaved the last time anyone saw them.' He shook his own head. 'And everyone thought it was really unlikely that Xing Da would have *chosen* to cut off his hair. It was his flag of independence, they said, his statement of individuality.'

'So why would somebody else do it?' Margaret asked.

Li was baffled. 'I have no idea, Margaret. But it simply cannot be a coincidence. Four out of five athletes who have died in the last month, all with their heads shaved?'

'And the weightlifter?'

Li sighed. 'I don't know. There doesn't seem any doubt that he died from natural causes. Maybe there's no connection. Maybe he really is just a coincidence.'

'But you don't think so.'

He held up his arms in frustration. 'I don't know what to think. I really don't.' He checked his watch. 'But right now I'd better get you home. I have an appointment with a dead runner.'

Margaret said quietly, 'Will you come back to the apartment after?'

He shook his head. 'I have an early start tomorrow. An appointment first thing.'

'What appointment?'

But he looked away, and she knew that when he refused to meet her eyes he was being evasive. 'Just an appointment,' he said, and she was certain that he was hiding something from her.

III

The drive out to Dalingjiang was treacherous. There was black ice on the road where the frost had melted in the sun and then refrozen. Li drove carefully, with the heating up high, but still his feet grew cold. The temperature reading on the dash was minus nineteen centigrade.

He parked the Jeep at the top of the dirt track where Sun had parked it several hours before. Only now there was a phalanx of vehicles gathered there. Official cars and the meat wagon from Pao Jü Hutong, and there were nosy villagers gathered at the entrance of the alleyway leading to Lao Da's house. Even at this hour, and in these temperatures, the curiosity of the Chinese prevailed.

Li heard the quickfire ratatat of a pneumatic drill as soon as he switched off the engine. And when he opened the door of his Jeep was shocked at just how loud it sounded in the still night air. It was little wonder that the villagers were curious. Overhead, stars shone in their firmament like the tips of white hot needles, incredibly vivid against the purest of black skies. Away from the lights of the city, such was their clarity you almost felt you could reach up and touch them, prick your fingers on their light. The moon, close now to its zenith, had risen over the mountains and washed the world with a silver light that you could only distinguish from daylight by its complete absence of colour. Li pushed his way through the crowd and made his way easily by the light of it to the gate of Lao Da's courtyard, where a uniformed officer stood miserably on guard, wondering what he had done to deserve a job like that on a night like this. Li showed him his ID, and the officer raised his gloved hand stiffly to his frozen face in a brittle salute.

Through the moongate in the courtyard, Li could see black sheets stretched between the trees in the orchard to screen the activity around the grave from Xing Da's family. Arc lights beyond them cast their light into the sky above, obliterating the stars. The drill stopped, and Li heard the hacking of several pickaxes trying to break through the frozen earth.

Through the windows Li could see, in the lit interior of the house, Lao Da sitting on his own at a table, a bottle and a glass in front of him. He looked up as Li stepped inside. From the bedroom Li could hear the faint, hoarse sobbing of Xing Da's mother. There was no sign of the grandparents. Perhaps they had gone to a neighbour's house. Lao Da waved him into the seat opposite, and filled another glass with clear liquor from a bulbous bottle with a label that read, *Mongolian King*. In the bottom of the bottle was a large, white twisted root of ginseng. The alcohol had the pungent, slightly perfumed smell of *mao tai*, distilled from the bitter-tasting sorghum wheat.

'*Gan bei*,' the runner's father said, without enthusiasm, and they chinked their glasses and then drained them. Li tried to catch his breath as he watched Lao Da fill them up again. A photograph in a frame lay on the table, and Li turned it around to look at it. It was Xing Da breaking the tape in first place at some major event, his hair flying out behind him, unmistakable, the flag of independence his fellow athletes had described.

Outside, the pneumatic drill started up once more.

'The saddest thing,' Lao Da said, 'was that he was supposed to come and see us at the end of October, for his mother's birthday. But he phoned to say he couldn't come, because he and some other members of the team had picked up the flu at a meeting in Shanghai. He sounded terrible. We were all very disappointed because, you know, we hardly ever saw him.' He paused to drain half of his glass. 'That was about three weeks before the accident. We never did see him again.'

Li emptied his second glass and stood up. There was nothing for him to say. No comfort he could give. He felt the *mao tai* burning all the way down to his stomach. 'I'll go and check on progress,' he said. He wanted this over as soon as possible.

Beyond the screens, half a dozen men with pickaxes were breaking up the last of the earth around the coffin. It had been buried in only about three feet of soil, and the ground was frozen most of the way down. Li was sure there must be regulations covering burials like this, but if there were, nobody knew them. And if they did, they ignored them. The coffin itself was a crude, home-made box with a heavy lid, well nailed down. It took the officers who had uncovered the coffin several minutes to prise all the nails loose and remove the lid. The body inside was wrapped in a white blanket. Li moved closer for a better look as the pathologist stepped down into the grave to remove the wrapping.

Xing Da lay naked, with his hands crossed over his chest. His skin was a bloodless blue-white in the light of the arc lamps, and apart from the horrific chest and head injuries received in the crash, he looked as if he had lain down there the day before and simply gone to sleep. There was little or no sign of decay. The temperatures had plummeted just a day or two after he was buried, and he was fresher than if he had been kept in the chiller at the morgue.

He was a big man, with a well-developed upper chest and arms, and thick, sturdy legs. A sprinter. Built for power. The shadow of his hair lay across his scalp where it had been shaved off, shocking in its absence, and there was something like the hint of a smile on his face. As if he were mocking them. They had so many questions. And he had all the answers. Only, he could never tell them. Not now. Not ever.

Chapter Five

I

Li sat in the large outer office, perched uncomfortably on the edge of a very low settee which had almost swallowed him when he first sat in it. A young secretary at a computer studiously ignored him, and a grey-uniformed security guard watched him with interest from the other side of a glass door. From the window, Li saw the sun, still low in the sky, reflecting on the side of a glass skyscraper and casting long shadows on the city streets twenty-three storeys below. He glanced at his watch for the umpteenth time. He had been kept waiting nearly half an hour.

It was another five minutes before the phone rang and the secretary waved him towards the door of the inner office. 'You can go in now.' Li stood up and tugged the wrinkles out of his best suit. He pulled uncomfortably at the knot of his tie. It felt as if it were strangling him. Li never wore a tie. He knocked tentatively on the door, and at the behest of a voice beyond it, stepped into the inner office.

It was a large office with a huge desk set in front of floor-to-ceiling windows which opened on to a spectacular view of the city looking west. Li could see, in sharp outline against the distant sky, the Tianshou mountains where, at midnight the night before, they had pulled the body of Xing Da from the ground. The walls were covered with photographs of security people in various uniforms and at various locations. To the right of the desk, male and female mannequins modelled the latest uniforms. The male wore a light-grey, short-sleeved shirt and trousers with a dark tie and beret. His epaulettes bore silver stars and bars. She wore a light-grey baseball cap, silver-braided and adorned with the badge of Beijing Security. Abnormally large breasts pushed out the folds of her short-sleeved blouse. She wore white gloves, a knee-length skirt and black boots.

Behind the desk, in a black leather executive chair that he wore like an oversized jacket, was a large man with sleek black hair brushed back from a brow like a cliff face. The wide smile that stretched his thick, pale lips, reduced sparkling eyes to gashes on either side of a broken nose. There was no doubting his genuine delight at seeing Li. He blew smoke into the air and said, 'How the hell are you…what is it they call you now…Chief? I've been looking forward to this ever since we got your letter.' He made no attempt to get up, just reclining himself further in his executive chair and waving Li to a rather modest seat on the other side of the desk. 'Have a seat, Li.'

Li stood for a moment, hesitating. It occurred to him that he could just turn around and walk out now. Save himself the humiliation. But somehow he knew that would just give Yi even more satisfaction. He sat down.

'Cigarette?' Yi held out a packet.

Li shook his head. 'I've given up.'

Yi dropped the pack on the desk. 'Why am I not surprised? You always were better than the rest of us. Stronger, smarter, faster. More will-power.' He grinned. 'So how are things at the Section?'

'They're good,' Li said.

Yi raised an eyebrow. 'So good that you want to pack it in and come work for Beijing Security?' He leaned forward, frowning. 'You know, I've been puzzling over that for days. You're a big name, Li. Cracked a lot of high profile cases. The youngest detective ever to make Section Chief.' He paused for dramatic effect. 'And you want to give it all up?'

'I have my reasons,' Li said.

'I'm sure you do. Just like I'm sure you had your reasons for kicking my ass out of the Section.'

'You were a bad cop, Yi. I don't like officers who're on the take.'

'You had no proof.'

'If I'd had proof you wouldn't be sitting here now. You'd be learning reform through labour. You should think yourself lucky.'

'Lucky?' His voice had raised its pitch, and his smile was a distant memory. 'That you fucked up my career in the police? That I spent six months unemployed? You know my wife left me? Took the kids?'

'Good for her.'

Yi glared at Li, both his fists clenched on the desk in front of him. Li half expected him to leap over it and attack him. And then suddenly Yi relaxed, and sat back again, the smile returning. 'But then I made my own luck,' he said. 'Got in on the ground floor here at Beijing Security.' It was a new joint venture between State and private enterprise to take over some of the security aspects of the old Public Security Bureaus. 'Rising to the very top.'

'Scum usually collects on the surface,' Li said. He had known from the moment he set eyes on Yi there would be no job for him here. Not that he could ever have brought himself to work for the man. It was all a question now of which of them would lose face. And Yi was holding all the cards in that particular contest.

Yi's smile didn't waver. He said, 'But I hold no grudges. After all, when someone of your experience and qualifications comes knocking, it would be a foolish man who would close the door on him without a second thought.' He stubbed out his cigarette and immediately lit another. 'Of course, you couldn't expect to start on the twenty-third floor. You'd have to begin at the bottom and work your way up. You ever wondered what it's like, Li, doing the night shift on the gate of some government building in the middle of December? I don't have to wonder. I know. And you know what, I believe it's an experience everyone should have. It prepares them better for management.' He cocked his head to one side and looked at Li appraisingly. 'You'd look good in uniform again.' And he flicked his head towards the mannequins. 'Pretty neat, huh?'

Li stood up. It was time to put an end to this. 'I think you're wasting my time, Yi.'

Yi tipped forward suddenly in his seat, the smile vanishing once again, eyes filled with hate. 'No,' he said. 'You're the one who's wasting *my* time. Soon as your application hit my desk I knew there was something weird about it. Why the hell would a man like you, at the peak of his career, suddenly throw it all away? So I made a few enquiries. Seems you finally got that pathologist bitch pregnant. And now you want to marry her?' Yi shook his head. 'And you thought for one minute that we might actually employ you? This is a security firm, Li. And a Chinese married to an American is a security risk. You're unemployable in this business.' And suddenly his face was wreathed in smiles. 'Goodbye.'

He closed the folder on his desk in front of him, picked up the phone and swivelled his chair so that he had his back to Li, looking out over the view of the city. 'Yeh, get me Central Services,' Li heard him saying.

Yi had played his cards, and there was no doubt that Li had lost. He stood for a moment, wrapped in his humiliation, then turned and walked out of the office.

II

'You're late. Again.' Margaret raised her eyes through her goggles and froze in mid-cut. She looked in astonishment at Li in his neatly pressed dark suit, white shirt and blue tie. Even if it was loosened at the neck, Li never wore a tie. 'You look like you've just come from a job interview,' she joked.

Li shifted uncomfortably and glanced at Sun who stood on the opposite side of the body from Margaret, wearing a green apron and a plastic shower cap. Sun's face was expressionless.

'I told you I had an important meeting this morning,' Li said.

'An appointment, you said,' Margaret corrected him. She had a habit of remembering things with great accuracy. 'A *mysterious* appointment that you wouldn't tell me anything about.'

'Have I missed anything?' Li asked, ignoring the barb.

'And still won't apparently,' Margaret muttered under her breath. She turned her attentions back to Xing Da. His body was just a shell now, ribs cut through and prised apart, the flesh of the chest and belly folded to either side of the central cut of the 'Y'. The organs had been removed, as well as the brain, the top of the skull lying in a dish next to the autopsy table. Xing's shaven scalp was folded down over his eyes and nose. 'He was a mess,' she said. 'Broken ribs, liver and spleen mashed, probably by the steering wheel. It seems he was driving. No seat belt, so there were severe head and facial injuries when he hit the windshield. You could almost choose from half a dozen different injuries as being the cause of death, although in fact it was none of them.'

'So what did kill him?' Li asked, intrigued.

'I have no idea. Yet. But I can tell you what didn't kill him.' Li waited, but she wanted him to ask.

'What didn't kill him?' he obliged.

'The car crash.'

Li frowned. 'What do you mean?'

'I mean he was dead before the car hit the lamppost. And since he was driving, and we all know that dead men can't drive, one has to wonder how the car came to be travelling at a hundred kilometers per hour down a Beijing Street at eleven o'clock at night.'

'How can you tell he was dead before the crash?'

'Detective Sun will tell you,' Margaret said airily. 'Since he was here on time, he's already had that described for him. Meantime, I'm going to prepare frozen sections of the heart for microscopic examination.' She disappeared across the autopsy room to where the organs had been breadloafed and spoke quickly to one of her assistants.

Li looked at Sun. 'Well?'

'Hey, Chief,' he said, 'my English isn't that great. I think I understood, but…' He shrugged.

Li said, 'Give it a try.'

With some distaste, Sun indicated Xing Da's superficial inju-ries, the contusions, abrasions and lacerations about his head and chest and stomach. 'Doctor Campbell says if this guy had been alive when he picked up all these injuries, they would look quite different. They should be kind of red, or purple, you know, like blood beneath the surface of the skin. Apparently you don't bleed too well if you're dead, so if you were dead when you got them, injuries like these would be kind of tough, golden, parchment-like.' Which they were. Sun took a deep breath. 'Same with the internal stuff. His liver was pretty much crushed. According to the Doc there should have been at least a couple of litres of blood as a result. There was virtually none.'

Li looked at the body of the athlete thoughtfully. If he was dead behind the wheel of the car before the crash, then it seemed improbable that the others in the car were still alive.

He turned as the assistants wheeled in the cryostat, a deep-freeze about the size of a washing machine for preparing frozen sections of organs for fast microscopic examination. Permanent paraffin sections took hours to prepare. Frozen sections took minutes. Li crossed to the other table and watched as Margaret prepared a section of heart tissue by pressing it into a metal chuck along with a glob of jelly-like support medium. He said, 'Why can't you tell what killed him?'

'Because I haven't finished examining all the evidence, Section Chief.'

'What about toxicology?'

'I've sent samples of urine, bile, heart blood, the contents of his stomach and a portion of his liver for analysis,' she said. 'We won't get the results until sometime tomorrow. And even that's pushing it.'

He nodded towards the samples she was preparing for the cry-ostat. 'Why are you doing microscopic sections of the heart?'

'Instinct,' she said. 'No matter what causes it, in the end we all die because our hearts stop. On the face of it, I can't find any reason why this particular subject's heart stopped. It was firm, the size you would expect. The epicardium was smooth and had the usual amount of epicardial fat. The musculature of both the left and right heart was red-brown, and grossly there were no areas of infarct or fibrosis. The endocardial surface had a normal appearance and there were no mural thrombi. The valves were thin and pliable and neither stenoic nor dilated. The coronary arteries had a normal distribution with little or no atherosclerotic disease. There were no thrombi, and the aorta was patent, without injury, and again showing minimal atherosclerosis.' She smiled at him, enjoying the opportunity to exercise her knowledge.

He gave her a look. 'All of which means…?'

'That I couldn't find anything wrong with it. There was no obvious reason why it stopped beating.'

She set her samples on a rack in the cold working area of the cryostat and pressed metal heat sinks against the face of the tissue, to flatten and to freeze it. Minutes later, the samples were ready. She transferred the first one, still in its chuck, to a special cutting area where she drew a wafer-thin blade across its surface. She touched the wisp-thin section of tissue on to a glass microscope slide and Li saw it melt instantly. She stained it with chemicals, and slipped the glass under her microscope to peer at it through the lens.

After a moment she straightened up, pressing both her hands into her lumber region and arching backwards. She appeared to be looking at Li, but he saw that her eyes were glazed. She was looking right through him at something that existed only in her mind.

'What is it?' he said.

Her focus returned, but all her flippancy was gone. 'I'm not sure I've seen anything quite like it in a healthy young male before,' she said, and she shook her head. 'In stimulant abusers, yes. Cocaine, methamphetamine, could do it. But I don't think this young man was into stimulants. Steroids, perhaps, although there's no evidence of that yet.'

Li said, 'He was urine-tested a week before he died.'

'And?'

'He was clean.'

Margaret nodded.

But Li couldn't contain his impatience any longer. 'So what did you see in the microscope?'

Margaret said, 'There are big coronary arteries on the surface of the heart that we all seem to manage to clog up as we age. It's the most common cause of what you might call a heart attack.' She paused. 'But there are also tiny arteries that run through the muscle of the heart. Microvasculature we call them. It's possible for these to thicken, but for the heart to still look normal, even when it's sectioned. It takes a microscopic section to reveal the problem.'

Li was unaccountably disappointed. This didn't sound like much of a revelation. 'And that's what Xing had?' Margaret nodded. 'So what clogged them?'

'The thing is,' she said, frustrated in her attempt to describe what she had seen, 'they're not really clogged *with* anything. It's like the smooth muscle that lines those tiny arterioles got hyper-trophied, thickened somehow. Effectively they closed themselves up and caused him to have a massive coronary.'

'What would make them do that?'

She shrugged, at a loss. 'I've no idea.'

Li was impatient. 'Come on, Margaret, you must have some thought about it.'

She tutted. 'Well, if you were to ask me to guess, and that's all it would be, I'd say it looked like they could—maybe—been attacked by some kind of virus.'

'If it was a virus, you'd be able to find it in his blood, wouldn't you?'

'Maybe.' She prevaricated again. 'The thing is, knowing what you're looking for. And if you don't know that there's even something there…'

Sun had followed Li over to the table, listening intently, concentrating hard on trying to understand everything. But the technical vocabulary had been beyond him. 'So how he die?' he asked Margaret.

'At this stage it's just a theory,' Margaret said. 'And if you quote me I'll deny it. But in layman's terms, it looks like he had a heart attack brought on—maybe—by a virus.'

Li's abortive interview at Beijing Security seemed a lifetime away now, of little importance, and no relevance. Instead his head was filled with a single, perplexing question. He gave it voice. 'Why would you take someone who had died of natural causes and try to make it appear they had been killed in a car crash?'

Margaret waggled a finger. 'I can't answer that one for you, Li Yan. But I have another question that we can answer very quickly.'

'Which is what?'

'Were our suicide-murder and our weightlifter also suffering from a thickening of the microvasculature?'

Li looked nonplussed. 'Were they?'

Margaret laughed. 'I don't know. We'll have to look, won't we?' She pushed her goggles back on her forehead. 'I prepared permanent paraffin sections of Sui Mingshan's heart for storage. I assume Doctor Wang will have done the same with Jia Jing's. Why don't you phone him and ask him to look at sections of Jia's heart under the microscope while I dig out the ones I prepared yesterday?'

When Li returned from telephoning Pau Jü Hutong, Margaret had dug out the slides the lab had prepared with the tissue reserved from the previous day's autopsy, and she was slipping the first one under the microscope. She set her eyes to the lens and adjusted the focus. After a moment she inclined her head and looked up at Li. 'Well, well,' she said. 'If someone hadn't taken our boy out and strung him up from a diving platform at Qinghua his heart would have seized up on him. Sooner rather than later. Same as our friend on the table. He had pronounced thickening of the microvasculature.'

There was nothing to discuss. The facts spoke for themselves, but made absolutely no sense. And Li was reluctant to start jumping to conclusions before they had heard from Doctor Wang. So Margaret had the results of the toxicology on Sui's samples sent up from the lab. By now they were used to preparing copies for her in English as well as Chinese. She had stripped off her gown and her apron, her gloves and her mask and had scrubbed her hands, although she would not feel clean until she had taken a shower. She sat on a desk in the pathologists' office and read through the results while Li and Sun watched in expectant silence. She shrugged. 'As I predicted, I think. Blood alcohol level almost zero-point-four percent. Apart from that, nothing unusual. And nothing that would suggest he had been taking steroids. At least, not in the last month. But I'll need to ask them to screen his blood again for viruses. Though, like I said, you really need to know what you're looking for.'

The phone rang, and Li nearly snatched the receiver from its cradle. It was Wang. He listened for almost two minutes without comment, and then thanked the doctor and hung up. He said, 'Jia also had marked thickening of the microvasculature. But Wang says it was still the narrowing of the main coronary artery that killed him.'

Margaret said, 'Yes, but the thickening of the arterioles would have done the job eventually, even if his artery hadn't burst on him.'

Li nodded. 'That's pretty much what Wang said. Oh, and toxicology also confirmed, no steroids.'

Sun had again been concentrating on following the English. And now he turned to Li and said, 'So if Jia Jing hadn't died of a heart attack, he would probably have turned up dead in an accident somewhere, or "committed suicide".'

Li nodded thoughtfully. 'Probably. And he'd probably have had that long pony tail of his shaved off.' He paused, frowning in consternation. 'But why?'

III

The briefing was short and to the point. The meeting room was filled with detectives and smoke. Nearly every officer in the section was there, and there were not enough chairs for them all. Some leaned against the wall sipping their green tea. Deputy Section Chief Tao Heng sat listening resentfully, nursing his grudges to keep them warm in this cold, crowded room.

Delivering the preliminary autopsy reports to the section helped Li clarify things in his own head, assembling facts in some kind of relevant order, creating that order out of what still felt like chaos.

'What is clear,' he told them, 'is that we have one murder, and at least three suspicious deaths. There is little doubt from the findings of the autopsy, that the swimmer Sui Mingshan did not commit suicide. He was murdered. Xing Da, who was driving the car in which the three athletes died, was dead before the car crashed. So the accident was staged. And although we don't have their bodies for confirmation, I think we have to assume that the other two were also dead prior to the crash. But what's bizarre is that Xing seems to have died from natural causes. Possibly a virus which attacked the microscopic arteries of the heart.'

He looked around the faces in the room, all clutching their preliminary reports and listening, rapt, as Li laid out the facts before them like the strange and incomprehensible pieces of a gruesome riddle. 'Stranger still is the fact that the swimmer Sui Mingshan, and the weightlifter Jia Jing, were suffering from exactly the same thing as Xing. Hypertrophy—thickening—of the microvasculature. Both would have died from it sooner or later if murder and fate had not intervened.'

He watched Wu pulling on a cigarette and he ached to suck a mouthful of smoke into his own lungs. He imagined how it would relieve his ache immediately and draw a veil of calm over his troubled mind. He forced the thought out of his head. 'But perhaps the strangest thing of all, is that each of them had had his head shaved. With the exception, of course, of Jia.'

Wu cut in. 'Could that be because he was the only one who really did die a natural death? I mean, sure, this clogging of the tiny arteries would have killed him in the end, but he died before anyone could mess with him.'

One of the other detectives said, 'But why was anybody messing with any of them anyway, if it was some virus that was killing them?'

'I'd have thought that was pretty fucking obvious,' Wu said. And immediately he caught Deputy Section Chief Tao's disapproving eye. He raised a hand. 'Sorry, boss. I know. Ten yuan. It's already in the box.'

'*What's* fucking obvious, Wu?' Li said. It was a deliberate slap in the face of his deputy. There was some stifled laughter around the room.

Wu grinned. 'Well, all these people had some kind of virus, right?'

'Maybe,' Li qualified.

'And obviously someone else didn't want anyone to know about it.'

'A conspiracy,' Li said.

'Sure.'

'And the shaven heads?'

Wu shrugged. 'Jia's head wasn't shaved.'

'You said yourself his death probably took your conspirators by surprise.'

Wu said, 'There's also the cyclist. We don't know that his head was shaved.'

'We don't know that he's involved at all,' Li said.

'Actually, I think we do, Chief.' This from Qian. All heads turned in his direction.

'What do you mean?' Li asked.

Qian said, 'I spoke to the doctor who signed the death certificate. He remembered quite distinctly that the deceased's head had been shaved. Recently, he thought. There were several nick marks on the scalp.' There was an extended period of silence around the room, before he added. 'And there's something else.' He waited.

'Well?' Deputy Tao said impatiently.

'The three "friends" who were with him when he fell into the pool? They've all gone back to Taiwan. So none of them are available for further questioning.'

'And that's it?' The deputy section chief was not impressed.

Qian glanced uncertainly at Li. 'Well, no…I've got a friend in the Taipei police…I flew the names by him.' And he added quickly, 'Quite unofficially.' Relations between Beijing and Taipei were particularly strained at the moment. There was no official co-operation between the respective police forces.

'Go on,' Li said.

'The three of them are known to the police there.' He paused. 'All suspected members, apparently, of a Hong Kong-based gang of Triads.'

More silence around the room. And then Li said, 'So somebody brought them over here to be witnesses to an "accident".'

'And got them out again pretty fucking fast,' Wu said. He screwed up his eyes as he realised what he had said, and his hand shot up. 'Sorry, boss. Another ten yuan.'

There was laughter around the room. But Li was not smiling. The more they knew, it seemed, the more dense the mist of obfuscation that surrounded this case became.

Deputy Section Chief Tao pursued Li down the corridor after the meeting. 'We need to talk, Chief,' he said.

'Not now.'

'It's important.'

Li stopped and turned and found the older man regarding him with a mixture of frustration and dislike. 'What is it?'

'Not something I think we should discuss in the corridor,' Tao said pointedly.

Li waved his hand dismissively. 'I don't have time just now. I have a lunch appointment.' And he turned and headed towards the stairs where Sun was waiting for him.

Tao stood and watched him go with a deep resentment burning in his heart.

IV

The Old Beijing Zhajiang Noodle King restaurant was on the south-west corner of Chongwenmenwai Dajie, above Tiantan Park and opposite the new Hong Zhou shopping mall, where you could buy just about any size of pearl you could imagine, and the smell of the sea was almost overpowering. Which was strange for a city so far from the ocean. The Zhajiang Noodle King was a traditional restaurant, serving traditional Beijing food, of which the noodle was indisputably king. Hence the name.

Li and Sun had picked up Sun's wife from the police apartments in Zhengyi Road en route to Tiantan, and as Li parked outside a cake shop in the alleyway next to the restaurant, they saw Margaret standing on the steps waiting for them. Her bike was chained with a group of others by the entrance to a shop opposite. Li saw the little piece of pink ribbon tied to the basket fluttering in the chill breeze and felt a momentary stab of anger. He had asked her repeatedly not to cycle again until after the baby was born, but she had insisted that she would be no different from any other Chinese woman, and took her bicycle everywhere. It was his baby, too, he had told her. And she had suggested that he try carrying it around in *his* belly on buses and underground trains, squeezed up against the masses. She was adamant that she was safer on her bike.

The introductions were made on the steps outside the restaurant. Wen's English was even poorer than Sun's. She was in her early twenties, a slight, pretty girl on whom the swelling of her baby seemed unnaturally large. She shook Margaret's hand coyly, unaccustomed to socialising with foreign devils. 'Verr pleased meet you,' she said, blushing. 'You call me by English name. Christina.' Margaret sighed inwardly. A lot of young Chinese girls liked to give themselves English names, as if it made them somehow more accessible, or more sophisticated. But it never came naturally to Margaret to use them. She preferred to stick to the Chinese, or avoid using the name at all.

'Hi,' she said, putting a face on it. 'I'm Margaret.'

With difficulty, Wen got her tongue part of the way around this strange, foreign name. 'Maggot,' she said.

Margaret flicked a glance in Li's direction and saw him smirking. She got *Maggot* a lot. Her inclination was always to point out that a maggot was a nasty little grub that liked to feed on dead flesh. But since this might leave her open to a smart retort from anyone with a good handle on English, she usually refrained. 'You can call me Maggie,' she said.

'Maggee,' Wen said and smiled, pleased with herself. And Margaret knew they were never going to be soul mates.

Inside, a maitre d' in a traditional Chinese jacket stood by a carving of an old man holding up a bird cage. '*Se wei!*' he hollered, and Margaret nearly jumped out of her skin. Almost immediately, from behind a large piece of ornately carved furniture that screened off the restaurant, came a chorus of voices returning the call. '*Se wei!*'

Margaret turned to Li, perplexed. 'What are they shouting at?' He had not brought her here before.

'*Se wei!*' Li repeated. 'Four guests.' The maitre d' called again and was answered once more by the chorus from the other side of the screen. He indicated that they should follow him. Li said, 'It is traditional to announce how many guests are coming into the restaurant. And every waiter will call to you, wanting you to go to his table.'

When they emerged from behind the screen, rows of square lacquered tables stretched out before them, to a wall covered in framed inscriptions and ancient wall hangings at the back, and a panoramic window opening on to the street on their left. White-jacketed chefs with tall white hats worked feverishly behind long counters preparing the food, while each table was attended by a young waiter wearing the traditional blue jacket with white turned-up cuffs, and a neatly folded white towel draped over his left shoulder. A cacophony of calls greeted the four guests, every waiter calling out, indicating that he would like to serve them at his table. As they were early, and most of the tables were not yet occupied, the noise was deafening.

Li led them to a table near the back and Sun and Wen looked around, wide-eyed. The Beijing Noodle King was a new experience for them, too. Margaret imagined that they probably had more experience of Burger King. 'Shall I order?' Li asked, and they nodded. Li took the menu and looked at it only briefly. He knew what was good. His Uncle Yifu had brought him here often while he was still a student at the University of Public Security.

The waiter scrawled their order in a pale blue notepad and hurried off to one of the long counters. A fresh chorus of calls greeted a party of six.

'So,' Wen said above the noise, and she patted her stomach, 'how long?'

'Me?' Margaret asked. Wen nodded. 'A month.'

Wen frowned. 'No possible. You too big.'

For a moment Margaret was perplexed, and then the light dawned. 'No, not one month pregnant. One month to go.'

Wen clearly did not understand, and Li explained. Then she smiled. 'Me, too. Another four week.'

Margaret smiled and nodded and wished she were somewhere else. 'What a coincidence,' she said, wondering how many pregnant women in a country of 1.2 billion people might be entering the last four weeks of their confinement.

Wen reached out across the table and put her hand over Margaret's. 'Girl? Boy?' And Margaret immediately felt guilty for being so superior.

'I don't know,' she said. 'I don't want to know.'

Wen's eyebrows shot up in astonishment. The ultrasound technology was easy. How could anyone not want to know? 'I got boy,' she said proudly.

'Good for you.' Margaret's cheeks were aching from her fixed smile. She turned it on Li, and he immediately saw it for the grimace it really was.

He said hastily to Wen in Chinese, 'Have you enrolled for your antenatal classes here yet?'

She shook her head, and glanced at Sun. 'No, I've been too busy unpacking.'

Sun grinned. 'I told you, we could open a shop with the amount of gear she's brought with her, Chief.'

Two beers and two glasses of water arrived at the table.

Li said to Wen in English, 'Maybe Margaret could take you to her antenatal class this afternoon.' He looked pointedly at Margaret. 'And you could get her enrolled.'

'Sure,' Margaret said. 'There's three classes a week, and a couple of extras I go to as well.' Once she got her there, she knew she could dump responsibility on to Jon Macken's wife, Yixuan, who could deal with her in Chinese. 'They encourage husbands to go, too.' And she returned Li's pointed look, the smile bringing an ache now to her jaw. 'Only, some of them never seem to have the time.' She turned to Sun. 'But you'll want to go, Detective Sun, won't you?'

Sun looked a little bemused. He came from a world where men and women led separate lives. He looked to Li for guidance. Li said, 'Sure he will. But not this afternoon. He's going to be too busy.'

'And I suppose that applies to his boss, too,' Margaret said.

'I'm picking up my father at the station. Remember?' Li said, and suddenly reality came flooding back. For two days Margaret had been able to return to her former self, focused on her work, on the minutest observation of medical evidence, a fulfilment of all her training and experience. And suddenly she was back in the role of expectant mother and bride-to-be. Li's father arrived today, her mother tomorrow. The betrothal meeting was the day after. The wedding next week. She groaned inwardly and felt as if her life were slipping back on to its course beyond her control.

The food arrived. Fried aubergine dumplings, mashed aubergine with sesame paste, sliced beef and tofu. And they picked at the dishes in the centre of the table with their chopsticks, lifting what they fancied on to their own plates to wash down with beer or water.

'I thought this was a noodle restaurant,' Margaret said.

'Patience,' Li said. 'All will be revealed.' And they ate in silence for several minutes, turning their heads towards the door each time a new group of guests arrived, and the chorus started all over again. The restaurant was beginning to fill up now.

Then Wen said to Margaret, 'You must have big apartment, Maggee, married to senior officer.'

Margaret shook her head. 'We're not married. Yet.' Wen was shocked, and Margaret realised that it was not something Sun had discussed with her. 'But we get married next week,' she added for clarification. 'And, yes, we will have a big apartment. I hope.'

Li was aware of Sun glancing in his direction, but he kept his eyes fixed on his food as he ate. And then the noodles arrived. Four steaming bowls on a tray, each one surrounded by six small dishes containing beanpaste sauce, cucumber, coriander, chopped radish, chickpeas and spring onions. Four waiters surrounded the holder of the tray, and called out the name of each dish as it was emptied over the noodles.

'This is one hell of a noisy restaurant,' Margaret said as she mixed her noodles with their added ingredients. She lifted the bowl and slurped some up with her chopsticks, adept now at the Chinese way of eating. 'But the food's damn good.'

When they finished eating, Li said to Margaret, 'Why don't you and Wen get a taxi up to the hospital. I'll take your bike in the back of the Jeep, and you can get a taxi home.'

'Will I ever see it again?' she asked.

'I'll bring it back tonight.'

'What about your father.'

Li smiled. 'He goes to bed early.' He paused. 'And your mother arrives tomorrow.'

'Don't remind me,' she said. But she had not missed his point. It would be their last chance to be alone together before the wedding.

Li asked for the check, and Wen and Margaret went to the ladies' room. Sun sat silently for a moment or two. Then he looked at Li. 'Chief?' Li glanced up from his purse. 'She doesn't know, does she?'

And all the light went out of Li's eyes. He supposed it was probably a common topic of conversation in the detectives' room. But nobody had ever raised it with him directly before. 'No,' he said. 'And I don't want her to.'

V

The crowded sidewalk was lined with winter-naked trees. Pedestrians wrapped in fleeces and quilted jackets stepped between them, in and out of the cycle lane, dodging bicycles and one another. A kind of semi-ordered chaos. On the street, motorists behaved as if they were still on foot, or on bicycles. Four lanes became six. Horns peeped and blared as vehicles switched non-existent lanes and inched through the afternoon gridlock. The voice of a bus conductress cut across the noise, insistent, hectoring, a constant accompaniment to the roar of the traffic.

The taxi had dropped Margaret and Wen on the corner, and they had to make their way back along Xianmen Dajie, Tweedledum and Tweedledee waddling side by side through the crowds, breath clouding in the freezing temperatures. To Margaret's surprise and bemusement, Wen had taken her hand. She felt as if she had stepped into a time-warp, a little girl again, walking to school hand in hand with her best friend. Except that she was in her thirties, this was Beijing, and she hardly knew the girl whose hand she was holding. Still, even if there was an awkwardness about it, there was also a comfort in it. And Wen was quite unselfconscious. She was babbling away in her broken English.

'Is verr exciting be in Beijing. I always dream be here. Everything so bi-ig.' She grinned. 'I really like. You like?'

'Sure,' Margaret said. Although she might not have admitted it, Beijing was probably as close to being home as anywhere she had ever lived.

'Chief Li, he verr nice man. You verr lucky.'

Margaret's smile was genuine. '*I* think so.'

Wen's face clouded a little. 'Verr lucky,' she repeated, almost as if to herself. Then she brightened again. 'You can have more than one baby, yes?'

'I guess,' Margaret said. 'If I wanted to. But I think one's probably more than enough.'

'You verr lucky. I can only have one baby. One Child Policy.'
Margaret nodded. 'Yes, I know.'

'Maybe we can trade, yes? You have one baby for me, I have many baby for you.' She grinned mischievously, and Margaret realised that maybe there was more to Wen than met the eye. Language was such a barrier. Without a grasp of its nuances and subtleties, it was nearly impossible to communicate your real self, or to fully grasp the true character and personality of others. And she wondered how she would ever have formed a relationship with Li if his English had not been as wonderfully good as it was. Even then, she had sometimes suspected, there were parts of each other they would never truly get to know.

As they passed the entrance of the two-storey administrative block of the First Teaching Hospital of Beijing Medical University, with its marble pillars and glass doors, a girl came down the steps towards them from where she had clearly been waiting for some time. Her gloved hands were tucked up under her arms to keep them warm, her eyes watering and her nose bright red. As she stepped in front of them to halt their progress, she stamped her feet to encourage the circulation.

Initially, Margaret had thought there was something familiar about the girl. But with the woolly hat pulled down over her forehead and the scarf around her neck there was not much of her to go on. It wasn't until she turned to glance behind her that Margaret saw the purple birthmark on her left cheek. 'Lili,' she said, the name coming back to her. Behind the tears of cold she saw quite clearly that there was fear in the girl's eyes.

'I told you, I need to talk to you, lady.'

'Aren't you supposed to be running today?'

'I already run in heats. First place. I get inside lane in final tomorrow.'

'Congratulations.' Margaret frowned. 'How did you know to find me here?'

Lili almost smiled and lowered her eyes towards Margaret's bump. 'I phone hospital to ask times of classes for antenatal.'

'And how did you know it was this hospital?'

'Best maternity hospital in Beijing for foreigner. I take chance. I need to talk.'

Margaret glanced at her watch, intrigued. 'I can give you a few minutes.'

'No.' The girl looked around suddenly, as if she thought someone might be watching. 'Not here. I come to your home. You give me address.'

For the first time, Margaret became wary. 'Not if you won't tell me what it is you want to talk to me about.'

'Please, lady. I can't say.' She glanced at Wen who was looking at her wide-eyed. 'Please, lady, please. You give me address.'

There was such pleading in her eyes that Margaret, although reluctant, could not resist. 'Hold on,' she said, and she fumbled in her purse for a dog-eared business card. It had her home address and number, as well as a note of a friend's number she had scribbled on it when she could find nothing else to write on. She crossed it through. 'Here.' She held it out and the girl took it, holding each corner between thumb and forefinger. 'When will you come?'

'I don't know. Tonight, maybe. You be in?'

'I'm in most nights.'

Lili tucked the card carefully in her pocket and wiped her watering eyes. 'Thank you, lady. Thank you,' she said. And she made a tiny bow and then pushed past them, disappearing quickly into the crowd.

Wen turned excitedly to Margaret. 'You know who that is? That Dai Lili. She verr famous Chinese runner.'

VI

Li sat on the wall outside the subway, watching crowds of travellers streaming out on to the concourse from the arrivals gate at Beijing Railway Station. Away to his left a giant television screen ran ads for everything from chocolate bars to washing machines. The invasive voice of a female announcer barked out departure and arrival times with the soporific sensitivity of a computer voice announcing imminent nuclear holocaust. No one was listening.

Li had butterflies in his stomach and his mouth was dry. He felt like a schoolboy waiting in the office of the head teacher, summoned to receive his punishment for some perceived misdemeanour. He had not set eyes on his father for nearly five years, a state of affairs for which, he knew, his father blamed him. Not without cause. For in all the years since Li had left his home in Sichuan Province to attend the University of Public Security in Beijing, he had returned on only a handful of occasions. And although he had been too young to be an active participant in the Cultural Revolution, Li felt that his father blamed him, somehow, for the death of his mother during that time of madness. A time which had also left his father in some way diminished. A lesser man than he had been. Robbed of hope and ambition. And love.

They had not spoken once since their brief encounter at the funeral of Li's Uncle Yifu, his father's brother. It had been a painful, sterile affair at a city crematorium, attended mostly by fellow police officers who had served under Yifu during his years as one of Beijing's top cops, or alongside him in the early days. Old friends had travelled all the way from Tibet, where Yifu had been sent by the Communists in the fifties when they had decided that this particular intellectual would be less of a danger to them serving as a police officer a long way from the Capital. They need not have worried, for Yifu's only desire had been to build a better and fairer China for its people. The same people who later abused him and threw him in prison for three years during the Cultural Revolution. An experience from which he had drawn only strength, where a lesser man might have been broken. Like his brother, Li's father.

Li saw his father emerging from the gates, dragging a small suitcase on wheels behind him. He was a sad, shuffling figure in a long, shabby duffel coat that hung open to reveal a baggy woollen jumper with a hole in it over a blue shirt, frayed at the collar. A striped cream and red scarf hung loosely around his neck, and trousers that appeared to be a couple of sizes too big for him gathered in folds around shoes that looked more like slippers. He wore a fur, fez-like hat pulled down over thinning grey hair. Li felt immediately ashamed. He looked like one of the beggars who haunted the streets around the foreign residents' compounds in embassy-land. And yet there was no need for it. He had an adequate pension from the university where he had lectured most of his adult life. He was well cared for in a home for senior citizens, and Li sent money every month.

Li made his way through the crowds to greet him with a heart like lead. When he got close up, his father seemed very small, as if he had shrunk, and Li had a sudden impulse to hug him. But it was an impulse he restrained, holding out his hand instead. His father looked at him with small black eyes that shone behind wisps of hair like fuse wire sprouting from the edge of sloping brows, and for a moment Li thought he would not shake his hand. Then a small, claw-like hand emerged from the sleeve of the duffel, spattered with the brown spots of age, and disappeared inside Li's. It was cold, and the skin felt like crêpe that might rip if you handled it too roughly.

'Hi, Dad,' Li said.

His father did not smile. 'Well, are you going to take my case?' he asked.

'Of course.' Li took the handle from him.

'You are a big man now, Li Yan,' his father said.

'I don't think I have grown since the last time you saw me.' He steered the old man towards the taxi rank where he had parked his Jeep, a police light still flashing on the roof.

'I mean, you are a big man in your job. Your sister told me. A Section Chief. You are young for such a position.'

'I remember once,' Li said, 'you told me that I should only ever be what I can, and never try to be what I cannot.'

His father said, 'The superior person fulfils his purpose and does not boast of his achievements.'

'I wasn't boasting, father,' Li said, stung.

'He who stands on the tips of his toes cannot be steady.'

Li sighed. There was no point in exchanging barbs of received Chinese wisdom with his father. The old man had probably forgotten more than Li ever knew. And yet the wisdom he imparted was always negative, unlike his brother, Yifu, who had only ever been positive.

Li put the case in the back of the Jeep and opened the passenger door to help his father in. But the old man pushed away his hand. 'I don't need your help,' he said. 'I have lived sixty-seven years without any help from you.' And he hauled himself with difficulty up into the passenger seat. Li banged the door shut and took a deep breath. He had known it would be difficult, but not this hard. A depression fell over him like fog.

They drove in silence from the station to Zhengyi Road. Li turned right and made a U-turn opposite the gates of the Beijing Municipal Government, crossing the island of park-land that split the road in two, and driving down past the Cuan Fu Shanghai restaurant where he and his father would probably take most of their meals. The armed guard at the back entrance to the Ministry of State and Public Security glanced in the window, saw Li, and waved them through.

Li pulled up outside his apartment block on their right, and he and his father rode up in the elevator together to the fourth floor. Still they had not spoken since getting into the Jeep.

The apartment was small. One bedroom, a living room, a tiny kitchen, a bathroom and a long, narrow hallway. Li would have to sleep on the settee while his father was there. He had borrowed blankets and extra pillows. He showed the old man to his room and left him there to unpack. He went to the refrigerator and took out a cold beer, popped the cap and moved through to the living room which opened on to a large, glassed terrace with views out over the tree-lined street below, and beyond the Ministry compound to the Supreme Court and the headquarters of the Beijing Municipal Police. He drained nearly half the bottle in one, long pull. He was not sure why his father had come for the wedding. Of course, it had been necessary to invite him, but such was the state of their relationship he had been surprised when the old man had written to say he would be there. Now he wished he had just stayed away.

Li turned at the sound of the door opening behind him. Divested of his coat and hat, his father seemed even smaller. His hair was very thin, wisps of it swept back over his shiny, speckled skull. He looked at the bottle in his son's hand. 'Are you not going to offer me a drink? I have come a long way.'

'Of course,' Li said. 'I'll show you where I keep the beer. You can help yourself any time.' He got another bottle from the refrigerator and opened it for his father, pouring the contents into a long glass.

They went back through to the living room, their awkwardness like a third presence. They sat down and drank in further silence until finally the old man said, 'So when do I get to meet her?'

'The day after tomorrow. At the betrothal meeting.'

'You will bring her here?'

'No, we're having the betrothal at a private room in a restaurant.'

His father looked at him, disapproval clear in his eyes. 'It is not traditional.'

'We're trying to make everything as traditional as we can, Dad. But my apartment is hardly big enough for everyone. Xiao Ling wanted to be there, and of course Xinxin.' Xiao Ling was Li's sister, Xinxin her daughter. Since her divorce from a farmer in Sichuan, Xiao Ling had taken Xinxin to live in an apartment in the south-east of Beijing, near where she had a job at the joint-venture factory which built the Beijing Jeep. Xiao Ling had always been closer to her father than Li, and maintained regular contact with him.

His father stared at him for a long time before slowly shaking his head. 'Why an American?' he asked. 'Are Chinese girls not good enough?'

'Of course,' Li said, restraining an impulse to tell his father that he was just being an old racist. 'But I never fell in love with one.'

'Love!' His father was dismissive, almost contemptuous.

'Didn't you love my mother?' Li asked.

'Of course.'

'Then you know how it feels to be in love with someone, to feel about them the way you've never felt about anyone else, to know them as well as you know yourself, and know that they know you that way, too.'

'I know how it feels to lose someone you feel that way about.' And the old man's eyes were lost in reflected light as they filled with tears.

'I lost her, too,' Li said.

And suddenly there was fire in his father's voice. 'You didn't know your mother. You were too young.'

'I needed my mother.'

'And I needed a son!' And there it was, the accusation that he had never put into words before. That he had been abandoned by his son, left to his fate while Li selfishly pursued a career in Beijing. In the traditional Chinese family, the son would have remained at the home of his parents and brought his new wife to live there too. There would always have been someone to look after the parents as they grew old. But Li had left home, and his sister had gone shortly after to live with the parents of her husband. Their father had been left on his own to brood upon the death, at the hands of Mao's Red Guards, of the woman he loved. And Li suspected he resented the fact that Li had shared an apartment in Beijing with Yifu, that Li had always been closer to his uncle than to his father. He fought against conflicting feelings of anger and guilt.

'You never lost your son,' Li said.

'Maybe I wish I'd never had one,' his father fired back, and Li felt his words like a physical blow. 'Your mother only incurred the wrath of the Red Guards because she wanted to protect you from their indoctrination, because she tried to take you out of that school where they were filling your head with their poison.' And now, finally, he had given voice to his deepest resentment of all. That if it wasn't for Li his mother might still be alive. That they would not have taken her away for "re-education", subjected her to the brutal and bloody struggle sessions where her stubborn resistance had led her persecutors finally to beat her to death. Just teenagers. 'And maybe my brother would still have been alive today if it hadn't been for the carelessness of my *son*!'

Li's tears were blinding him now. He had always known that some twisted logic had led his father to blame him for his mother's death. Although he had never felt any guilt for that. How could he? He had only been a child. His father's blame, he knew, had been cast in the white heat of the horrors he had himself faced in that terrible time, marched around the streets in a dunce's hat, pilloried, ridiculed and abused. Imprisoned, finally, and brutalised, both physically and mentally. Was it any wonder it had changed him, left him bitter, searching for reasons and finding only blame?

But to blame him for the death of his uncle? This was new and much more painful. He still saw the old man's eyes wide with fear and disbelief, frozen in the moment of death. And his father blaming him for it hurt more than anything else he might ever have blamed him for, because in his heart Li also blamed himself.

He stood up, determined that his father should not see his tears. But it was too late. They were already streaming down his face.

'I have to go,' he said. 'I have a murder inquiry.' And as he turned towards the door, he saw the bewildered look on his father's face, as if for the first time in his life it might have occurred to the old man that blame could not be dispensed with impunity, that other people hurt, too.

'Li Yan,' his father called after him, and Li heard the catch in his voice, but he didn't stop until he had closed the apartment door behind him, and he stood shaking and fighting to contain the howl of anguish that was struggling to escape from within.

VII

Margaret had waited up as long as she could. On TV she had watched a drama set in the countryside during the Cultural

Revolution. It was beautifully shot, and although she had not been able to understand a word of it, the misery it conveyed was still powerful. It had depressed her, and now her eyes were heavy and she knew she could stay up no longer.

As she undressed for bed, washed in the moonlight that poured in through her window, she saw her silhouette on the wall, bizarre with its great swelling beneath her breasts, and she ran her hands over the taut skin of it and wondered what kind of child she and Li were going to have. Would it look Chinese, would it be dark or fair, have brown eyes or blue? Would it have her fiery temper or Li's infuriating calm? She smiled to herself, and knew that however their genes had combined, it would be their child and she would love it.

The sheets of the bed were cool on her warm skin as she slipped in between them, disappointed that she was going to spend the night alone, that Li had not come as he had promised. She thought about Wen and her childish, smiling face, and that fraction of a second when it had clouded. *You verr lucky*, she had said of Margaret about Li, and Margaret wondered now if that moment of shadow had signalled that all was perhaps not entirely well between Wen and Sun. But it was no business of hers, and she had no desire to know. Her own life was complicated enough.

For once she had not been the only mother-to-be whose partner had failed to turn up. Sun, of course, was not there. But for the first time that Margaret could remember, Yixuan had been on her own as well. Jon Macken had not been with her.

Her thoughts were interrupted by the sound of a key in the lock, and her heart leapt. Li had come after all. She glanced at the clock. It was nearly eleven. Better late than never. But as soon as he opened the bedroom door she knew there was something wrong. He only said, 'Hi,' and she could not see his face, but somehow his voice in that one word had conveyed a world of unhappiness.

She knew better than to ask, and said simply, 'Come to bed.'

He undressed quickly and slipped in beside her. He had brought with him the cold of the night outside, and she wrapped her arms around him to share her warmth and banish the night. They lay folded around each other for a long time without saying anything. In the vertical world, outside of their bed, he always towered over her, dominant and strong. But here, lying side by side, she was his equal, or greater, and could lay his head on her shoulder and mother him as if he were a little boy. And tonight, she sensed that somehow that was what he needed more than anything. She spoke to him then, out of a need to say something. Something normal. Something that carried no weight to burden him.

'Jon Macken didn't turn up today at the antenatal class,' she said. 'First time since I've been going there.' Li didn't say anything, and she went on, 'Turned out his studio was broken into last night. You know, he's got some little shop unit down at Xidan. Secure, though. He had an alarm system and everything installed. So it must have been professionals.' Li grunted. The first sign of interest. She knew that work was always a good way to bring him out of himself. 'Anyway, the weird thing is, they didn't really take much. Trashed the place and took some prints or something, and that was it. He says the police were useless. Yixuan thinks they probably didn't care much about some "rich American" getting done over. Insurance would pick up the tab, and anyway shit happens, and it's probably better happening to an American than a Chinese.'

Li snorted now. 'That sounds like paranoia to me,' he said.

'Maybe it wouldn't seem that way if you were on the receiving end.'

'The receiving end of what? Does he speak Chinese?'

'No.'

'So he'd have trouble telling the cops exactly what had happened, or what he'd lost. And they'd have as much trouble telling him that there were nearly fifty thousand cases of theft in Beijing last year, and that they've as much chance of finding the perps as getting a Green Card in America.'

Margaret sighed. 'Does that mean you won't look into it for him?'

'What!'

'I told Yixuan you'd ask about it.'

'What the hell did you tell her that for?'

'Because she's my friend, and I'm your wife. Well, almost. And what's the point in being married to one of Beijing's top cops if you can't pull a few strings?'

His silence then surprised her. She had thought she was doing a good job of drawing him out. She had no idea that she had touched a raw nerve. So she was even more surprised when he said, 'I'll ask about it tomorrow.'

Finally she drew herself up on one elbow and said, 'What's wrong, Li Yan?'

'Nothing that a family transplant wouldn't cure.'

'Your father,' she said flatly.

'According to *Dad*, not only did I abandon him, but I was responsible for the death of my mother, as well as...' But he broke off, and couldn't bring himself to say it.

Margaret had always known that Li had a difficult relationship with his father. And God knew, she understood well enough. Her relationship with her own mother was less than ideal. But she felt a surge of anger at his father's cruelty. How could Li possibly be responsible for his mother's death. 'As well as what?' she asked softly.

'Yifu.'

She heard the way his throat had constricted and choked off his voice, and she wanted just to hold him for ever and take away all his pain. She knew how he felt about Yifu, how the guilt had consumed him in the years since his murder. *Why did they have to kill him?* he had asked her time and again. *It was my fight, not his.* What right did his father have to lay the blame for that on his son? What did he know about any of it anyway, what had happened and why? Margaret was dreading meeting him, dreading being unable to hold her tongue. Her record in the field of tactful silence was not a good one. She sought Li's lips in the darkness and kissed him. She felt the tears wet on his cheeks and said, 'Li Yan, it was not your fault.' But she knew she could never convince him. And so she held him tighter and willed her love to him through every point of contact between them.

He lay in her arms for what felt like an eternity. And then, 'I love you,' she said quietly.

'I know.' His voice whispered back to her in the dark.

She kissed his forehead and his eyes, and his cheeks and his jaw, and ran her hands across his chest and found his nipples with her teeth. It was their last night together before her mother would arrive tomorrow and invade her space like an alien. She wanted to make the most of it, to give herself to Li completely, to give him the chance to lose himself in her and for a short time, at least, leave his pain behind him. Her hands slid over the smooth contours of his belly, fingers running through the tangle of his pubic hair, finding him there growing as she held him. And then he was kissing her, running his hands over her breasts, inflaming sensitive nipples and sending tiny electric shocks through her body to that place between her legs where she wanted to draw him in and hold him for ever.

The knocking on the door crashed over their passion like a bucket of ice cold water. She sat up, heart pounding. The figures on the bedside clock told her it was midnight. 'Who the hell's that?'

Li said, 'Stay in bed. I'll go see.' He slipped out from between the sheets and pulled on his trousers and shirt. He left the bedroom as the knocking came again. At the end of the hall he unlatched the door and opened it to find himself looking into the face of a skinny girl with straggling shoulder-length hair. It was a pinched face, red with the cold, and she was hugging her quilted anorak to keep herself warm. She looked alarmed to find herself confronted by the tall, dishevelled, barefoot figure of Li.

'What do you want? Who are you looking for?' he demanded, knowing that she must be at the wrong door.

'No one,' she said in a tremulous voice. 'I'm sorry.' And she turned to hurry away towards the stairwell and retrace her steps down the eleven flights she must have climbed to get here, for the lift did not operate at this time of night. In the landing light, as she turned, Li saw that she had a large, unsightly purple patch on her left cheek. He closed the door and went back along the hall to the bedroom.

'Who was it?' Margaret asked. She was still sitting up.

'I don't know. Some girl. She must have got the wrong apartment, because she took off pretty fast when she saw me.'

Margaret's heart was pounding. 'Did she have a large purple birthmark on her face?'

Li was surprised. 'Yes,' he said. 'You know her?' He couldn't keep the incredulity from his voice.

Margaret had forgotten all about her. But in any case, could never have imagined that she would come at this time of night. 'Her name is Dai Lili. She is the athlete who said she wanted to speak to me last night at the stadium.'

Now Li was astonished. 'How in the name of the sky did she find out where you live?'

'I gave her my card.'

Now he was angry. 'Are you mad? When? Last night?'

'She tracked me down to the maternity hospital this afternoon. She was scared, Li Yan. She said she had to speak to me and asked if she could come here. What else could I say?'

Li cursed softly under his breath with the realisation that he had just been face to face with the only person in this case who was prepared to talk—if not to him. 'I could still catch her.'

Margaret watched anxiously as he pulled on his shoes and ran to the door. 'You need a coat,' she called after him. 'It's freezing out there.' The only response was the sound of the apartment door slamming shut behind him.

The cold in the stairwell was brutal. He stopped on the landing and listened. He could hear her footfall on the stairs several floors down. For a moment he considered calling, but feared that she might be spooked. So he started after her. Two steps at a time, until a sweat broke out cold on his forehead, and the tar from years of smoking kept the oxygen from reaching his blood.

Five floors down he stopped, and above the rasping of his breath could hear the rapid, panicked patter of her steps floating up to him on the cold, dank air. She had heard him, and was putting even more space between them.

By the time he got to the ground floor and pushed out through the glass doors he knew she was gone. In the wash of moonlight all he could see was the security guard huddled in his hut, cigarette smoke rising into the night. Even if he knew which way she had gone, he realised he could never catch her. She was a runner, after all, young, at the peak of her fitness. And he had too many years behind him of cigarettes and alcohol.

He stood gasping for a moment, perspiration turning to ice on his skin, before he turned, shivering, to face the long climb back to the eleventh floor.

Margaret was up and waiting for him, huddled in her dressing-gown, a kettle boiling to make green tea to warm him. She didn't need to ask. His face said it all. He took the mug of tea she offered and cupped it in his hands, and let her slip a blanket around his shoulders.

'What did she want to speak to you about?' he asked, finally.

Margaret shrugged. 'I don't know. And since it's unlikely she'll come back again, we probably never will.'

'I don't like you giving out your address like that to strangers,' Li said firmly.

But Margaret wasn't listening. She had a picture in her head of the girl's frightened rabbit's eyes at the stadium the night before, and the anxiety in her face when she spoke to her that afternoon. And she felt afraid for her.

Chapter Six

I

Li pulled up on the stretch of waste ground opposite the food market and walked back along Dongzhimen Beixiao Jie to Mei Yuan's stall on the corner.

He had slept like a log in Margaret's arms, but awakened early, enveloped still by the fog of depression his father had brought with him from Sichuan. And he had known he would have to return to his apartment before his father woke, to prepare him breakfast, and to shower and change for work. The night before, Li had taken him a carry-out meal from the restaurant below, but he had eaten hardly anything and gone to bed shortly after ten. As soon as Li had thought the old man was asleep, he had crept out and driven across the city to spend his last night with Margaret.

But when he returned this morning, the old man did not eat his breakfast either. He had accepted a mug of green tea and said simply to Li, 'You did not come home last night.'

Li had seen no reason to lie. 'No. I stayed over at Margaret's,' he had said, and before his father could reply, cut him off with, 'And don't tell me it's not traditional, or that you disapprove. Because, you know, I really don't care.'

The old man had been expressionless. 'I was going to say it is a pity I will not meet her before the betrothal.' He had waited for a response, but when Li could find nothing to say, added, 'Is it unreasonable for a man to want to meet the mother of his grandchild?'

It did not matter, apparently, what Li said or did, his father had a way of making him feel guilty. He had left him with a spare key and fled to the safety of his work.

Now, as he approached Mei Yuan's stall, to break his own fast with a *jian bing*, he thought for the first time of the riddle she had posed two days before. He had given it neither time nor consideration and felt guilty about that, too. He ran it quickly through in his mind. The woman had come to see the *I Ching* expert on his sixty-sixth birthday. He was born on the second of February nineteen twenty-five. So that would mean she came to see him on the second of February, nineteen ninety-one. He was going to create a number from that date, put her age at the end of it, and then reverse it. And that would be the special number he would remember her by. Okay, so the date would be 2-2-91. But what age was the woman? He ran back over in his mind what Mei Yuan had told him, but could not remember if she had said what age the girl was.

'I missed you yesterday.' Mei Yuan had seen him coming and had already poured the pancake mix on to the hotplate.

'I had a…' he hesitated. 'A meeting.'

'Ah,' she said. And Li knew immediately that she knew he was hiding something. He gave her a hug and quickly changed the subject.

'I am in the middle of a murder investigation.'

'Ah,' she said again.

'And my father arrived from Sichuan.' He was aware of her eyes flickering briefly away from her hotplate in his direction and then back again. She knew that relations between them were difficult.

'And how is he?'

'Oh,' Li said airily, 'much the same as usual. Nothing wrong with him that a touch of murder wouldn't cure.'

Mei Yuan smiled. 'I hope that's not the investigation you are conducting.'

'I wish,' Li said. 'It would be an easy one to break. Only one suspect, with both motive and opportunity.' Flippancy was an easy way to hide your emotions, but he knew she wasn't fooled.

She finished his *jian bing* and handed it to him wrapped in brown paper. She said, 'When the dark seeks to equal the light there is certain to be conflict.'

He met her eyes and felt as if she were looking right into his soul. And he was discomfited by it. Because he knew that all she could have seen there would be dark thoughts, resentment and guilt.

'You have read the teachings of Lao Tzu in the *Tao Te Ching*,' she said. It was not a question. She knew this because she had given him the book, the Taoist Bible—although Taoism was a philosophy rather than a religion. He nodded. 'Then you know that the Tao teaches, be good to people who are good. To those who are not good be also good. Thus goodness is achieved.'

Li bit into his *jian bing* and felt its soft, savoury hotness suffuse his mouth with its flavour. He said, 'You certainly achieved goodness with this, Mei Yuan.' He was not about to swap Taoist philosophy with her at eight o'clock in the morning.

She smiled at him with the indulgence of a mother. 'And did you achieve a solution to my riddle?'

'Ah,' he said, and filled his mouth with more *jian bing*.

Her black eyes twinkled. 'Why do I feel an excuse coming on?'

'I haven't had time,' he said lamely. 'And, anyway, I couldn't remember what age you said the young woman was.'

'I didn't.'

He frowned. 'You didn't?'

'It is the key, Li Yan. Find it, and you will open the door to enlightenment.'

'Is that also the philosophy of the Tao?'

'No, it is the philosophy of Mei Yuan.'

He laughed, and tossed some coins into her tin. 'I will see you tomorrow night,' he said.

As he turned to head back to the Jeep, she said, 'Your young friend came yesterday.' He stopped, and she drew a book out from her bag. 'He brought me this.'

It was a copy of the Scott Fitzgerald classic, *The Great Gatsby*. 'You haven't read it, have you?' Li asked.

'No,' Mei Yuan replied. 'But neither has anyone else.' She paused. 'He said his friend gave it to him to lend to me.' She ran her finger along the spine. 'But this is a brand new book, never opened.'

Li smiled. 'He means well.'

'Yes,' Mei Yuan said. 'But he lies too easily. Tell him if he wants to give me a book, I will be happy to accept it. But I would prefer his honesty.'

Li stopped at the door of the detectives' office. 'Where's Sun?'

'He's out, Chief,' Wu said.

Li glanced at the TV, which was flickering away in the corner with the sound turned down. 'And so is Deputy Section Chief Tao, I guess.'

Wu grinned and nodded. 'All the swimming finals this morning, the athletics this afternoon.'

'How are we doing?'

Wu shrugged. 'Could be better. They're ahead on points, but there's some big races still to come. Do you want me to keep you up to date?'

'I think I can live without it.' Li glanced over at Qian's desk. The detective was concentrating on typing up a report, two fingers stabbing clumsily at his computer keyboard. He had never quite got comfortable with the technology. 'Qian?' He looked up. 'I want you to look into a burglary for me. It's probably being handled by the local public security bureau. An American photographer called Jon Macken. He had a studio down on Xidan. It was broken into the night before last.'

Qian frowned. 'What interest do we have in it, Chief?'

Li said. 'None that I know of. Just take a look at it for me, would you?'

'Sure.'

He was about to go when Qian stopped him. 'Chief, I left a note on your desk.' He hesitated, and Li had the distinct impression that everyone in the room was listening, even though they appeared still to be working. 'Commissioner Hu Yisheng's office called. The Commissioner wants to see you straight away.' Several heads lifted to see his reaction. Now he knew they'd been listening. And why.

II

The noise of diggers and demolition resounded in the narrow Dong Jiaminxiang Lane. A couple of bicycle repair men sat huddled against the cold in the weak winter sunshine opposite the back entrance to the headquarters of the Beijing Municipal Police. The stone arch which had once led to the rear compound had been demolished, and the entrance was blocked by heavy machinery, a digger, a crane.

Li picked his way past them to the red-brick building which still housed the headquarters of the Criminal Investigation Department, although for how much longer he did not know. The building looked shabby, covered in the dust of demolition, windows smeared and opaque. Most of the sections had long since moved to other premises around the city, and the original CID HQ across the way—once the home of the American Citibank—was now a police museum.

Even in the outer office of the divisional head of CID, Li could hear the insistent rasp of a pneumatic drill and the revving of engines as machines moved earth and concrete in preparation for whatever new development was being planned. Commissioner Hu's secretary called him to let him know that Li was there, and after a moment he emerged from his office pulling on his jacket. He nodded toward Li. 'Section Chief.'

And then told his secretary, 'Can't think with all this goddamn noise. If anyone's looking for me, we'll be next door.'

They swung past the workmen crowding the old entrance, and Li followed the Commissioner up the steps of the museum, between tall columns, and through its high, arched entrance. Inside, they were confronted by an elaborately carved totem pole dedicated to the 'soul of the police', a bizarre-looking monument whose centrepiece was the crest of the Ministry of Public Security. But here, in this old marble building, the work of the demolition men outside was a distant rumble and there was a sense of peace.

'I used to have my office on the top floor,' the Commissioner said, and they climbed several floors, past exhibits which illustrated the history of the police and fire departments, gruesome murders and horrific fires. The top floor was a celebration of the modern force, mannequins modelling the new uniforms, an electronic shooting range where you could pit your wits against video baddies. But it was dominated by a huge curved stone wall, twenty feet high, carved with cubist-like representations of the features of policemen past. Eyes, noses, mouths, hands. This was the Martyrs' Wall, a monument to all the police officers of Beijing who had died on active duty since the creation of the People's Republic in 1949. There were strategically placed flowers to commemorate the dead, and a large book, on a glass dais, which named all of the fifty-nine officers who had so far gone to join their ancestors.

A group of uniformed policemen was being given an official tour, and a young female officer wearing a headset which amplified her voice across the top floor, was describing the history and purpose of the monument. When she saw the Commissioner, she cut short her speech, and the group moved discreetly away to try their luck on the electronic range. Li stood staring up at the wall. It was the first time he had visited the museum.

'Impressive, isn't it?' Commissioner Hu said.

Li looked at him. He was a short man with an impressively large head, and Li wondered if maybe he had modelled for some of the faces on the wall. His hair was greyer than the last time Li had seen him, and the first lines were beginning to etch themselves on an otherwise smooth face. 'Unusual,' Li said diplomatically.

'You know your uncle is listed among the Martyrs?'

Li was shocked. It was the first he had heard of it. 'But he did not die on active duty,' he said. 'He was retired.'

'He was murdered by the subject of an active investigation. And in light of his outstanding record as a police officer, it was decided that his name should be included in the roll of honour.'

Oddly, Li found this unexpectedly comforting. His uncle had not passed into the unsung annals of history, to be forgotten with the death of living memory. He had been given immortality of a kind, a place among heroes, which is what he had been.

The Commissioner was watching him closely. He said, 'There are two matters I want to discuss with you, Section Chief.' He glanced across the floor to make sure they would not be overheard, and lowered his voice. 'I received a call last night from the Procurator General regarding the official report into the death of the weightlifter, Jia Jing. It had been drawn to his attention that the report was not entirely accurate.' Li opened his mouth to speak, but the Commissioner held up a hand to stop him. 'His enquiries on the subject revealed this to be true. He also discovered that since you attended the incident you must have known this to be the case. And yet you signed off the report as being an accurate representation of events. The Procurator General is furious. And frankly, Section Chief, so am I.'

Li said, 'And who was it who drew the Procurator General's attention to this alleged inaccuracy?'

'I don't think that's the point.'

'I think it's very much the point.'

The Commissioner took Li firmly by the arm and steered him closer to the wall. His voice reduced itself to an angry hiss. 'Don't play games with me, Li. I think you know very well who it was. Loyalty is not something you inherit with the job. You have to earn it. And I am hearing that all is far from well between you and another senior member of your section.'

'If I'd been Section Chief at the time of his appointment, he would never have got the job.'

The Commissioner glared at him. 'Don't flatter yourself, Li. The decision would not have been yours to make.' He let go of Li's arm and took a deep breath. Although Li towered over him, he was still a solid and imposing figure in his black dress uniform, with its three shining silver stars on each lapel. 'Are you going to tell me why this report was doctored?' Even his use of the word 'doctored' rang a bell for Li.

Li said quietly, 'Perhaps you should ask the Minister, Commissioner.'

Hu narrowed his eyes. 'Are you telling me the Minister asked you to alter an official report?' Li nodded. 'And do you think for one minute he would admit to that?'

And Li saw for the first time just what kind of trouble he could be in. He said, 'One or two minor facts were omitted purely to save embarrassment for the people involved. That's all. Nothing that materially affected the case.'

'The fact that the Chinese weightlifting champion was screwing the wife of a senior member of BOCOG is hardly a minor omission, Section Chief.'

'The Minister—'

Hu cut him off. 'The Minister will not back you up or bail you out on this, Li. Take my word for it. In the current climate, he has far too much to lose. Everyone from the lowliest officer to the Minister himself must be seen to be beyond reproach. Don't forget that his former Vice-Minister was sentenced to death for his misdemeanours.'

Li protested, 'Li Jizhou took nearly half a million dollars in bribes from a gang of smugglers! Saving a few blushes over a marital indiscretion is hardly in the same league.' But he was kicking himself. He knew he should never have agreed to it.

The Commissioner glared at him angrily. 'You're a fool, Li. Fortunately, it's not too late to do something about it. Get the officer concerned to issue a full and accurate report, and we will redefine the current report as "interim" and withdraw it.'

Li knew there was no way around it. When the revised report found its way into circulation, scandal was inevitable. And given the high profile of Jia himself, there was a good chance it was going to find its way into the media as well. All he could think about were Jia's parents, the sad old couple he had encountered on the doorstep of their son's apartment. He said, 'The current investigation into the death of Jia and several other leading athletes looks like turning into a murder investigation, Commissioner.'

The Commissioner was clearly shocked. 'I thought he died of a heart attack.'

'He did. But in common with all the others, he was suffering from what we think was a virally induced heart condition that would certainly have killed him, if fate had not delivered the blow first. At least one of those others was murdered—the swimmer Sui Mingshan. And three others who supposedly died in a car accident were dead before the car crashed.'

The Commissioner looked at him thoughtfully. 'And your point is?'

'That Jia looks certain to become attached to a murder inquiry that is going to shake Chinese athletics to the core, Commissioner. Bad enough with the Beijing Olympics looming on the horizon. How much worse if there is a link between Jia and a high-ranking member of the Beijing Organising Committee of the Olympic Games?'

The Commissioner took a long moment to consider his point. At length he said, 'Take no action for the moment, Section Chief. I will speak to the Procurator General. And others. And I will let you know my decision.' He paused. 'But just don't think you've got away with anything. Do you understand?'

Li nodded and felt the scrutiny of the Commissioner's probing eyes trying to decipher what lay behind Li's consciously blank expression. 'You said *two* things, Commissioner.'

'What?'

'You wanted to speak to me about *two* things.'

'Ah…yes.' And for the first time Commissioner Hu avoided his eyes. 'It is a matter I had intended to raise with you this week anyway.'

'To tell me I had been allocated a married officer's apartment?'

Anger flashed quickly in Hu's eyes and he snapped, 'You know perfectly well there's no question of you getting an apartment!'

Li felt the resentment that had been simmering inside him for weeks now start bubbling to the surface. If the Commissioner thought Li was going to make this easy for him, he was mistaken. 'Really? That's the first time anybody has ever conveyed that particular piece of information to me. So I don't know how I would know it, perfectly well, or otherwise.'

For a moment he thought the Commissioner was going to strike him. 'You sonofabitch, you really are hell-bent on putting an end to your career, aren't you?'

'I wasn't aware I had much of a choice, Commissioner.'

'My office asked you several weeks ago,' the Commissioner said in a very controlled way, 'for information about your intention to marry the American pathologist, Margaret Campbell. That information has not been forthcoming.'

'That information,' Li replied evenly, 'was provided in full detail when I made my application for married accommodation. Nothing has changed.'

'So you're still intent on marrying her?'

'Next week.'

The Commissioner took a very deep breath and raised his eyes towards the faces gazing down on them from the Martyrs' Wall. 'You really are a fool, Li, aren't you? You *know* that it is Public Security policy that none of its officers may marry a foreign national.' He sighed his frustration. 'In the name of the sky, why do you have to marry her? We've turned a blind eye to your relationship up until now.'

'Because I love her, and she's carrying my baby. And I'm not going to creep around at night making clandestine visits to see my lover and my child. If marrying her is such a threat to national security, I'd have thought conducting an illicit affair was an even greater one. And if you're prepared to turn a blind eye to that, then aren't you just being hypocritical?'

The Commissioner shook his head in despair. 'I don't know what your uncle would have thought of you.'

'My uncle always told me to be true to myself. He used to say, the universe is ruled by letting things take their course. It cannot be ruled by interfering.'

'And there is nothing I can say that will change your mind?' Li shook his head. 'Then I will expect your resignation on my desk by next week.'

'No.'

The Commissioner looked at Li in astonishment. 'What do you mean, no?'

'I mean I am not going to resign, Commissioner. If you are going to insist on enforcing this policy, then you are going to have to remove me from my post.'

The Commissioner narrowed his eyes. 'You really are a stubborn...arrogant...bastard, Li.' His raised voice caused heads to turn in their direction from the shooting range. He quickly lowered it again. 'If you insist on following this course, then believe me, I *will* strip you of your commission and I *will* remove you from the force. You will lose your apartment, and your pension, all medical rights and rights to social security. And who will employ a disgraced former police officer?' He paused to let his words sink in. 'Have you really thought this through?'

Li stood rock still, keeping his emotions on a tight rein. In many ways he hadn't thought it through at all. His application for a position with Beijing Security had been a half-hearted attempt to face up to the realities of his situation. But, in truth, he had been burying his head in the sand and hoping that somehow it would all go away.

'For heaven's sake, Li, you are the youngest Section Chief in the history of the department. You are one of the most highly regarded police officers in China. What kind of woman is it who would ask a man to give all that up for the sake of a wedding ring?'

'Margaret hasn't asked me to give up anything,' Li said, quick to her defence.

'What do you mean? She must know what'll happen if you marry her.' Li said nothing, and the Commissioner's eyes widened. 'Are you telling me you haven't told her? That she doesn't know?'

Li blinked rapidly as he felt his eyes start to fill. 'She has no idea.' And for the first time he saw what looked like pity in the Commissioner's eyes.

'Then you're an even bigger fool than I thought,' he said with sad resignation. 'It is just a shame that your uncle is not here to talk some sense into your bone head.'

'If my uncle were here,' Li said stiffly, 'I am certain he would be appalled by his old department's lack of flexibility. He always said to me, if you cannot bend with the wind, then you will break.'

The Commissioner shook his head. 'Then it's a pity you didn't listen to him.' He snapped his hat firmly back on his head and nodded curtly. 'You can expect notice to clear your desk in a matter of days.' And he turned and walked briskly away towards the stairwell.

Li stood, a solitary figure, by the Martyrs' Wall and felt their eyes upon him. The dead were his only company, and he was not sure he had ever felt quite so alone.

Heads lifted in only semi-disguised curiosity as Li strode into the detectives' office. Tao was standing by Wu's desk reading through a sheaf of forensic reports, peering over the top of his thick-rimmed glasses. He glanced up as Li came in, and his hand fell away, lowering the papers he was holding beyond the range of his lenses. Li looked at him very directly. 'A word, please, Deputy Section Chief.' And he walked into Tao's office leaving his deputy to follow him in with every eye in the office on his back. Li closed the door behind them and turned to face Tao, his voice low and controlled. 'I've been fighting an urge to kick the living shit out of you all the way across town,' he said.

'That wouldn't be very smart.' Tao removed his glasses as if he thought Li might strike him yet. 'I would bring charges.'

Li said dangerously, 'You wouldn't be in a condition to do anything, Tao. They'd be feeding you with a spoon for the rest of your days.' Tao held his peace, and Li said, 'The only thing that stopped me was something my uncle taught me years ago. *If you are offended by a quality in your superiors, do not behave in such a manner to those below you. If you dislike a quality in those below you, do not reflect that quality to those who work over you. If something bothers you from the man at your heels, do not push at the one in front of you.*'

'Sound advice,' Tao said. 'Pity you didn't take it.'

Li glared at him for a long time. 'You went behind my back on the Jia Jing report.'

Tao shook his head. 'No,' he said. 'I tried to speak to you about it the other day, but you were "too busy".' His lips curled as he spat out the words. 'A lunch appointment, I think.' He hesitated, as if waiting for Li to say something.

'Go on.'

'I had a call from Procurator General Meng yesterday morning asking me to verify the details contained in Wu's report.'

'Why did he call you and not me?'

'I would have thought that since you had signed off the report and he was seeking verification, that was obvious.'

'So you told him I'd had it doctored.'

'No. I had Wu come into my office and tell me exactly what happened that night. I then passed that information on to the Procurator General as requested. I play things by the book, Section Chief Li. I always have. And the way things are these days, I would have thought even you might have seen the merit in doing the same.' His supercilious smile betrayed just how safe he thought he was, with Li's expulsion from the force only a matter of days away. It was clearly an open secret now.

Li gazed on him with undisguised loathing. He knew he had been wrong to interfere with Wu's report. He had ignored one of old Yifu's basic precepts. *If there is something that you don't want anyone to know about, don't do it.* There was no such thing as a secret. *A word whispered in the ear can be heard for miles,* he used to say. And Li had also, as Tao took such glee in pointing out, ignored Yifu's advice on treating others as you would wish them to treat you. And in the process had made an enemy of his deputy. It did not matter that he did not like the man. He had treated him badly, and that had come back to haunt him, like bad karma. What made it even worse, the salt in the wound, was the knowledge that Tao would probably succeed him as Section Chief. It was almost more than he could bear. 'Even if you feel that I am not owed your respect, Deputy Section Chief, my office most certainly is. You should have spoken to me before you spoke to the Procurator General.' Tao started to protest that he had tried, but Li held up a hand to stop him. This was hard enough to say without having to talk over him. 'And in the future, I will try to make a point of listening.'

Tao seemed taken aback, realising perhaps that his boss had come just about as close to an apology as he was ever likely to get. It fluttered between them like a white flag of truce, as uneasy as it was unexpected. He made a curt nod of acknowledgement, and Li turned and left his office, ignoring the curious eyes that followed him through the detectives' room to the door. As he walked down the corridor to his own office, he fought the temptation to feel sorry for himself. Next week they would take away the job he loved. But he was determined to crack this bizarre and puzzling case of the dead athletes before they did, to at least go out with his head held high. And to do that, he would need friends around him, not enemies.

III

Margaret's taxi dropped her on the upper ramp at Beijing Capital Airport, a bitter wind blowing dark cloud down from the north-west, the air filled with the sound of taut cables whipping against tall flagpoles. She entered the departure lounge and took an escalator down to the arrivals hall below. The large electronic board above the gate told her that her mother's flight was on time and she groaned inwardly. Any delay would have given her a brief reprieve. A few more moments of freedom before falling finally into the family trap that would hold her at least until after the wedding.

A sleazy-looking young man wearing a leather jacket with a fur collar sidled up. 'You want dollah?'

'No.' Margaret started walking away.

He followed her. 'You want RMB? I shanja marni.'

'No.'

'You want taxi? I get you good price.'

'I want peace. Go away.'

'Real good price. Only three hundred yuan.'

'Fuck off,' she breathed into his face, and he recoiled in surprise from this fair-haired foreign devil with the mad blue eyes.

'Okay, okay,' he said and scuttled off in search of someone more gullible.

Margaret sighed and tried to calm herself. But the imminent arrival of her mother was making her tense beyond her control. She had put off even thinking about it until the very last minute. Almost until she had gone in search of a taxi to take her to the airport. Although they had spoken on the telephone, they had not met face to face since Margaret's trip to Chicago for her father's funeral. And then, they had only fought. She had been her daddy's girl. He had given her hours of his time when she was a child, playing endless games, reading to her, taking her to the movies or out on the lake in the summer. By contrast, her earliest recollections of her mother were of a cold, distant woman who spent hardly any time with her. After Margaret's brother drowned in a summer accident, she had become even more withdrawn. And as Margaret grew older, her mother only ever seemed to pick fault with her. Margaret, apparently, was incapable of doing anything right.

The first passengers came through the gate in ones and twos, dragging cases or pushing trolleys. And then slowly it turned into a flood, and the concourse started filling up. Passengers headed for the counters of the Agricultural Bank of China to change money, or out to the rows of taxis waiting on the ramp outside. Margaret scoured the faces, watching nervously for her mother. Finally she saw her, pale and anxious amongst a sea of Chinese faces, tall, slim, lipstick freshly applied, her coiffured grey-streaked hair still immaculate, even after a fifteen-hour flight. She was wearing a dark green suit with a cream blouse and camel-hair coat slung over her shoulders, looking for all the world like a model in a clothes catalogue for the elderly. She had three large suitcases piled on a trolley.

Margaret hurried to intercept her. 'Mom,' she called and waved, and her mother turned as she approached. Margaret tipped her head towards the three cases. 'I thought you were only coming for a week.'

Her mother smiled coolly. 'Margaret,' she said, and they exchanged a perfunctory hug and peck on the cheek, before her mother cast a disapproving eye over the swelling that bulged beneath her smock. 'My God, look at you! I can't *believe* you went and got yourself pregnant to that Chinaman.'

Margaret said patiently. 'He's not a Chinaman, Mom. He's Chinese. And he's the man I love.'

Whatever went through her mother's mind, she thought better of expressing it. Instead, as Margaret steered her towards the exit, she said, 'It was a dreadful flight. Full of…Chinese.' She said the word as if it left a nasty taste in her mouth. Her mother thought of anyone who was not white, Anglo-Saxon, as being barely human. 'They ate and snorted and snored and sneezed through fifteen hours of hell,' she said. 'And the smell of garlic…You needn't think that I'll be a regular visitor.'

'Well, there's a blessing,' Margaret said, drawing a look from her. She smiled. 'Only kidding. Come on, let's get a taxi.'

At the rank, they were approached by another tout. 'You want taxi, lady?' he said.

'Yes,' said Margaret's mother.

'No,' said Margaret

'We do,' her mother protested.

'Not from him. It'll cost three times as much.' She steered her mother towards the queue. The wind whipped and tugged at their clothes, and destroyed in fifteen seconds the coiffure which had survived fifteen hours of air travel. Her mother slipped her arms into her coat and shivered. 'My God, Margaret, it's colder than Chicago!'

'Yes, Mom, and it's bigger and dirtier and noisier. Get used to it, because that's how it's going to be for the next week.'

A middle-aged man came and stood behind them in the queue. He was wheeling a small case. He smiled and nodded, and then very noisily howked a huge gob of phlegm into his mouth and spat it towards the ground. The wind caught it and whipped it away to slap against a square concrete pillar support-ing luminescent ads for satellite telephones.

Margaret's mother's eyes opened wide. 'Did you see that?' she said in a stage whisper.

Margaret sighed. It was going to be a long week. 'Welcome to China,' she said.

Margaret's mother stared in silence from the window of their taxi as they sped into the city on the freeway from the airport, and Margaret tried to imagine seeing it all again through new eyes. But even in the few years since Margaret's first trip, Beijing had changed nearly beyond recognition. New high-rise buildings were altering the skyline almost daily. The ubiquitous yellow 'bread' taxis had been banished overnight in a desperate attempt to reduce pollution. The number of bicycles was diminishing more or less in direct relation to the increase in the number of motor vehicles. At one time there had been at least twenty-one million bicycles in Beijing. God only knew how many vehicles there were now on the roads. Giant electronic advertising hord-ings blazed the same logos into the blustery afternoon as you might expect to find in any American city. McDonald's. Toyota. Sharp. Chrysler.

They hit the Third Ring Road, and started the long loop round to the south side of the city. 'I'd no idea it would be like this,' her mother said. She turned her head in astonishment at the sight of a young woman on the sidewalk wearing a miniskirt and thigh-length boots.

'What did you think it would be like?'

'I don't know. Like in the tourist brochures. Chinese lanterns, and curling roofs, and streets filled with people in blue Mao suits.'

'Well some of these things still survive,' Margaret said. 'But, really, Beijing is just a big modern city like you'd find anywhere in the States. Only bigger.'

It took nearly an hour to get to Margaret's apartment block on the north side of the campus. Margaret's mother cast a sharp eye over her surroundings—looking for fault, Margaret thought—while their taxi driver carried each of the heavy cases into the lobby, and stacked them in the elevator. There was no sign of the sullen operator. Just the debris of her cigarette ends on the floor and the stale smell of her cigarette smoke in the air.

The driver smiled and nodded and held the elevator door open for them to get in.

'*Xie-xie*,' Margaret said.

'Syeh-syeh? What does that mean?' her mother demanded.

'It means, thank you.'

'Well, aren't you going to give him a tip?'

'No, people don't give or expect tips in China.'

'Don't be ridiculous.' She waved her hand at the taxi driver. 'Don't go away.' And she fished in her purse for some money. She found a five dollar note and held it out.

The driver smiled, embarrassed, and shook his head, waving the note away.

'Go on, take it,' her mother insisted.

'Mom, he won't take it. It's considered demeaning to accept tips here. You're insulting him.'

'Oh, don't talk nonsense! Of course he wants the money. Or does he think our American dollars aren't good enough for him?' And she threw the note at him.

The taxi driver stepped back, shocked by the gesture, and stood watching as the note fluttered to the floor. The doors of the elevator slid shut.

Margaret was furious and embarrassed. 'That was an appalling thing to do.'

'Oh, don't be ridiculous, Margaret, as soon as those doors closed you can be sure he was pocketing that note quicker than you could say…syeh-syeh.'

'Oh, yes?' Margaret angrily stabbed the button with the outward pointing arrows and the doors slid open again. Beyond the glass at the far side of the lobby they saw the driver hurrying down the steps to his cab. The five dollar note lay untouched on the floor. Margaret turned to her mother. 'Don't ever do that again.'

◇◇◇

'I don't expect to be treated like that by my own daughter,' her mother said, as they got the three huge cases into the tiny hallway of Margaret's apartment. 'We've never gotten along well, you and I, Margaret. But you are my daughter. And at least I made the effort to be here. No matter how much I might disapprove, I have come halfway around the world to be at your wedding. I think I'm entitled to a little consideration in return.'

Margaret kept her teeth firmly clenched and closed the door behind them. 'Your bedroom's this way,' she said, leading her mother up the hall. For the first time, Mrs. Campbell stopped to take in her surroundings. She looked into the bedroom, whose double bed nearly filled the room. It was necessary to squeeze past an old wooden wardrobe to reach the small desk beneath the window which acted as a dressing-table.

'You *live* here?' Her mother was incredulous. She marched down the hall and cast an eye over the tiny kitchen before turning into the living room. A three-seater settee took up nearly half the room. There was one easy chair and there were two dining chairs next to a gate-leg table pushed up against the wall by the window. Margaret took most of her meals alone at the gate-leg, or off her knee in front of the twelve-inch television set. There was no disguising the horror on her mother's face. 'The whole apartment would fit into the sitting room at Oak Park.' She turned earnestly to her daughter. 'Margaret, what have you been reduced to in this God-forsaken country?'

'I'm perfectly happy here,' Margaret said, lying. 'I have everything I need. And, anyway, after the wedding Li and I will be moving into family accommodation provided by the police. They're big apartments.'

Her mother was struck by another horrifying thought. 'Margaret, you do have another bedroom here, don't you?'

'Nope. Just the one.'

'Well, I hope you're not expecting me to share a bed with you?'

'No, Mom, I'll be sleeping on the settee.'

Her mother looked at her. 'Is that wise? In your condition?'

'Maybe you'd like to sleep on the settee, then.'

'You know I couldn't do that, Margaret. Not with *my* back.'

And Margaret permitted herself a tiny, bitter smile. That fleeting moment of worry about her pregnant daughter sleeping on the settee was the extent of her mother's concern.

Another thought occurred to Mrs. Campbell. 'I hope you're not an early bedder,' she said. 'You know how I don't sleep so well. I like to sit up late watching television.'

'Mom, you can watch television as much as you like, but you do realise it's all Chinese?'

'What? Don't you have any American channels?'

'You're in China, Mom. People here speak Chinese. They don't watch American television.'

'I suppose the Communists wouldn't allow it.'

Margaret shook her head in despair. 'Nobody would understand it!'

It took nearly an hour for them to unpack and find places for all of her mother's clothes. And for the first time, Margaret realised just how limited her space really was. She could not imagine trying to cope in this apartment with a baby, and fervently hoped Li would be allocated their new home before the child was born. Her mother was clearly having doubts about whether she could last out until the wedding. 'Is it really a week till you get married?'

'Six days,' Margaret said. 'But we have the betrothal meeting tomorrow night.'

'What on earth is that?'

'It's kind of where Li Yan officially asks me to marry him. In front of both families.'

'You mean I'm going to have to meet his people tomorrow?'

'Just his father. His mother died in prison during the Cultural Revolution.' Mrs. Campbell looked shocked. Such things just didn't happen in the United States. 'But Li's sister and his niece will be there as well. We've rented a private room in a restaurant, and we'll have a traditional meal.'

Mrs. Campbell screwed up her face. 'Margaret, you know I don't like Chinese food.'

'They don't have Chinese food in China, Mom.'

Her mother frowned. 'Don't they?'

'No, they just call it food here.' And Margaret added quickly. 'Just eat what you can. Another traditional thing we're going to have, before the meal, is an exchange of gifts. Between the families.'

Mrs. Campbell was startled. 'But I haven't brought anything.' She wouldn't have liked anyone to think of her as mean. Particularly if they were Chinese.

'Don't worry, it's nothing too elaborate. We'll get what we need tomorrow.'

'Such as?'

'Well, an easy one is money. Just a token amount. Usually ninety-nine yuan, or even nine hundred and ninety-nine. Nine is a very lucky number in China, because it is three times three, and three is the luckiest number of all.'

'Hmmm-hmmm,' her mother said. 'And who is it who gives the money? Them or us?'

'Well, I think we should, since we're a little better off than they are.' She knew that would please her mother. Anything that underscored her sense of superiority. 'Other gifts are things like tea, dragon and phoenix cake, a pair of male and female poultry—'

'I have no intention of giving or receiving hens,' Mrs. Campbell said firmly, rising up on her dignity. 'They're dreadful, smelly creatures. And what would we do with them? You couldn't keep them here!'

Margaret couldn't contain her smile. 'People in the city don't exchange real poultry, Mom. Just symbols. Usually china ornaments, or paper cut-outs.'

'And what would we do with a picture of a hen?'

Margaret shook her head and pressed on. 'They also usually give candy and sugar, maybe some wine, or tobacco. But tea is the most important one. Because, traditionally, both families will want the couple to provide them with as many descendants as there are tea leaves.'

Mrs. Campbell cocked an eyebrow. 'That would be a little difficult in a country that only allows couples to have one child, would it not?'

And for a dreadful moment, Margaret saw and heard herself in her mother. The tone. The withering sarcasm. And she was not at all sure that she liked it. Like catching an unexpected glimpse of your own reflection, revealing an unflattering side of yourself you don't usually see.

Her mother went on, 'I'm not sure I approve of any of it.'

'What do you mean?'

'This…betrothal meeting, and God knows what the wedding itself will be like! Margaret, it all smacks to me of heathen ritual. You were brought up a good Christian, I don't know why you couldn't have had a simple church ceremony. But, then, I suppose these Communists are all atheists.'

She headed back down the hall to the living room. Margaret sighed and followed, and found her, hands on hips, looking around the tiny room and shaking her head. 'And if you think I'm going to spend the next six days sitting around in this pokey little place all day doing nothing, you're very much mistaken.' She delved into her purse and pulled out a brochure. Margaret recognised a photograph of the Gate of Heavenly Peace. 'My travel agent told me if there was one thing worth seeing while I was here, it was the Forbidden City. Of course, I saw it in the film, *The Last Emperor*, but it's quite another thing to see a place for yourself.' She glanced at her watch. 'And no time like the present.'

Margaret wished she had never even told her mother she was getting married. 'Aren't you tired, Mom? I mean, wouldn't you like a lie-down. It's the middle of the night back home.'

'If I sleep now, I'll never sleep tonight. And there's nothing like a bit of fresh air for keeping you awake.'

IV

Li had all the reports on his desk in front of him. Autopsy, forensic, toxicology. Reports from officers on every case under investigation. The official results, faxed to Section One that morning, of all the dope tests carried out on the dead athletes in the weeks and months before their deaths. He had read through everything. Twice. From the accounts of the 'witnesses' to the death of the cyclist, to Sun's accounts of their visits to the apartments of Sui Mingshan and Jia Jing. Still nothing made any sense to him. None of them, it seemed, had been taking drugs. The random urine tests, and the results from toxicology, bore each other out.

And why would anyone fake the deaths of people who had already died, apparently from natural causes? The odd thing here was that in the case of the three relay sprinters, none of them had even consulted a doctor in the recent past, so clearly they had no idea they were unwell. But where had they been when they died, prior to being bundled into their ill-fated car and sent speeding into a lamppost? And had they all died at the same time? Li found it baffling.

They had no evidence whatsoever that the cyclist had been the victim of foul play. But the witnesses to his 'accidental' death were, very conveniently, unavailable to them, and distinctly unreliable.

And he, too, had had his head shaved.

The shaving of the heads worried Li. He felt that somehow this had to be the key to the whole sordid mystery. Was it some kind of ritual? A punishment? And this mystery virus which would probably have killed them all. Where had it come from? How had they been infected? Who wanted to cover it up, and why? No matter how many times Li turned these things over in his mind, it brought him no nearer to enlightenment. There were so many blind alleys he might be tempted to turn into, wasting precious time and deflecting him from the truth. He was missing something, he was sure. Something simple, something obvious that he just wasn't seeing. Something that would make all the difference and maybe, just maybe, tip him in the right direction.

A knock on the door disturbed his thoughts. He called irritably, 'Come in.'

It was Qian. 'Sorry to disturb you, Chief. I got the information you asked for on the break-in at that photographer's studio.'

Li frowned, for a moment wondering what photographer Qian was talking about. And then he remembered. The American married to Margaret's Chinese friend at the antenatal classes. He almost told Qian to forget it, but he had taken it this far, he might as well hear him out now. He waved him into a seat. 'Anything interesting?'

Qian shrugged. 'Not really, Chief.' He sat down and opened a folder containing a one-page report from the investigating officers, and notes he had taken during a telephone conversation with the photographer himself. 'Just a break-in. The photographer's name is Jon Macken. An American. He's worked in Beijing for more than five years. Married to a local girl.'

'Yeh, yeh, I know all about that,' Li said impatiently. 'What did they take?'

'Well, that's the only strange thing about it, Chief. They didn't take anything. A roll of film. That was it.'

'Are we investigating petty robberies now?' Tao's voice startled them both. He was standing in the open doorway with an armful of folders.

Li said, 'I asked Qian to look into this one for me.'

Tao came in and laid the folders on Li's desk. 'For signing, when you have a moment,' he said. Then he glanced at the folder in Li's lap. 'What's our interest?'

'I don't know,' Li said. 'Maybe none. Why don't you draw up a chair, Deputy Section Chief, and listen in? Then we can decide together.'

Tao hesitated for a moment, but Li knew he would take up the offer. Curiosity, pride, and the fact that it was a first. Tao was hungry for Li's job, and here was a titbit to whet his appetite. He brought a chair to the desk and sat down at the window end of it. Neutral territory. Neither one side nor the other. Qian recapped for him.

'So why would someone go to the trouble of breaking into a studio with an alarm system just to steal a roll of film?' Li asked.

'It was a used roll,' Qian said. 'I mean, Macken had already taken a whole bunch of pictures with it and developed them.'

'So it was the negatives that were taken,' Tao said.

'That's right. They made a bit of a mess of the place, but that was all that he can find missing.'

'And what was on the film?' Li asked.

'Nothing of much interest,' Qian said. 'Macken's been commissioned to take pictures for a glossy brochure advertising a club that opened in town about six months ago. He'd been there on a recce the day before and taken a few pictures for reference. Just gash stuff. Nothing that you would think anyone would want to steal.'

'Well, that's something we'll never know,' said Tao, 'since he no longer has them.'

'Oh, but he has,' Qian said. 'Apparently he'd already taken a set of contact prints. He's still got those. He told me he'd looked at them all very carefully, but can't find a single reason why anyone would want to steal the negatives.'

'Maybe they didn't,' Tao said. 'I mean, not specifically. It might just be coincidence that it was those ones that were taken.'

'This place that he's been commissioned to photograph. What is it, a night club?' Li asked.

'No, nothing like that, Chief.' Qian's eyes widened. 'Actually, it sounds like a really amazing place. Macken told me all about it. It's some kind of investment club for the very rich.'

Li frowned. 'I don't understand.'

Qian said, 'It costs you a million yuan just to join, Chief. A million!' He repeated the word with a sense of awe, as if in rolling his tongue around it again he might actually be able to taste it. 'And that then entitles you to five million in credit.'

'Credit for what?' Tao asked.

'Investment. This place is plumbed into stock exchanges around the world. If you're a member you can buy and sell stocks and shares anywhere at the touch of a button. Macken says it's got about thirty private rooms with TV and lounge chairs, two restaurants, four conference rooms, a communications centre that feeds the latest stock market quotes on to every TV screen in the place. There's a sauna, swimming pool...you name it.'

'A high-class gambling den, in other words,' Tao said with a hint of disapproval.

Li was shaking his head in wonder. 'I had no idea places like that existed,' he said, and then he remembered Beijing Snow World, and thought that maybe he was more out of touch than he realised.

Qian shrugged. 'Like everything else, Chief. It's all change these days. It's hard to keep up.'

Tao stood up. 'Well, it doesn't sound like there's much there to interest us,' he said.

Li said, 'I agree. I think we'll leave it to the locals.'

Qian closed his folder and got to his feet. 'There was just one other thing,' he said. Li and Tao waited. 'Macken got the job because he and his wife are friends with the personal assistant of the club's Chief Executive. She recommended him.' He hesitated. 'Well, apparently, she's disappeared.'

Li scowled. 'What do you mean, disappeared?'

'Well, there's not necessarily anything sinister about it,' Qian said quickly. 'It's just, you know, she's a young girl, early twenties. Lives on her own and, well, nobody seems to know where she is. Macken says he can't raise her by phone, she's not at her work…'

'Oh, for heaven's sake,' Tao said dismissively. 'She could be anywhere. I mean, has anyone actually reported her missing—apart from Macken?'

Qian shook his head. Tao looked at Li, who shrugged. 'Pass it back to the bureau,' Li said. He had more important things on his mind.

V

Overhead lights reflected off the surface of polished marble on the floors and walls and pillars. At the top of the stairs, Margaret handed their tickets to a girl wearing trainers and an army greatcoat who turned timid, dark, inquisitive eyes to watch them descend to the platform below.

'I don't see why we couldn't have taken a taxi,' Mrs. Campbell said breathlessly.

'I told you, Mom, it would take twice as long. The subway'll get us there in ten minutes.'

'If only it hadn't taken us half an hour to get to the subway!'

In fact, it had taken twenty minutes to walk to the subway station at Muxidi, wind-chill reducing temperatures to minus twelve or worse. And her mother had complained every step of the way, tottering precariously on unsuitably high heels. Margaret had told her that the walk through the Forbidden City itself would take nearly an hour and that she needed sensible shoes. But her mother said she didn't have any. Margaret suspected it was more a case of keeping up appearances. Image had always been very important to Mrs. Campbell.

They had only a matter of minutes to wait on the nearly deserted platform before a train arrived that would take them east to Tiananmen Square. Mrs. Campbell endeavoured to recover both her composure and her coiffure. The train was half-empty, and they found seats easily. A hubbub of chatter in the compartment ceased as they came in, but the silence was not at first apparent because of the recorded announcement in Chinese and English informing them which station was next. In this case, Nanlishi Lu. Then there was the rattle of wheels on rails. Margaret became aware of her mother nudging her.

'What is it?'

'Everyone's staring at us.' It was her mother's stage whisper again.

Margaret glanced down the carriage and saw that nearly everyone was indeed watching them, in silent but unabashed curiosity. It was something Margaret had long since ceased to notice. But even today the sight of a westerner still drew stares of astonishment. Sometimes people would ask to touch Margaret's hair, and they would gaze, unblinking, into her eyes, amazed at their clear, blue colour. 'That's because we look so strange,' she said.

'*We* look strange?' Mrs. Campbell said indignantly.

'Yes,' Margaret said. 'We're a curiosity. A couple of bizarre-looking, round-eyed foreign devils.'

'Foreign devils!'

'*Yangguizi*. That's the word they have for us when they're not being too polite. Literally, foreign devils. And then there's *da bidze*. Big noses. You see, *you* might think the Chinese have got flat faces and slanted eyes. *They* think we've got prominent brows and gross features, and have more in common with Neanderthal Man. That's because they consider themselves to be a more highly evolved strain of the species.'

'Ridiculous,' Mrs. Campbell said, glaring at the Chinese faces turned in her direction.

'No more ridiculous than those white, Anglo-Saxon Americans who think they're somehow better than, say, the blacks or the Hispanics.'

'*I* don't!' her mother protested.

But Margaret was on a roll. 'You see, Mom, the lowliest Chinese peasant will look down his nose at the richest American, because he can look back on a civilisation that is thousands of years old. Their name for China translates as the Middle Kingdom. That's because to them, China is at the centre of everything on earth, and its inhabitants superior to those who live on the periphery. And that's you and me. So while you might like to look down on some people back home, here you are the one who is looked down on.'

This was clearly a revelation to Mrs. Campbell. She shifted uncomfortably in her seat. 'Ridiculous,' she said under her breath. But now she avoided meeting any of the eyes that were turned in her direction.

Margaret smiled to herself.

The wind almost blew them over as they emerged from the escalators at Tiananmen West, like the earth exhaling its frozen winter breath in a great blustering sigh. Margaret took her mother's arm and hurried her along the broad, paved sidewalk, past the white marble bridges that spanned the moat, to the Gate of Heavenly Peace, red flags whipping in the wind all around Mao's portrait. Mrs. Campbell, clutching her coat to her neck, turned and followed Mao's gaze south. She had seen pictures of the portrait and the gate many times on the news. It was the cliché TV reporters could never resist, delivering countless reports to camera with Mao and the gate behind them. 'Where's the square?' she said.

'You're looking at it.'

Mrs. Campbell's eyes widened. '*That's* the square?' She soaked it up. 'Margaret, it's *huge*.' In the dull haze of this windy, winter's afternoon, she could not even see its southern end. The History Museum to the east, and the Great Hall of the People to the west were on the very periphery of their vision.

Margaret said, 'We can walk across it afterwards.' And she steered her mother through the arched tunnel that took them under the Gate of Heavenly Peace and into the long concourse that led to the towering roofs of the Meridian Gate and the entrance to the Forbidden City itself. Through lines of gnarled cypress trees a constant procession of people walked the concourse in either direction, well-wrapped for warmth, although here the grey-slated buildings that lined the enclosure afforded a measure of protection from the wind. Elaborate stalls in the style of the ancient city sold tourist trinkets and hot drinks. Young girls dressed in the clothes of royal concubines posed with visitors to have their photographs taken. Tinny voices barked constant announcements through megaphones mounted on poles, disembodied voices whose anonymous owners were tucked out of sight.

A scruffy looking man approached them obliquely. 'You want seedy lom?'

Mrs. Campbell said, 'Sadie Lom? What's he talking about?'

'CD Rom,' Margaret elucidated, and turning to the tout said firmly, 'No.'

'How 'bout DVD? Hally Potallah. I got Hally Potallah.'

'Does my mother really look like someone who wants to watch a Harry Potter movie?' Margaret said. The tout looked confused. 'That's a no,' she added, and she whisked her mother quickly away. 'If anyone tries to sell you anything, just walk away,' she told her. 'Don't speak or meet their eye.'

She took her own advice several times as they then ran the gauntlet of touts trying to sell glossy guide books on the Forbidden City, only to arrive at the ticket office outside the Meridian Gate to find chains stretched between poles fencing it off, and a large sign in Chinese erected outside.

'You want buy book?' a voice at her elbow said.

She turned to the owner of the voice, an old peasant woman, and said, 'What does the sign say?'

'Close,' the old lady said.

'Closed?' Margaret was incredulous. 'It can't be.'

'Big work inside. They fix.'

'Renovation?'

The old lady nodded vigorously. 'Yeh, yeh, yeh. Renovation. You can still see. Buy book.'

'I don't believe it,' Margaret's mother said. 'What do I tell the folks back home? I went to China, and it was shut?'

Tiananmen Square was busy, perhaps because the Forbidden City was closed. But there were more people than usual strolling its vastness, in spite of the bitter wind that raked across it. The air was filled with kites that dipped and swooped in the wind, red faces turned upwards, gloved hands tugging on taut lines. Groups of peasants up from the country posed for photographs with the Gate of Heavenly Peace in the background, and the queues at Mao's mausoleum seemed longer than usual, pan-faced peasants standing patiently waiting to see the body of the man who had led their country through so many turbulent decades, lying preserved now in its glass case. Margaret's mother declined to join the line. She had had enough.

'I'm getting tired, Margaret. Perhaps we should go home.' Words Margaret was relieved to hear.

They went through the pedestrian subway and up the stairs to the north side of Chang'an Avenue where they could get the underground train home. As they emerged again into the icy blast, Mrs. Campbell, still tottering on her unsuitable heels, stumbled and fell with a shriek of alarm. Margaret tried to catch her, but her mother's arm somehow slipped through her fingers. She clattered on to the pavings and sprawled full length, all thoughts of trying to retain her dignity vanishing with the pain that shot through her leg from the knee which took the brunt of her weight.

Margaret crouched immediately beside her. 'Mom, are you okay?'

'I'm fine, I'm fine.' But there were tears smearing her mother's eyes, and as she turned to try to get up, Margaret saw the blood running down her shin from the gash on her knee. Her stocking was shredded.

'Don't try to move,' Margaret said. 'You're bleeding. I'll need to bandage it.'

As she fumbled in her purse searching for a clean handker-chief, Margaret became aware of a crowd gathering around them. The Chinese were inveterate busybodies. They always had to know what was going on, and to see for themselves. Once a crowd began to gather, like Topsy it just grew and grew. A woman picked up Mrs. Campbell's purse and handed it to her. Another knelt down and held her hand, gabbling away to her incomprehensibly. Margaret found a packet of antiseptic wipes and started cleaning the wound. It wasn't deep, a graze really, but her mother winced as the antiseptic stung. Someone offered her a piece of candy, but she waved it away. There were so many people around them now, they were cutting out most of the light. Margaret pulled out a hanky—she always kept a clean one for emergencies—and tied it around the knee to stop any further bleeding. 'It's okay, Mom, it's just a graze. You can try and get up now.' And she took her mother's arm to help her up.

There was an immediate gasp from the crowd, and several pairs of hands drew Margaret away. One woman issued a stream of rapid-fire Mandarin into her face. Margaret had the distinct impression she was being lectured for some misdemeanour, and then she realised that's exactly what was happening. She was pregnant. She should not even be attempting to help her mother up. The crowd was incensed.

To Mrs. Campbell's extreme embarrassment, she was lifted vertical by many hands and put back on her feet. Her leg buckled under her and she yelped in pain. But the crowd supported her. 'I can't put any weight on it,' she called to Margaret. Her distress was clear in the tears rolling down her cheeks.

'We'll need to get a taxi,' Margaret said, discomposed by the fact that she appeared to have lost all control of the situation.

A small man in blue cotton trousers bunched over dirty trainers, and an overcoat several sizes too large, raised his voice above those of the other onlookers and took charge of Margaret's mother. The crowd parted, like the Red Sea, and he led the elderly American lady through them, hobbling, to his trishaw which he had drawn up on to the sidewalk.

Mrs. Campbell's distress increased. 'Margaret, he's touching me,' she wailed. 'His hands are filthy, where's he taking me?'

Margaret hurried to take her elbow. 'Looks like you're getting your first ride in a trishaw, Mom.'

He eased her up on to the padded bench seat mounted over the rear axle of his tricycle. The flimsy cotton roof had flaps extended down the back and at each side creating an enclosure which afforded at least a little protection from the weather. Margaret climbed up beside her and told him their address.

The crowd was still gathered on the sidewalk, noisily debating events, and no doubt discussing whether or not Margaret should even be out of the house. Margaret smiled and waved her thanks. '*Xie-xie*,' she said, and the thirty or more people gathered there burst into spontaneous applause. The driver strained sinewy old legs to get the pedals turning, and they bumped down into the cycle lane heading west.

It was a long and arduous cycle, taking nearly forty minutes. Mrs. Campbell, pale and drawn, sat clutching her daughter's arm. Her face was smudged and tear-stained, her hair like a bird's nest blown from a tree in a storm. All dignity was gone, and her pride severely dented. The bleeding from her knee had stopped, but it was bruised and swelling. 'I should never have come,' she kept saying. 'I knew I shouldn't have come.' She shuddered. 'All those horrible people with their hands on me.'

'Those "horrible" people,' Margaret said angrily, 'had nothing but concern for your well-being. Do you think if you'd fallen like that on a Chicago street anyone would even have stopped to ask if you were all right? Someone would almost certainly have run off with your purse. And I can just see a taxi driver stopping to give you a lift home.'

'Oh, and I suppose your precious Chinese coolie is giving us a lift out of the goodness of his heart.' Mrs. Campbell was not far from further tears.

'He is not a *coolie*,' Margaret said, shocked, and lowering her voice. 'That's a terrible thing to say.'

When they finally reached the apartment block, the trishaw driver helped Mrs. Campbell out of the cab, waving aside Margaret's offer of help, and insisted on taking her mother into the elevator and up to the apartment. Only when he'd got her seated in the living room did his expression of serious concentration slip, and a wide smile split his face.

'Oh, my God,' Margaret's mother breathed. 'Look at his teeth!'

He had one solitary yellow peg pushing out his upper lip, and three on the bottom. Margaret was mortified and delved hurriedly into her purse to retrieve some yuan notes. 'How much?' she asked him. '*Duoshao?*' He grinned and shook his head and waved his hand. 'No, no, you must,' Margaret insisted, and tried to push five, ten yuan notes into his hand, but he just backed away. And Margaret knew that having once refused he could not change his mind without losing face, *mianzi*.

'*Zai jian*,' he said and started for the door.

Margaret caught his arm. 'You have a child?' she said.

He looked at her blankly and she looked around the room frantically for something to convey her meaning. There was a small framed photograph on the table of Li's niece, Xinxin. She grabbed it and pointed at Xinxin and then at the driver. 'You have a child?'

He frowned for a moment, perplexed, and then caught her drift. He nodded and grinned, then pointed to the photograph and shook his finger, before pointing it at himself.

'You have a son,' Margaret said. And she held up the folded notes and pushed them into his hand. 'For your son.' And she pointed again at the photograph of Xinxin and then at him.

Clearly he understood, for he hesitated a moment, uncertain if his pride would allow him to accept. In the end, he closed his hand around the notes and bowed solemnly. '*Xie-xie*,' he said.

When he had gone, Margaret went back into the living room and stood glaring at her mother, who by now was feeling very sorry for herself. 'You never even said thank you to him,' Margaret upbraided her.

'I don't speak the language.'

Margaret shook her head, fury building inside her. 'No, it's not that. The truth is, he doesn't count. Isn't that right? He's just some Chinese peasant with bad teeth.'

'And an eye for a fast buck. I saw he wasn't slow to take that wad of notes you pushed at him.'

Margaret raised her eyes to the heavens and took a deep breath. When she had controlled the impulse to strike the woman who had brought her into this world, she said, 'You know, there was a time when I first came here, that I saw Chinese faces as very strange, quite alien.' She paused. 'Now I don't even see them as Chinese. Maybe one day you'll feel that way too, and then you'll see them for what they are—just people. Just like us.'

Mrs. Campbell turned doleful eyes on her daughter. 'In the light of my experiences to date, Margaret, that seems highly unlikely.' And she let her head roll back on the settee and closed her eyes.

'Jesus!' Margaret hissed her frustration. 'I wish I'd never asked you to the wedding.'

Her mother opened eyes that brimmed with tears. 'I wish I'd never come!'

Chapter Seven

I

Li cycled up Chaoyangmen Nanxiaojie Street as the first light broke in a leaden sky. He had taken his father out for a meal the night before, and they had sat staring at each other in silence across the table as they ate. For all the hurt and misunderstanding that lay between them, they had nothing to say to each other. He had been tempted to call Margaret and suggest he drop by, but it was her first night with her mother and instinct had told him to stay well away. He would meet her soon enough at the betrothal. Instead he had gone to bed early, and risen early to be free of the atmosphere that his father had brought to the apartment. He wasn't sure when he would get away from the office tonight, so his sister had agreed to collect the old man from Li's apartment and take him to the Imperial Restaurant on Tiananmen Square where they had booked the room for the betrothal meeting. Li was dreading it.

The narrow street was busy with traffic and bicycles. Braziers flared and spat sparks on the sidewalk as hawkers cooked up breakfast in great stacks of bamboo steamers for workers on the early shift. Everyone wore hats today and more muffling. Although it was perhaps a degree or two milder, the air was raw with a stinging humidity that swept in on a north wind laden with the promise of snow.

It was too early for Mei Yuan to be peddling her *jian bing* on the corner of Dongzhimen Beixiaojie. Right now she would be among those hardy practitioners of *tai chi*, who would have gathered among the trees of Zhongshan Park as soon as it opened its gates. He would catch breakfast later.

Lights flooded out from the offices of Section One into the dark, tree-lined Beixinqiao Santiao, as Li wheeled his bike past the red gable of the vehicle pound and chained it to the railing at the side entrance. The first officers were arriving for the day shift as the night shift drifted home for something to eat and a few hours' sleep.

Wu was at his desk when Li popped his head around the door of the detectives' room. The television was on, and he was watching an early news bulletin. He jumped when Li spoke. 'Anything new overnight?'

'Oh, it's you, Chief.' He hurriedly turned the sound down on the television. 'We got beat in the swimming. And didn't do too well in the track and field either. We might just have pinched it, only the women's three thousand meters champion failed to turn up, and the Americans took it by half a lap.'

Li sighed. 'I was talking about the investigation, Wu.'

'Sorry, Chief. Nothing really. A lot of legwork and not much progress.'

The door of Tao's office opened, and Qian emerged from it clutching an armful of folders, juggling them to free a hand to switch out the light. 'Morning, Chief.'

'Qian. I thought it was a bit early for the Deputy Section Chief.' Qian grinned and dumped the folders on his desk.

Li was halfway up the corridor before Qian caught up with him. 'Chief,' he called after him, and Li stopped. 'It's probably nothing, but since you were interested in the break-in at that photographer's studio, I thought you might like to know.'

'What's that?' Li asked, his interest less than lukewarm. He continued on up the corridor. Qian followed.

'I got a call from the local bureau first thing to let me know. There was another break-in again last night. Only this time Macken was there and they gave him a bit of a going over.'

Li stopped. 'Is he alright?' He had a picture in his memory of Macken as a small, fragile man. It wouldn't take much to damage him.

'Just cuts and braises, I think. The thing is, Chief, it was something very specific they were after.' He paused, knowing he had Li's interest now.

'What?' Li said.

'The contact prints he made from the negatives they stole the night before.'

Li scowled. He was more than interested now. 'How the hell did they know he'd taken contact prints?'

Qian made a tiny shrug. 'That's what I wondered, Chief. I mean, outside of the local bureau, and the three of us, who even knew he'd made them?'

Li glanced at his watch and made an instant decision. 'Let's go see him.'

◇◇◇

Macken and Yixuan lived in a small two-bedroom apartment on the tenth floor of a new tower block development in Chaoyang District. Yixuan was not at home when they arrived, and Macken showed them into his study. It was a small, untidy room, walls stuck with prints that had been pasted there for reference. The Macintosh computer on his desk was almost submerged by drifts of papers and prints and stacks of books, mostly of or about photography. A bureau pushed against one wall was stuffed to overflowing with more paperwork and rolls of exposed film. Strips of negatives hung from a length of wire strung across the window.

''Scuse the mess, folks,' Macken said. 'I'm gonna have to get this goddamn place cleared out before the baby arrives. It's gonna be the nursery.' He pulled out a pack of cigarettes. 'You guys smoke?' He grinned shiftily. 'Only room she'll let me smoke in. And only when she's out. She says I've got to give up when the baby arrives. God knows why. I only smoke 'cos there's no other way to get filtered air in this goddamn city.'

Qian took one. Li declined, and Macken lit up. He had a bruise and swelling beneath his left eye, and a nasty graze on his forehead and cheek. Macken caught Li looking.

'They threatened to do a lot worse. And, hey, I'm no hero. So I gave 'em the contacts.'

Li said, 'Would you be able to describe them?'

'Sure, they were Chinese.' He shrugged and grinned. 'What can I tell you?' His smile faded. 'What I can't figure is how the hell they knew I had them.'

'Who else knew?' Li asked.

'Outside of me, Yixuan, and the officers from the bureau, no one. Except you guys, I guess.' He puffed on his cigarette. 'So when the officers from the bureau came the second time, I didn't tell them I still had a copy. I suppose it's safe enough to tell you.'

'You made two contact sheets?' Li said.

'No. After the negatives got taken the other night I scanned the contacts into the computer.' He searched about through the mess of papers on his desk and found a Zip disk. He held it up. 'Brought 'em home with me, too. Wanna take a look?'

Li nodded, and as Macken loaded the file into his computer, glanced at Qian. Qian's English was limited, and Macken's was quickfire and very colloquial. Li wondered how Qian had managed with him on the phone the other day. 'You following this?'

Qian shrugged. 'Just about.' And, as if he had read Li's mind, added, 'His wife translated for us yesterday.'

Macken brought the contact sheet on to his screen. Each photograph was tiny and difficult to interpret. 'I can blow 'em up, one by one,' he said. 'Quality's not great, but at least you can see 'em.' With the mouse, he drew a dotted line around the first picture, hit a key and the print filled the screen. It was very grainy, but clearly a shot of a swimming pool, stained glass windows along one side, mosaic walls at either end depicting scenes from ancient China. 'Can't figure why anyone would want to steal this shit,' he said. 'I mean, they're not even good pics. I just rattled 'em off for reference. You wanna see 'em all?'

Li nodded, and Macken took them through each of the prints, one by one. Shots of comfortable lounge seats arranged around giant TV screens, massage rooms with one to four beds, the sauna, the communications centre with young women wearing headsets sitting at banks of computers arranged in a pentagon around a central pillar. There was a restaurant, a tepinyaki room, a conference room. In a shot of the main entrance, light falling through twenty-foot windows on to polished marble, there were five figures emerging from a doorway. Three of them, in lounge suits, looked like management types, with expensive haircuts and prosperous faces. Li could nearly smell the aftershave. A fourth was a big man who wore a tracksuit and had long hair tied back in a ponytail. A fifth, unexpectedly, was white, European or American. He looked to be a man in his sixties, abundant silver hair smoothed back from a tanned face against which his neatly cropped silver beard was starkly contrasted. He looked paunchy and well fed, but unlike the others was dressed casually, in what looked like a corduroy jacket, slacks and old brown shoes. His white shirt was open at the neck.

Li asked him to hold that one on screen. 'Do you know who these people are?'

Macken said, 'The one on the left is the CEO. The bigwig. The other two suits, I dunno. Other management, I guess. They all look like clones, these people. The guy in the tracksuit is a personal trainer. They got a gym down the stairs, you'll see it in a minute. Members can ask the trainer to design workouts just for them. The guy in the beard, no idea.'

'Can you give me a printout of that one?'

'Sure. I can print them all off if you want.'

'That would be good.'

Macken resumed their journey through the remaining contacts. The gym was well equipped with every mechanical aid to muscle-building you could imagine, plus some. Macken cackled. 'Looks like the kind of place they might have put you in the Spanish Inquisition.'

There was a shot of the toilets, marble and mirrors in abundance. 'Goddamn john smelled like a flower shop,' Macken said. 'Gives the lie to that old joke about Chinese toilets. You know it?' Li shook his head. 'How long does it take to go to the toilet in China?' Li shrugged and Macken grinned. 'As long as you can hold your breath.' He laughed at his own wit. 'But that place is so goddamn clean you could eat your dinner off the floor.' Li was not amused.

They came to a picture of a large office with a checkerboard wall at one end opposite a huge horseshoe desk and a glass meeting table with five chairs around it. One wall was also completely glass, with an armed security guard standing self-consciously by the door. The room was filled with potted plants, and a young woman stood by the desk dressed all in black, flared trousers and a polo-neck sweater. Her hair was drawn back from an attractive, finely featured face with a slash of red lipstick. 'That's JoJo,' Macken said, and he turned to Qian. 'You know, the one I told you about yesterday.' Qian nodded.

Li said, 'The one you thought was missing.'

'I don't just think it,' Macken said. 'She *is* missing.' His flippancy deserted him, his twinkling expression replaced by a frown of genuine concern. 'After I spoke to you people yesterday I made a real effort to try and track her down. She's not at her work. I phoned several times and they said she hadn't been there for days. I've called her apartment about ten times. No answer. Her cellphone's been disconnected. Her emails get returned as undeliverable. I even got Yixuan to call her parents, but they haven't heard from her in weeks.' He half smiled. 'My reasons for wanting to find her ain't entirely altruistic. She set this job up for me, but I ain't signed a contract yet, and without a contract there ain't no money.'

'When did you take the pictures?' Li asked.

'Day before yesterday.'

'So she's only really been "missing" for two days.'

Macken thought about it and shrugged. 'I guess. Seems longer.'

'I am hoping that I can, perhaps, be of assistance to you,' Li said. And as he spoke, he noticed the large alcove beyond the desk. The priceless artefacts of which Macken had spoken were arranged on black shelves lining the three walls, each with its own spotlight. Plates, vases, daggers, tiny figurines. A baby grand piano sat in the centre of the space, beautifully carved, polished and lit in the cross-beams of the various spots.

Fan's dimples reappeared. 'I'm intrigued.'

'We are investigating a break-in at the studio of the photographer you commissioned to photograph the club for your publicity brochure.'

'Ah, yes. Mr. Macken. The American. Of course, the job has not exactly been promised to him. We still have to approve his submission.' Fan paused. 'A break-in?'

'Yes,' Li said. 'What's odd is that the only thing stolen was the negative of the film he shot here in your club.'

Fan looked suitably perplexed. 'Why would anyone want to steal that? Are you sure that's what they were after?'

'They came back the following night when they learned he had taken contact prints and demanded that he hand them over.'

Fan frowned. 'Well, I'm sure it's all very puzzling, but I don't really see what it has to do with us.'

'Perhaps nothing at all,' Li said. 'But it turned out that Macken had copied his contact prints into his computer. So fortunately he still had copies that we were able to look at.' He lifted a large envelope. 'In fact he was able to run off prints for us.'

'May I see?' Fan leaned across the desk, and Li handed him the envelope. He drew out the prints to look at them.

'It was while he was showing me them that Mr. Macken told me about the items you have on display here in your office, explaining that was why you have an armed guard on the door out there.' Li paused. 'That's when it occurred to me that the people who were after these prints may well have been in search of pictures of the interior of the club in preparation for a robbery.'

Fan glanced up at him. 'You think so?'

'It's possible, Mr. Fan. Just what kind of price would you put on your...' he nodded towards the alcove '...collection?'

'The insurance company valued it at around five million yuan, Section Chief. They would only insure it if we provided armed security. We're pretty well prepared for any eventuality. So I'm not too concerned about the possibility of a robbery.'

'That's reassuring to hear, Mr. Fan.' Li held out his hand for the photographs. 'But I thought it worth making you aware of what had happened.' Fan slipped the prints back in the envelope and handed them across the desk. 'I'll not waste any more of your time.' Li stood up. 'It's quite a place you have here. Do you have many members?'

'Oh, yes, we've done brisk business since we opened six months ago. However, it was a massive investment, you understand. Three years just to build the complex. Which is a long time to tie up nearly thirty million dollars of your capital. So we are always anxious to attract new members.'

'Hence the brochure.'

'Exactly. And, of course, the photographs will also be going on to our Internet site. So they're hardly a state secret.' Fan paused. 'Would you like a look around?'

'I'd be very interested,' Li said. 'As long as you are not viewing us as prospective clients. One membership would cost more than the combined year's earnings of my entire section.'

Fan smiled ingratiatingly, dimples pitting his cheeks. 'Of course. But, then, we do have special introductory rates for VIPs such as yourself. We already count several senior figures in the Beijing municipal administration among our members, as well as a number of elected representatives of the National People's Congress. We even have some members from the Central Committee of the CCP.'

Li bridled, although he tried hard not to show it. This sounded to his experienced ear like both a bribe and a threat. A cheap membership on offer, as well as a warning that Fan was not without serious influence in high places. Why on earth would he feel the need to make either? He said, 'Is membership exclusively for Chinese?'

'Not *exclusively*,' Fan said. 'Although, as it happens, all of our members are.'

'Oh?' Li pulled out the prints again and flipped through them until he found the photograph of the four Chinese and the Westerner. He held it up for Fan to see. 'Who's this, then?'

Fan squinted at the picture and shrugged. 'I don't know.'

'But that's you in the photograph, isn't it?'

'Yes.' He looked at the picture again. 'I think he was a friend of one of the members. They *are* allowed guests. But I can't remember who he was.' He held out his hand towards a door opposite his desk. 'If you'd like to follow me, gentlemen.'

The CEO led them into a private lounge, and then beyond a screen to double glass doors leading to the swimming pool they had seen in Macken's photographs. The coloured light from the stained-glass windows shimmered across the surface of the pool in a million fractured shards. The air was warm and humid and heavy with the scent of chlorine. 'One of the perks of the job,' Fan said. 'An en-suite pool. I can take a dip any time I like.'

He led them down a tiled staircase to the sauna below. In a large chamber, walls and floor lined with pink marble, they sat on a chaise longue to remove their shoes and slide their feet into soft-soled slippers. Another dark-suited flunky led them into a long corridor flanked by pillars. At intervals along each wall, the carved heads of mythical sea creatures spouted water into troughs of clear water filled with pebbles and carp. The sauna area was huge. The floors were laid with rush matting, and the walls lined by individual dressing-tables with mirrors and hair-driers for the more vain among the members. There were private changing rooms, and cane furniture with soft cream cushions. The sauna itself lay behind floor-to-ceiling glass walls, and steps led up to a bubbling plunge pool that swept around a central column. More water cascaded from a modern sculpture, and hidden lighting created a dramatic visual effect to accompany the sounds of rushing water.

'We're very proud of our sauna,' Fan said. 'It is a great favourite with our members.'

He took them through into the lobby which served the physiotherapy and massage rooms. A pretty girl in club uniform smiled at them from behind a reception desk. The rooms were as Li and Qian had seen them in Macken's photographs, low beds covered with white towels facing large TV screens. Li wondered what activities other than the buying and selling of international stock really took place in these rooms.

Upstairs, Fan took them through several conference rooms and into his own private entertainment area. Soft settees were set around low tables and a pull-down projection TV screen. There was a large, round banqueting table, and through an arch, the aural accompaniment to the food was provided in the form of a grand piano, with chairs and music stands set out for a string quartet.

'Although, essentially, the entertainment room is provided for the use of the CEO,' Fan said, 'it can also be hired out by members. As, of course, can the main dining room itself, as well as several smaller dining rooms. But the tepanyaki room is the most popular for private functions.' He led them down a corridor into a small oblong room where it was possible to seat eight around a huge rectangular hotplate where a Japanese chef would prepare the food as you waited.

Li had never seen such opulence. And it was hard to believe that while China's *nouveau riche* gambled their new-found wealth on the international exchanges, and sat here dining on exotic foods, or basking in the sauna, or swimming languidly from one end of the pool to the other, people a matter of streets away shared stinking communal toilets and counted their fen to pay for an extra piece of fruit at the market. He found it distasteful, almost obscene. A bubble of fantasy in a sea of grim reality.

They followed Fan back through a labyrinth of corridors to the main entrance hall. Fan looked back over his shoulder. 'Give you a taste for the good life, Section Chief?'

'I'm quite happy with my life the way it is, thank you, Mr. Fan,' Li said. He glanced at a plaque on the wall beside tall double doors. THE EVENT HALL, it read. 'What's an event hall?'

'Just what it says, Section Chief,' Fan said. 'A place where we hold major events. Concerts, ceremonies, seminars. I'd let you see it, but it's being refurbished at the moment.'

They stopped at the front door to shake hands, watched by staff standing to attention behind desks that lined the hall to left and right.

'I appreciate your visit and your concern, Section Chief, and in the light of what you have told me, I will consider asking for a review of our security.' He nodded towards the glass antiques room. 'We have exhibits in there worth several millions as well.'

Li was about to open the door when he paused. 'Oh, by the way,' he said, 'Mr. Macken seemed rather concerned about the whereabouts of your personal assistant, JoJo.'

Fan raised an eyebrow. 'Did he?' But he wasn't volunteering any information.

Li said, 'Perhaps we could have a word with her before we go?'

'Sadly, that's not possible, Section Chief. I fired her.'

'Oh? What for?'

Fan sighed. 'Inappropriate behaviour, I'm afraid. JoJo had one of our apartments upstairs. It went with the job. I discovered she was "entertaining" members up there after hours. Strict rule of the club. Staff are forbidden to fraternise with the membership.'

'Which means you threw her out of her apartment as well?'

'She was asked to leave immediately, and I put a stop on her cellphone account, which was also provided by the company.'

'Have you any idea where she went?'

'None at all. I do know she had a boyfriend in Shanghai at one time. Perhaps she's gone off there to lick her wounds.'

When they were out on the street again, Li turned to Qian. 'What do you think?' he asked.

Qian grinned. 'I think if he'd offered *me* a cut-price membership I'd have bitten his hand off.'

Li nodded thoughtfully. 'What I don't understand is why he made the offer at all. If he's got nothing to hide, he's got nothing to fear from me. So why try and buy me off?'

'You're getting paranoid in your old age, Chief. Just think of the kudos he'd get from having Beijing's top cop on his books.'

'Hmmm.' Li was thoughtful for a moment. Then he said, 'I think we've probably been wasting our time on this, Qian. Better get back to the section.'

III

As they parked outside Section One, the first flakes of snow fluttered on a wind with an edge like a razor. Tiny, dry flakes that disappeared as they hit the road. There were too few of them yet for there to be any danger of them lying. Moments earlier, as they had passed Mei Yuan's corner, Li had seen her stamping her feet to keep them warm. Business was slow, but Li had no time to eat and so they had not stopped.

On their way up the stairs they met Tao in the stairwell coming down and had a brief conference on the landing of the second floor. Li made an effort to be civil, and told him about the developments with Macken and their visit to the club.

'So you think someone's planning to rob the place?' Tao asked.

'It's a possibility,' Li said. 'I've warned them of it. But their security's pretty good, so I don't see that there's much else we can do.'

Tao nodded. 'I have a meeting with the administrator,' he said. 'I'll be back in about an hour.' He got a further half a dozen steps down the stairs before he stopped and called back, 'You have heard about the athlete who's gone missing?'

Li frowned. 'No.' And then he remembered Wu saying something about someone not turning up for a race.

'Chinese three thousand meters indoor champion,' Tao said. 'Failed to show up for her race last night. Now, apparently nobody can find her.'

A dozen detectives were gathered around the TV set in the detectives' room. A few faces turned towards the door as Li and Qian came in. Sun waved him over. 'Chief, this could be important.'

There was a news bulletin on air, reporting on the aftermath of the China–USA indoor athletics meeting, and the failure of the Chinese distance runner, Dai Lili, to turn up for her race the previous evening. She had been favourite to win the three thousand meters, and if she had that would have been enough to tip the overall points balance in China's favour. So there were a lot of unhappy people around this morning. And still no sign of Dai Lili. The American press had cottoned on to the fact that there was something strange going on, and given Beijing's promise of free and open reporting during the Olympic Games, the authorities were reluctant to clamp down too hard on the foreign media. There was live coverage of a veritable media scrum outside the Capital Indoor Stadium, with both foreign and domestic journalists pressing for an official statement. In the background Li could hear an American reporter speaking to camera. '*The failure of Chinese champion Dai Lili to turn up for the event, comes on top of a disastrous month for Chinese athletics in which up to six of the country's top athletes have died in unusual circumstances…*' So the genie was out of the bottle. And there would be no way now to get it back in.

Wu was saying, 'She lives on her own in an apartment on the north side, Chief, but apparently there's nobody home. Her parents say they don't know where she is either. And given our current investigation, I figured maybe it was worth following up.'

Li nodded. 'What do we know about her?'

'Not much yet,' Sun said. An image of her face flashing on to the screen caught his eye. 'That's her.'

Li looked at the face and felt the skin prickling all over his head. He had seen her for only a few moments in poor lighting on the landing of Margaret's apartment, but the birthmark was unmistakable. She had wanted to speak to Margaret. Margaret had given the girl her address, and she had already turned up there once. Given the fate met by six of her fellow athletes, it was all just too close to home for comfort.

He said to Sun, 'Get your coat. We're going to the stadium.'

Li and Sun had to elbow their way through the crowds of reporters and cameramen gathered outside the official entrance to the stadium, bigger flakes of snow falling now with greater regularity. The mood of the media was more subdued than Li had seen earlier on television, the cold sapping energy and enthusiasm. Hostile eyes followed the two detectives to the door, where Li rapped on the glass and showed his ID to an armed guard inside.

Supervisor of Coaching Cai Xin was not pleased to see them. 'I have better things to do with my time, Section Chief, than to waste it on fruitless police interviews.' His mood had hardly been improved by defeat.

Li said evenly, 'I can arrange, Supervisor Cai, to have you taken to Section Six for interrogation by professionals if you'd prefer.'

Which stopped Cai in his tracks. He looked at Li appraisingly, wondering if this was a hollow threat. Cai was a man not without influence after all. 'I don't see what possible interest the police could have in any of this,' he said.

'We have six dead athletes,' Li said. 'And now a seventh has gone missing. So don't fuck with me, Cai. Where can we talk?'

Cai took a deep breath and led them to his private room, trackside, where he had spoken to Li and Margaret three nights earlier. The colour had drained from his face, a mix of anger and fear. 'I could have you reported, Section Chief, for speaking to me like that,' he hissed, and he glanced at Sun.

Sun shrugged. 'Seemed perfectly civil to me, Supervisor Cai,' he said, and Cai saw that there would be little point in pursuing his indignation. Better just to get this over with.

'What do you want to know?' he said curtly.

'Who told the media about the dead athletes?' Li asked.

'I've no idea. But when six of your best Olympic prospects fail to turn up for a major international event, then questions are going to be asked. And some of those deaths are hardly secret. The car crash which all but wiped out my relay team was reported in the *China Daily* last month.'

'Why didn't Dai Lili turn up last night?'

'You tell me? She seemed very cosy with your American friend.'

Li sensed Sun turning to look at him. But he kept his focus on Cai. 'What makes you think that?'

'I saw them talking out there in the lobby the other night.'

'After you'd given your athletes strict instructions not to speak to either of us,' Li said, and Cai immediately flushed.

'I don't know anything about that,' he said.

'Yeh, sure,' Li said. 'And I suppose you never asked her what it was she was speaking to Doctor Campbell about.'

'No, I didn't.'

'Wouldn't she tell you? Was that the problem? Did you fall out over it? Is that why she failed to turn up?'

'This is preposterous!'

'Is it? She was very keen to speak to Doctor Campbell about something. Something she never got the chance to do, because she ran off scared when she saw you. I don't suppose you'd know what it was she wanted so urgently to tell her?'

'No, I wouldn't. And I resent being questioned like this, Section Chief. I resent your tone and I resent your attitude.'

'Well, you know what, Supervisor Cai? You probably don't know it, but my investigation into your dead athletes has turned into a murder inquiry. And there's a young girl out there some-where who could be in very grave danger. For all I know, she might be dead already. So I don't particularly care if you don't like my tone. Because right now yours is the only name on a suspect list of one.'

Cai blanched. 'You're not serious.'

'You'll find out just how serious I am, Supervisor Cai, if I don't get your full co-operation. I want her home address, her parents' address, her telephone number, her cellphone number, her email address, and any other information that you have on her. And I want it now.'

As they crossed the bridge over the river beyond the stadium, Sun breathed in the lingering scent of the sewer and his face wrinkled in disgust. He blew out his cheeks and hurried to the other side. He turned as Li caught him up. 'You were a bit hard on him, Chief,' he said. 'You don't really consider him a suspect, do you?'

'Right now,' Li said, 'he's the best we've got. He's the only common factor. He was known to all of the victims. He's hostile and defensive, and he has a very dodgy track record on the subject of doping. He gave his athletes instructions not to talk to me the other night, and then saw Dai Lili speaking to Margaret. Suddenly Dai Lili goes missing. Big coincidence.'

'What *did* she want to speak to Doctor Campbell about?'

Li shook his head in frustration. 'I wish I knew.'

IV

Dai Lili's parents lived in a crumbling *siheyuan* courtyard in a quarter of the city just west of Qianmen and south of the old city wall which had protected the imperial family and their courtesans from the vulgar masses that thronged outside the gates of the ancient capital. In the days before the Communists, the streets here were full of clubs and restaurants and gambling dens. It was a dangerous place to venture alone in the dark. Now Qianmen was a vibrant shopping area, filled with boutiques and department stores, fast food shops and upscale restaurants.

Li inched his Jeep through the afternoon traffic on Qianmen's southern loop, past sidewalks crowded with shoppers buying long johns and Afghan hats. A young woman dressed as Santa Claus stood in a doorway hailing passers-by with a loudspeaker, urging them to buy their loved ones jewellery this Christmas.

They took a left into Xidamochang Street, little more than an alleyway lined with barber shops and tiny restaurants where proprietors were already steaming dumplings for that night's dinner, dumplings that were particularly delicious if allowed to go cold, and then deep fried in a wok and dipped in soy sauce. They narrowly missed knocking down a haughty girl in a full-length hooded white coat who refused to deviate from her path. Cyclists wobbled and criss-crossed around them, collars pulled up against the snow that was driving in hard now on the north wind.

About three hundred meters down, they parked up and went in search of number thirty-three. Bamboo bird cages hung on hooks outside narrow closes, birds shrilling and squawking, feathers fluffed up against the cold. Outside number thirty-three, a young man in a fawn anorak was throwing a ceramic bead into the air for a grey and black bird which would return to land on his outstretched left hand for a piece of corn as a reward for catching it.

The entrance to the home of Dai Lili's parents was through a small red doorway in a grey brick wall. The carcasses of several bikes lay around outside, cannibalised for their parts. A narrow close led over uneven slabs into a shambolic courtyard stacked with the detritus of half a century of people's lives, overspill from homes barely big enough for their occupants. Nothing, apparently, was ever thrown away. Li asked an old woman with bow legs and a purple body warmer over an old Mao suit where he could find the Dai family, and she pointed him to an open doorway with a curtain hanging in it. Li pulled the curtain aside and smelled the sour stench of stale cooking and body odour. 'Hello? Anybody home?' he called.

A young man emerged from the gloom, scowling and aggressive. 'What do you want?' His white tee-shirt was stretched over a well-sculptured body, and there was a tattoo of a snake wound around his right arm, its head and forked tongue etched into the back of his right hand.

'Police,' Li said. 'We're looking for the parents of Dai Lili.'

The young man regarded them sullenly for a moment then nodded for them to follow him in. He flicked aside another curtain and led them into a tiny room with a large bed, a two-seater settee and a huge television on an old dresser. A man in his fifties sat smoking, huddled in a padded jacket, watching the TV. A woman was squatting on the bed, dozens of photographs spread out on the quilt in front of her. 'Police,' the boy said, and then stood in the doorway with arms folded, as if to prevent further intruders or to block their escape.

Li inclined his head so that he could see the photographs that the woman was looking at. They were pictures, taken trackside, of Dai Lili bursting the tape, or sprinting the last hundred meters, or arms raised in victory salute. Dozens of them. 'Do you know where she is?' he said.

The woman looked at him with dull eyes. 'I thought maybe you were coming to tell us.'

'Why?' Sun asked. 'Do you think something has happened to her?'

The man turned to look at them for the first time, blowing smoke down his nostrils like an angry dragon. 'If something had not happened to her, she would have been there to run the race.' There was something like shame in his eyes where once, Li was sure, there would only have been pride.

'Do you have *any* idea why she didn't turn up?'

Dai Lili's father shook his head and turned his resentful gaze back on the television. 'She tells us nothing,' he said.

'We don't see her much,' said her mother. 'She has her own apartment in Haidian District, near the Fourth Ring Road.'

'When was the last time you saw her?'

'About two weeks ago.'

'How did she seem?'

Her father dragged his attention away from the screen again. 'Difficult,' he said. 'Argumentative. Like she's been for months.' There was anger mixed now with the shame.

'Things haven't been easy for her,' her mother said quickly in mitigation. 'Her sister has been going downhill fast.'

'Her sister?' Sun asked.

'Ten years ago she was the Chinese ten thousand meters champion,' the old woman said, the pain of some unhappy recollection etching itself in the lines on her face. 'Lili wanted so much to be like her. Now she is a cripple. Multiple sclerosis.'

'Lili's done everything for her!' Li and Sun were startled by the voice of the young man in the doorway coming unexpectedly to his sister's defence, as if there were some implicit criticism in his mother's words. The two detectives turned to look at him. He said, 'That's all that ever drove her to win. To get money to pay for the care of her sister. She doesn't live in some fancy flat like all the rest of them. Everything she's ever earned has gone to Lijia.'

Sun said, 'Where is Lijia?'

'She is in a clinic in Hong Kong,' her father said. 'We have not seen her for nearly two years.'

'They say she is dying now,' the mother said.

'Could Lili have gone to see her?' Li asked.

The mother shook her head. 'She never goes to see her. She couldn't bear to look at her, to see her wasting like that.'

Li said to her father, 'You said Lili was argumentative.'

'She never used to be,' her mother said quickly. 'She used to be such a lovely girl.'

'Until she started winning all those big races,' her father said, 'and making all that money. It was like she felt guilty for being able to run like that while her sister was withering to a shadow.'

'If anything made her feel guilty it was you.' There was unexpected bitterness in the voice of Dai Lili's brother. 'Nothing she could ever do would make her as good as her sister. Not in your eyes. And you resented it, didn't you? That she was the only one who could do anything to help Lijia. While all you could ever do was sit on your fat ass and watch TV and collect your invalidity from the state.'

And Li noticed for the first time that Dai Lili's father had only one leg. The left trouser leg was empty and folded under him on the settee. Li's eyes strayed to a crude-looking prosthetic limb propped in the corner of the room, straps hanging loose and unused. When he looked up again, the boy had left the room. 'Do you have a key for her apartment?' he asked.

The snow was lying now in the street, the merest covering, pretty in the lights from the windows and streetlamps, but treacherous underfoot. There was very little light left in the sky, helping to deepen the depression that Li carried with him from the house. He checked his watch and handed Sun the keys of the Jeep.

'You'd better take it,' he said. 'You'll be late for your antenatal class.'

'I don't care about the class, Chief,' Sun said. 'It's Wen having the baby, not me. I'll go to the girl's apartment with you.'

Li shook his head. 'I'll get a taxi. And then I'm going straight on to the betrothal meeting.' He summoned a smile from somewhere. 'Go on. Go to the hospital. It's your baby, too. Wen'll appreciate it.'

V

The Tian An Men Fang Shen Imperial Banquet Restaurant stood on the east side of Tiananmen Square behind stark winter trees hung with coloured Christmas lights. Margaret's taxi dropped them on the corner, at the foot of stairs leading to twin marble dragons guarding the doors to the restaurant. Mrs. Campbell's knee, bandaged and heavily strapped, had stiffened up so that she could hardly bend it. To her mother's indignation, Margaret had borrowed a walking cane from an elderly neighbour. 'I am not an old lady!' she had protested, but found that she was unable to walk without it. An affront to her self-image and her dignity.

Margaret helped her up the steps, and they were greeted inside the door by two girls dressed in imperial costume— elaborately embroidered silk gowns and tall, winged black hats with red pompoms. The entrance to the restaurant was filled with screens and hanging glass lanterns, its ornamental cross-beams colourfully painted with traditional Chinese designs. A manageress, all in black, led them past the main restaurant and into the royal corridor. It was long and narrow, lanterns reflecting off a highly polished floor. The walls were decorated with lacquered panels and red drapes. There were private banqueting rooms off to left and right. Li had booked them the Emperor's Room, and Margaret's mother's jaw dropped in astonishment as she hobbled in ahead of her daughter. A four-lamp lantern hanging with dozens of red tassels was suspended over a huge circular banqueting table. Each of seven place settings had three gold goblets, a rice bowl, spoon, knife and chopstick rest, also in gold, and lacquered chopsticks tipped with gold at the holding end. Each serviette was arranged in the shape of an imperial fan. At one end of the room, on a raised dais, were two replica thrones for the emperor and empress. At the other, through an elaborately carved wooden archway, cushioned benches and seats were gathered around a low table on which all the presents from each family were carefully arranged. Soft Chinese classical music plinged gently through hidden speakers.

Mei Yuan had been sitting on the long bench waiting for them. Earlier in the day Margaret had taken the gifts from the Campbell family to Mei Yuan's *siheyuan* home on Qianhai Lake. Mei Yuan, acting as Li's proxy, had selected the gifts from the Li family and arrived early at the restaurant to set out the offerings from both families and await the guests. She stood up, tense, smiling. Margaret looked at her in wonder. Mei Yuan's hair was held in a bun on the top of her head by a silver clasp. She wore a turquoise blue embroidered silk jacket over a cream blouse and a full-length black dress. There was a touch of brown around her eyes, and red on her lips. Margaret had never seen her dressed up, or wearing make-up. She had only ever been a small peasant woman in well-worn jackets and trousers and aprons, with her hair pulled back in an elastic band. She was transformed, dignified, almost beautiful. And Margaret felt tears prick her eyes at the sight of her.

'Mom, I'd like you to meet Mei Yuan, my very best friend in China.'

Mrs. Campbell shook Mei Yuan's hand warily, but was scrupulously polite. 'How do you do, Mrs. Yuan?'

Margaret laughed. 'No, Mom, if it's Mrs. anything, its Mrs. Mei.' Her mother looked confused.

Mei Yuan explained. 'In China, the family name always comes first. I am happy for you simply to call me Mei Yuan.' She smiled. 'I am very pleased to meet you, Mrs. Campbell.'

There was an awkward exchange of pleasantries about flights and weather before the conversation began to run dry. They all took seats as a girl in a red patterned tunic and black trousers poured them jasmine tea in small, handleless, bone china cups, and there was a momentary relief from the need to make small talk as they all sipped at the hot, perfumed liquid. To break the silence, Mei Yuan said, 'Li Yan did not come for his breakfast this morning.'

Mrs. Campbell said, 'Margaret's fiancé takes his breakfast at your house?'

'No, Mom. Mei Yuan has a stall on a corner near Li Yan's office. She makes kind of hot, savoury Beijing pancakes called *jian bing.*'

Mrs. Campbell could barely conceal her surprise, or her horror. 'You sell pancakes on a street corner?'

'I make them fresh on a hotplate,' Mei Yuan said. 'But really only to feed my passion in life.'

Margaret's mother was almost afraid to ask. 'And what's that?'

'Reading. I love books, Mrs. Campbell.'

'Do you? My husband lectured in modern American literature in Chicago. But I don't suppose that's the kind of reading you're used to.'

'I am a great admirer of Ernest Hemingway,' Mei Yuan said. 'And John Steinbeck. I am just now reading *The Great Gatsby* by Scott Fitzgerald.'

'Oh, you'll enjoy it,' Mrs. Campbell said, for the moment forgetting who she was talking to. 'A talented writer. But Gatsby was the only really great thing he wrote. He was ruined by alcohol and his wife.'

'Zelda,' Mei Yuan said.

'Oh, you know about her?' Mrs. Campbell was taken again by surprise.

'I read about them both in Mr. Hemingway's autobiography of his time spent in Paris.'

'*A Moveable Feast.* It's a wonderful read.'

'It made me so much want to go there,' Mei Yuan said.

Mrs. Campbell looked at her appraisingly, perhaps revising her first impressions. But they had no opportunity to pursue their conversation further, interrupted then by the arrival of Xiao Ling and Xinxin with Li's father. Xinxin rushed to Margaret and threw her arms around her.

'Careful, careful,' Mei Yuan cautioned. 'Remember the baby.' Xinxin stood back for a moment and looked at the swelling of Margaret's belly with a kind of wonder. Then she said, 'You'll still love me after you have your baby, won't you, Magret?'

'Of course,' Margaret said, and kissed her forehead. 'I'll always love you, Xinxin.'

Xinxin grinned, and then noticed Mrs. Campbell. 'Who's this?'

'This is my mommy,' Margaret said.

Xinxin looked at her in astonishment. 'You are Magret's mommy?'

'Yes,' Mrs. Campbell said, and Margaret saw that her eyes were alive for the first time since she had arrived. 'What's your name?'

'My name's Xinxin, and I'm eight years old.' And she turned to Xiao Ling. 'And this is *my* mommy. Xiao Ling. But she doesn't speak any English.'

Mei Yuan took over then and made all the introductions in Chinese and English. Mrs. Campbell remained seated after Margaret explained that she had injured her leg in a fall. The last to be formally introduced were Margaret and Li's father. Margaret shook the hand which he offered limply, and searched for some sign of Li in his eyes. But she saw nothing there. His old man's face was a blank, and he turned away to ease himself into a seat and turn a disconcertingly unblinking gaze on Margaret's mother.

Xinxin was oblivious to any of the tensions that underlay relations among this odd gathering of strangers and said to Mrs. Campbell, 'What's your name, Magret's mommy?'

'Mrs. Campbell.'

Xinxin laughed and laughed. 'No, no,' she said. 'Your *real* name. Your *given* name.'

Mrs. Campbell seemed faintly embarrassed. 'Actually, it's Jean.'

'Jean,' Xinxin repeated, delighted. 'That's a nice name. Can I sit beside you, Jean?'

The elderly American flushed with unexpected pleasure. 'Of course, Xinxin,' she said, trying very hard to pronounce the name correctly.

And Xinxin climbed up on the bench beside her and sat down, her feet not touching the floor. She took Mrs. Campbell's hand quite unselfconsciously and said, 'I like Magret's mommy.' And in Chinese to Li's father, 'Do you like Jean, too, Grandad?'

And Margaret saw him smile for the first time, although she had no idea what was said in the exchange between grandfather and grandchild. 'Sure I do, little one. Sure I do.'

And then they all sat smiling at each other in awkward silence. Margaret glanced at her watch. 'Well, the only thing missing is Li Yan. As usual. I hope he's not too late.'

VI

The taxi dropped Li on the edge of a wide slash of waste ground. There were no lights, the road here was pitted and broken, and the driver refused to take his car any further. Looking back, Li could still see the tall streetlights on the Fourth Ring Road, catching in their beams the snow that drove horizontally across the carriageway. He could only just hear the distant roar of the traffic above the whining of the wind. Somehow, somewhere, the driver had taken a wrong turn. Li could see the lights of the tower blocks where Dai Lili lived, but they were on the other side of this bleak, open stretch of ground where *hutongs* and *siheyuans*, once home to thousands, had been razed to the ground. It was easier to walk across it than have the driver go round again to try to find the right road.

He watched the taillights of the taxi recede towards the Ring Road, and pulled up his collar against the snow and the wind to make his way across the wasteland that stretched in darkness before him. It was harder than he had imagined. The tracks left by great heavy treaded tyres churning wet earth in the Fall had frozen solid and made it difficult to negotiate. Frozen puddles had disappeared beneath the inch of snow that now lay across the earth, making it slippery and even more treacherous.

He knew that he was already late for the betrothal. But he had come this far, and once he got to the apartment he would call on his cellphone to say he would be another hour. He slipped and fell and hit the ground with a crack. He cursed and sat for a moment in the snow nursing a painful elbow, before getting back to his feet and pushing on again towards the distant towers, cursing his luck and his situation. It was another fifteen minutes before the lights of the courtyard in front of the first tower picked out the cars that were parked there, and threw into shadow the bicycles that sheltered under corrugated iron. He was almost there.

A voice came out of the darkness to his left, low, sing-song and sinister. 'What do we have here?'

'Someone's lost his way.' Another voice from behind.

'Lost your way, big man?' Yet another voice, off to his right this time. 'We'll set you on your way. For a price.'

'Better hope you got a nice fat wallet, big man. Or you could be a big dead man.' The first voice again.

Li froze and peered into the darkness, and gradually he saw the shadows of three figures emerging from the driving snow, converging on him from three sides. He saw the glint of a blade. He fumbled quickly in his pocket for the penlight he kept on his keyring, and turned its pencil-thin beam on the face of the nearest figure. It was a young man, only seventeen or eighteen, and he raised a hand instinctively to cover his face. Snowflakes flashed through the length of the beam.

'You boys had better hope you can run fucking fast,' Li said, realising he was shouting, and surprised by the strength of his own voice.

'What are you talking about, shit-for-brains?' It was the first voice again. Li swung the torch towards him and he stood brazenly, caught in its light.

'I'm a cop, you stupid little fuck. And if I catch you you're going to spend the next fifteen years re-educating yourself through labour.'

'Yeh, sure.'

Li pulled out his ID, holding it up and turning the penlight to illuminate it. 'You want to come closer for a better look?'

There was a long, silent stand-off in which some unspoken message must have passed between the muggers, because almost without Li realising it they were gone, slipping off into the night as anonymously as they had arrived. He peered through the driving snow but could see nothing, and he felt the tension in his chest subsiding, and the air rushing back into his lungs, stinging and painful. God only knew how close he had been to a knife slipped between the ribs. Nice place to live, he thought.

Dai Lili's apartment was on the seventh floor. The elevator was not working, and Li was grateful that the runner had not lived twenty storeys up. He unlocked the stairgate and climbed wearily up seven flights of stairs. Every landing was piled with garbage, and there were usually three or four bicycles chained together on each. A smell of old cabbage and urine permeated the whole building. Green paint peeled off damp walls, and vandals had scrawled obscenities in all the stairwells. Most of the doorways had padlocked steel grilles for additional security.

Li could not help but make a comparison with the homes of the other athletes he had visited in the last few days. There was none. They were at opposite ends of the social and financial spectrum. Here lived the poor of Beijing, rehoused in decrepit tower blocks thrown up to replace the communities which the municipal planners had seen fit to demolish. They had been just as poor then, but the traditional Chinese values of family and community had survived a thousand years of poverty, and people had felt safe, a sense of belonging. Overnight their security, their communities and their values, had been destroyed. And this was the result.

The security gate on Dai Lili's door was firmly locked, but the light-bulbs in the hallway had been stolen and it took Li several minutes, fumbling in the dark with his penlight, to find the right key and unlock it. When, finally, he got the door itself open, he stepped into another world. The foul odours which had accompanied him on his climb were absent from the cool, sterile atmosphere of the apartment. He hurriedly closed the door to keep the foul stuff out, and found the light switch. The apartment was small. Two rooms, a tiny kitchen, an even smaller toilet. Naked floorboards had been sanded and varnished a pale gold. The walls were painted cream and unadorned with pictures or hangings. There was little or no furniture. A bed and a small desk in one room. Nothing in the other except for a padded grey mat on the floor, about two meters square. A series of diagrams had been pinned to one wall illustrating a sequence of exercises designed to tone every muscle group in the body. Li could see the impressions in the mat where Lili must have performed her last set of exercises. But there was nothing to indicate when that might have been.

There were no curtains on the windows, and he stood for a moment looking south at the lights of the city, and the snow driving through them out of a black sky. He turned and cast his eyes around the room. What kind of creature was she that could live in a place like this? Spartan, without personality, without warmth.

He went back to the bedroom. The single bed was dressed with a white duvet and one pillow, neatly plumped and cold to the touch. Sliding doors revealed a built-in closet. Her clothes hung there in neat rows. Tracksuits and tee-shirts and shorts. Nothing for dressing up. Socks and panties were carefully stacked on shelves, and half a dozen pairs of trainers and running shoes sat side by side on a shoe-rack in the bottom of the closet. On the desk, a hairbrush still had some strands of her hair caught between its bristles. There was a comb, a tub of facial astringent, unscented. No make-up. This girl was obsessive. There was room for only two things in her mind, in her life; her fitness and her running.

In the kitchen there were fresh vegetables in a rack, fresh fruit in a bowl on the worktop. In the cupboard Li found packets of brown rice, tinned fruit and vegetables, dried lentils and black beans. In the tiny refrigerator there was tofu and fruit juice and yoghurt. No meat anywhere. Nothing sweet. No alcohol. No comfort eating.

The toilet was spotlessly clean. A shower head on the wall drained through a grille built in to the concrete floor. There was anti-bacterial soap in the rack, a bottle of unperfumed hypo-allergenic shampoo. Li opened a small wall cabinet above the sink and felt the hair stand up on his neck and shoulders. This girl, who wore no make-up, who used unscented soap and shampoo, who cleaned her face with unperfumed astringent, had two bottles of Chanel sitting in her bathroom cabinet, side by side. The same brand as the after-shave he had found in the homes of Sui and Jia Jing. He sprayed each in turn into the cold, clear air of the toilet and sniffed. One he did not recognise. It had a harsh, lemon smell, faintly acidic, certainly not sweet. The other he knew immediately was the same as the aftershave he had breathed in at Jia Jing's apartment. Strange, musky, like almonds and vanilla. Again, bitter. No hint of sweetness.

It was a coincidence too far, bizarre and unfathomable, and he cursed himself for not having paid more attention to his earlier concerns about the same scents turning up in the other apartments. They had made an impression on him at the time, but it had been fleeting and all but forgotten. He slipped one of the bottles into his pocket and started going through the apartment again in the minutest detail. He lifted the mat in the main room and rolled it into a corner. There was nothing else in the room. In the bedroom he checked inside every shoe, and went through the pockets of all the jogpants. Nothing. He was about to leave the room when something caught his eye lying against the wall on the floor beneath the desk. Something small and gold-coloured that was catching the light. He went down on his knees to retrieve it, knowing that he had found what he was looking for. He was holding a little cylindrical aerosol breath freshener, and suspected that when he finally found this girl she was going to be long dead.

In the hallway outside her apartment, he had locked the door and the gate before remembering that he had meant to call the restaurant to tell them he would be late for the betrothal. He cursed under his breath and fumbled to switch on his phone in the dark. He pressed a key and the display lit up. The slightest of sounds made him lift his head in time to see a fist, illuminated by the light of his phone, in the moment before it smashed into his face. He staggered backwards, dropping his phone, gasping and gagging on the blood that filled his airways. Someone behind him struck him very hard on the back of the neck and his legs buckled. He dropped to his knees and a foot caught him on the side of his head, smacking it against the wall. He heard his own breath gurgling in his lungs before a blackness descended on him, soft and warm like a summer's night, and his pain melted away.

VII

Plates of food sat piled on the revolving centre of the banqueting table. Delicacies served to the emperor. Snake and scorpion, five-flavoured intestine, jelly fish, sea slugs. And more mundane fare. Meat balls and sesame buns, soup and dumplings. Everything hot had long since gone cold. And everything cold seemed even less appetising than when served. Nothing had been touched. Margaret's mother had spent much of the time eyeing the table with great apprehension and, Margaret thought, when Li failed to appear and the meal appeared destined to remain uneaten, considerable relief. The gifts in front of them remained unopened.

Margaret was angry and worried at the same time. It was more than an hour since Mei Yuan had called Section One to find out what had happened to Li. Nobody knew. And there was no response from his cellphone. The atmosphere had deteriorated to the point where the tension between the two families gathered for the betrothal was very nearly unbearable. Conversation had long since dried up. Mei Yuan had done her best to stay animated and fill the silences with her chatter. But even she had run out of things to say, and they all sat now avoiding each other's eyes. Xinxin was fast asleep with her head on Mrs. Campbell's lap, purring gently, the only one of them unconcerned by the fact that her uncle was more than two hours late.

The two waitresses who had brought the food stood on either side of the door exchanging nervous glances, concerned, embarrassed, and resisting a temptation to giggle. They quickly stood aside as the manageress entered briskly with a harrassed-looking Qian in tow. His face was flushed, colour blushing high on his cheeks beneath wide eyes that betrayed his concern.

Margaret was on her feet immediately. 'What is it?'

Qian spoke quickly, breathlessly, in Chinese for several seconds and Margaret turned to Mei Yuan to see the colour drain from her face. She looked at Margaret and said in a small voice, 'Li Yan has been attacked. He is in the hospital.'

Li had been drifting in and out of consciousness for some time, aware of a dazzle of overhead light, the beeping of a machine off to his left, winking green and red lights registering on the periphery of his vision. He had also been only too aware of a pain that appeared to have wrapped itself around his chest like a vice. His head throbbed, and his face felt swollen and incapable of expression. His tongue seemed extraordinarily thick in a dry mouth that tasted of blood. Just to close his eyes and slip away was a blissful escape.

Now he was aware of a shadow falling over his eyes and he opened them to see Margaret's worried face looking down at him. He tried to smile, but his mouth hurt. 'Sorry I was late for the betrothal,' he said.

She shook her head. 'The lengths you'll go to just to get out of marrying me, Li Yan.' And her words brought back to him a dark cloud of recollection, his meeting with the Commissioner. Had it really only been yesterday morning? She added, 'The doctor says nothing's broken.'

'Oh, good,' Li said. 'For a moment there I thought it was serious.' Margaret's hand felt cool on his skin as she laid it gently on his cheek. It had taken her half an hour to get a taxi, another hour to get to the hospital. The snow had turned to ice on the roads and the traffic had slithered into chaos. 'Who did this to you, Li Yan?'

'Some punk kids.' He cursed his carelessness. They must have followed him up to the seventh floor and waited in the dark for him to come back out.

'Not related to the case?'

'I don't think so. Just muggers. They threatened me outside and I scared them off.' They had taken his wallet, his cellphone, the keys of the apartment, his Public Security ID.

'Not far enough,' Margaret said.

He raised himself up on one elbow and groaned with the pain. 'What are you doing?' she said, concerned.

He pointed to a chair across the room. 'The plastic bag on that chair,' he said with difficulty. 'You'll find my jacket inside.' He found it hard to believe now that he had had the presence of mind to get the first officer on the scene to strip it off him and bag it. He had become conscious when Dai Lili's neighbour from the end of the hallway had nearly fallen over him in the dark. Almost his first thought was the bottle of perfume in his pocket. His fingers had found broken glass as they felt for it in the dark, the strange musky-smelling liquid soaking into the fabric. 'There's a bottle of perfume in one of the pockets. Broken. Only, I don't think it's perfume that was inside it. I'm hoping there's enough of it soaked into the fabric of the jacket for you still to be able to analyse it.'

Margaret left him briefly to look inside the bag. She recoiled from the smell. 'Jesus, who would wear perfume like that?' And she knotted the bag tightly.

'Athletes,' Li said. 'Dead athletes. I found it in the apartment of the girl who was so keen to talk to you.'

Margaret was shocked. 'Is she dead?'

'Missing. But I'm not confident of finding her alive.' Margaret returned to the bed, perching on the edge of it and taking his hand.

'I don't like what's happened to you, Li Yan. I don't like any of this.'

Li ignored her concern. 'In one of the other pockets you'll find a small aerosol breath freshener. I'd like to know what's in it.'

'We're not going to know any of that stuff till tomorrow,' Margaret said, and she pushed him gently back down on to the bed. 'So there's no point in worrying about it till then. Okay?'

His attempt at a smile turned into a wince. 'I guess.' He paused. 'So what did you make of my father?'

Margaret thought about how his father had barely even looked at her during their two-hour wait in the restaurant. 'It's difficult to know,' she said tactfully, 'when someone doesn't speak your language.'

Li frowned. 'He speaks English as well as Yifu.'

Margaret felt anger welling suddenly inside her. 'Well, if he does, he didn't speak a word of it to me.'

Li closed his eyes. 'He *is* an old bastard,' he said. And he opened his eyes again to look at Margaret. 'He disapproves of me marrying outside of my race.'

'Snap,' Margaret said. 'My mother's exactly the same. If only she'd known he spoke English they could have passed the time exchanging disapproval.' She squeezed his hand. 'Oh, Li Yan, why did we bother with any of them? We should just have eloped.'

'If only it was that easy.'

She sighed. 'What are we going to do?'

'About what?'

'The betrothal. We can't get married if you don't ask me.'

'I'll re-book the restaurant. We'll do it tomorrow night.'

'You're in no fit state,' she protested.

'You said there was nothing broken.'

'You're concussed. They'll not let you out if you're still that way in the morning.'

'I'm out of here first thing tomorrow,' Li said. 'Whether I'm concussed or not. That girl's missing. If there's the least chance that she's still alive, then I'm not going to lie here feeling sorry for myself when somebody out there might be trying to kill her.'

Chapter Eight

I

Bicycle repair men sat huddled around a brazier, wind fanning the coals and sending occasional showers of sparks off to chase after the snow at its leading edge. About three inches had fallen overnight and Beijing had ground to a halt. There were no ploughs or gritters or low-traction vehicles for spreading salt on the roads. Just a slow-motion ballet of vehicles gliding gently into each other and bicycles dumping their riders unceremoniously in the middle of the road. Even the siren and flashing blue light on Li's Jeep was unable to speed their progress, and only its four-wheel drive had kept them on the road.

Sun pulled into the kerb outside the Beijing New World Taihua Plaza at number 5 Chongwenmenwai Street and slithered around to the passenger side to help Li out. Li pushed him aside irritably, and eased himself down to the street. The strapping on his chest, beneath his shirt, helped support him, but if he bent or twisted, it still hurt like hell. His face was swollen, black under each eye, and it was still painful to eat or smile. Not that he was much inclined to smile today. Sun reached in beyond him to retrieve the walking stick that Wu had brought into the section that morning. It had belonged to his father and had a large rubber stopper at the end of it. What irked Li more than being given it was that he found it very nearly impossible to get around without it. Especially in the snow. He snatched it from Sun and hobbled over the frozen pavement to the entrance.

The security guard remembered them. He couldn't take his eyes off Li as he rode up with them in the elevator to the fifteenth floor.

'What are you looking at?' Li growled.

'Fall in the snow?' the security man ventured.

'No, I got the shit kicked out of me by a gang of muggers. Hazards of the job. Still want to be a cop?'

The security man opened the door to Sui's apartment and Li tore off the crime scene tape rather than try to duck under it. They went straight to the bathroom. The Gillette Mach3 razor and the box of four heads was still on the shelf above the sink. But the two bottles of Chanel aerosol aftershave and the gold-coloured breath freshener were gone.

'Shit!' Sun said. He opened the bathroom cabinet. 'They're not here.'

Li pushed him out of the way. 'They must be.' But the cabinet contained only the spare box of toothpaste, the packs of soap, the unopened box of aspirin and the jar of cotton pads. He turned angrily towards the security guard. 'Who the hell's been in here?'

'No one,' the security man said, shaken. He saw his hopes of joining the force flushing away down the toilet. 'Just cops and forensics. You people.'

'And you'd know if there had been anyone else?' Sun said.

'No one gets into the building who's not supposed to be here.' The security man was very anxious to please. 'The only other people with access to the apartment would be staff.'

Sun's cellphone rang. Li reflexively went for the phone that he normally kept clipped to his belt, before remembering that the muggers had taken it. Sun answered, then held the phone out to Li. 'Wu,' he said. Li had sent Wu over to Jia Jing's apartment to get the aftershave from the bathroom there.

'Chief,' Wu's voice crackled in his ear. 'I can't find any after-shave. Are you sure it was in the bathroom cabinet?'

Li had also sent Qian over to Dai Lili's apartment to get the bottle of perfume he had left behind, but he knew now that, too, would be gone. And he began to wonder if his attackers had, after all, been the muggers he had taken them for. He told Wu to go back to the section and handed the phone back to Sun.

'What's happened?' Sun asked.

Li shook his head. 'The aftershave's gone there, too.' Sun's cellphone rang again. 'That'll be Qian, no doubt with the same story.' Sun answered the phone. '*Wei?*' And he listened intently for a few moments. Then he snapped his phone shut and turned thoughtful eyes on Li.

'What is it?'

'They found a body in Jingshan Park,' Sun said. 'A young woman.'

◇◇◇

Jingshan Park was situated at the north end of the Forbidden City, on an artificial hill constructed with earth excavated from the moat around the Imperial Palace. Five pavilions sited around the hill represented the five directions of Buddha—north, south, east, west and centre. Each had commanding views of the city, and in more clement weather, Li often climbed up to the central Wanchunting Pavilion—the Pavilion of Everlasting Spring—at the very top of the hill, to look down upon the capital city of the Middle Kingdom and try to unravel the endless complications of his life. Today, in the snow, and following his battering of the night before, he did not relish the climb. Or the complications that awaited him.

The police had closed off the park, and a large crowd was gathered in the road outside the south gate. Li and Sun had to push their way through. Inside, a dozen or more uniformed officers milled around on the cobbled concourse, watching a teenage girl dressed in the red embroidered costume of an empress sweeping a path through the snow with a long-handled broom. It was falling almost as fast as she cleared it. But with the tourists ejected, and no one to pose with her for photographs, it was the only way she had of keeping warm. Mournful vendors stood beneath the pillars of their empty stores, ruing the loss of a day's income and cursing the killers of the girl on the hill for making their lives just that little bit harder.

Detective Sang hurried across the concourse from the path that led up the hill. 'Got to be careful on these steps, Chief. They're lethal in the snow. We've already had several accidents on the marble stairs at the top.'

Through the evergreen cypresses that climbed the steep slopes of the hill, Li could just see, blurred by the falling snow, the four upturned corners of the Wanchunting Pavilion with its three eaves and its golden glazed-tile roof. 'Where is she?' he asked.

'The Jifangting Pavilion, Chief.'

Li knew it, and his eyes panned west to see if he could spot the green-glazed tiles of its octagonal two-tiered roof. But it was obscured by the trees. They began the long climb.

'One of the park attendants found her about an hour after they opened up this morning, Chief,' Sang told them on the way up. 'The weather meant there weren't too many people in the park first thing, or she'd probably have been found earlier. Poor guy's been treated for shock.'

'The attendant?'

'Yeh. It's pretty messy up there, Chief. Blood everywhere. She must have been brought here during the night and butchered. She was left lying on this kind of stone dais thing under the roof. Looks like there might have been a statue on it or something at one time.'

'A bronze Buddha,' Li said. 'It was stolen by British and French troops in nineteen hundred.' He had a clear picture in his mind of the tiny pavilion, open on all sides, its roof supported on ten blood red pillars, the carved stone dais at its centre protected by a wrought iron fence.

It took nearly fifteen minutes to climb the serpentining path up the side of the hill, stepping gingerly on the last few steps to where the track divided, heading east up to the summit and the Pavilion of Everlasting Spring, and west down to Jifangting, the Fragrance Pavilion. Through the trees below them, Li saw its snow-covered roof, and the crowd of uniformed and plain-clothes officers around it. Harassed forensics officers were attempting to keep everyone at bay in order to try and make sense of the tracks in the snow. But it was way too late now, Li knew. And in all likelihood the original tracks of the killer would have been covered by several more inches of snowfall.

He and Sun made their way carefully down the path in Sang's wake.

'In the name of the sky, Li, can you not keep these goddamn moron detectives off my snow!' Li turned to find himself looking into the tiny coal black eyes of senior forensics officer Fu Qiwei. But it was anger that burned in them today, not mischief. They opened wide when he saw Li's face. 'Fuck me, Chief! What happened to you?'

'Collision with a fist and a foot. Surely you can't make any sense of these tracks now, Fu?'

'Weather centre says it stopped snowing sometime during the night. Sky cleared for about an hour and temperatures dropped before the cloud rolled back in and there was more snow.'

'So?'

'Killers' tracks could be frozen under the second fall. We already got some good prints from the blood on the floor inside. If you can keep your flatfoots from trampling all over it, we might be able to brush the snow back down to the frozen stuff.'

'Alright,' Li shouted. 'Anyone who is not essential get back up the hill now!'

Detectives and uniformed officers moved away in quiet acqui-escence, leaving Fu's team nearly invisible in their white Tivek suits. Doctor Wang and his photographer from pathology stood shivering under the roof, sucking on cigarettes held between latex fingers. The body had been covered with a white sheet. Normally, by now, blood would have soaked through it, stark against the white. But the blood, like the body beneath it, was frozen solid. And it was everywhere all around the pavilion, caught in its vivid crimson freshness by the freezing temperatures. Li had rarely seen so much blood. It lay in icy pools and frozen spurts all around the central dais, rivulets of it turned to ice as it ran down the carved stonework.

He took a deep breath. No matter how often you came face to face with it, you never got used to death. It took him by surprise every time, a chill, depressing reminder of his own mortality, that he, too, was just flesh and blood and would one day lie cold and lifeless on a slab.

Off down to their left he saw the sweeping eaves of the north gate of the Forbidden City, and the russet roofs beyond, laid out in perfect symmetry. Through the pillars of the pavilion he could see, on its island in the middle of Beihai Lake, the White Dagoba Temple, turned into a factory during the Cultural Revolution. Immediately below, the factories of today belched smoke out into the haze of snow and pollution that filled the Beijing sky. Somewhere, below them and to the east, near the south gate, was the locust tree from which the last Ming emperor, Chong Zhen, had hanged himself to escape the marauding Manchu hordes. This was a place not unused to change, or to death.

A grim-faced Wang approached him. 'It's a messy one, Section Chief,' he said. 'I never really understood what blood lust meant until today. These bastards must have gorged themselves on it, must have been covered in it from head to toe.'

'More than one?'

'At least half a dozen, judging by the footprints in the blood.' He sighed. 'I counted more than eighty stab wounds, Chief. These guys brought her up here, stripped her naked, and just kept stabbing her and stabbing her. Long bladed knives. I'll be able to tell more accurately when I get her on the table, but I'd say nine to twelve inches long.' He shook his head. 'Never seen anything like it. You want to take a look? We've still got to do the pics.'

Li had no real desire to see what lay beneath the sheet. Wang's description of how she died had been graphic and sickening enough. He pictured her as he had seen her for those few moments in the hallway outside Margaret's apartment. She had been so young and timid, her small face marred by its purple birthmark. And he saw her in the photographs her mother had been looking at on the bed, breaking the tape, smiling, exultant. 'Let's do it,' he said.

They stepped carefully up to the dais and Wang pulled back the sheet. She looked as if she were covered in large black insects, but Li quickly saw that they were the wounds left in her flesh by the knives. She was covered in blood, and it was pooled all around her where once a statue of Buddha had smiled benignly on the world. Her flesh was blue-tinged and stark in its contrast with the blood which had leaked out from every hole made in her by the knives. Her black hair was fanned out on the stone, stuck to the frozen blood. Longer than Li remembered it. He frowned. The birthmark was gone. He stood staring at her in confusion before the mist cleared and he realised it was not who he had expected to see. It was not the runner, Dai Lili. It was Jon Macken's missing friend, JoJo. Only, now she wasn't missing any more.

II

Their taxi crawled slowly over the humpbacked Qianhai Bridge that marked the intersection between Qianhai and Houhai Lakes. It had stopped snowing but the roads were still treacherous, and a sky the colour of pewter promised more to come. Out on Houhai, two men had cut a hole in the snow-covered ice, and sat on boxes fishing and smoking. The taxi took a left and followed the lake down a tree-lined street, grey brick courtyards on either side of narrow *hutongs* running off to their right.

'This is ridiculous, Margaret,' Mrs. Campbell was saying for the umpteenth time. 'I would have been perfectly all right staying in the apartment on my own.'

'You don't come all the way to China, Mom, and spend your entire time on your own in a room ten feet square.'

'You *live* in one,' her mother pointed out. 'And I seem to recall spending more time than I care to remember sitting in a restaurant without eating, with people who couldn't speak my language.'

Margaret sighed. She had asked Mei Yuan to look after her mother today so that she could check out the lab results on Li's perfume and breath freshener. But Mrs. Campbell wasn't pleased. 'I don't need a babysitter,' she had said.

The taxi drew up outside Mei Yuan's *siheyuan*, and Margaret asked the driver to wait. She helped her mother out of the car and supported her left arm as she hobbled through the red gateway into the courtyard beyond. Mrs. Campbell looked around with some distaste. 'She lives *here?*' Margaret had thought it one of the tidier *siheyuan* she had seen.

Mei Yuan greeted them at the door. 'Good morning, Mrs. Campbell.'

And Mrs. Campbell put on her brave face. 'Mei Yuan,' she said, her pronunciation still less than perfect.

'I thought today I might teach you how to make *jian bing*.' Mei Yuan smiled mischievously.

'Jan beeng?' Mrs. Campbell frowned.

'Yes, you remember, Mom, I told you. That's the Beijing pancakes that Mei Yuan makes at her stall.'

Her mother looked horrified. But Mei Yuan took her hand to lead her into the house. 'Don't worry, I'm sure I can find you some heavy clothes to keep you warm.'

Margaret said quickly, 'Got to go. Have a good day. I'll catch up with you later.' And before her mother could object she was gone, and the taxi went slithering off down the lakeside road.

The corridor on the top floor of Section One was deserted. Margaret looked into the detectives' room, but it was empty. She heard the distant hum of the central heating boiler, and the muted tapping of fingers on keyboards coming from another floor. She walked on down the corridor and heard voices coming from the big meeting room at the end. Lots of voices, some of them raised. She heard coughing and the clearing of throats, a brief ripple of nervous laughter. She smelled the cigarette smoke out here. And then one voice silencing the others, grave and authoritative. She recognised it immediately. Li. When she had phoned the hospital earlier he had already gone. She was glad to hear that there was nothing wrong with his voice at least. She smiled to herself and went into his office and closed the door to wait for him.

His desk was piled high with folders and strewn with all manner of papers. There were binders piled along the wall beneath the window and on top of the filing cabinet. She could not imagine what was in them all, or how Li ever found time to read them. The Chinese police, it seemed to her, were obsessed by paperwork, by the minutest collection of every shred of evidence, no matter how small, no matter how remotely connected. There were rarely any sudden leaps forward in an investigation. It was always pedantic and painstaking, and took for ever. Li, alone among the policemen she knew here, had developed an unnervingly accurate instinct for the cases he worked, would follow an intuition, make a leap of faith. He cracked more cases, more quickly, than anyone else. But he went against tradition, rubbed his superiors up the wrong way, stepped on toes, made enemies. By comparison, the cutting up of dead bodies was child's play.

She smiled to herself and sat in his seat and saw Macken's prints strewn across the desk beneath an open folder. She moved the folder aside and began idling through the photographs. She had no idea what they were. Grainy colour prints of some very upmarket sort of establishment. A swimming pool, sauna, restaurants, conference rooms. She stopped for a moment and looked at a picture of a girl standing by a desk looking at the camera. An attractive girl with her hair pulled back rather severely. She dropped it and moved on, stopping again at the only other picture with people in it. Three young men in dark suits, a fourth, bigger man, in a tracksuit, and a Westerner. A man perhaps in his middle sixties, with a head of well-groomed white hair and a close-cropped silver beard. He was tall. Taller than the Chinese, and good-looking in a rugged, sunbed sort of way. While the men in suits looked stiff and formal, the

Westerner appeared relaxed, his open-necked shirt worn like a badge of informality. The odd thing was that he seemed vaguely familiar. Margaret was puzzled, because she knew that she didn't know him, and anyway China was somehow the wrong setting. And yet the grainy quality of the picture was strangely apposite. And then she knew she had seen his picture in a newspaper, or a newsreel. Where, or when, she had no idea. But the familiarity of his face made it likely that she had seen it more than once. She struggled to try to find a context for it, but infuriatingly nothing would come. She put the picture down. If she forced her conscious attention elsewhere, perhaps her subconscious would do the hard work for her.

It was then that she noticed the pile of photographs lying on the top folder on the desk. From her oblique angle she could see that they were taken at a crime scene. A body lying in blood. She pulled them down to take a look and was shocked by the number of stab wounds puncturing the young woman's naked body. She could see, even from the photograph, that a knife, or knives, had rained down on her in repeated slashing strokes. Although, oddly, they did not appear to be frenzied strokes like you might expect when so many wounds had been inflicted. There was something almost regular, controlled, about them. It smacked of ritual. And then she looked at the face and realised it was the attractive girl standing by the desk in the photograph she had been looking at just moments earlier.

Li had been caught off-balance by the death of JoJo. His whole mindset had been elsewhere, focused on another case, and he had been so certain that the girl under the sheet would be Dai Lili. Although in retrospect, searching through the rationale which had led him to that expectation, he had found none. There were dozens of young women murdered every year.

But not like this.

The detectives in the room who had been at the scene were still shocked by the image of the girl in the pavilion, blood frozen on the stone. Men who had seen things they cared to remember only in their worst nightmares. But something about the sheer brutality of JoJo's murder, the extraordinary number of stab wounds, had left each and every one of them shaken. Yet one more image to file away in the darkest recesses of their minds.

The detectives who had not been there were shocked by the photographs strewn across the desk.

Everyone listened in silence now as Li took them through the events of the preceding day when he and Qian had followed up what had initially seemed like a minor break-in at a photographer's studio. A sequence of events which had led them to an instant recognition of the girl in the park, and the thought that perhaps in some way the break-in and the murder might be connected.

They kicked around the idea that the photographs had been stolen in preparation for a burglary, that JoJo was in some way involved. It was she who had got Macken the job of taking the pics, after all. But if she was involved, why would they need Macken's photographs? Surely her inside knowledge would have been far more useful? And as the club's CEO had pointed out, the pictures were going to be published anyway, in a glossy brochure, and on the Internet. And why would any of this have led to her murder, particularly in such a brutal and bloody way? Li was specifically concerned that she had been taken someplace so public, where she was bound to be discovered, laid out on the stone dais as if on a sacrificial altar.

'You think somebody's trying to tell us something, Chief?' Wu asked.

'I don't know if it's aimed at us,' Li said. 'But it's as if her killers were making a statement of some kind. There's something incredibly cold and calculated about her murder. Although she was naked, there's no hint of any sexual motivation. I mean, if you're going to take a girl to a park in the middle of the night, strip her, stab her to death and then leave her spread out on a stone slab for the world to see, you'd have to have a reason, wouldn't you? And the fact that there were half a dozen or more of them involved, means there was collusion, planning.' He shook his head. 'Like some kind of ritual, or sacrifice, or both.' Unknowingly he had touched on the same thought as Margaret, although for different reasons.

He was both horrified and intrigued, but also acutely aware that time was running out, at least for him. And this case was a distraction, a sideshow at the main event. His announcement that he was putting Sun in charge of it was met with silence. Most of the officers in the room were more senior than Sun, and any one of them might have cause to feel resentful, or jealous. But Li needed them focused on the dead athletes. He snatched a glance at Tao sitting at the other end of the table, and saw the animosity simmering silently in his eyes. The most natural thing would have been for him to delegate the JoJo murder to his deputy. But he was unwilling to place too much trust in Tao. He quickly looked away. There were bigger issues than office politics.

'I don't want us losing our focus on the athletics case,' he said. 'Because the events of the last twenty-four hours are starting to raise some serious issues, not least for our own investigation.' He paused. 'Someone with inside knowledge has been tampering with evidence.'

This time the silence around the table was positively tangible. Even the smoke from their cigarettes appeared to freeze in mid-air. Li explained himself, going through, step by step, the sequence of events which had led him the previous evening to Dai Lili's apartment in Haidian District, and the discovery of the Chanel perfume and the gold-coloured aerosol breath freshener. 'It would stretch credibility beyond acceptable limits to believe that Jia, Sui and Dai all used the same scents, and all carried the same aerosol breath freshener.' He laid his hands out flat on the table in front of him. 'Now, I have no idea what the significance of perfumes and breath fresheners are. But that they have significance in this case is beyond doubt. After I took one of the Chanel bottles from Dai's apartment last night, all the other bottles disappeared from the other apartments.'

Qian said, 'How do you know they weren't taken before that?'

'I don't,' Li said. 'Except that you yourself went this morning to get the bottle I left in Dai Lili's apartment last night, and it was gone. I suspect now that my attack was not, after all, unrelated to the case, and that the bottle I took would have been taken by my attackers if it hadn't broken in my pocket. But the very fact that I had taken it clearly alerted someone to the fact that I suspected a significance. And so, all those seemingly innocent bottles in the other apartments had to go.'

'Are you suggesting that someone within the section is responsible for that?' Tao asked, and there was no mistaking the hostility in his voice.

'No,' Li said. 'I'm not. But somebody is watching us very carefully. Somebody seems to know enough about what we're doing and where we're at to stay one step ahead of us.' He took a long, slow breath. 'I thought, last night, that the breath freshener I took from Dai's apartment was still in my jacket pocket. Now, I took a bit of a battering, and in all the confusion, I could have been wrong about this. But when I got back here from Jingshan this morning, I got a call from the lab at Pau Jü Hutong to tell me they couldn't find any breath freshener.' More silence. 'Doctor Campbell took the jacket last night from the hospital to the lab, sealed in an evidence bag. It was locked in the repository overnight until the technicians came in this morning. No breath freshener. It may be that it wasn't there in the first place, that my attackers took it last night. Or it may be that someone removed it from the repository during the night. Either way, apparently they didn't know that we already had another one.'

'That's right,' Wu said suddenly, remembering. 'Jia Jing had one on him. We found it when we went through his stuff at the autopsy.'

Li nodded. 'So we still have something to analyse. And what the stealers of the perfume didn't realise either, is that there was enough of it soaked into my jacket for us to analyse that, too. With luck, we'll have the results of both those tests later today.'

'What about the girl?' Sang said. 'The runner, Dai Lili. What do you think has happened to her?'

'I have no idea,' Li said. 'But I have no doubt that her disappearance is related to all the other cases. And I don't expect to find her alive.' He let that thought sink in for some moments. 'But until we know she's dead, we have to assume that she's not. And that means we've got to move this case forward as fast as we possibly can.' He sat back and looked around the faces in the room. 'So who's got anything fresh?'

Qian raised a finger. 'I dug up some interesting financial facts and figures, Chief.' He flipped through his notebook. 'I've been going through bank statements, checking accounts, assets... Seems like all these athletes had pretty extravagant lifestyles. Expensive apartments, flashy cars, nice clothes. And, sure, they all had money in their bank accounts that any one of us would be happy to retire on. Prize money, sponsorship...But not nearly enough to cover their costs.'

Li leaned forward on his elbows. 'How do you mean?'

'They were all living way beyond their means. I mean, way beyond their officially declared earnings, or what was going through their bank accounts. They all had credit cards, but they didn't use them much. Meals and air fares and stuff. Everything else was paid for in cash. Cars, computers, clothes. And the monthly rental on those expensive apartments? Cash again. They'd all show up at the letting office every month with big wads of notes.'

'So somebody was paying them in cash,' one of the detectives said.

'What for?' Wu asked.

Qian shrugged. 'Who knows? It certainly wasn't for throwing races. I mean, they were all winning big time. Real medal prospects.' He chuckled. 'And you can hardly pay someone to win. I mean, not in advance.'

The room fell silent yet again. So what *were* they being paid for?

Wu cleared his throat noisily and stuck a piece of gum in his mouth. 'I came across something interesting,' he said. 'Don't know if it means shit, but it's a strange one.'

'They don't come much stranger than you, Wu,' another detective said, and a brief ripple of laughter relieved a little of the tension.

'What is it?' Li asked.

Wu said, 'Well, I noticed from a couple of the statements that some of the deceased had been suffering from the flu not long before they died.' Li suddenly remembered Sui's coach, Zhang, when they interviewed him at the poolside. *He had a bout of flu about ten days ago*, he had said of Sui. *Knocked the stuffing out of him.* And Xing Da's father. He had told Li that Xing was supposed to have visited his parents at the end of October, for his mother's birthday. *But he phoned to say he couldn't come, because he and some other members of the team had picked up the flu at a meeting in Shanghai.*

Wu went on, 'So I checked. Turns out that every one of them, including our weightlifter, who we know died of natural causes, suffered from the flu within six weeks of their death.' And he looked at the detective who had made the smart quip earlier. 'Which seems pretty fucking strange to me.'

Tao's eyes were ablaze with anger. 'He's a puppy!' he spluttered. 'The newest kid on the block, still wet behind the ears. You can't put him in charge of a serious investigation like this.'

There was just Li and Tao and a lot of smoke left in the room after the meeting. Li had known he would have to face the storm. 'He may be the newest kid on the block, but he's also one of the brightest,' he said. 'And, anyway, I need everyone else on the other case.'

Tao squinted at him. 'Do you really think you're going to crack this one before they kick your ass into touch next week? I mean, that's what this is all about, isn't it?' The gloves were off now.

'Well, if I don't, at least you'll know I've been keeping the hot seat well warmed for you. And that's what you really want, isn't it? My seat. So that you can bury the work of this section under goddamn drifts of paperwork, like the bureaucrat and pedant that you are.'

'I believe in good, disciplined police work.'

'That would tie this whole section up for so long the entire Olympic team would probably be dead by the time you cracked the case.'

'And you're making such great strides forward, Section Chief.' Tao's voice was dripping with sarcasm. He was no longer making any attempt to disguise his contempt for his boss, or to even pay lip service to the respect due a senior ranking officer. 'Do you know how humiliating it is for me to have the most junior officer in the section assigned to a case over my head?'

'If you were less fixated on rank and position, Tao, and more concerned with getting the job done, you wouldn't see it that way. And then you wouldn't need to feel so humiliated. But if you think that making detectives wear suits, and fining them for saying *fuck*, constitutes "good disciplined police work", then God help this section when I'm gone.' And he turned to march out and leave Tao festering on his own.

Margaret looked up from his desk as Li banged into his office and he almost dropped his files, so startled was he to see her there. 'What are you doing here?' he snapped.

'I came along to see if I could help make sense of the tests they're doing for you at the pathology centre.' She stood up. 'But if you're going to be like that, I'll just go home again.'

'I'm sorry,' he said quickly. 'It hasn't been a good morning.'

She took in his battered face. 'You look awful.'

'Thank you. That makes me feel so much better.' He dumped his files on the desk.

'What's happened?'

And he told her. About the other bottles of perfume and aftershave going missing. The breath freshener disappearing from his pocket, although through the blood red mist of his beating, he could not be certain it had still been there. 'You didn't look in the pockets, did you?' She shook her head.

And then he told her about the girl in the park.

She lifted up the photographs from the desk. 'This her?' He nodded. 'Who is she?' And she was shocked to learn that JoJo was a friend of Macken and Yixuan. 'What happened about the break-in at his studio?'

He shrugged. 'We don't know.'

'Are they connected?'

'Don't know that either.'

The phone rang and he snatched the receiver. Margaret watched a deep frown furrow his brow as he conducted several quickfire exchanges. He listened for a long while then, and finally he hung up to gaze thoughtfully past her into some unseen place. She waved a hand in his line of vision. 'Hello? Are we still here?'

He re-focused on her. 'That was Chief Forensics Officer Fu at Pau Jü Hutong. He had the results of the analysis from the lab.'

'And?'

'The perfume's alcohol-based. The scent is a mix of almond and vanilla. Just like it smelled. Not very pleasant, but not very sinister either.'

'And the breath freshener?'

Li shrugged. 'Apparently it's just breath freshener. Active ingredient Xylitol.' He ran his hands back over his finely stubbled head. 'I don't understand. I really thought this was going to be a breakthrough.'

'In what way?' Margaret asked.

He shook his head. 'I don't know. I just thought it was too much of a coincidence.' He flung his arms out in frustration. 'And, I mean, somebody went into those apartments and stole those other bottles. Took the other breath fresheners.'

'Maybe they were just trying to put you off the scent,' Margaret said. Then she made a tiny shrug of apology. 'Sorry, no pun intended.'

But he was still hanging on to one last hope. 'Fu said there was something else they discovered. He said it would be easier to show me than tell me.'

Margaret came round the desk. 'Well, let's go see.'

The Pau Jü laboratories of forensic pathology at the Centre of Criminal Technological Determination were bunkered in the bowels of a multi-storey white building tucked unobtrusively away in a narrow *hutong* behind the Yong Hegong Lamasery. Just about ten minutes from Section One. Li parked in the snow outside, and took Margaret's arm as they went up the ramp, past armed guards, into the basement of the centre. He still needed his stick for support.

Fu greeted them enthusiastically. 'We got some good footprints frozen under the snow at Jingshan,' he told Li. 'We've now got seven quite distinctly different treads. So there were a minimum of seven of them involved in the actual murder. And this…' he held up a glass vial with a blob of white, frothy liquid at the bottom of it, '…was careless. Someone gobbed. We found it frozen solid in the snow. So now we've got DNA. You catch the guy, we can put him at the scene.' He turned and smiled at Margaret and switched to English. 'Sorry, Doctah. English no verr good.'

Li said impatiently, 'You were going to show me something to do with the perfume.'

'Not the perfume,' Fu said. 'The bottle.' He took them through glass doors into a lab. Everything was white and sterile and filled with flickering fluorescent light and the hum of air-conditioning. On a table sat the Chanel bottle partially reconstructed from the pieces found in Li's pocket. Beside it, drying on a white sheet, was the label. Distinctive cream lettering on black. Chanel No 23. It was torn and creased, and the black ink had turned brown where it had soaked in the perfume. It had also streaked and run through the cream lettering.

'Cheap crap,' Fu said in English.

'Chanel is hardly cheap, or crap,' Margaret said.

'Chanel, no,' Fu said grinning. 'But this no Chanel.'

'What do you mean?' Li asked.

Fu reverted to Chinese. 'I went to the expense of buying a bottle of Chanel from the Friendship Store,' he said. And he lifted the bottle out of a drawer, placing it on the table beside the broken one and its damaged label. 'It was the cheap ink that made me wonder,' he said. 'So I thought I would compare it to the real thing.'

Margaret lifted the bottle from the Friendship store and looked very carefully at the lettering. There were subtle, but distinct differences, and the black was deeper, sharper. She looked at the label recovered from Li's bottle. 'It's a fake,' she said.

'Yeh, it fake,' Fu confirmed. 'And you know how I know for sure?' He looked at them both expectantly. But, of course, they didn't know. 'We phone Chanel,' he said. 'They don't make number twenty-three.'

III

'It just doesn't make any sense.' Li's mood had not been improved by their visit to Pau Jü Hutong. They had made the short trip back to Section One in silence. These were almost the first words he had spoken, standing on the third-floor landing one floor down from his office, trying to catch his breath. His beating the previous night had taken more out of him than he would care to admit.

Margaret said, 'Just about every label on every market stall in China is a fake.'

'Yes, I know, but these athletes were all earning incredible amounts of money. Apart from the fact that they could afford the real thing, why would they all go out and buy the same fake Chanel?' And almost as an absurd afterthought, 'And why were they all using breath freshener?'

shutting the door firmly behind him. Li had thought no more of it. When he got back to his office he was surprised not to find Margaret there. He called the switchboard and asked if anyone had ordered a taxi for her. But no one had. He looked out the window at the brown marble facade of the All China Federation of Returned Overseas Chinese, snow clinging to the branches of the evergreens that shaded its windows, and saw Margaret on the street below, walking quickly towards the red lanterns of the restaurant on the corner and then turning south towards Ghost Street. He was puzzled only for a moment, before turning his mind to other things.

The road was rutted with snow and ice. Bicycles and carts bumped and slithered across it. Snow, like a dusting of icing sugar, covered the rubble in the ugly gap sites the demolishers had created, if it was possible to create anything by destruction. Margaret was in danger of turning her ankle, even falling, as she hurried, oblivious, through the crowds of late morning shoppers and cyclists that choked the main approach to the large covered food market. Through tears blurring vision, she was unaware of the looks she was drawing from curious Chinese. She cut an odd figure here in north-west Beijing as she strode towards Ghost Street, her long coat pushed out by her bulging belly, golden curls flying out behind her, tears staining pale skin.

How could he not have told her? But as soon as the question formed in her mind she knew the answer. Because she would not have married him if he had. His work was his life. How could she have asked him to give it all up? Of course, he knew that, which is why he had decided to deceive her.

But you can't build a relationship on lies, she thought. You can't build a relationship on deception. He had been stalling her for weeks on the issue of the apartment for married officers. And how stupid was she that she hadn't suspected? That it had never even occurred to her that there would be a price to pay for getting married? And how had he been going to tell her after the deed had been done? What did he imagine she would think, or say, or do?

The thoughts were flashing through her mind with dizzying speed. She stumbled and nearly fell, and a young man in a green padded jacket and blue baseball cap grabbed her arm to steady her. It had been an instinctive reaction, but when he saw that the woman he had helped was a wild-eyed, tear-stained *yangguizi*, he let her go immediately as if she might be electrically charged. He backed off, embarrassed. Margaret leaned against a concrete telegraph post and tried to clear her brain. This was crazy. She was being a danger to her baby. She wiped her eyes and took deep breaths, trying to steady herself. What in God's name was she going to do?

The snow, which had earlier retreated into its leaden sky, started to fall again with renewed vigour. Big, soft, slow-falling flakes. Suddenly Beijing no longer felt like home. It was big and cold and alien, and she felt lost in it, wondering how it was possible to feel like a stranger in a place so familiar. And yet she did. The irony was, that a hundred meters down the road, Mei Yuan would be turning out *jian bing* in the lunchtime rush, and Margaret's mother would be with her. There was no chance for her to be alone, to find some way of coming to terms with all this before she had to face Li again. Her mother would be expecting her, and there was no way she could abandon her ten thousand miles from home in a city of seventeen million Chinese.

She dried her remaining tears and thanked God that the ice-cold wind would explain her red-rimmed watering eyes and blotchy cheeks. She sucked in a lungful of air and headed off, more carefully this time, towards the corner where Mei Yuan plied her trade. As she approached it, she saw that there was a large crowd gathered around the stall. She eased herself through the figures grouped on the sidewalk and realised that it was a queue. Mei Yuan hardly ever did this kind of business. And then Margaret saw why. Mei Yuan was standing a pace or two back from the hotplate, supervising, as Mrs. Campbell made the *jian bing* with an expertise Margaret found hard to believe. Even harder to believe was the sight of her mother in a blue jacket and trousers beneath a large chequered apron, with a scarf tied around her head. The Chinese were jostling to be first in line, eager to be served by this foreign devil making their favourite Beijing pancake.

Mrs. Campbell glanced up as she handed a *jian bing* to a smiling Chinese and accepted a five yuan note. She caught sight of Margaret as she handed over the change. 'You'll have to take your place in the line,' she said. 'You'll get no favours here just because you're another *da bidze.*' And her face broke into a wide grin. Margaret was struck by just how natural and unselfconscious the smile was. She was not used to seeing her mother this happy. It was inexplicable.

'What are you doing?' she said.

'What does it look like I'm doing?'

'Yes, but why?'

'Look at the line. That's why. Mei Yuan says we're doing ten times her normal business. And anyway, it's easy, and it's fun.' The queue, meantime, had grown bigger as more Chinese gathered around to watch this exchange between the two foreign women. Mrs. Campbell looked at the first in line. She was a middle-aged woman warmly wrapped in her winter woollies, eyes wide in wonder. '*Ni hau,*' Mrs. Campbell said. '*Yi? Er?*'

'*Yi,*' the woman said timidly, holding up one finger, and the crowd laughed and clapped.

Margaret looked at a smiling Mei Yuan. 'When did my mother learn to speak Chinese?' she asked.

'Oh, we had a small lesson this morning,' Mei Yuan said. 'She can say hello, goodbye, thank you, you're welcome, and count from one to ten. She also makes very good *jian bing.*' Then a slight frown of concern clouded her happiness. She inclined her head a little and peered at Margaret. 'Are you alright?'

'Yes, I'm fine,' Margaret said quickly, remembering that she wasn't. 'I was just coming to collect my mother to take her home.'

'I'll get a taxi back later,' Mrs. Campbell said without looking up from her *jian bing*. 'Must make hay while the sun shines.'

Mei Yuan was still looking oddly at Margaret. 'Are you sure you're okay?'

'Of course,' Margaret said, self-consciously. She knew her face was a mess, and she knew that Mei Yuan knew there was something wrong. 'Look, I have to go. I'll see you later, Mom.'

She knew she should be happy at this unexpected change in her mother, a woman who had stood on her dignity all her life, who never ventured out with a hair out of place or her make-up incomplete. And here she was, dressed like a Chinese peasant selling hot pancakes from a street stall. Freed somehow from the constraints of her own self-image. Free, for the first time that Margaret could remember, to be unreservedly happy. Perhaps playing at being someone else allowed her to be truly herself for the first time in her life. Mei Yuan was having a profound effect on her.

But Margaret was unable to break free from the constraints of her own unhappiness, and as she slipped into the back seat of a taxi on Ghost Street, she was overwhelmed again by a sense of self-pity.

IV

The apartment was strangely empty without her mother. It was amazing how quickly you could get used to another presence in your home. Even one that was unwelcome. Margaret shrugged off her coat, kicked off her boots and eased herself onto the sofa. She felt her baby kicking inside her, and it set her heart fluttering with both fear and anticipation of a future which had been thrown into complete confusion in the space of a couple of hours. She didn't want to think about it. And so she stretched out on the sofa and found herself looking out of an upside down window at the snow falling thick and fast. She closed her eyes, and saw the face of the bearded westerner in the photograph on Li's desk, almost immediately followed by a certain knowledge of who he was. She sat bolt upright, heart pounding. Fleischer. Hans. John of the Flesh. The mental translation she had done of his name at the time. Doctor. Shit!

Immediately she crossed to her little gate-leg table and lifted one of the leaves. She set her laptop on it and plugged it in, and while it booted up got down on her hands and knees to unplug the telephone and replace it with the modern cable from her computer. She drew in a chair and dialled up her Internet server. This was good, she thought. Something else to fill her mind. Something, anything to think about, rather than what she was going to do at the betrothal meeting tonight.

She had first heard of Doctor Hans Fleischer during her trip to Germany in the late nineties to give evidence on behalf of her dead client, Gertrude Klimt. The prosecutors had brought charges against many of the doctors in the former East German state who had been responsible for feeding drugs to young athletes. But the one they most wanted, the biggest fish of all, had somehow swum through their net. Doctor Fleischer had simply disappeared. His photograph had been in all the German papers; old newsreel of him at the trackside during Olympic competition in the eighties had played endlessly on German newscasts. There were various rumours. He had gone to South America. South Africa. Australia. China. But no one knew for certain, and the good doctor had successfully avoided his day in court, and a certain prison term.

Margaret had set Google as both her home page and her search engine. She tapped in 'Dr. Hans Fleischer' and hit the return key. After a few seconds her screen was filled with links to dozens of pieces of information on Fleischer harvested from around the Internet. Mostly newspaper and magazine articles, transcripts of television documentaries, official documents copied on to the net by activists. Almost all in German. Margaret scrolled through the list until she hit a link to a piece on him carried by *Time* magazine in 1998. She clicked on the link and up came the text of the original story. Half a dozen photographs that went with it confirmed Margaret's identification. He had sported a beard then, too. Close-cropped, unlike his hair, not quite as silver in those days, shot through with a few streaks of darker colour. He had not even bothered to try to disguise himself. Perhaps he had assumed that he would be safe in China, anonymous.

The article traced Fleischer's career from a brilliant double degree in sports medicine and genetics at the University of Potsdam, to his meteoric rise through the ranks at the state-owned pharmaceutical giant, Nitsche Laboratories, to become its head of research, aged only twenty-six. The next five years were something of a mystery that not even *Time* had been able to unravel. He had simply disappeared from sight, his career at Nitsche mysteriously cut short. There was speculation that he had spent those missing years somewhere in the Soviet Union, but that is all it ever was. Speculation.

Then in 1970 he had turned up again in the unlikely role of Senior Physician with the East German Sport Club, SC Dynamo Berlin. At this point, the *Time* piece fast-forwarded to the collapse of the Berlin Wall and the demise of the German Democratic Republic. The files of the East German secret police, the Stasi, fell into the hands of the press. And there, the true role of Doctor Fleischer was revealed for the first time. An agent of the Stasi, codenamed 'Schwartz', Fleischer had been instrumental in establishing and controlling the systematic state-sponsored doping of GDR athletes for nearly two decades.

Pioneering the use of the state-developed steroids, Oral-Turinabol and Testosterone-Depot, his initial success in developing a new breed of super athletes was startling. From a medal count of twenty at the 1972 Olympics, East German competitors doubled their medal tally to forty in just four years, in the process winning eleven out of the thirteen Olympic swimming events in 1976.

Most of the athletes had come to him as children, taken from their parents and trained and educated in a strictly controlled environment which included administering the little blue and pink pills on a daily basis. Pills which turned little girls into hulking, masculine, sex-driven winning machines, and little boys into growling, muscle-bound medal winners. Fleischer had always assured them that the pills were nothing more than vitamin supplements. He had been an austere father-figure whom the children had nicknamed Father Fleischer. But by the time they were old enough to realise that the pills they had been swallowing during all those years were more than just vitamins, the damage had already been done. Both to their psyches and their bodies. Many of them, like Gertrude Klimt, would later die of cancer. Others had to endure a different kind of living hell; women giving birth to babies with abnormalities, or finding that their reproductive organs had been irreparably damaged; men made sterile, or impotent, or both; both sexes, in their thirties, suffering from debilitating tumours.

In the nineties, when the truth finally emerged, these children, now adults, had wanted their revenge. Many of them handed back the medals they had won and came forward to give evidence at the trials of their former coaches, nearly all of whom had been involved in doping the athletes in their care. But the one they had most wanted to see in the dock, the one who had promised them the earth and fed them the poison, Father Fleischer, was gone.

The *Time* article quoted sources as saying that he had left SC Dynamo Berlin sometime in the late eighties, before the house of cards came tumbling down, and returned to work for Nitsche. There he was reported to have been involved in research to develop a new method of stimulating natural hormone production. But it had never come to anything, and he had disappeared from Nitsche's employment records in the Fall of 1989. By the time the Wall came down in 1990, he had disappeared, apparently from the face of the earth.

Until now.

Margaret looked at an on-screen photograph of him smiling into the camera, a tanned, nearly handsome, face. But there was something sinister in his cold, unsmiling blue eyes. Something ugly. She shivered and felt an unpleasant sense of misgiving.

He was here, this man. In Beijing. And Olympic athletes were dying for no apparent reason. Surely to God this wasn't another generation of children, Chinese this time, whose lives were being destroyed by Father Fleischer? And yet, there was nothing to connect him in any way. A chance snapshot taken at a recreation club for wealthy businessmen. That was all.

Margaret re-read the article, pausing over the speculation surrounding his activities after leaving the Berlin sports club. It had been rumoured that he had been *involved in the development of a new method of stimulating natural hormone production.* She frowned, thinking about it. *Stimulating natural hormone production.* How would you do that? She went back to his original qualifications. He had graduated from Potsdam with a double degree. Sports medicine. And genetics. None of it really helped. Even if he *had* found a way of stimulating natural hormone production in those dead athletes, autopsy results would have shown abnormally high hormone levels in their bodies. She shook her head. Maybe she was simply looking for connections that didn't exist. Maybe she was simply trying to fill her mind with anything that would stop her from thinking about Li, about how he had lied to her, and what she was going to do about it.

Chapter Nine

I

Li knew there was something wrong the moment he saw her. But with everyone else having arrived at the restaurant before him, there was no opportunity to find out what. 'Oh, you made it tonight?' she said with that familiar acid tone that he had once known so well, a tone which had mellowed considerably in the years since they first met. Or so he had thought. 'My mother was thinking perhaps you had gone and got yourself beaten up again just so you wouldn't have to meet her.'

'I did not!' Mrs. Campbell was horrified.

Margaret ignored her. 'Mom, this is Li Yan. Honest, upstanding officer of the Beijing Municipal Police. He's not always this ugly. But almost. Apparently some unsavoury members of the Beijing underworld rearranged his features last night. At least, that was his excuse for failing to come and ask me to marry him.'

Li was embarrassed, and blushed as he shook her mother's hand. 'I'm pleased to meet you, Mrs. Campbell.'

'Uncle Yan, what happened to your face?' Xinxin asked, concerned. Li stooped tentatively to give her a hug, and winced as she squeezed his ribs. 'Just an accident, little one,' he said.

'Nothing that a little plastic surgery wouldn't put right,' Margaret said. He flicked her a look, and she smiled an ersatz little smile.

Xiao Ling gave him a kiss and ran her fingers lightly over her brother's face, concern in her eyes. 'You sure you're okay?' she asked.

He nodded. 'Sure.'

Mei Yuan quickly took over. 'Now we're all here tonight, because Li Yan and Margaret have announced their intention to get married,' she said. 'And in China that means a joining together not only of two people, but of two families.' And she turned to the presents which she had set out on the lacquer table for the second night running, and asked Mrs. Campbell and Li's father to take seats at opposite ends of the table while she presented them.

Ninety-nine dollars from Mrs. Campbell.

Dragon and phoenix cake from Mr. Li.

Sweetmeats from the Campbells.

Tobacco from the Lis.

'A pity none of us smokes,' Margaret said.

Mei Yuan pressed quickly on, and they exchanged bottles of wine, packs of sugar, a set of brightly painted china hens.

When, finally, a tin of green tea was presented to Mrs. Campbell she said, 'Ah, yes, to encourage as many little Lis and Campbells as possible.' She looked pointedly at Margaret's bump. 'It's just a pity they didn't wait until they were married.' She paused a moment before she smiled, and then everyone else burst out laughing, a release of tension.

Margaret's smile was fixed and false. She said, 'I see Mr. Li is having no trouble with his English tonight.'

The smile faded on the old man's face, and he glanced at Li who could only shrug, bewildered and angered by Margaret's behaviour.

But the moment was broken by the arrival of the manageress, who announced that food would now be served, and would they please take their places at the table.

As everyone rose to cross the room, Mrs. Campbell grabbed her daughter's arm and hissed, 'What on earth's got into you, Margaret?'

'Nothing,' Margaret said. She pulled free of her mother's grasp and took her seat, flicking her napkin on to her lap and sitting, then, in sullen silence. She knew she was behaving badly, but could not help herself. She should never have come, she knew that now. It was all a charade. A farce.

Tonight's fare included fewer 'delicacies', following Mei Yuan's quiet word with the manageress about the sensitivities of the western palate. And so dish after dish of more conventional cuisine was brought to the table and placed on the Lazy Susan. A silence fell over the gathering as the guests picked and ate, and Mrs. Campbell struggled to make her chopsticks convey the food from the plate to her mouth. Beer was poured for everyone, and tiny golden goblets filled with wine for toasting.

Mei Yuan made the first toast, to the health and prosperity of the bride and groom to be. Mrs. Campbell raised her goblet to toast the generosity of her Chinese hosts, and when they had all sipped their wine, cleared her throat and said, 'And who is it, exactly, who is going to pay for the wedding?'

Li glanced at Margaret, but her eyes were fixed on her lap. He cleared his throat, embarrassed. 'Well, Margaret and I have discussed that,' he said. 'It's not going to be a big wedding. I mean, more or less just those of us who are here tonight, and one or two invited guests. We are going to keep it very simple. A tea ceremony at my apartment, a declaration at the twin altars, and then the banquet. The legal stuff is just a formality. So we thought…well, we thought we'd just pay for it ourselves.'

'Nonsense!' Mrs. Campbell said loudly, startling them. 'It may be a Chinese wedding, but my daughter is an American. And in America it is the tradition that the bride's family pays for the wedding. And that's exactly what I intend to do.'

'I don't think I could allow you to do that, Mrs. Campbell,' Li's father said suddenly, to everyone's surprise.

But Margaret's mother put her hand over his. 'Mr. Li,' she said, 'you might speak very good English, but you don't know much about Americans. Because if you did, you would know that you do not argue with an American lady on her high horse.'

Mr. Li said, 'Mrs. Campbell, you are right. I do not know much about Americans. But I know plenty about women. And I know just how dangerous it can be to argue with one, regardless of her nationality.' Which produced a laugh around the table.

'Good,' Mrs. Campbell said. 'Then we understand one another perfectly.' She turned back to her plate, and fumbled again with her chopsticks. She would have preferred a fork, but would never admit it.

'No,' Mr. Li said, and he leaned over to take her chopsticks from her. 'Like this.' And he showed her how to anchor the lower of the sticks and keep the top one mobile. 'You see,' he said. 'It's easy.'

Mrs. Campbell tried out her new grip, flexing the upper chopstick several times before attempting to lift a piece of meat from her plate. To her amazement she picked it up easily. 'Well, I never,' she said. 'I always thought chopsticks were a pretty damned stupid way of eating food.' She picked up another piece of meat. 'But I guess a billion Chinese can't be wrong.' She turned to smile at Mr. Li and found him looking at her appraisingly.

'What age are you, Mrs. Campbell?' he asked.

She was shocked. Margaret had told her that the Chinese were unabashed about asking personal questions. But clearly she had not anticipated anything quite so direct. 'I'm not sure that is any of your business, Mr. Li. What age are you?'

'Sixty-seven.'

'Oh, well,' she said. 'You have a year or two on me.'

'Maybe you remember when your president came to visit China?'

'Our President? You mean George W. Bush?' She wrinkled her nose. 'I can't stand the little man!'

'No. Not Bush. President Nixon.'

'Oh.' She was faintly embarrassed. Nixon had become something of a presidential pariah in the aftermath of Watergate. 'Actually, I do.'

'Nineteen seventy-two,' the old man said. 'They had just let me out of prison.'

'Prison?' Mrs. Campbell uttered the word as if it made a nasty taste in her mouth.

'It was during the Cultural Revolution, you understand,' he said. 'I was a "dangerous intellectual". I was going to crush all their heavy weapons with my vocabulary.' He grinned. 'So they tried to knock the words out of my head, along with most of my teeth.' He shrugged. 'They succeeded a little bit. But when they let me out, it was nineteen seventy-two, and I heard that the President of the United States was going to come to China.' He paused and sighed, recalling some deeply painful memory. 'You cannot know, Mrs. Campbell, what that meant then to someone like me, to millions of Chinese who had been starved of any contact with the outside world.'

Li listened, amazed, as his father talked. He had never heard him speak like this. He had never discussed his experiences during the Cultural Revolution with his family, let alone a stranger.

The old man went on, 'It was to be on television. But hardly anyone had a television then, and even if I knew someone who did, I would not have been allowed to watch it. But I wanted to see the President of America coming to China, so I searched around all the old shops and market stalls where we lived in Sichuan. And over several weeks, I was able to gather together all the bits and pieces to build my own television set. All except for the cathode ray tube. I could not find one anywhere. At least, not one which worked. But I started to build my television anyway, and just three days before your president was due to arrive, I found a working tube in an old set in a junk shop in town. When Nixon took his first steps on Chinese soil, when he shook hands with Mao, I saw it as it happened.' He shrugged, and smiled at the memory. 'The picture was green and a little fuzzy. Well, actually, a lot fuzzy. But I saw it anyway. And…' He seemed suddenly embarrassed. '…I wept.'

Margaret saw that her mother's eyes were moist, and felt an anger growing inside her.

Her mother said, 'You know, Mr. Li, I saw that broadcast, too. The children were very young then, and my husband and I stayed up late to watch the pictures beamed live from China. It was a big thing in America for people like us, after nearly thirty years of the Cold War. To suddenly get a glimpse of another world, a threatening world, a world which we had been told was so very different from our own. We were scared of China, you know. The Yellow Peril, they called you. And then, suddenly, there was our very own president going there to talk to Mr. Mao Tse Tung, as we called him. Just like it was the most natural thing. And it made us all feel that the world was a safer place.' She shook her head in wonder. 'And all these years later, here I am in China talking to a Chinaman who watched those same pictures, and was as moved by them as we were.'

'Oh, spare me!' Everyone turned at the sound of Margaret's breaking voice, and were shocked to see the tears brimming in her eyes.

Her mother said, 'Margaret, what on earth…?'

But Margaret wasn't listening. 'How long is it, Mr. Li? Two days, three, since I wasn't good enough to marry your son because I wasn't Chinese?' She turned her tears on her mother. 'And you were affronted that your daughter should be marrying one.'

'Magret, Magret, what's wrong, Magret?' Xinxin jumped off her chair and ran around the table to clutch Margaret's arm, distressed by her tears.

'I'm sorry, little one,' Margaret said, and she ran a hand through the child's hair. 'It's just, it seemed like no one wanted your Uncle Yan and me to get married.' She looked at the faces around the table. 'And that's the irony of it. Just when you all decide you're going to be such big pals, there isn't going to be a wedding after all.'

She tossed her napkin on the table and kissed Xinxin's forehead before hurrying out of the Emperor's Room and running blindly down the royal corridor.

For a moment, they all sat in stunned silence. Then Li laid his napkin on the table and stood up. 'Excuse me,' he said, and he went out after her.

She was out in the street before she realised that she had no coat. The snow was nearly ankle-deep and the wind cut through her like a blade. Her tears turned icy on her cheeks as they fell, and she hugged her arms around herself for warmth, staring wildly about, confused and uncertain of what to do now. The traffic on Tiananmen Square crept past in long, tentative lines, wheels spinning, headlights catching white flakes as they dropped. One or two pedestrians, heads bowed against the snow and the wind, cast inquisitive glances in her direction. The Gate of Heavenly Peace was floodlit as always, Mao's eternal gaze falling across the square. A monster to some, a saviour to others. The man whose rendezvous with Nixon all those years before had somehow achieved great mutual significance for her mother and Li's father.

'Come back in, Margaret.' Li's voice was soft warm breath on her cheek. She felt him slip his jacket around her shoulders and steer her towards the steps.

The girls with the tall black hats and the red pompoms stared at her in wide-eyed wonder as Li led her back into the restaurant. 'Is there somewhere private we can go?' he asked. One of the girls nodded towards a room beyond the main restaurant, and Li hurried Margaret past the gaze of curious diners and into a large, semi-darkened room filled with empty banqueting tables. Lights from the square outside fell in through a tall window draped with gossamer-thin nets. While the emperor and empress dined in the room where Li and Margaret had intended to make their betrothal, the emperor's ministers would have dined here. Now, though, it was deserted. Li and Margaret faced one another beneath a large gilded screen of carved serpents. The silence between them was broken only by the distant chatter of diners and the drone of engines revving in the snow outside.

He wiped the tears from her eyes, but she wouldn't look at him. He wrapped his arms around her to warm her and stop her from shivering. And they stood like that for a long time, his chin resting lightly on the top of her head.

'What is it, Margaret? What have I done?' he asked eventually. He felt her take a deep, quivering breath.

'It's what you didn't do,' she said.

'What? What didn't I do?'

'You didn't tell me you would lose your job if we got married.'

And the bottom fell out of a fragile world he had only just been managing to hold together. She felt him go limp.

'Why *didn't* you tell me?' She broke free of him and looked into his eyes for the first time, seeing all the pain that was there, and knowing the answer to her question before he even opened his mouth.

He hung his head. 'You know why.' He paused. 'I want to marry you, Margaret.'

'I want to marry you, too, Li Yan. But not if it's going to make you unhappy.'

'It won't.'

'Of course it will! For God's sake, being a cop is all you've ever wanted. And you're good at it. I can't take that away from you.'

They stood for a long time in silence before he said, 'What would we do?'

She gave a tiny shrug. 'I don't know.' And she put her arms around him and pushed her cheek into his chest. He grunted involuntarily from the pain of it. She immediately pulled away. 'I'm sorry. I forgot.'

'How did you know?' he said.

'Does it matter?'

'It does to me.'

'Your deputy told me. Tao Heng.'

Anger bubbled up inside him. 'That bastard!'

'Li Yan, he didn't know that you hadn't told me.'

'I'll kill him!'

'No you won't. It's the message that matters. Not the messenger.'

'And the message is what?'

'That it's over, Li Yan. The dream. Whatever it is we were stupid enough to think the future might hold for us. It's out of our hands.'

He wanted to tell her she was wrong, that their destiny was their own to make. But the words would have rung hollow, even to him. And if he could not convince himself, how would he ever persuade her? His life, his career, his future, were all spiralling out of control. And he seemed helpless to do anything about it.

He felt the weight of the world descend on him. 'Will I tell them, or will you?'

It was half an hour before he got them all into taxis. Mei Yuan promised to see Mrs. Campbell back to Margaret's apartment. None of them asked why the wedding was being called off, and Li made no attempt to explain, except to say that he and Margaret had 'stuff' to sort out. Xinxin was in tears.

When they had gone, he returned to the dining room of the emperor's ministers and found Margaret sitting where he had left her. Her tears had long since dried up, and she sat bleakly staring out across the square. Her mood had changed, and he knew immediately that the 'stuff' he had spoken of was not going to be sorted tonight. He drew up a seat and leaned on the back of it, staring down at the floor, listening to the chatter of diners in the restaurant. He could smell their cigarette smoke and wished to God he could have one himself.

After a very long silence, he said finally, 'Margaret—' and she cut him off immediately.

'By the way, I forgot to tell you earlier...' And he knew from her tone that this was her way of saying she wasn't going to discuss it further.

'Forgot to tell me what?' he said wearily.

'I found a photograph on your desk this morning. One of the ones taken by Jon Macken at the club where that murdered girl worked.'

Li frowned. 'Which photograph?'

'A Westerner, with white hair and a beard. He was with some Chinese.'

Li said, 'What about him?'

'I recognised him. Not right away. But I knew I'd seen the face before. Then it came to me this afternoon, and I checked him out on the net.'

'Who is he?'

She turned to look at him. 'Doctor Hans Fleischer. Known as Father Fleischer to all the East German athletes he was responsible for doping over nearly twenty years.'

II

As they drove, in careful convoy, past the high walls of the Diaoyutai State Guesthouse on the eastern flank of Yuyuantan Park, Li dragged his thoughts away from Margaret. It was nearly an hour since he had taken her home and he wondered now what he would accomplish by his search of the club. There was, after all, nothing to link Fleischer with the deaths of the athletes. And Margaret herself had conceded that there was nothing in the pathology or toxicology to suggest that any of them had been taking drugs. But the coincidence was just too much to ignore. And, anyway, he needed something else to think about.

The Deputy Procurator General had been having dinner at the home of a friend and been annoyed by Li's interruption. His irritation, however, had probably served Li's cause. Had he examined in more detail the flimsy nature of the grounds with which he had been presented, he might not have signed the warrant.

As if reading Li's thoughts, Sun took his eyes momentarily from the road, and tossed a glance towards his passenger. 'What do you think we're going to find here, Chief?'

Li shrugged. 'I doubt if this will prove to be anything more than an exercise in harassment, detective. Letting CEO Fan know that we're watching him. After all, if it's true that Fan really doesn't know who Fleischer is, then the link to the club is extremely tenuous.' He slipped the photograph of Fan and Fleischer and the others out of the folder on his knee and squinted at it by the intermittent glow of the streetlights. 'But there are other factors we have to take into consideration,' he said. 'The break-in at Macken's studio to steal the film that he took at the club. JoJo's murder. She was a friend of Macken's, after all, and it was her who got him the job there in the first place.'

'You think there's a connection?'

'I think there could be a connection between the break-in and the fact that Fleischer features prominently in one of Macken's pictures.' He glanced at Sun and waggled the photograph. 'Think about it. Fleischer is internationally reviled, an outcast. If he went back to Germany he would end up in jail. Not the sort of person an apparently respectable businessman like Fan would want people to know he was connected to. So you're coming out of a room in your private club. You're with Fleischer. You think you're perfectly safe. And flash. There's a guy with a camera and he's just caught the two of you together on film. Maybe you'd want that picture back.'

'But would you kill for it?'

'That might depend on how deep or unsavoury your connection with Fleischer was.' Li sighed. 'On the other hand, I might just be talking through a very big hole in my head.'

The convoy ground to a halt at the Fuchengmenwai intersection, and Li peered again at the photograph in his hand. He frowned and switched on the courtesy light and held the print up to it. 'Now, there's something I didn't notice before,' he said.

'What is it?'

Li stabbed at the plaque on the wall beside the door. 'They're coming out of the Event Hall.'

Sun shrugged. 'Is that significant?'

'It was the one place Fan Zhilong didn't show me and Qian. He said it was being refurbished.' He flicked off the courtesy lamp as the traffic lights turned to green and their wheels spun before catching and propelling them slowly around the corner. He peered across the highway, through the falling snow, and saw the twin apartment blocks rising into the dark above the brightly lit entrance to the Beijing OneChina Recreation Club.

◇◇◇

Fan Zhilong was less than happy to have his club overrun by Li and a posse of uniformed and plain-clothed officers. He strutted agitatedly behind his desk. 'It's an invasion of privacy,' he railed. 'Having the place raided by the police is going to do nothing for the reputation of my club. Or for the confidence of my members.' He stopped and glared at Li. 'You could be in big trouble for this, Section Chief.'

Li dropped his search warrant on Fan's desk. 'Signed by the Deputy Procurator General,' he said. 'If you have a problem, take it up with him.' He paused, then added quietly. 'And don't threaten me again.'

Fan reacted as if he had been slapped, although Li's voice could hardly have been softer. The CEO seemed shocked, and his face reddened.

Li said, 'A girl has been stabbed to death, Mr. Fan. Your personal assistant.'

'My *ex*-personal assistant,' Fan corrected him.

Li threw the photograph of Fleischer on top of the warrant. 'And a man wanted in the West for serially abusing young athletes with dangerous drugs was photographed on these premises.'

Fan tutted and sighed and raised his eyes towards the ceiling. 'I already told you, Section Chief, I never met him before the day that photograph was taken. I couldn't even tell you his name.'

'His victims knew him as Father Fleischer.' Li watched for a reaction but detected none. 'And I suppose you still don't remember the name of the member whose guest he was?'

'You're right, I don't.'

'What's going on, Mr. Fan?' The voice coming from the doorway behind them made Li and Sun turn. It was the track-suited personal trainer with the ponytail, who was also in the Fleischer photograph. 'The members downstairs are packing up and leaving. They're not happy.'

'Neither am I, Hou. But I'm afraid I have very little control over the actions of Section Chief Li and his colleagues.'

Li lifted the photograph from the desk and held it out towards Hou. 'Who's the Westerner in the picture?' he asked.

Hou glanced at his boss, and then advanced towards Li to take a look at the photograph. He shook his head. 'No idea. One of the members brought him.'

'Which one?'

'I can't remember.'

'How very convenient. I take it he's not one of the other two in the picture?'

Hou shook his head. 'Members of staff.'

'So yourself, and Mr. Fan, and two other members of staff were left on your own, by a member whose name you've forgotten, to entertain this Westerner, whose name you don't remember? Is that right?'

'That's right,' Hou said.

'How very forgetful.'

Qian appeared in the door leading to JoJo's office. Along with half a dozen other section detectives, he had been called back on shift to take part in the search. 'Chief,' he said. 'Remember that Event Hall that was being refurbished? Well, I think you should come and take a look at it.'

As they went in, Qian flicked on the overhead fluorescents, and one by one they coughed and flashed and hummed. 'Sounds like Star Wars,' he said. The Event Hall was huge, marble walls soaring more than twenty feet, tiled floors stretching off towards distant pillars, a ceiling dotted with tiny lights, like stars in a night sky. Li looked around with a growing sense of unease. Long banners hung from the walls, decorated with Chinese characters which made no sense to him. Between the door by which they had entered, and a platform against a curtained wall at the facing end, were three, free-standing ornamental doorways set at regular intervals. Between the third of these and the platform, several items were laid out on the floor. A bamboo hoop large enough for a man to pass through, serrated pieces of red paper stuck to the top and bottom of it. Pieces of charcoal arranged in a square. Three small circles of paper set out one after the other. Two lengths of string laid side by side. These items were flanked on each side by a row of eight chairs, set out as if for a small audience. And then on the platform itself, a large rectangular table with a long strip of yellow paper pinned to its front edge and left hanging to the floor.

Li walked slowly through each of the ornamental doorways towards the platform, and noticed that there were facing doors on each of the side walls. Fan and the ponytail followed him at a discreet distance, watched from the doorway by Qian and Sun and several other officers. 'What is this?' Li said.

'Nothing really,' Fan said. 'At least, nothing to interest you, Section Chief. Some ceremonial fun and games we have here for the members.'

'You said it was being refurbished.'

'Did I? I probably just meant it was being rearranged for the ceremony.'

'And what exactly does this ceremony consist of, Mr. Fan?'

Fan shrugged and smiled. But not enough for his dimples to show. He looked faintly embarrassed. 'It's a game, really, Section Chief. A bit like a Masonic initiation ceremony. If you know what that is.'

'I didn't know there were Masons in China, Mr. Fan.'

'There aren't. It's just something we made up. The members like it. It makes them feel like they're part of something, you know, exclusive.'

Li nodded and stepped up on to the platform. The table was strewn with more odd items. He counted five separate pieces of fruit. There was a white paper fan, an oil lamp, a rush sandal, a piece of white cloth with what looked like red ink stains on it, a short-bladed sword, a copper mirror, a pair of scissors, a Chinese writing brush and inkstone. More than a dozen other items were laid out among them, everything from a needle to a rosary. 'What's this stuff?'

'Gifts,' Fan said. 'From members. They do not have to be expensive. Just unusual.'

'They are certainly that,' Li said. 'What's behind the curtain?'

'Nothing.'

Li stepped forward and drew it aside to reveal a double door. 'I thought you said there was nothing here.'

'It's just a door, Section Chief.'

'Where does it lead?'

'Nowhere.'

Li tried the handle and pulled the right-hand door open. There was just marble wall behind it. Both the door and its façade were false.

Li looked at Fan, who returned his stare uneasily. The hum of the lights sounded inordinately loud. Li glanced towards Sun and Qian and the other detectives, and then his eyes fell on the club's personal trainer, and Li noticed for the first time that although it was gathered behind his head in a ponytail, his hair was allowed to loop down over his ears, hiding them from view. The tip of his right ear was just visible through the hair. But the loop on the left lay flat against his head. It looked odd, somehow. Something came back to Li from his secondment in Hong Kong. Something he had heard, but never seen. He stepped up to Hou and pushed the hair back from the left side of his head to reveal that the left ear was missing, leaving only a half-moon of livid scar tissue around the hole in his head. 'Nasty accident,' he said. 'How did it happen?'

'Like you said, Section Chief, a nasty accident.' Hou flicked his head away from Li's hand. There was something sullen and defiant in Hou's tone, something like a warning. Li took another good, long look at Fan and saw that same defiance in his eyes, and felt a shiver of apprehension run through him, as if someone had stepped on his grave.

'I think we've seen enough,' he said. 'Thank you, Mr. Fan, we'll not disturb you any longer.' And he walked back through the ornamental doorways to where his detectives stood waiting. 'We're through here,' he said to Qian. Qian nodded, and called the rest of the team to go as they crossed the entrance hall to the tall glass doors.

'What is it?' Sun whispered. He could see the tension in his boss' face.

'Outside,' Li said quietly, and they pushed out into the icy night, large snowflakes slapping cold on hot faces.

Once through the gates, they stopped on the sidewalk. 'So what was going on in there, Chief?' Sun asked. 'The atmosphere was colder than the morgue on a winter's night.'

'What direction are we facing?' Li looked up at the sky as if searching for the stars to guide him. But there were none.

Sun frowned. 'Fuchengmenwai runs east to west on the grid. We're on the north side, so we're facing south.'

Li turned and looked at the building they had just left. 'That means we entered the Event Hall from a door on its east side,' he said.

Sun said, 'I don't understand.'

Li hobbled around to the passenger side of the Jeep. 'Let's get in out of this weather.'

The snow in their hair and on their shoulders quickly melted in the residual warmth of the Jeep. Condensation began forming on the windshield, and Sun started the motor to get the blower going. He turned to Li. 'Are you going to tell me what's going on, Chief?'

'These people are Triads,' Li said.

'Triads?'

Li looked at him. 'You know what Triads are, don't you?'

'Sure. Organised crime groups in Hong Kong, or Taiwan. But here? In Beijing?'

Li shook his head sadly. 'There's always a price to pay, isn't there? It seems we haven't only imported Hong Kong's freedoms and economic reforms. We've imported their criminals as well.' He turned to the young police officer. 'Triads are like viruses, Sun. They infect everything they touch.' He nodded towards the floodlit entrance of the club. 'That wasn't some ceremonial games hall in there. It was an initiation chamber. And trainer Hou, with the ponytail? He must have transgressed at some point, broken some rule. He didn't lose his ear by accident. It was cut off. That's how they punish members for misdemeanours.'

'Shit, Chief,' Sun said. 'I had no idea.' He lit a cigarette and Li grabbed the packet from him and took one. 'Give me a light.'

'Are you sure you want to do this, Chief? They're dangerous to your health, you know.'

'Just give me a light.' Li leaned over to the flickering flame of Sun's lighter and sucked smoke into his lungs for the first time in nearly a year. It tasted harsh, and burned his throat all the way down. He spluttered and nearly choked, but persevered, and after a few draws felt the nicotine hit his bloodstream and set his nerves on edge. 'I spent six months in Hong Kong back in the nineties,' he said. 'I came across quite a number of Triads then. Mostly they were just groups of small-time gangsters who liked the names and the rituals. They call the leader the Dragon Head. All that shit in there, it's a kind of recreation of a journey made by the five Shaolin monks who supposedly created the first Triad society, or Hung League as they called it, set up to try to restore the Ming Dynasty.'

'Sounds like crap to me,' Sun said.

'It might be crap, but that doesn't mean they're not danger-ous.' Li drew thoughtfully on his cigarette. 'I never came across anything on this scale, though. I mean, these people have serious money. And serious influence.' He shook his head. 'I still can't believe they're here in Beijing.'

'Can't we just shut them down?' Sun said.

'On what pretext? That they're Triads? They're never going to admit to that, are they? And we don't have any proof. On the face of it, Fan and his people are running a legitimate business. We have no evidence to the contrary, and after tonight I figure we'll be hard pushed to find any.' He lowered his window an inch to flick the half-smoked remains of his cigarette out into the snowy night. 'We're going to have to tread very carefully from here on in, Sun. These people are likely to be a lot more dangerous to our health than any cigarette.'

III

Li limped quickly down the corridor on the top floor of Section One, supporting himself on his stick. Thirty hours after his beating outside Dai Lili's apartment, every muscle in his body had stiffened up. His head was pounding. Concentration was difficult. But he was a man driven. Sun was struggling to keep up with him.

'Go home,' Li told him. 'There's nothing more you can do till tomorrow.' He stopped in the doorway of the detectives' room and looked for Qian.

'You're not sending anyone else home,' Sun protested.

'No one else has a pregnant wife waiting for them.' He spotted Qian taking a call at someone else's desk. 'Qian!'

'*You* do, Chief,' Sun persisted.

Li looked at him. 'She's not my wife,' he said. And knew that if Margaret had her way now, she never would be.

'Yes, Chief?' Qian had hung up his call.

'Get on to Immigration, Qian. I want everything they've got on Fleischer. Is he still in the country? How long has he been here? What address do they have for him?' He scanned the desks until he saw the bleary face of Wu at his computer. 'And Wu, run downstairs for me and ask the duty officer in Personnel for the file on Deputy Tao.'

Several heads around the room lifted in surprise. Wu seemed to wake up, and his jaw started chewing rapidly as if he just remembered he still had gum in his mouth. 'They'll not give it to me, Chief.'

'What?'

'Tao's a senior ranking officer. They'll only release his file to someone more senior.'

Li sighed. 'I was hoping to avoid having to go up and down two flights of stairs. Can't you use some of that legendary charm of yours?'

'Sorry, Chief.'

Li turned and almost bumped into Sun. 'Are you still here?'

'I'll ask Personnel if you want.'

'Go home!' Li barked at him, and he set off towards the stairs, his mood blackening with every step.

It was after ten by the time Li got back to his office with Tao's police employment history, all the records from the Royal Hong Kong Police in six box files. He switched out the light and sat in the dark for nearly fifteen minutes, listening to the distant sound of voices and telephones in the detectives' room. He didn't really want to think about anything but the investigation, but he could not get Margaret out of his head. She was firmly lodged there, along with the pain that had developed over the past hour. His eyes had grown accustomed now to the faint light of the streetlamps that bled in through the window from the street below, and he opened the top drawer of his desk to take out the painkillers the hospital had given him. He swallowed a couple and closed his eyes. He couldn't face going back to confront his father tonight, not after everything that had happened. And he needed to talk to Margaret, to lie with her and put his hand on her belly and feel their child kicking inside, to be reassured that they had, at least, some kind of a future.

He made a decision, switched on his desk light and took out a sheet of official Section One stationery. He lifted his pen from its holder and held it poised above the paper for nearly a minute before committing it to scrawl a handful of cryptic characters across the crisp, virgin emptiness of the page. When he had finished, he re-read it, and then signed it. He folded it quickly, slipped it into an envelope and wrote down an address. He got up and hobbled to the door and hollered down the hall for Wu. The detective hadn't been prepared to run down two flights of stairs to fetch a personnel file for him, but could hardly refuse to take a letter down to the mail room. It was on the ground floor. A small satisfaction.

When a disgruntled Wu headed off with the envelope, Li returned to his desk and pulled the telephone directory towards him. He found the number of the Jinglun Hotel and dialled it.

The Jinglun was Japanese owned, he knew. Neutral territory. The receptionist answered the call. '*Jinglun Fandian.*'

'This is Section Chief Li of the Beijing Municipal Police. I need to book a double room for tonight.'

When he'd made the reservation, he dialled again. Margaret answered her phone almost immediately. 'It's me,' he said. She was silent for a long time at the other end of the line. 'Hello, are you still there?'

'I love you,' is all she said. And he heard the catch in her voice.

'Is your mother there?'

'She's asleep.'

'I've booked us a room at the Jinglun Hotel on Jianguomenwai. Take a taxi. I'll meet you there in an hour.'

And he hung up. The deed was done, and there would be no going back. He opened the files on Tao.

Much of what was in them he knew already. Tao had been born in Hong Kong. His family had gone there from Canton at the turn of the twentieth century. He had joined the Royal Hong Kong Police, under the British, straight from school. It had been his life, and he had risen through the uniformed branch to the rank of Detective Sergeant in the Criminal Investigation Department. The marriage he had entered into in his early twenties had gone wrong after their baby girl died from typhoid. He had never remarried.

The Hong Kong police had kept meticulous records of his investigations after he moved into the detective branch. He had been involved in several murder investigations, and a huge drugs bust which had netted more than five million dollars' worth of heroin. He had also taken part in a major investigation into Triad gangs in the colony, including some undercover work. Li searched backwards and forwards through the records, but despite what appeared to have been a major police effort to crack down on the Triads, their success had been limited to a few minor arrests and a handful of prosecutions. Li remembered the campaign from his brief exchange period there in the middle-nineties. He remembered, too, the persistent rumours of a Triad insider within the force itself. Rumours that were never fully investigated, perhaps for fear of what such an investigation might turn up. Triads had been endemic in Hong Kong since the late nineteenth century, extending their tendrils of influence into nearly every corner of society. Dozens of apparently legitimate businesses were fronts for Triad organised crime. Bribery and corruption were rife among ethnic Chinese government officials and the police. All attempts by the British to stamp them out had failed. Originally it was the Communists who had driven the Triads out of mainland China, forcing them to concentrate their efforts in Hong Kong and Taiwan. Now, as freedom of movement and economic reform took hold, the scourge of the Triads was returning to the mainland. Britain's failure was becoming once again China's problem.

Li closed each of the box files in turn and stacked them neatly on his desk, doing anything that might stop his mind from focusing on the suspicions that were forming there. He was afraid to examine them in case he found only his own prejudice. He did not like anything about Tao. His personality, his approach to police work, the way he treated his detectives. He knew that Tao was after his job. And Tao had told Margaret about police policy towards officers marrying foreigners.

That tipped the balance. Li sighed and let his head fill up with his worst thoughts. Someone close to their investigation had known enough to be one step ahead of them on the bottles of perfume and aftershave. Why not Tao? And someone had told the thieves who broke in to Macken's studio to steal the film, that he had made contact prints. Only the investigating officers from the local bureau had known that. And in Section One, only Li and Qian. And Tao.

Li screwed up his eyes and pushed his knotted fist into his forehead. The trouble was, there was not one single reason for him to connect Tao with either breach. The fact that he disliked the man was no justification. Even for the suspicion.

IV

He took the last subway train south on the loop line from Dongzhimen to Jianguomen. There he found himself an almost solitary figure trudging through the snow in the dark past the Friendship Store, and the bottom end of the deserted Silk Street. There were still some late diners in McDonald's, and the in-crowd was clouding windows at Starbucks, sipping coffees and mochas and hot chocolates that cost more than the average Beijinger earned in a day. At the Dongdoqiao intersection, the lonely figure of a frozen traffic cop stood rigidly inside his long, fur-collared coat, cap pulled down as low over his face as it would go. The traffic was scant, and the pedestrians few and far between. He was ignoring both, and the snow was gathering in ledges on each of his shoulders. A red-faced beggar came scurrying through the snow towards Li, dragging a wailing child in his wake. He turned away, disappointed, when he saw that Li was Chinese, and not some soft-hearted *yangguizi*. If only he had known, Li never failed to give a beggar the change in his pocket.

Outside the floodlit entrance of the Jianguo Hotel, a group of well-fed foreigners tumbled out of a taxi and hurried, laughing, into the lobby. Water-skiing plastic Santas frolicked around a fountain in an ornamental pool in the forecourt, and fake snow hung from the roof of a Christmas log cabin. The soft strains of *Jingle Bells* drifted into the night sky. Li ploughed on past the rows of redundant taxis, drivers grouped together inside with engines running, the heating on, playing cards for money. A golden Christmas tree dotted with fairy lights twinkled opposite the revolving door of the Jinglun Hotel. In the lobby, beneath a giant polystyrene effigy of Santa Claus in his reindeer-drawn sleigh, Christmas party-goers fell out of the restaurant past staff in red and white Santa hats. In here the public address system was playing *Silent Night*.

Beneath the soaring gold pillars and the tall palm trees, Li saw Margaret sitting at a table on her own. Behind her, in the doorway of the twenty-four-hour café, a life-sized animated clown was dancing, and singing *The Yellow Rose of Texas* in a strange electronic voice which intermittently broke off to scream, '*Ha, ha, ha. Ho, ho, ho.*'

She stood up as soon as she saw Li. 'Thank God you're here,' she said. 'Another five minutes and you'd have been investigating the death of a clown.'

'*Ha, ha, ha. Ho, ho, ho,*' said the clown, and she glared at it. He took her arm. 'Come on, let's go upstairs.'

Their room was on the fifth floor, at the far end of a long corridor. Li saw the security camera that pointed along it from the elevators and wondered just who was watching. Although he had asked for a double, they had given him a twin-bedded room. The beds were dressed with garishly patterned quilt covers. He switched out the lights and pulled back the quilt on the bed nearest the window. It was more than big enough for two. He did not draw the curtains, and once their eyes had adjusted there was sufficient ambient light from the avenue below by which to see.

A strange urgency overtook them as they undressed and slipped into bed. The warmth of her skin on his immediately stirred his sexual desire. He kissed her lips and her breasts and her belly, and smelled the sex in her soft, downy triangle of hair. He felt her grip his buttocks and try to pull him into her. But he wanted to wait, to take his time, to savour the moment. 'Please,' she whispered to him in the dark. 'Please, Li Yan.'

He rolled over and knelt between her legs without entering her and cupped her swollen breasts in his hands, feeling the nipples grow hard against his palms, and he ran his tongue up over her belly, squeezing her breasts together so that he could move his lips quickly from one nipple to the other, sucking, teasing, biting. She arched backwards as he moved up to her neck, and his hot breath on her skin made her shiver. He found her lips, and the sweetness of her tongue, and then he slipped inside her, catching her almost unawares, and she gasped.

They moved together in slow, rhythmic waves for fifteen minutes or more, turning one way, then the other, gripped by their passion, but gentle with the knowledge of their baby lying curled between them, the perfect product of a previous encounter. Until finally, he thrust hard and deep, arching backwards so as not to bear down on her, feeling her fingers biting into his back. She screamed at the moment of his release, and he felt her muscular spasm suck him dry, taking his seed this time for love alone.

Afterwards, they lay for more than ten minutes on their backs, side by side, listening to snowflakes brush the window like falling feathers.

'You've been smoking,' Margaret said suddenly.

'Just one. Well, really, just half of one.' He hesitated for a long time, steeling himself for this. 'Margaret, we need to talk about the wedding.'

'I've done enough talking about that tonight. I had to face my mother, remember, after you dropped me at the apartment.'

'What did she say?'

'I think she was relieved that she wasn't going to have some Chinese as a son-in-law after all.'

He was silent for several minutes then. 'You seem to be taking it very calmly.'

'Do I?' She inclined her head to look at him. 'Appearances can be deceptive.'

'So what *are* you thinking?'

'You mean apart from hating you for not telling me?'

'Apart from that.'

'I'm thinking about how much I just want to hurt you for hurting me,' she said. 'For lying to me. For deceiving me.'

'I still want to marry you,' he said.

'Forget it.' And she tried very hard not to succumb to the self-pity which was welling up inside. After all, hadn't she spent long enough these last weeks debating with herself whether marriage and motherhood were really what she wanted in life? She made a determined effort to force a change of topic. 'So how did it go tonight? Did you find Fleischer?'

Li lay back and closed his eyes. He still didn't have the courage to tell her. So he released his thoughts to run over the night's events, and shuddered again at the recollection of what he had uncovered at the club. 'No,' he said. 'But if there's a connection between Fleischer and the dead athletes, then we're up against something much more powerful than I could ever have imagined.'

For a moment Margaret forgot her own concerns. 'What do you mean?'

'The club where Fleischer was photographed is run by Triads.'

She frowned. 'Triads? That's like a kind of Chinese mafia, isn't it?'

'Bigger, more pervasive, steeped in ritual and tradition.' He turned to find her watching him intently. 'The Event Hall at the club is a ceremonial chamber for the induction of new members. It has an east–west orientation, with doors on all four walls, a representation of the lodges where these original inductions took place. Most times I would have walked into it and never have known, but tonight it was all set up for an induction ceremony.'

He described to her the layout of the hall, with its three, freestanding, ornamental doorways representing the entries to the chambers of a traditional lodge; the items laid out on the floor, symbolic of a journey made by the founding monks.

'The monks came from a Shaolin monastery in Fujian,' he said. 'They were supposed to have answered a call by the last Ming emperor to save the dynasty and take up arms against the Ch'ing. But one of their number betrayed them, and most of them were killed when the monastery was set on fire. Five escaped. And they're what they call the "First Five Ancestors". According to legend they had a series of extraordinary adventures and miraculous escapes. I mean, literally miraculous. Like a grass sandal turning into a boat so that they could sail across a river and escape the Ch'ing soldiers. During this journey, their numbers grew until they became an army, and they called themselves the "Hung League". But, then, over the years they became fragmented, dividing into hundreds of different groups or gangs who inducted new members by re-enacting the original legend.' He snorted. 'Of course, they never did restore the Ming Dynasty. They turned to crime instead. I guess they were one of the world's first crime syndicates.'

Margaret listened in horror and fascination. 'How do you know all this?'

'I read up on it before I went to Hong Kong. Yifu was a bit of an expert. Our family came from the colony before they moved to Sichuan.'

'And all that stuff on the floor. What did it mean, exactly?'

'I think the bamboo hoop with the red serrated paper was supposed to represent a hole through which the founding monks escaped from the burning monastery. I guess new recruits would have to step through it. The pieces of charcoal laid out on the floor would represent the burned-out remains. The monks are then supposed to have escaped across a river on stepping stones. I think that's what the circles of paper were. The two lengths of string, I think, symbolise a two-planked bridge which also aided their escape. They would be held up and stretched tight for the recruits to duck under during the ceremony.'

Margaret was wide-eyed in amazement. 'This is bizarre stuff,' she said. 'It's hard to believe that crap like that still goes on in this day and age.'

Li nodded. 'It would be laughable if these people weren't so dangerous. And, believe me, they are.'

'Why are they called Triads?' Margaret asked.

'It was the Europeans who called them that,' Li said. 'They were known by all sorts of different names over the years. The term "Triads" might have came from one of them—the "Three United Association". But I don't know for sure.'

He told her, then, about the table draped with yellow paper and the strange collection of items laid out on top of it. 'I figure the table was some kind of altar. When the monks were escaping from the monastery, a huge yellow curtain was supposed to have fallen on them and saved them from the flames. I think that's what the yellow paper was supposed to represent.'

'What about the stuff on top of the altar?' She remembered Mei Yuan telling her about the rice bowl and chopsticks placed on a wedding altar to commemorate a death in the family.

'Everything's related to the original legend,' Li said. 'I don't know all the details. I mean, the rush sandal is obvious. That's what was supposed to have turned into a boat. I think the white cloth with the red stains represents a monk's robe smeared with blood. The sword would be used to execute traitors. The punishment for anyone breaking one of the thirty-six oaths of allegiance is "death by a myriad of swords".'

Margaret felt goosebumps rise up all along her arms and across her shoulders. 'That girl you found in the park,' she whispered. 'You said she worked at the club.' Li looked at her, the thought dawning on him for the first time. Margaret said, 'She died of multiple stab wounds, didn't she? Laid out on a stone slab like a ritual sacrifice. Or execution.'

'My God,' Li said. '*They* killed her.'

'But why? She wouldn't have been a member, would she?'

'No. It's an all male preserve. But she must have known something, betrayed a confidence, I don't know…' He sat up in bed, all fatigue banished from body and mind. 'They took her up there and stabbed her to death and laid her out for the world to see. Like they were making an example of her. Or issuing a warning.'

'Who to?'

'I don't know. I just don't know.' And then Li remembered something which had got lost in a day of traumas and revelations. Something he had meant to ask Margaret about earlier. He turned to her. 'Margaret, Wu came up with something at the meeting this morning. It's maybe nothing at all. But it did seem strange.'

'What?'

'All of the athletes, including Jia Jing, had the flu at some point in the five or six weeks before they died.' He paused. 'Could that have been the virus that caused their heart trouble?'

Margaret scowled. 'No,' she said. 'The flu wouldn't do that to them.' She thought about it some more. 'But it could have done something else.'

'Like what?'

'Activated a retrovirus.'

Li screwed up his face. 'A what?'

Margaret said, 'We've all got them, Li Yan, in our germline DNA. Retroviruses. Organisms that have attacked us at some point in human history, organisms that we have learned to live with because they have become a part of us. Usually harmless. But sometimes, just sometimes, activated by something else that finds its way in there. A virus. Like herpes. Or flu.'

'You think that's what happened to these athletes?'

She shrugged. 'I've no idea. But if they all came down with the flu, and that's the only common factor we can find, then it's a possibility.'

Li was struggling to try to understand. 'And how would that help us?'

Margaret shook her head. 'I don't know that it would.'

Li fell back on the pillow. 'I give up.'

She smiled at him and shook her head. 'I doubt it. You're not the type.'

He closed his eyes and they lay side by side in silence, then, for ten minutes or more. Finally she said, 'So what are *you* thinking?'

He said, 'I'm thinking about how I quit the force tonight.'

Margaret raised herself immediately on her elbow. She could barely hear her voice over the pounding of her heart. 'What?'

'I want to marry you, Margaret.' She started to protest, but he forced his voice over her. 'And if you won't marry me, then I'll have to live with that. But it won't change my mind about quitting.' He turned his head on the pillow to look at her. 'I wrote my resignation letter before I left the office tonight. It's in the mail. So all my bridges are burned. No going back.'

'Well, you'd better find a way,' Margaret said brutally. 'Because I won't marry you, Li Yan. Not now. I won't have your unhappiness on my conscience for the rest of my life.'

Chapter Ten

I

Traffic in the city had already ground to a halt. And there was not even light, yet, in the sky. Li hobbled past lines of stationary vehicles blocking all six lanes on Jianguomenwai Avenue. A few taxis were making their way gingerly along the cycle lanes, cyclists weaving past them on both sides, leaving drunken tracks in the snow. He would have to take the subway to Section One, for what would probably be his last time.

Margaret was still asleep when he left. He had no idea when either of them had drifted off, finally, to escape from their stalemate for a few short hours. But he had wakened early and lay listening to her slow, steady breathing on the pillow beside him. She had looked so peaceful, so innocent in sleep, this woman he loved. This pig-headed, stubborn, utterly unreasonable woman he loved.

He walked quickly to burn up anger and frustration. Not just with Margaret, but with everything in his life. With a bureaucracy that wouldn't allow him to marry her and still keep his job. With an investigation that grew more obscure the more he uncovered. With his father for blaming him unreasonably for things that were not his fault. With himself for not being able to solve his own problems. With his Uncle Yifu for not being there when he needed him most.

And still the snow fell.

He reached the subway station at Jianguomen, and limped down the steps. Warm air rushed up to meet him. He bought a ticket and stood on a crowded platform waiting for a train going north. A southbound train, headed for Beijing Railway Station, came in on the other line, debouching a handful of passengers before sucking in all the people on the far side of the platform.

Li had seen the face of the driver in his cab as it came in, pale and weary in the early morning, caught for a moment in the dazzle of lights on the platform. As it left, he saw the guard peering from the side window of the cab at the other end. Had the train come in on Li's side, heading in the other direction, their roles would have been reversed. And he realised consciously for the first time that the trains were reversible. They could be driven from either end. The same going forwards as backwards. And he wondered why something tucked away in the farthest and darkest recesses of his mind was telling him that there was significance in this.

His train arrived, and he squeezed into it to stand clutching an overhead handrail, using his free arm to protect his ribs from the other passengers crushing in around him. The recorded voice of a female announcer told them that the next stop was Chaoyangmen. And the significance of the reversible train came to him quite unexpectedly. It was Mei Yuan's riddle. About the *I Ching* expert and the girl who came to consult him on his sixty-sixth birthday. Somewhere, beyond awareness, his subconscious had been chipping away at it, and now that the solution had come to him, he wondered why he had not seen it immediately. It was breath-takingly simple.

At Dongzhimen he struggled painfully to the top of the stairs, emerging once more into the cold, bitter wind that blew the snow in from the Gobi Desert. The sky was filled with a purple-grey light now, and the traffic was grinding slowly in both directions along Ghost Street. The demolition men were out already, thankful for once to be wielding their hammers, burning energy to keep themselves warm. The snow lay in ledges along every branch of every tree lining both sides of the street, on walls and window-sills and doorways, so that it felt as if the whole world were edged in white. Even the gap sites looked less ugly under their pristine, sparkling carpets.

Li was surprised to see Mei Yuan serving customers at her usual corner, steam rising in the cold from her hotplate as she scooped up *jian bing* in brown paper parcels to hand over in exchange for cash. She had rigged up an umbrella from her bicycle stall to fend off the snow as she worked. But the wind was defeating it, and large, soft flakes blew in all around her.

'You're early,' he said to her.

She looked up, surprised. 'So are you.' There was a moment of awkwardness between them. Unfinished business from the betrothal meeting, unspoken exchanges. Confusion and sympathy. Perhaps a little anger. She said, 'I'm going to the park later today. With Mrs. Campbell. She expressed an interest in *tai chi*.'

'Did she?' But he wasn't really interested.

'Would you like a *jian bing*?'

He nodded, the smell of the pancakes making him realise for the first time just how hungry he was. Although his head was protected by the hood of his jacket, the snow blew in all around his face, making it wet and cold. Big flakes clung to his eyebrows. He brushed them away. 'I'm sorry about last night.'

She shrugged. 'Someday, perhaps, you'll feel like telling me about it.'

'Someday,' he said. And he watched her make his *jian bing* in silence. When finally she finished it and handed it to him, steaming and deliciously hot in his hands, he took a bite and said, 'I figured out your riddle.'

'You took your time,' was all she said.

'I had other things on my mind.'

She waited, but when he said nothing, grew impatient. 'Well?'

He took another bite and spoke with his mouth full, savouring both the pancake and his solution. 'Wei Chang was the *I*

Ching practitioner, right?' She nodded. 'He was born on the second of February, nineteen twenty-five, and he was sixty-six on the day the young woman came to see him. That meant the date was February the second, nineteen ninety-one.' She nodded again. 'If you were to write that down it would be 2-2-1991. He wanted to add her age to that and then reverse the number to make a code specially for her. Of course, you didn't tell me her age. But for this number to be so unusual, so auspicious, the woman had to be twenty-two. That way, the number he was making up for her would be 22199122, yes? Which makes it palindromic. The same backwards as forwards.'

She raised her eyebrows. 'I was beginning to despair of you ever working it out.'

'I was distracted.'

'So I gather.'

But he did not want to get into that. 'Where did you come across it?'

'I didn't. I made it up.'

He looked at her surprised. 'Really? How in the name of your ancestors did you think of it?'

'The English book I was reading on Napoleon Bonaparte,' she said. 'Not a very serious biography. The writer seemed more intent on making a fool of the Frenchman. He referred to an old joke about Bonaparte's exile on the Mediterranean island of Elba. He was alleged to have said on arriving there, *Able was I ere I saw Elba.* A perfect palindrome. Exactly the same forwards as backwards. Entirely apocryphal, of course. He was French! Why would he speak in English? But it gave me the idea, and since a palindrome wouldn't work in Chinese, I made it with numbers instead.'

Li grinned at her, forgetting all his troubles for the moment. 'You're a smart lady, Mei Yuan. Did anyone ever tell you that?'

'All the time.' She smiled, and the tension between them melted like the snow on her hotplate. 'It's an interesting book. I'll lend it to you if you like.'

'I don't have much time for reading just now.'

'You should always make time for reading, Li Yan. And anyway, there's an element of criminal investigation in it. That should interest you.'

And Li thought how very soon he would have no interest of any kind in criminal investigation. 'Oh?'

Mei Yuan's eyes grew distant, and Li knew that she had transported herself to some other place on this earth. It was why she loved to read. Her escape from the cold and the drudgery of making pancakes on a street corner. In this case, her destination was the island of St Helena—the place of Napoleon's final exile—and a debate now nearly two centuries old. 'When the British finally defeated Napoleon,' she said, 'he was banished to a tiny island in the South Atlantic where he died in 1821. It has long been rumoured and written that he was actually murdered there to prevent his escape and return to France. It was said that his food was laced with arsenic, and that he died from poisoning.' She reached behind her saddle and pulled out the book, holding it with a kind of reverence. 'But according to this, a medical archaeologist from Canada disproved the murder theory nearly one hundred and eighty years after Napoleon's death.'

In spite of his mood and the cold and the snow, Li found his interest engaged. 'How?'

'Locks of his hair were taken at autopsy and kept for posterity. This medical archaeologist, Doctor Peter Lewin, got access to the hair and was able to conduct an analysis of it which disproved the theory of murder by poisoning.'

Li frowned. 'How could he tell that from examining the hair?'

'Apparently the hair is like a kind of log of chemicals and poisons that pass through our bodies. Doctor Lewin contended that if Napoleon had, indeed, been poisoned, there would still be traces of the arsenic that killed him in his hair. He found none.'

But Li was no longer interested in Napoleon. He was a long way from St Helena and arsenic poisoning. He was in an autopsy room looking at a young swimmer with a shaven head. To her surprise, he took Mei Yuan's red smiling face in his hands and kissed her. 'Thank you, Mei Yuan. Thank you.'

II

Margaret woke late, disorientated, panicked by unfamiliar surroundings. It was a full five seconds before she remembered where she was, and the blanks in her memory started filling themselves in like the component parts of a page on the internet. Li. Making love. Triads. His resignation. Fighting. His words coming back to her. *I quit the force tonight.* Like the cold steel of an autopsy knife slipping between her ribs. But she could feel no anger. Only his pain. And she wished that she could make it go away.

But nothing was going to go away. Not this hotel room, nor the bruised sky spitting snow at the window. Nor her mother waking alone in her tiny apartment, nor this baby that was growing and growing inside her.

Or the strange, nagging idea that had haunted her dreams, and was still there in her waking moments, not quite formed and not entirely within her grasp.

She slipped out of bed and took a shower, trying to wash away her depression with hot, running water. But like the scent of the soap, it lingered long after. She dressed and hurried downstairs, glancing furtively at the reception desk as she passed, hoping that Li had paid the bill and that she would not be stopped at the door like some common prostitute.

As the revolving door propelled her out on to the sidewalk, the cold hit her like a physical blow. She stopped for a moment to catch her breath, and saw that the traffic in the avenue was still gridlocked in the snow. No chance of a taxi.

It took her an hour to get back to her apartment, trudging the last twenty minutes through snow from the subway station. One side of her was white where the wind had driven the thick, soft flakes against her coat and her jeans. Her face had frozen rigid by the time she stepped into the elevator. Even had she felt the desire to smile at the sullen operator, her facial muscles would not have obliged. She peeled off her red ski hat and shook out the hair she had flattened beneath it. At least her ears were still warm.

'Mom,' she called out as she let herself into the apartment. But there were no lights on, and it felt strangely empty. 'Mom?' She checked the bedroom, but the bed had been made and the room tidied. Her mother was not in the kitchen or the toilet, and the sitting room was empty. There was a note on the gate-leg table beside her laptop. It was written in Mei Yuan's careful hand.

I have taken your mother to Zhongshan Park to teach her tai chi in the snow.

Margaret felt hugely relieved. Her mother was the last person she had felt like facing right now. She switched on the overhead light and saw her own reflection in the window, and realised that she did not much want to deal with herself either. She switched the light off again and sat down at the table, turning on her laptop. The idea that had germinated in her sleep, taken root and poked through into her waking world, was still there. She did not want to try to bring it too sharply into focus in case she lost it. At least, not just yet.

She connected to the Internet, searched through the list of sites she had visited most recently, and pulled up the *Time* article on Hans Fleischer. She read it all through again, very slowly, very carefully, and then returned to the top of the profile. He had graduated from Potsdam with a double degree in sports medicine and genetics. Genetics. She scrolled down through the article again and stopped near the foot of it. After his time in Berlin he had returned to Nitsche, where he was said to have been involved in *–the development of a new method of stimulating natural hormone production.* These things had lodged very consciously with her yesterday. But there had been so many other things competing for space in her thoughts. It was sleep which had found room for them there, and brought them fizzing to the surface. And now the idea they had sparked was taking tangible shape in her waking mind.

She grabbed her coat from where it was still dripping melting snow on to the kitchen floor, and pulled on her ski cap and gloves, a vision of the runner with the purple birthmark filling her mind with a bleak sense of urgency. She had only just stepped into the elevator and asked the girl to take her to the ground floor when the phone rang in her apartment. But the doors closed before she heard it.

Li tapped his desk impatiently, listening to the long, single ring of the phone go unanswered at the other end. He waited nearly a minute before he hung up. It was the third time he had called. He had phoned the hotel some time earlier, but she had already left. Reception did not know when. There was a knock at the door and Qian poked his head around it. 'Got a moment, Chief?'

Li nodded. 'Sure.' He felt a pang of regret. After today nobody would call him 'Chief' any more.

'I got that information you wanted from Immigration. About Doctor Fleischer.' He hesitated, as if waiting to be invited to continue.

'Well?' Li said irritably.

Qian sat down opposite him and flipped through his notes. 'He was first granted an entry visa into China in nineteen ninety-nine. It was a one-year business visa with a work permit allowing him to take up a position with a joint-venture Swiss-Chinese chemical company called the Peking Pharmaceutical Corporation. PPC.' He looked up and chuckled. 'Dragons and cuckoo clocks.' But Li wasn't smiling. Qian turned back to his notes. 'The visa has been renewed annually and doesn't come up for renewal again for another six months. He doesn't seem to be with PPC any more, though.' He looked up. 'Which is odd. Because there isn't any record of who's employing him now.' He shrugged. 'Anyway, he has two addresses. He rents an apartment on the east side, near the China World Trade Center. And he also has a small country cottage just outside the village of Guanling near the Miyun Reservoir.' Qian raised his eyebrows. 'Apparently he owns it.' Which was unusual in the Middle Kingdom, because land ownership was one of those grey areas which had not yet been sorted out in the new China.

Li knew the reservoir well. It supplied more than half the city's water. A huge lake about sixty-five kilometers north-east of Beijing, it was scattered with islets and bays beneath a backdrop of towering mountains still traced with the remains of the Great Wall. He had spent many weekends there during his student days, fishing and swimming. He, along with a handful of close friends, had often taken the bus from Dongzhimen on a summer's day, packed lunches in their backpacks, and wandered off into the foothills beyond the reservoir to find rock pools large enough to swim in, away from the crowds. On a clear day, from up in the mountains, you could see the capital shimmering in the distant plain. There was a holiday village on the shores of the lake now, and it had become a popular resort for both Chinese and foreign tourists.

He wondered what on earth Fleischer was doing with a house out there.

III

Margaret slipped into Zhongshan Park by the east gate. Through a huge, tiled moongate, she saw snow-laden conifers leaning over the long straight path leading west to the Maxim Pavilion. But she turned south, past ancient gnarled trees and heard the sound of 1930s band music drifting through the park with the snow. It seemed wholly incongruous in this most traditional of Chinese settings.

Mei Yuan and her mother were not amongst the handful of hardy *tai chi* practitioners in the forecourt of the Yu Yuan Pavilion. Margaret stood, perplexed for a moment, wondering where else they might be. One of the women recognised her and smiled and pointed in the direction of the Altar of the Five-Coloured Soil.

As she approached the vast raised concourse that created the boundary for the altar, the sound of band music grew louder. But she couldn't see where it was coming from because of the wall around it. She climbed half a dozen steps and entered the concourse through one of its four marble gates. A gang of women in blue smocks and white headcovers leaned on their snow scrapers on the fringes of a large crowd of Zhongshan regulars gathered around a couple dancing to the music. Margaret recognised Glenn Miller's *Little Brown Jug*, and even from here could see that the couple were gliding across the snow-scraped flagstones like professional ballroom dancers.

She searched the faces of the onlookers as she drew closer, and spotted Mei Yuan watching intently. But there was no sign of her mother. She eased through the crowd and touched Mei Yuan's arm. Mei Yuan turned, and her face lit up when she saw her.

'She's wonderful, isn't she?' she said.

Margaret frowned. 'Who is?'

'Your mother.' Mei Yuan nodded towards the dancers, and Margaret saw with a shock that the couple dancing so fluidly through the falling snow comprised an elderly Chinese gentleman and her mother.

Margaret's hand flew to her mouth and she couldn't help exclaiming, 'My God!' She watched for a moment or two in stunned disbelief, and then remembered her mother's fall. 'What about her leg? She could hardly walk yesterday.'

Mei Yuan smiled knowingly. 'It's amazing what a little sexual frisson can do to aid recovery.'

Margaret looked at her as if she had two heads. 'A little *what?*'

'She's quite a flirt, your mother.'

Margaret was shaking her head in disbelief, at a loss for words. 'My *mother!*' was all she could find to say.

The music came to an end, and the dancers stopped. The crowd burst into spontaneous applause, and the elderly Chinese gentleman bowed to Mrs. Campbell, before heading off to rejoin his friends. Mrs. Campbell hurried over to where Margaret and Mei Yuan were standing. Her face was flushed and animated, eyes brimming with excitement and pleasure. She was also more than a little breathless. 'Well?' she said, beaming at them both. 'How did I do?'

'You were marvellous,' Mei Yuan said, with genuine admiration.

'I didn't know you could dance,' Margaret said.

Mrs. Campbell raised one eyebrow and cast a withering look over her daughter. 'There are many things you don't know about me,' she said. 'Children forget that before they were born their parents had lives.' She caught her breath. 'I take it the fact that you were out all night is a good sign. Or do I mean bad? I mean, is the wedding off or on? I'd hate to have to go home early. I'm just beginning to enjoy myself.'

Margaret said, 'Li is quitting the force. He posted his resignation last night.'

'No!' Mei Yuan put the back of her hand to her mouth.

'He seemed to think that would make me want to marry him again.'

'And did it?' her mother asked.

'Of course not. But I can't win, can I? I'm damned if I do and damned if I don't. And I'm damned if I'm going to be either.'

Mrs. Campbell sighed deeply. 'Just like her father,' she said to Mei Yuan. 'Obstinate to the last.'

'Anyway,' Margaret said, 'I'd hate to spoil your fun. Don't feel you have to go home early on my account. I just stopped by to say I'm going to be busy today.' She turned to Mei Yuan. 'If you don't mind babysitting for a few more hours.'

'Really, Margaret!' her mother protested.

But Mei Yuan just smiled and squeezed Margaret's hand. 'Of course,' she said. And then her face darkened, as if a cloud had passed over it. She still held Margaret's hand. 'Don't abandon him now, Margaret. He needs you.'

Margaret nodded, afraid to catch her mother's eye, reluctant to show the least sign of vulnerability. 'I know,' she said.

The snow was lying thick on the basketball court behind the wire fencing. On a day like this the students were all indoors, and Margaret made the only tracks on the road south from the main campus to the Centre of Material Evidence Determination, where she had carried out her autopsies. Inside, the centre was warm and she pulled off her hat and made her way along the first-floor corridor that led to Professor Yang's office.

His secretary smiled and inquired, in her limited English, after the health of Margaret's baby, and then she knocked on the professor's door and asked if he would see Doctor Campbell for a few minutes. Of course he would, he said, and Margaret was ushered in to a warm handshake and an invitation to take a seat. Professor Yang was a tall, lugubrious man with large, square, rimless glasses, and a head of very thick, sleekly brushed hair. He was sometimes a little vague, like an original for the absent-minded professor, but that only disguised a mind as sharp as a razor. It would be easy to under-estimate him on first meeting. Quite a number of people had. To their cost. He was an extremely able forensic pathologist in his own right. But it was his political acumen, and administrative skills, which had propelled him into his current position of power as head of the most advanced forensics facility in China. Samples from all over the country were sent to the laboratories here for the most sophisticated analysis. Its staff were regularly posted on attachment to other facilities around the world, to learn and bring back the latest refinements in DNA testing and radioimmunassay and a host of other laboratory techniques.

He had a soft spot for Margaret. 'What can I do for you, my dear?' His English was almost too perfect, belonging in some ways to another era. The kind of English no one spoke any more. Even in England. He would not have been out of place as a 1950s BBC radio announcer.

'Professor, I have a favour to ask,' she said.

'Hmmm,' he smiled. 'Then I am certain to oblige. I rather enjoy having attractive young ladies in my debt.'

Margaret couldn't resist a smile. Professor Yang took the Chinese system of *guanxi*—a favour given is a debt owed—very literally. 'I've been working with Section Chief Li on the dead athletes case.'

'Yes,' he said, 'I've been following it quite closely. Very interesting.'

'I wonder if you might know anyone with a background in genetics. Someone who might be able to do a little blood analysis for me.'

Professor Yang looked as if his interest had just increased. 'As it happens,' he said, 'my best friend from school is now Professor of Genetics at Beijing University.'

'Do you think he might be prevailed upon to do me a favour?'

'There is, my dear, a certain matter of some outstanding *guanxi* between myself and Professor Xu.' It was odd how this strangely BBC voice became suddenly Chinese in a single word before returning again to the contorted vowels and diphthongs of his old-fashioned English. 'So, of course, if I ask him, he will do *me* a favour.'

'And then I will owe you.'

He beamed. 'I do so much like having *guanxi* in the bank.'

'I'll need to retrieve some of the heart blood I took from the swimmer, Sui Mingshan. There should be enough left.'

'Well, let us go and see, my dear,' he said, and he stood up and lifted his coat from the stand behind the door. 'And I shall accompany you to the university myself. I do not get out nearly enough. And I have not seen old Xu in a long time.'

Along with the blood, Margaret had sent urine, bile, stomach contents and a portion of liver for analysis. There was still a good fifty millilitres of Sui's blood in the refrigerator available for testing. Margaret drew off most of it into a small glass vial which she sealed and labelled and packed carefully into her purse.

Professor Yang arranged for a car and driver to take them across town. Ploughs had been out on the Fourth Ring Road, and they made slow but steady progress through the lines of traffic heading north before turning off on the slip road on to Souzhou Street and driving deep into Haidian's university-land.

Beijing University, known simply as Beida, sat in splendid snow-covered isolation behind high brick walls, an extraordinary rambling campus of lakes and pavilions and meandering footpaths. Professor Xu's office was on the second floor of the College of Biogenic Science. He could not have been more different from Professor Yang—short, round, balding, with tiny wire-rimmed glasses perched on the end of a very small, upturned nose. Yang always cut an elegant figure in his immaculately pressed dark suits. Xu sported a well-worn, padded, Chinese jacket open over a tee-shirt and baggy corduroy pants. He smoked constantly, and his brown suede shoes were covered in fallen ash.

The two men shook hands with genuine pleasure and clear enthusiasm. There was an exchange which Margaret did not understand, but which made them both laugh aloud. Xu turned to Margaret. 'He always more lucky than me, Lao Yang. Always with pretty girl on his arm.' His English wasn't as good as Yang's.

'That's because I'm so much better looking than you, Professor,' Yang said. And he turned to Margaret. 'He was an ugly boy, too.'

'But smarter,' Xu said, grinning.

'A matter of opinion,' Yang said sniffily.

Xu said to Margaret. 'Lao Yang say you need some help. He owe me so-oo many favour. But I do favour for you.' And suddenly his smile was replaced by a frown of concentration. 'You have blood?'

Margaret took the vial out of her purse. 'I hope it's enough. I took it from a young man who was suffering from an unusual heart condition. Hypertrophy of the microvasculature.' Yang quickly translated this more technical language. Margaret went on. 'I am wondering if his condition might have been brought about by some kind of genetic disorder.'

Xu took the vial. 'Hmmm. Could take some time.' He held it up to the light.

'We don't *have* much time,' Margaret said. 'This condition has already killed several people, and may well kill several more.'

'Ah,' Yang said. He laid the vial on his desk and lit another cigarette. 'Why you think there is genetic element?'

'To be honest,' Margaret said, 'I don't know that there is.' She glanced at Yang. 'I'm making a wild guess, here. That these people might have been subjected to some kind of genetic modification.'

Yang translated, and Margaret could see that Xu found the suggestion intriguing. He looked at Margaret. 'Okay, I give it big priority.'

On the way back in the car, Yang and Margaret sat in silence for some time, watching the traffic and the snow. They were back on the ring road before Yang said to her, 'You think someone might have been tampering with the DNA of these athletes?' He, too, was clearly intrigued.

Margaret looked embarrassed. 'I'm sorry Professor, I hope I am not wasting your friend's time. It really is the wildest stab in the dark.'

A police Jeep, windows opaque with condensation, was parked at the front door of the Centre of Material Evidence Determination when Professor Yang's car pulled in opposite the basketball court. As the professor helped Margaret towards the steps, the doors on each side of the Jeep opened simultaneously, and Li and Sun got out in a cloud of hot, stale cigarette smoke. Margaret turned as Li called her name, and she saw him limping towards her on his stick. At least, she thought, he still appeared to be in a job. She searched his face anxiously as he approached, and saw tension there. But also, to her surprise, lights in his eyes. She knew immediately there had been developments. 'What's happened?' she asked.

He said, 'I know why they shaved the athletes' heads. At least, I think I do. But I need you to prove it.'

Yang said, 'Well, let's not stand here discussing it in the snow, shall we? You had better come along to my office and we'll have some tea.'

Li could barely contain himself on the walk along the hall to Yang's office. Well over half the day had gone already, and his revelation was burning a hole in his brain. Yang told his secretary to make them tea, and swept into his office. Li and Sun and Margaret followed. Yang hung his coat on the stand and said, 'Well? Are you going to put us out of our misery, Section Chief? Or are you going to stand there dithering until the tea arrives?'

Li said, 'It's the hair. If they were taking drugs there would be a record of it right there on their heads. Even if they managed somehow to get the stuff out of their systems there would still be traces of it in their hair.'

'Jesus,' Margaret whispered. 'Of course.' And now that it was out there in front of her, she wondered why it had not occurred to her before.

Li said, 'I've already done some research on the Internet.' And Margaret knew that the hours she had spent schooling him on how to get the best out of a search engine had been worthwhile. He said, 'I found an article in a forensic medical publication. It seems some French scientists recently published a paper on hair analysis in a test group of bodybuilders. They found that...' he fumbled in his pocket for the printout he had taken from the computer. He opened it up, searching for the relevant paragraph. 'Here it is...that, quote, long-term histories of an individual's drug use are accessible through hair analysis, whereas urinalysis provides only short-term information. End quote.' He looked up triumphantly.

Yang said, 'But if they all had their heads shaved, how will we ever know?'

Margaret said, 'But they didn't, did they?' She turned to Li. 'The weightlifter who died from the heart attack. He still had his hair.'

'And plenty of it,' Li said. 'A ponytail halfway down his back.'

Margaret looked troubled. 'The only problem is,' she said, 'I have absolutely no expertise in this area.' She looked to Professor Yang. 'And I'm not sure if anyone here does.'

Yang's secretary knocked and came in with a tray of tall glasses and a flask of hot tea. 'Ah, good, thank you, my dear,' said Yang. 'Ask Doctor Pi to step into my office for a few moments, would you?' She nodded, set the tray down on his desk and left. The professor started pouring. 'You know Doctor Pi, don't you, Margaret?' he said.

'Head of the forensics laboratory, isn't he?'

Yang nodded. 'Spent some time last year on an exchange trip to the US.' He smiled. 'One of my little hobby-horses, exchange trips.' He started handing full glasses of tea around. 'I believe Doctor Pi took part in a study in South Florida to ascertain cocaine abuse in pregnant women by performing hair assays.' He grinned now. 'You never know when such skills might come in handy.'

Doctor Pi was a tall, good-looking young man with a slow, laconic manner, and impeccable American English. Yes, he confirmed when he came in, he had taken part in such a study. He sipped his tea and waited expectantly.

'It was successful?' Margaret asked.

'Sure,' he said. 'We found we could reliably look at drug exposure months after it had passed out of the urine or the blood. Anything up to ninety days after. A kind of retrospective window of detection.'

Li said, 'If we could provide you with a hair sample would you be able to analyse it for us, open up that retrospective window.'

'Sure. We got facilities here that would let me do a pretty sophisticated radioimmunassay.'

'What kind of sample, exactly, would you need?' Margaret asked.

'I'd need forty to fifty strands of hair from the vertex of the scalp, cut at scalp level with surgical scissors.'

Margaret said, 'You'd need alignment maintained?'

'Sure. You'll have to rig up a little collection kit to pack it in, so that you maintain hair alignment and root-tip orientation for me. About two and a half centimeters would provide an average sixty-day growth length.'

Margaret said to Li, 'Is the weightlifter still at Pau Jü Hutong?'

'In the chiller.'

'Then we'd better get straight over there and give him a haircut.'

Pi sipped his tea. 'It would help,' he said, 'to know what I was looking for.'

'Hormones,' Margaret said.

'What, you mean like anabolic steroids? Testosterone derivatives, synthetic EPO, that kind of thing?'

'No,' Margaret said. 'I mean the real thing. No substitutes or derivatives or synthetics. Testosterone, human growth hormone, endogenous EPO. You can measure the endogenous molecule, can't you?'

Pi shrugged. 'Not easy. Interpretation is difficult because physiological levels are unknown. But we can look at the esters of molecules like testosterone enanthate, testosterone cypionate and nandrolone, and determine whether they are *ex*ogenous or not. So I should be able to identify what is *en*dogenous.'

Li looked confused. 'What the hell does that mean?'

Professor Yang said, 'I think it means, yes, Section Chief.'

IV

The light was fading by the time Margaret got back to the apartment. The snow had stopped falling, but it still lay thick across the city, masking its beauty and its imperfections. She had cut a lock of Jia Jing's silken black hair according to Doctor Pi's instructions, and delivered it in its proper orientation back to the Centre of Material Evidence Determination.

Her mother had not yet returned, and there was something cheerless about the place. More so than usual. She felt the radiator in the sitting room and it was barely lukewarm. The communal heating was acting up again. The overhead electric light leeched the colour out of everything in the apartment, and Margaret shivered at the bleak prospect of life here on her own with a baby. There was no question of Li being allowed to share the apartment with her officially. She would not even be allocated a married couple's apartment—because she was not married to him. And they could not afford to rent privately if Li was unemployed.

She arched her spine backwards, pressing her palms into her lower back. It had started to ache again. Her antenatal class was due to begin in just over an hour. She had not felt like going out again into the cold and dark, but the apartment was so depressing she could not face the prospect of sitting alone in it waiting for her mother to return. A wave of despair washed over her, and she bit her lip to stop herself crying. Self-pity was only ever self-defeating.

She went through to the bedroom and opened the closet. Hanging amongst her clothes was the traditional Chinese *qipao* which she had bought to wear on her wedding day. She had sat up night after night unpicking the seams and recutting it to accommodate the bulge of her child. Still, it would have looked absurd. She had intended wearing a loose-fitting embroidered silk smock over it, to at least partially disguise her condition. She lifted the *qipao* and the smock from the rail and laid them out on the bed beside the red headscarf that Mei Yuan had given her, and gazed upon the bright, embroidered colours. Reds and yellows and blues, golds and greens. Dragons and snakes. In the bottom of the closet were the tiny silk slippers she had bought to go with them. Black and gold. She lifted them out and ran the tips of her fingers over their silky smoothness. She threw them on the bed suddenly, knowing she would never wear them, and the tears came at last. Hot and silent. She didn't know whether she was crying for herself, or for Li. Maybe for them both. Theirs had been a difficult, stormy relationship. They had not made things easy for themselves. Now fate was making them even harder. She had been born in the Year of the Monkey, and Li in the Year of the Horse. She remembered being told once that horses and monkeys were fated never to get on. That they were incompatible, and that any relationship between them was doomed to failure. She felt her baby kick inside her, as if to remind her that not everything she and Li had created between them was a failure. Perhaps their child could bridge the gulf between horse and monkey, between China and America. Between happiness and unhappiness.

A hammering at the door crashed into her thoughts and startled her. It was a loud, persistent knocking. Not her mother or Mei Yuan. Not Li, who had a key. Hastily, she wiped her face and hurried through the hall to answer the door. Before she did, she put it on its chain. The moment it opened, the knocking stopped, and a young man stepped back into the light of the landing, squinting at her between door and jamb. He was a rough-looking boy, with a thick thatch of dull black hair, and callused hands. She saw the tattooed head of a serpent emerging from the arm of his jacket on to the back of his hand. He smelled of cigarettes and alcohol.

'You Doctah Cambo?'

Margaret felt a shiver of apprehension. She had no idea who this young man was. He was wearing heavy, workman's boots, and could easily have kicked in her door. 'Who wants to know?'

'You come with me.'

'I don't think so.' She tried to close the door, but he was there in an instant, his foot preventing her from shutting it. 'I'll scream!' she said shrilly.

'My sister wanna talk t'you,' he said gruffly, and pushed the door back to the extent of its chain.

'Who the hell's your sister?'

'Dai Lili.'

Margaret stepped back from the door as if she had received an electric shock. The hammering of her heart was making her feel sick. 'How do I know she's your sister? What does she look like?'

He touched his left cheek. 'She got mark on face.'

And Margaret realised what a stupid question she had asked. Millions of people had seen Dai Lili running on television. Her birthmark was her trademark. 'No. I need more.'

He fumbled in his jacket pocket and pulled out a dog-eared business card. 'She gimme this to give you.' And he thrust it through the gap towards her. It was the card she had given Dai Lili that day outside the hospital. She knew it was the same card because it had the scored-through phone number of her friend scrawled on it.

Margaret took a deep, tremulous breath. The boy was clearly agitated. He kept glancing nervously towards the elevators. It was a big decision for her. She knew she probably should not go, but the picture in her mind of the young runner's face, the fear in her eyes, was still very vivid. 'Give me a minute,' she said, and she closed the door before he could stop her. She shut her eyes, her breath shallow now and rapid. 'Shit!' she whispered to herself. And then she went into the kitchen and lifted her coat and hat.

When she opened the door again, the young man seemed startled to see her, as if he had already decided she was not going to reappear. 'Where is she?' Margaret asked.

'You got bike?'

'Yes.'

'You follow me.'

In the detectives' room a crowd was gathered around the television set to watch the ad going out on air. Li had taken the very nearly unprecedented step of asking Beijing TV to put Dai Lili's photograph out on all of its channels, appealing for any information from the public on her whereabouts. They had set up six lines, with a bank of operators to take calls. Li was certain that she was involved. Somehow. She had been desperate to talk to Margaret, and now she was missing. He was convinced that if they could find her she would be the key to everything. But only if she was still alive. And his hopes of that were not high.

He saw Wu hanging up his telephone. 'Any news?' he called.

Wu shook his head. 'Nope. According to the security man Fleischer hasn't been back to his apartment for days. And that place out by the reservoir is some kind of summer house. It's been shut up all winter.'

Li gasped his frustration. Doctor Fleischer, apparently, had disappeared into thin air. They had officers watching his apartment and the club. Inquiries with his previous employer, Peking Pharmaceutical Corporation, revealed that he had been running their highly sophisticated laboratory complex for the last three years, but had left their employ six months ago, just after his work permit and visa had been renewed. Li headed for the door.

'By the way, Chief,' Wu called after him. 'Anything we put in the internal mail last night is history.'

Li stopped in his tracks. 'What do you mean?'

'Motorbike courier was involved in a smash on the second ring road first thing this morning. Mail was all over the road... most of it ruined.'

Li lingered in the doorway. Was it fate? Good luck, bad luck? Did it make any difference? He said, 'What about the courier?' He did not like to think that the fates might have intervened on his behalf at the expense of some innocent courier.

'Broke his wrist. A bit shaken up. Okay, though.'

But even if his letter of resignation had failed to reach its destination, it was only a stay of execution. Li shook his head to clear his mind. It was not important now. Other things took precedence. He turned into the corridor and nearly collided with Sun.

'Chief, is it okay if I take a couple of hours to go up to the hospital with Wen? I still haven't made it to one of these antenatal classes yet and she's been giving me hell.'

'Sure,' Li said, distracted.

'I mean, I know it's not the best time with everything that's going on just now...'

'I said okay,' Li snapped, and he strode off down the hall to his office.

Tao was waiting for him, standing staring out of the window into the dark street below. He turned as Li came in.

'What do you want?' Li said.

Tao walked purposefully past him and closed the door. He said, 'You had my personnel file out last night.'

Li sighed. It did not occur to him to wonder how Tao knew. 'So?'

'I want to know why?'

'I don't have time for this right now, Tao.'

'Well, I suggest you make time.' The low, controlled threat in Tao's voice was clear and unmistakable.

It cut right through Li's preoccupation, and he looked at him, surprised. 'I'm not sure I like your tone, Deputy Section Chief.'

'I'm not sure I care,' Tao said. 'After all, you're not going to be around long enough for it to make any difference.' Li's hackles rose, but Tao pressed on before he could respond. 'Seems to me it's a serious breach of trust between a chief and his deputy when you go asking junior officers to pull my file from Personnel. Makes it look like it's me who's under investigation.'

'Well, maybe it is,' Li snapped back.

Which appeared to take Tao by surprise. 'What do you mean?'

'In the mid-nineties you were involved in an investigation by the Hong Kong police into the activities of Triad gangs there.'

'What's your point?'

'You spent time working under cover. You got very close to what was happening on the ground. But you didn't make a single arrest of any note. Not a single prosecution worth a damn.'

'No one working on that investigation did.' Tao had gone very pale.

'And why was that?' Li asked.

'We never got the break we needed. Sure, we could have picked up all the little guys. But more little guys would just have taken their place. It was the brains behind them that we were after, and we never got near.'

'I remember hearing a rumour that was because the Triads were always one step ahead of the police.'

Tao glared at him. 'The insider theory.'

'That's right.'

'There was never any evidence that they had someone on the inside. It was a good excuse thought up by the British for explaining their failure.' The two men stared at each other with mutual hatred. But Li said nothing. And finally Tao said, 'You think it was me, don't you?'

'I didn't say that.'

'That's why you pulled my file.'

'We've got Triads in Beijing, Tao. Anyone with specialist knowledge could be valuable.'

Tao narrowed his eyes. 'You don't believe that. You think I'm involved.'

Li shrugged. 'Why would I think that?'

'You tell me.'

Li turned and wandered towards his desk. 'There are certain anomalies in this investigation which require explanation,' he said. 'The bottles of perfume removed from their apartments, the return visit by the thieves who robbed Macken.'

Tao looked disgusted. 'And you think I was responsible for those...anomalies?'

'No,' Li said. 'I had a look at your file, that's all. You're the one who's jumping to conclusions.'

'There's only one conclusion I *can* jump to, Section Chief Li. You're trying to smear my name so I won't get your job. Some kind of petty revenge.' Tao gave a small, bitter laugh. 'Your parting shot.'

Li shook his head. 'You're obsessed with getting this job, aren't you?'

'I could hardly be worse at it than you.' Tao stabbed a furious finger through the air in Li's direction. 'And one way or the other, I'm not going to let you fuck it up for me!'

Li said, 'That's ten yuan for the swear box, Deputy Tao.'

Tao turned on his heel and stormed out, slamming the door behind him. And Li closed his eyes and tried hard to stop himself from shaking.

Chapter Eleven

I

The snow had begun falling again. In spite of it, crowds jammed the Dong'anmen night market, where dozens of stall holders under red and white striped canopies were frying, barbecuing, steaming, grilling. The smell of food rose with the steam and smoke to fill the night air. Chicken, beef, lamb, fish, noodles, dumplings, whole birds impaled on bamboo sticks, grubs skewered for the grill. It was the most popular eating street in Beijing, where thousands of workers nightly stopped off on their way home to savour Chinese cuisine's very own version of fast food. Licensed chefs in white coats with red lapels and tall white hats, kept themselves warm over sparking braziers and fiery woks, while hungry customers flitted from stall to stall in search of something special to warm their route home.

Margaret had to cycle hard to keep up with Dai Lili's brother as he pedalled east, head down, along Dong'anmen, the feeding frenzy to their right fenced off behind red bins and white railings. There was very little traffic, and no one paid any attention to two figures cycling past, hunched against the cold and the snow in heavy coats and winter hats. Her legs were numb with the cold, even through her jeans.

As the lights and the sounds and smells of the night market receded, Margaret saw, looming in the dark ahead, the towering two-tiered Donghua Gate, the east entrance to the Forbidden City. They crossed the junction with Nanchizi Street, a corner grocer store blazing its lights out on to the snow-covered road. At this time, the traffic was usually jammed in all directions, but sense had prevailed and very few motorists had ventured out on untreated streets under inches of snow. The occasional cyclist crossed the junction, heading north or south. Dai Lili's brother led them east into the dark pool of Donghuamen Street, in the shadow of the Donghua Gate. Normally the gate would be floodlit. But since the palace had closed for restoration work, the east and west gates had been shrouded nightly in darkness. The handful of shops on the north side had closed up early. No one in their right mind was venturing out in this weather unless they absolutely had to. The snow was falling so thickly now it almost obliterated the streetlights.

To Margaret's surprise, Lili's brother dismounted under the high red walls of the Donghua Gate. 'You leave bike here,' he said. And they leaned their bikes against the wall and she followed him into the shadowed arch of the great central doorway. The gold studded maroon doors were twenty feet high. Lili's brother leaned against the right-hand door and pushed hard. With a creak deadened by falling snow, it opened just enough to let them slip through. The boy quickly glanced around before he ushered Margaret in and heaved the door closed behind them. They were in a long, cream-painted tunnel that led under the gate and out into a winter garden, stark trees traced in snow. They could see buildings ahead, cast into shadow by the reflected light of the city beyond the walls. Within its walls the Forbidden City lay brooding silently in the dark, six hundred years of history witness to the virgin footsteps Margaret and Lili's brother made in the snow as they followed a path east, through another gate, and out into the huge cobbled square where once prisoners of war were paraded before the emperor who watched from his commanding position high up on the Meridian Gate. The Golden Water River, which curled through the square, was frozen, its ice covered by a flawless layer of snow. The marble pillars of the five bridges which spanned it stood up like dozens of frozen sentinels guarding this deserted place where the last emperor had once lived in final, splendid isolation, learning about life outside from his Scottish tutor, Reginald Johnston.

Margaret was breathless already. She grabbed the boy's arm to stop him. 'What in God's name are we doing here?' she demanded.

'I work for...' he searched for the words, '...building firm. We do renovation work, Forbidden City. But work no possible with snow.' He struggled again with the language. 'I hide Lili here. No one come. You follow with me.' And he set off across the vast open space of this ancient square towards the twin-roofed Taihe Hall. Margaret breathed a sigh of despair and set off after him, leaving shadowed tracks in luminous snow.

Slippery steps took them up to the ancient gathering place. Through an open gate, between stout crimson pillars, Margaret could see the next in a series of halls standing up on its marble terrace at the far side of another square, flanked by what had once been the gardens and homes of imperial courtiers. By the time they reached it, Margaret was exhausted, and alarmed by cramps in her stomach. She stopped, gasping for air, and supported herself on a rail surrounding a huge copper pot more than a meter in diameter. 'Stop,' she called, and Dai Lili's brother hurried back to see what was wrong. 'For God's sake,' she said. 'I'm pregnant. I can't keep up with you.'

The boy appeared embarrassed. 'You take rest. Not far now.'

Suddenly, and quite unexpectedly, a tear in the clouds released a flood of silver light from a full moon, and the Forbidden City lit up all around them, eerie in its deserted silence, a bizarre, secret and empty place at the heart of one of the world's most populous capitals. The falling snow was swept away on an equally sudden breath of wind, leaving the air clear and still for just a moment before it resumed its steady descent. Their footprints in the square below were an alarming betrayal of their passing there. An engraved notice on a stand beside the copper pot where Margaret leaned revealed that there were three hundred and eight of them in the palace grounds. They had been used to hold water in case of fire. During the winter, fires had been lit under them to keep the water from freezing. No doubt increasing the risk of fire, was the absurd thought that flitted through Margaret's mind.

She looked ahead, through the next gate, and saw yet another hall, on yet another terrace, and regretted her decision to go with the boy. But she had come too far to turn back now.

'Okay,' she said. 'Let's go. But not so fast.'

The boy nodded, and they set off again, at a more sedate pace. From the terrace of the Qianqing Palace, Margaret could see beyond the walls of the Forbidden City to the lights of Beijing. People were going about their normal lives out there. People in shops and homes and restaurants, people in cars and buses and on bikes. Normal people who saw only the high grey walls of the Forbidden City as they passed and had no idea that there were people in there. People in hiding, people in distress. People in danger.

A sign with an arrow pointed beyond a tall bronze bird and a giant tortoise to the Hall of Ceramics, and Lili's brother took Margaret's arm as they carefully negotiated the steps down into an ancient alleyway, and through a gate into a courtyard. They passed the red shuttered windows of a tourist shop advertising souvenirs, and the carving of names on chopsticks. Ceramic roofs dipped and soared above the high walls of narrow streets, rows of pillars cast shadows in covered galleries.

Chu Xiu, the Palace of Gathering Excellence, was built around a quiet courtyard with tall conifers in each corner casting shadows in the moonlight across the snow-covered pavings. Margaret's legs were turning to jelly as she dragged herself into the enclosure. She had suffered several cramps now, and her apprehension was starting to turn to fear. 'I can't go any further,' she gasped.

'Lili here,' her brother said. 'No go any further.' And he took her gently by the arm and guided her across the courtyard, past statues of dragons and peacocks, and up steps to the terrace of the long, low pavilion where the concubine and Empress Dowager Cixi had once lived, and given birth to an emperor.

He whispered loudly in the darkness, and after a moment, Margaret heard a whispered response from inside the pavilion. There were several more exchanges before the door creaked open a crack, and Margaret saw Lili's frightened face caught in the moonlight, her birthmark like a shadow across her left cheek. She motioned quickly for Margaret to come in. 'I wait out here,' her brother said. And Margaret brushed past him, still out of breath, and squeezed into the ancient imperial dwelling.

Inside, pillars and painted beams, ceramic tiles, an ornamental throne, were brushed in shadow. The only light came from a tiny oil lamp which cast flickering illumination upon a very small circle of Lili's things. A sleeping bag, a pillow, a sports hold all spilling clothes from its gaping top. There were some books, a cardboard box with cans of fruit and empty noodle cartons, a canvas chair, and a small paraffin heater which made no impression on the bone-jarring cold of this utterly inhospitable place.

Margaret took Lili's hands in hers. They were colder than the corpses that passed through her autopsy room. Margaret said, 'You've been living here?'

Lili nodded. 'Hiding.'

'In God's name why? What from?'

'They kill me if they find me,' she babbled. 'I know when I hear about Sui that I am next. I've been so scared for weeks. Everyone dying. And they did it to me, too. I know I am going to die.' Sobs were breaking her voice into almost indecipherable pieces.

'Woah,' Margaret said. 'Slow down. If I'm going to understand, you must start at the beginning.' She steered her towards the seat and drew the paraffin heater close, and then draped the sleeping bag around the girl's shoulders to try to stop her shivering.

'I want to tell you before,' she said. 'But it too dangerous.'

Their voices seemed tiny, lost in the rafters of this dark place, whispering among the ghosts of history, the imperial concubines who had once known it as home.

'From the beginning,' Margaret encouraged her gently.

Lili took a deep, trembling breath. 'They came the first time maybe six, seven months ago.'

'Who are "they"?'

'I don't know. Men. Men in suits, men with cars and money. They take me to fancy restaurant and say they can make me big winner. And I make big money.' She looked at Margaret, with a pleading in her eyes for understanding. 'But I no wanna make big money. Only be good as my sister.' And her eyes dipped towards the floor. 'But, she sick. Can't run no more. Medical costs ve-err expensive.' She looked at Margaret, appealing her innocence. 'I no greedy girl, lady I only say yes for my sister. So I can pay for her. Everything.'

Margaret crouched down beside her and squeezed her arm. 'I believe you, Lili. I'm on your side.'

'I say no drug. They say no drug. Minor—physical—adjust-ment. That is what they say.' She had trouble saying it herself in English. 'Minor—physical—adjustment. That is all.' She clutched Margaret's hand. 'They tell me it is safe. There are others. And they tell me some names. I know them, because they are big names. All winning. They tell me I can be big name, too. I am good, but I can be better.'

'Who were the other names?'

'Xing Da. He big hero of me. And Sui Mingshan. They say there are others, but they no tell me. But I know in time. Because from little winners they are all become big winners. Again, and again. So I know, or I can guess.'

'When you agreed to these...minor physical adjustments, what happened then?'

Lili shook her head miserably. 'I don't know, lady. They take some blood from me, and then a week later, maybe ten days, they come and take me to apartment downtown. They put me in a room and I sit and wait for lo-ong time. Then man come in. Foreign man.'

'White hair? Beard?'

Lili looked at Margaret with astonishment, and then perhaps a little fear. 'How you know this?'

'He's been hurting athletes all his life. He's a bad man, Lili. We're going to get him.' Margaret paused. 'What did he do to you?'

Lili shrugged. 'He give me jab.' She patted the top of her left arm. 'That's all.'

'An injection?'

Lili nodded. 'Then he say someone else explain, and he leave.'

'Explain what?'

'How it work.' She corrected herself. 'How I make it work.'

They heard a dull thud from out in the courtyard, and they both froze in the tiny circle of light that marked the boundary of their world. It sounded to Margaret like snow falling from a roof, but she couldn't be sure. She leaned over and extinguished the oil lamp, and they were plunged into total darkness. Lili clutched her arm.

'What is it?' she whispered.

'Shhh.' Margaret had put her finger to her lips before she realised the futility of the gesture. Lili could not see her in the dark. They waited for several minutes, listening intently. But there was no further sound. Slowly, Margaret eased herself up into a standing position. One of her knees cracked and it sounded absurdly loud in the absolute still. The black which had smothered her eyes like a mask had turned to grey, and she realised that from somewhere there was a little moonlight seeping into the pavilion. Pillars and statues began to take the faintest shape in the deepest gloom, and she made her way carefully to the door. Lili followed, a tiny cold hand clutching at her coat in case she lost her. Margaret eased the door open a crack and peered out into the dazzling moonlight. Finally, the snow had stopped. The courtyard was empty. She saw the footprints she and Lili's brother had left in the snow, tracking across the courtyard to the pavilion, and then stopping where they had stepped up on to the veranda. And then his footsteps again when Margaret had gone inside, and he had wandered back down into the square. They headed off towards the south-west corner, and into the deep shadow cast by the long, low building that bounded the south side.

'Can you see Solo,' Lili whispered.

'Solo?' Margaret glanced at her, confused.

'My brother. Is his nickname.'

'No, he's not there. But I can see his footsteps heading across the courtyard. He must be sheltering in the gallery over there. I can't see him, though.'

'I'm scared,' Lili whispered.

'Me, too,' Margaret said. 'Let's go find him.' And as the words left her mouth, darkness fell across the courtyard as the sky closed up above them and shut out the moon. 'Shit!' she muttered. 'Get the lamp, Lili.'

Lili scuttled across the flagstones to retrieve the oil lamp. 'I light it?'

'It would help if we could see where we were going. We'll find your brother and go straight to the police.'

'No police!' Lili said, alarmed.

'Section Chief Li will not let anyone harm you. You have my promise on that,' Margaret whispered. But she saw the doubt in Lili's face as the girl lit the lamp and they both blinked in its sudden brightness. And then a sharp cramp made Margaret gasp.

'What's wrong?' Lili said urgently.

Margaret put a hand to her belly and found herself breathing rapidly. 'Nothing.' she said quickly. And she took the lamp. 'Come on, let's go.' She forced herself to straighten up and pull the door wider so that they could slip out on to the terrace.

The lamp did not cast its light very far across the courtyard, and its brightness made everything else beyond its range seem even darker. Lili held Margaret's arm with both hands, and they made their way across the snow, following the footprints which led towards the far side. Suddenly Margaret stopped, and fear touched her like cold hands on hot skin. Two more sets of footprints converged on Solo's, coming from the left. They must have come up behind him, soundless as ghosts in the snow. There had been a scuffle. Margaret felt Lili's grip tighten on her arm, and she swung around to her right, and by the light of the lamp they saw Solo lying in the snow, face up, a wide grin across his throat where it had been cut from ear to ear. He was covered in blood which had gouted in great loops across the snow, deep vivid red against the white, as his heart had pumped desperately to compensate for the sudden fall in pressure, only to hasten the blood loss from his severed jugular. Death had been swift and silent.

Lili screamed then, a shrill, feral scream that split the night air, and the shadows of men came at them out of the darkness. Margaret saw a face, pale and tense, caught for a fleeting moment in the light of the lamp as she swung it hard at the leading figure. It appeared to explode against him, oil igniting as it splashed over him through broken glass. In a matter of seconds his whole upper body was alight, his hair, his face. He howled in agony, spiralling away across the courtyard.

By the light of the flames engulfing him, Margaret saw two other men, frozen for a moment in horror as they saw their friend on fire. All thoughts of the women vanished as they dived towards him then, knocking him over to roll him in the snow, desperately trying to extinguish the flames and stop his screams. Margaret grabbed Lili's hand. 'Run!' she hissed, and the two women set off in fear and panic, sprinting across the flagstones in the long gallery and out into the snow of a narrow street that ran north and south. Margaret's instinct was to head back for the Donghua gate where Solo had led her into the Forbidden City only half an hour before. She pulled on Lili's arm and they turned south and ran, slithering down the street, alleyways leading off to their right at regular intervals into obscured courtyards. The sky to the south was orange, low clouds reflecting the floodlights in Tiananmen Square. The roofs of palaces and pavilions curled their dark shapes in silhouette against it.

Behind them, they heard the voices of men shouting, and Margaret knew she could never outrun them, even if Lili could. The cramps in her stomach were coming frequently, and were sharply painful. She put a protecting arm around the swelling of her child and feared the worst.

Lili was the stronger of them now, half pulling her up the steps towards the vast open space that lay before the Qianqing Gate. They ran across the terrace, hemmed in by shadowy figures which, as confusion cleared, Margaret realised were the marble pillars of the balustrade that marked its boundary. The voices of their pursuers sounded very close behind them.

Margaret stopped, almost doubled up in pain. 'I can't go on,' she gasped. 'I just can't.'

'We hide,' Lili whispered urgently. 'Quick.' And she pulled Margaret into the shadow of the gate.

'Where? There's nowhere to hide.'

'In pot,' Lili said. And Margaret saw that a huge copper pot flanked each side of the entrance to the gate, the reservoirs once used to guard against fire. She allowed herself to be dragged towards the fence around the nearer of the pots, and with a great effort she clambered over it. Lili helped her up over the lip of the pot, enormous strength in such small hands, and she dropped down into its echoing darkness to crouch in the snow that was gathered in the bottom of it. She heard the patter of Lili's feet as she scuttled across the terrace to the other side. And then silence. Except for her breathing, which was hard and fast and painful, and deafening in this confined space.

For a long time she heard nothing. The voices that had pursued them were no longer calling in the dark. And then she remembered their footprints, almost at the same time as a shadow loomed over the lip of the pot above her and grabbing hands reached in. She heard Lili scream from across the terrace.

II

Li rode up in the elevator to the eleventh floor. He was cold and miserable and frustrated. No one seemed to know where Fleischer was. It was possible he had already left the country. And the response to their appeal for information on Dai Lili had been poor. People were still afraid of the police in China, and did not want to get involved.

He had no idea whether or not his letter of resignation had made it on to the desk of Commissioner Hu Yisheng, but as yet there had been no response. Not that it mattered now, anyway. However the situation was concluded, its resolution would not be a happy one. All he wanted was to lie with Margaret, sharing their warmth and their child and whatever happiness they could muster. But he knew that, too, was impossible, with her mother a constant presence in her apartment, and his father a black hole in his.

He stepped out on to the landing and took a deep breath, preparing to put a face on things for Margaret's mother. He had to stop himself from using his key, and knocked instead. After a moment, the door flew open and Li found himself confronted by Mrs. Campbell.

'What kind of hour do you call this?' she said sharply, and then realising that Li was alone, looked up and down the hallway in surprise. 'Where is she?'

'Margaret?'

'Well, who else would I be talking about?'

'She's not here?' Li asked, perplexed.

'Would I be asking you if she was?' Mrs. Campbell snapped.

Mei Yuan appeared behind her. 'You'd better come in, Li Yan. We've been waiting for her for more than two hours.'

Mrs. Campbell reluctantly stepped aside to let Li into the apartment. He said, 'She had an antenatal class tonight.' He looked at his watch. 'She should have been back ages ago.'

'What have we just been telling you?' Mrs. Campbell said impatiently.

Li pushed into the sitting room and snatched the phone and dialled the switchboard at Section One. When the operator answered he said, 'It's Section Chief Li. Give me Detective Sun's home number.' He scribbled it on a notepad, hung up and then dialled again. After a few moments a girl's voice answered. 'Wen?' he said.

'Who is this?' Wen asked cautiously.

'It's Chief Li.' He paused. 'Wen, was Margaret at the antenatal class tonight?'

'Margaret? No,' Wen said. 'I was there on my own.'

Li frowned. 'On your own?'

'Yes.'

'Sun Xi was with you.'

'No.'

Li was surprised. 'But he asked me if he could have the time off to go with you today.' To his dismay Wen began sobbing softly at the other end of the phone. 'Wen? Are you alright?' And when she didn't answer, 'What's wrong?'

Her voice was quivering when she said, 'I can't talk about it. I don't want to talk about it.' And he heard her crying aloud in the moment before she hung up.

'Well?' Margaret's mother had been watching him critically from the doorway.

'She didn't go to her antenatal class.' He was alarmed and puzzled by Wen's reaction, and more than a little afraid now for Margaret. 'She didn't leave a note or anything?'

'Nothing,' Mei Yuan said. 'Just her wedding outfit spread out on the bed, as if she had laid it out ready to wear.'

Li pushed silently past the two women and up the hall to the bedroom. The sight of the *qipao*, the little silk slippers she had bought, and the brightly embroidered smock, all laid out on the bed with the red headscarf, tied a knot tightly in his stomach, and he felt panic rising in his chest, although he could not have said exactly why. 'I'm going down to talk to the security guard on the gate,' he said.

And as he hurried out on to the landing he heard Mrs. Campbell call after him in a shrill voice, 'You've lost her, haven't you? You've lost my daughter!'

The elevator took an eternity to reach the ground floor. Li ran out, down the steps, still limping, and scuffed his way through the snow to the small wooden hut that provided shelter for the grey-uniformed security guard. The guard was sitting inside, muffled up in his coat and hat, hunched over a small heater smoking a cigarette. He was startled by Li's sudden arrival. He stood up immediately.

'You know the American lady?' Li said. 'Lives on the eleventh floor.'

'Sure,' said the guard.

'Did you see her go out tonight?'

'Yeh. She went on her bike.'

'On her bike?' Li could barely believe it. 'Are you sure it was her?'

'Sure I'm sure. The two of them left together. Both on bikes.'

'Two of them?' Li shook his head in consternation. 'What are you talking about?'

The guard was becoming uneasy. 'It was the guy who went up to see her,' he said. 'He stopped here to check that this was the right block. I told him she was on the eleventh floor.'

'Describe him,' Li snapped.

The guard shrugged. 'I don't know. Young, early twenties maybe. Bit scruffy. Looked like a workman.'

'You're going to have to do better than that,' Li said.

The guard made a face. 'I don't know…' And then he remembered. 'Oh, yeh. He had a tattoo. On the back of his hand. It was like the head of a snake or something.'

And Li knew straight away that it was Dai Lili's brother. He remembered the sullen-faced boy at Lili's family home, the snake tattoo that twisted around his arm, culminating with the head on the back of his hand. The cellphone on his belt rang. He had forgotten it was there. Wu had loaned him his so that he could be contacted at any time. He fumbled to answer it. '*Wei?*'

'Chief?' It was Qian. 'We've got a murder at the Forbidden City. Deputy Tao's on his way.'

'So why are you telling me?' Li was irritated by the interruption. He couldn't be expected to attend every murder in the city. And right now, he was much more concerned about Margaret.

'I thought you'd want to know, Chief. Apparently the whole place has been closed down for renovation work. The company have a night watchman on site. He found the east gate lying open about an hour ago, and half a dozen tracks or more coming in and out. He called security, and several armed officers went in with flashlights and followed the tracks in the snow. They found the body of a young man with his throat slit in a courtyard outside the Chu Xiu Palace on the north-west corner. The night watchman recognised him as one of the workers employed by the company.'

'Why would *I* be interested in this?' Li asked impatiently.

'Because the dead kid is the brother of the missing athlete, Dai Lili.'

III

The Donghua Gate was choked with police and forensic vehicles, blue and orange lights strobing in the dark. Several dozen uniformed officers were standing around in groups, smoking and talking and keeping a growing crowd of curious onlookers at bay. The floodlights had been switched on, and so the red walls and russet roofs that towered above them stood out vividly against the night sky.

Li's Jeep came roaring up Nanchizi Street, lights flashing, and slewed around the corner into Donghuamen. He leaned on his horn, and the crowd parted to let him through. He jumped out and nearly fell in his hurry to get to the gate. He felt a hand reach out to catch him. A voice. 'Alright, Chief?'

He pushed past the officers standing around the open gate and stopped in his tracks. There, leaning against the wall, was Margaret's bicycle, with its distinctive strip of pink ribbon tied to the basket on the handlebars. Another bicycle was lying in the snow just a few feet away. Tao and Wu emerged from inside the Forbidden City as he looked up. Tao was surprised to see him. 'What are you doing here, Chief?' he asked coolly.

Li found he could barely speak. He nodded towards the bike with the pink ribbon. 'That's Margaret's bike,' he said. 'Doctor

Campbell. She left her apartment about two hours ago with Dai Lili's brother.'

Wu said, 'Shit, Chief, are you sure?'

Li nodded.

'Well, she's not with him now,' Tao said grimly. 'There's just the one body in there.'

'Yeh, but lots of footprints,' Wu said, chewing furiously on his gum.

'You'd better take a look,' Tao said, and his concern appeared genuine.

Li was so shaken he could not even respond. He nodded mutely, and the three men went back through the gate and into the Forbidden City. The lights had all been turned on, and the roofs and walkways, and vast open spaces glowed in the snow like a mediaeval winter scene from some classical Chinese painting.

Fluttering black and yellow tape had been strung between traffic cones to keep investigators from disturbing the tracks left in the snow by the players in whatever tragic drama had unfolded here. A drama whose final act had led to the murder of Dai Lili's brother. Tao said, 'Unfortunately, the night watchman and the security people who originally came in did not take any care over where they put their feet. You can see where their tracks cross the originals.' Some of the older footprints had been partially covered by snowfall but were still clearly visible. 'Lucky for us it stopped snowing,' Tao added. Li was feeling anything but lucky.

In the courtyard of the Palace of Gathering Excellence, the body of Dai Lili's brother still lay where Margaret and his sister had found it. But here, the snow had been savagely disturbed and was difficult to read. The pathologist's photographer had rigged up lights and was making a meticulous photographic record of the scene. Pathologist Wang stood smoking in the far corner in hushed conversation with Chief Forensic Officer Fu Qiwei. Li and Tao and Wu followed the tape around the perimeter of the square. Wang looked up grimly and took a long pull at his cigarette. 'More of the same, Chief,' he said.

'What do you mean?' Li asked.

'Multiple stab wounds. Just like the girl at Jingshan.'

Li glanced at Tao. 'I thought he'd had his throat cut.'

'Oh, sure,' Wang said. 'That's what killed him.' And he motioned for them to follow him around to where they could look at the body without disturbing the scene. 'The throat was slit left to right. So the killer was almost certainly a right-hander. Severed the jugular and the windpipe. You can see how the blood spurted from the way it fell across the snow. He'd have been dead within two minutes.'

'You said multiple stab wounds,' Li said.

Wang nodded. 'Somewhere between thirty and forty of them. If you look carefully, you can see where the knives have cut through his clothing. Of course, he was already dead by then, so there was no bleeding from the wounds.'

'Knives?' Li asked. 'Plural?'

'Both from the number of wounds, and the number of prints in the snow, I'd say there were several assailants. At least three.' He glanced at Fu who nodded his silent accord.

'Why would they stab him when he was already dead?' Li said.

'Death by a myriad of swords,' Tao said quietly and Li looked at him. Tao glanced up. 'Symbolic,' he added. 'Like leaving a calling card.'

Li turned to Fu Qiwei. 'What do you think happened here, Fu?'

Fu shrugged. 'It's a matter of interpretation, Chief. Can't guarantee I'm right, but I'll have a go.' And he took them around the courtyard, and through his interpretation of the events which had unfolded there. Tao and Wu had already been through it all, but tagged along anyway. 'Looks like two people arrived here together first off. Partially covered tracks. One set of prints smaller than the other. Could be a woman. They went into the palace building there on the north side. At least, they stepped up into the shelter of the terrace.'

They followed him around and into the palace itself, now brightly illuminated. Fu pointed to the stuff lying around the floor. 'Someone's been living in here. For several days by the look of it. Empty tins, old noodle boxes. The clothes...' he lifted up a pair or tracksuit bottoms with his white gloved hands, '... sport stuff. Unisex. But small size. Probably a woman.' And he retrieved a long black hair as if to prove his point. 'Oddly enough, we also found some of these.' And he took out a plastic evidence bag and held it up to the light so that they could see several long, single, blond hairs. 'So she had company. Maybe one of the two people who came calling tonight.'

Li's stomach turned over, and he found Tao watching him closely.

'The thing is,' Fu said, 'there's a small heater, but no light.' He paused. 'But we found the remains of a smashed oil lamp on the other side of the square, near the body. For what it's worth, here's what I think might have happened.' And he led them back out on to the steps. 'You can see a single set of footprints heading off across the courtyard here. One of the older ones, partially covered. So I figure one of them went inside, the blond, and the other one, the victim, crossed the square where he was jumped by at least three attackers. They cut his throat, and when he was dead, they kneeled around him in the snow and stabbed him repeatedly in the chest and legs. The two inside heard something. They came out with the oil lamp and found the kid lying dead in the snow. Then they got attacked, too. Now, here's the interesting thing...' They followed him on the safe side of the tape across the square. 'There's been a hell of a ruckus here. Broken glass. Melted snow. We found shreds of burned clothing. And this.' He glanced at Tao and Wu. 'I only found it a few minutes ago, after you'd gone.' He shone his flashlight on to a strange, blackened indentation in the snow. 'Damned if it doesn't look like a face print to me.' And Li saw, then, the shape of an eye, a mouth, a nose. Part of a cheek, the curve of a forehead. 'I figure somebody got that lit oil lamp full in the face and got pretty badly burned. We've recovered particles that I'm pretty sure are going to turn out to be burned flesh and singed hair.'

'Fuck me,' Wu said in awe, then glanced immediately at Tao, wondering if he would be fined another ten yuan for the swear box. But Tao hadn't heard him.

'Then there was a chase,' Fu said. They followed him along the gallery and out into the narrow street at the end of which a mêlée of feet had emerged to leave their prints in the snow. 'You can see these prints are quite different from the ones that arrived. Only half-prints, mainly left by the ball of the foot. They were running. The three bigger sets of feet after the two smaller ones, I'd say.'

With a heart like lead, Li followed the forensics man along the street, past palaces and pavilions, alleyways and galleries, illuminated now by floodlights, and up steps on to the wide concourse in front of the Qianqing Gate. Tao and Wu walked silently in their wake.

'I guess that the two on the run were probably the women, from the size of their prints. They must have had a bit of a head start, because you can clearly see they went first to one of these copper pots, with one set of tracks leading to the other. They must have hidden inside them.'

Li closed his eyes, conjuring a dreadful image of Margaret crouched inside one of these pots in fear and panic. It was almost more than he could bear.

Fu said, 'With all these lights, we can see their tracks quite clearly. Although it was dark then, I figure their pursuers must have been able to see them, too. The pots were no hiding place at all. You can pick out the other prints that followed them, straight to the pots, and then the scuffles around them where they must have dragged the women out. There's some blood in the snow here.'

And they looked at a smear of vivid red in the frozen white. Li looked away quickly. What were the chances that he was looking at Margaret's blood in the snow? He could not deal with the thought, and tried to keep his mind focused on the facts. Facts which gave him, at least, a little hope. There was only one body, after all. 'What happened then?' he asked, nearly in a whisper.

'They dragged them off,' Fu said. No one had told him that the blonde woman was almost certainly Li's lover. 'Back out to the Donghua Gate. Probably bundled them into a vehicle of some kind, then away.'

Away to where? And why? Li tried hard to think, but his concentration was shot. He felt a hand on his arm, and turned to find Tao looking at him, concerned. Li wondered if it was really sympathy he saw in those dark eyes magnified behind thick lenses. 'You okay, Chief?' he asked. Li nodded. 'We'll find her.' And there was an unexpected steel and determination in his voice.

They left Fu and walked back to the Donghua Gate in silence, Li trying to piece together in his mind what must have happened. Dai Lili's brother had come to Margaret's apartment and convinced her to go with him to see his sister. Anger flared briefly in his chest. Why in the name of heaven did she go?

The boy must have been hiding his sister in the Forbidden City, but it was hardly a secret that Dai Lili had wanted to talk to Margaret. He had, himself, told Supervising Coach Cai as much. Could Cai be involved as he had first suspected? Li cursed himself now for his indiscretion. They must have been watching Margaret, or the boy. Or both. Whichever, they had followed them to the Forbidden City. There, they had killed the brother and snatched the two women. Why had they not just killed the women as well? Why did they want them alive? Information, perhaps? To know how much was known and by whom? If only they realised how little Li really knew or understood any of it. But until they did, maybe there was still the faintest chance of finding Margaret before they killed her. As they surely would.

They emerged into the floodlights in Donghuamen. Outside the gate the crowd of spectators had swelled. There were more than a hundred of them now, straining to catch a glimpse of whatever might be going on, ignoring the barking of the uni-formed officers trying to keep them behind the tape.

Li turned to Wu. 'I want arrest warrants for Fleischer, and Fan Zhilong, the CEO of the OneChina Recreation Club. And also for Coaching Supervisor Cai Xin. Soon as we can get them, I want them held at Section One for questioning. Nobody gets to talk to them before me. Understood?'

'You got it, Chief.' Wu shoved a fresh stick of gum in his mouth and hurried off.

Tao walked with Li to his Jeep. He took out a cigarette and offered him one. Li took it without thinking, and Tao lit them both. They stood for nearly a minute, smoking in silence. 'I'm sorry,' Tao said eventually.

'About what?'

'About everything.'

A car pulled in behind Li's Jeep, and the tall, bespectacled figure of Professor Yang stepped out, wrapped tightly in his warm winter coat. 'Section Chief,' he called, and as Li and Tao turned, he hurried carefully through the snow towards them. 'I've been trying to reach Margaret for hours. They told me at Section One that you were here.' He glanced around. 'I thought she might be, also.' Fastidiously, he waggled each foot to flick off the accumulated snow from the shiny black leather of his polished shoes.

Li shook his head.

'Well, then, I should pass the information on to you.'

'I don't really have time just now, Professor.'

'I think it could be important, Section Chief. I know Margaret thought it was.'

It was enough to catch Li's attention. 'What?'

The Professor removed his rimless glasses to polish them with a clean handkerchief as he spoke. 'Margaret asked me this morning if I knew anyone who could perform a genetic analysis on a sample of blood that she had taken from the swimmer she autopsied.'

'Sui Mingshan?'

'That's him. Well, I took her up to see my friend at Beida. Professor Xu. He's head of the College of Biogenic Science there. Margaret wanted him to analyse the sample to see if he could find any evidence of genetic disorder.' He shrugged and placed his glasses carefully back on the bridge of his nose, smoothing back the hair behind his ears. 'She didn't really confide in me. In either of us. But I know she was hoping for more than that.'

'And what did Professor Xu find?' Li asked.

'Oh, he did indeed find much more than that,' Yang said. 'But not a genetic disorder. Genetically modified HERV.' He waited for Li to be impressed.

But Li only scowled. 'HERV? What the hell's that?'

Yang's face fell as he realised he was going to have to explain. 'Ah,' he said. 'It's not a particularly easy concept for the layman.'

'Try me,' Li said.

Yang cleared his throat. 'HERV. It's an acronym, I suppose. From the English. Human endogenous retrovirus.'

'Retrovirus.' Li remembered Margaret talking about retroviruses the previous night. 'Margaret told me something about that. It's in our DNA or something.'

'So you're not a complete beginner,' Yang said.

'Maybe not,' Li said. 'But I don't have much time. Get on with it, Professor.'

Yang glanced at Tao. 'Endogenous,' he said. 'Means it's something produced from within us. These HERV, they're in all of us. The viral remnants of primeval diseases that afflicted the species during the earliest stages of evolution. No longer harmful to us, but there nonetheless, subsumed into our germline DNA and passed on from father to son, mother to daughter. An integral part of the human genome.' He looked around him. 'A bit like footprints frozen in the winter snow. But footprints which cross the borderland between genes and infection. Because, really, they are not genes, they are retroviruses, or bits of retroviruses, to be found in every human cell.' His face was a study of concentration in trying to distil the complexities into bite-sized chunks that his audience might understand. 'The thing is, although they are dormant, some scientists believe that occasionally they can be activated...'

'By a virus,' Li said, remembering Margaret's spoken thoughts.

Yang smiled. 'Yes,' he said. 'Viruses could do it. There could be other factors. But the point is, that once activated, it is possible that they could be responsible for some very dangerous human diseases.'

Li began to see a glimmer of light. 'Like thickening of the microvasculature of the heart?'

'Yes, yes, I suppose so,' Yang said, and began himself to see the first glimmers of light.

Li said, 'And you're saying someone has...genetically modified these HERV?'

'It appears that some of them had been removed from our swimmer, modified in some way, and then put back.'

'Why?'

Yang shrugged his shoulders. 'I have absolutely no clue, Section Chief. And neither has Professor Xu.' He raised his eyebrows. 'But I have an idea that Margaret might.'

Li said grimly, 'If I knew where she was I'd ask her.'

Yang frowned, but he had no chance to ask.

'Thank you,' Li said, and he tapped Tao's arm and nodded towards the Jeep. 'Get in.'

Tao looked surprised. 'Where are we going?'

'Detective Sun's apartment.'

IV

The van lurched and bounced over a frozen, rutted track. From the rear of it, where Margaret and Lili had been tied hand and foot and forced to sit with their backs to the door, Margaret could see headlights raking a grim, winter landscape. The skeletons of cold, black trees drifted in and out of vision. Big, soft snowflakes slapped the windshield before being scraped aside and smeared across the glass by inefficient wipers.

She was racked by pain now, and knew she was in serious trouble. She felt blood, hot and wet, between her legs, and every bone-jarring pitch of the van provoked a fresh fork of cramp in her belly. Lili was absolutely silent, but Margaret could feel her fear.

The only sound which had broken the monotonous drone of the engine during their journey was the whimpering of the man Margaret had set on fire. She could smell his burned flesh and singed hair. He lay curled up in the back, almost within touching distance, wrapped in a blanket. Margaret suspected it was fear more than pain which made him cry. His burns were severe enough to have destroyed the nerve-endings. It was possible he felt no pain at all. But he must know he would be disfigured for life.

When they had dragged her from the copper pot, they pushed her to the ground and kicked her until she thought they were going to kill her there and then. She had curled into the foetal position to try to protect her baby. They did not care that she was pregnant. Eventually they had dragged the two women to the Donghua Gate and bundled them into the back of the waiting van. Margaret thought they must have been on the road for more than an hour and a half since then.

She saw brick buildings and slate roofs now, walls and gates, the occasional light in a window. Stacks of bricks at the roadside. Pipes projected from the sides of houses, issuing smoke into the night sky. Margaret could smell the woodsmoke. They were going through a village of some kind. Margaret had no sense of the direction they had taken when they left the capital. They could be anywhere. But wherever it was, she knew, there was no chance that anyone was ever going to find them there. After a few minutes, they left the village behind, and entered a dense copse of trees before emerging again into open country. A solitary light shone in the blackness, and gradually it grew brighter as they got closer, before the van finally juddered to a halt outside the gate of a walled cottage. The double green gates stood open, and the light they had seen was an outside lamp above the door of what appeared to be an L-shaped bungalow.

The driver and his passenger opened the van doors and jumped down. After a moment the back doors were thrown open, and Margaret and Lili nearly fell out into the snow. Rough hands grabbed them and pulled them out into the freezing night. Margaret was bruised and aching, and the joints in her legs had seized up, buckling under her. She could barely stand. The two men crouched in the snow to untie their feet, and they were led through the gate, along a winding path to the door of the cottage. Margaret could see that the red brick dwelling had been renovated some time recently. The windows were a freshly painted green, the garden trimmed and manicured beneath a layer of snow. Gourds hung drying from the eaves and the orange of frozen persimmons lined the window ledges.

The door was unlocked and the two women were pushed through it into a small sitting room. One of the men flicked a switch, and a harsh yellow light threw the room into sharp relief. Whitewashed walls, rugs strewn across the tiled floor, a couple of old couches, a writing bureau, a round dining table under one of the windows looking out on to the garden. Two wooden chairs with woven straw seats were brought in from another room, and Margaret and Lily were forced to sit in them, side by side. Their feet were tied again, and their hands untied and then re-tied to the backs of the chairs.

The men who had brought them in had an urgent conversation in low voices, and one of them went out to the garden to make a call on his cellphone. After a few minutes, he returned and waved his friend to follow him. The second man switched off the light as he left. Margaret and Lili heard the engine of the van coughing into life, and the whine of the gears as it reversed and slithered through a three-point turn before accelerating off into the night, its headlights dying into blackness.

It was some minutes before Margaret found the ability to speak. 'What did they say?' she asked, and was surprised at how feeble her voice sounded in the dark.

'They take their friend for medical treatment. The one who is burned. The driver talk to someone on the phone who say they will be here soon.' Lili's voice sounded very small, too.

The ropes were burning into Margaret's wrists and ankles, and she knew there was no chance of freeing them. They sat, then, in silence for what seemed like hours, but may have been no more than fifteen or twenty minutes. And then Lili began sobbing, softly, uncontrollably. She knew they were going to die. As Margaret did. Margaret closed her eyes and felt her own tears burn hot tracks down her cheeks. But they were more for her lost child than for herself.

After, perhaps, another ten minutes, they saw lights catch the far wall of the cottage through the side windows, and they heard the distant purr of a motor. As it grew closer, so Margaret's fear increased. She tried hard to free her hands, but only succeeded in burning the skin down to raw flesh.

The vehicle drew up outside the gate. The headlights went out, and then they heard three doors bang shut. Footsteps crunched in the snow, and Margaret turned her head towards the door as it opened. The overhead light, when it came on, nearly blinded her, and a man she recognised as Doctor Hans Fleischer walked in. He wore a camel-hair coat with a silk scarf and leather gloves, and his suntan made him seem incongruous here, implausibly prosperous. He beamed at the two women, and then focused his gaze on Margaret. 'Doctor Campbell, I presume,' he said. 'Welcome to my humble abode.' His English was almost accentless.

Another man came in behind him. Chinese, much younger, immaculately dressed.

'I don't believe you know Mr. Fan, my generous benefactor,' Fleischer said. 'But he knows all about you.'

The CEO of the Beijing OneChina Recreation Club smiled, dimpling his cheeks. But he appeared tense, and he did not speak.

Margaret became aware that a third man had entered. She craned her neck to look at him, but he had his back to them as he shut the door behind him. Then he turned, and for a moment hope burned briefly in Margaret's heart. It was Detective Sun. And then just as quickly the flame died. He could not even meet her eye. And she knew that he was one of the bad guys, too.

Chapter Twelve

I

An armed PLA guard, fur collar turned up on a long green coat, stood chittering in the sentry box at the back entrance to the compound of the Ministry of State and Public Security. Snow was gathering on his red epaulettes, on the shiny black peak of his cap, and on his boots. He glanced impassively at Li and Tao as Li turned his Jeep through the gate and then took a right along the front of the apartment blocks allocated to junior public security officers and their families. Lights from windows fell out in yellow slabs across the snow.

Li pulled in outside the third block along, and he and Tao got out and took the elevator to the seventh floor. From the window on the landing Li could see the lights from his apartment in the senior officers' block, and knew that his father was waiting for him there on his own. He had not seen him in forty-eight hours. And he had no idea for how much longer he would be able to call the apartment his. But none of that mattered. He did not care whether he was still a police officer tomorrow or just another citizen, whether he was married to Margaret or not, whether they shared an apartment or lived apart. All that mattered was that he would find her before they killed her.

Tao knocked loudly on Sun's door, and after a few moments Wen opened it. Li was immediately struck by how much she appeared to have aged in just a few days. There were dark rings beneath her eyes, and red blotches on pale cheeks. She did not appear surprised to see them.

'He's not here,' she said dully.

'May we come in?' Li asked.

She stood aside mutely, and they walked past her into a small hallway. She closed the door and led them through to a living room with a glazed terrace that overlooked Zhengyi Road below. It was almost exactly like the apartment Li had shared for so many years with his Uncle Yifu. There was very little furniture in the room, and packing cases were still stacked against one wall. Another stood in the middle of the floor, partially unpacked, its contents strewn around it.

Wen wore a tight-fitting smock that emphasised the swelling of her child. She stood with her palms resting on her hips, just above the buttocks. A pose that Li had often seen Margaret adopt. It sent a jolt through him, like an electric shock.

'Where is he?' he asked.

She shook her head. 'I have no idea.'

He looked at her contemplatively for a moment. 'Why did you start crying when I phoned earlier?'

She sucked in her lower lip and bit down on it to stop herself from crying again. 'I never know where he is,' she said, her voice breaking. 'I've hardly seen him since I got here.' She threw her hand out in a gesture towards the packing cases. 'I've had to do all this myself. We haven't had a meal together in days. He doesn't get in until two or three in the morning.' And she couldn't stop the sobs from catching in her throat. 'Just like it was in Canton. Nothing's changed.'

'How was it in Canton?' Li asked quietly.

She brushed aside fresh tears. 'He was always out. More than half the night sometimes.' She breathed deeply to try to control herself and looked up at the ceiling as if it might offer her guidance. 'If it had been other women, maybe that would have been easier to take. Maybe you can compete with other women.' She looked at Li. 'He was a gambler, Section Chief. He loved it. Couldn't ever let a bet go.' She paused. 'How do you compete with that?' She couldn't face them, then, and turned away towards the terrace, folding her arms beneath her breasts in a gesture of self-protection, walking up to the glass and staring out into the snowy darkness. 'He ran up terrible debts. We had to sell nearly everything. And then, when he got the job here, I thought maybe it would be a fresh start. He promised me…for the baby.' She turned back into the room and shook her head helplessly. 'But nothing's changed. He behaves so strangely. I don't know him any more. I'm not sure I ever did.'

Li was both shocked and dismayed by her description of a young man he had once thought was like a younger version of himself. It was not the Sun Xi he knew, or thought he knew, the detective he had been nurturing and encouraging. What shocked him even more, was how badly he had misjudged him. He glanced at Tao. Had he also been as wrong about his deputy? What was it Police Commissioner Hu had said to him? *Loyalty is not something you inherit with the job. You have to earn it.* He certainly hadn't done anything to earn Tao's loyalty. Perhaps, after all, he just wasn't cut out for management.

Tao said to Wen, 'When you say he's been behaving strangely, what do you mean?'

She gasped and threw her hands up in despair. 'I found a piece of paper folded into one of his jacket pockets. It had a poem written on it. Some stupid poem that didn't even make any sense. When I asked him about it he nearly went berserk. He snatched it from me and accused me of spying on him.'

Tao was frowning. 'What kind of poem?'

'I don't know. Just a poem. I found it a couple of days later between the pages of a book in his bedside table. I didn't say anything, because I didn't want to be accused of spying again.'

'Is it still there?' Li asked.

She nodded. 'I'll get it.'

She returned a few moments later, with a grubby sheet of paper folded into quarters, well rubbed along the folds. She thrust it at Li. He took it and opened it carefully and spread it out on the table. He and Tao leaned over it. The poem was written in neat characters. It had no title and was unattributed. And, as Wen had said, appeared to make very little sense.

We walk in the green mountains, small paths, valleys and bays,
The streams from the high hills are heard murmuring.
Hundreds of birds keep on singing in the remote mountains.
It is hard for a man to walk ten thousand Li.
You are advised not to be a poor traveller
Who guards Kwan Shan every night, suffering from hunger and cold.
Everyone said he would visit the peak of Wa Shan.
I will travel around all eight mountains of Wa Shan.

Li was completely nonplussed 'It's not much of a poem,' he said.

Tao said quietly, 'None of the Triad poems are.'

Li blinked at him, confused now. 'What do you mean?'

'It's a tradition which has mostly passed from use,' Tao said. 'But there are still some Triad groups who practise it. Members are given personal poems to memorise. They can be interrogated on them to verify their identification.' He lifted the sheet of paper. 'But they are supposed to destroy them once they have been memorised.'

Wen was listening to their exchange with growing disbelief. 'What do you mean, Triads?' she said. 'Are you telling me Sun Xi is a Triad? I don't believe it.'

Tao looked at Li and shrugged. 'Canton was one of the first areas in mainland China the Triads moved back into after the Hong Kong handover. If Sun had got himself into financial trouble with his gambling he would have been a prime candidate for Triad recruitment. And a big feather in their caps, too. A detective in criminal investigation.'

'Even more so now,' Li said. 'Now that he's an elite member of Beijing's serious crime squad.' He felt sick, suddenly remembering Mei Yuan's appraisal of him. *He lies too easily,* she had said. And he had been Sun's mentor and confidant. He had been succouring the cuckoo in the nest, his personal dislike of Tao leading him to look in all the wrong places. He was almost unable to meet his deputy's eye. 'I guess it's me who owes you the apology,' he said.

'What are you talking about!' Wen was nearly hysterical. 'He's not a Triad! He can't be a Triad!'

Tao paid her no attention. He said to Li. 'Apologies are not what's important now, Chief. Finding Doctor Campbell is.'

II

A small lamp on a drinks table somewhere close by cast the only light in the room. Fleischer had switched off the ceiling light. 'My eyes have grown rather sensitive as I have got older,' he had explained unnecessarily.

Then he had leaned over her, as if wanting to get a better look. He had a warm, friendly face, avuncular, the smooth white hair and cropped silver beard lending the impression of an old family friend. Trustworthy, sympathetic. Until you saw his eyes. Margaret had looked straight into them when he leaned into the light, and thought she had never seen such cold, blue eyes in her life.

She was having trouble concentrating now. She was gripped by almost unbearable cramps every few minutes, and feared that she was going to give birth right there, still tied to the chair.

Fleischer was oblivious to her distress, and she had the impression that he was showing off to her, preening himself before someone who might just recognise his genius. He also seemed oblivious to the others in the room. CEO Fan and Detective Sun hovering somewhere just beyond the light of the lamp, shadowy figures whose impatience Margaret could feel, even through her pain. And poor Dai Lili. She simply didn't count. A guinea-pig. A failed experiment. She whimpered quietly, slumped in her chair.

'We selected seven altogether,' Fleischer was saying. 'Making sure we represented the major disciplines; sprinting, distance running, a swimmer, a weightlifter, a cyclist. Each of them was in the top half dozen in their respective sports. Already talented, but not necessarily gold medal winners. And that was key. They had to be good to start with.' He was pacing in and out of the light, restless, energised by his own brilliance.

'And what did you do to them?' Margaret said. She pushed her head back and forced herself to focus on him.

'I made them better,' he said proudly. 'I produced the first genetically modified winners in the history of athletics. Human engineering.' He paused, and grinned. 'You want to know how I did it?'

And Margaret did. In spite of her pain and her predicament. But she was damned if she was going to let Fleischer know it. So she said nothing, just staring back defiantly.

'Of course you do,' he said. 'You think I don't know?' He drew a chair out of the darkness and into the circle of light, turning it around so that he could sit astride the seat and lean on its back, watching Margaret closely as he spoke. 'All the drugs that these idiot athletes around the globe are still using to improve their performances are synthetic. Copycats. All they can ever do is emulate what the body does of its own accord in the world's best natural athletes. Real testosterone and human growth hormone, building muscle and strength. Endogenous EPO feeding oxygen to tired muscles. That's what makes winners. That's what makes champions.' He shrugged. 'In any case it's hard to take drugs now without being detected. Here in China they cracked down after all those embarrassments in the nineties. They made it illegal to supply banned drugs to athletes. An athlete found guilty of doping faces a four-year ban here. His coach, anything up to fifteen years.' He grinned again. 'So we have to be a little more clever. Because now they can test at any time. With only twenty-four hours' notice, if you have been taking a banned substance, there is no way to get it out of your system. So I do two things.' He held up one finger. 'First, I programme the body to produce naturally what it needs. If you run fast I increase the testosterone. If you run long, I increase the EPO. If you lift big weights, I increase the growth hormone.' He held up another finger. 'And second, if they want to test you, I programme your body to destroy the excess.'

Margaret gasped as another cramp gripped her, and she wondered fleetingly if Fleischer thought she was perhaps gasping in admiration. She controlled her breathing, and felt a fine, cold sweat break out across her forehead. 'How?' she managed to ask.

'Ah,' Fleischer said. 'The sixty-four thousand dollar question. In this case, perhaps, the sixty-four *million* dollar question.'

'I suppose that's how you got these athletes to agree to be your guinea-pigs, was it? With money?'

'Oh, that was a part of it, Doctor. But only a part. You have to ask yourself why an athlete wants to win. Why they will put themselves through all that grinding pain and hard work, all that blood, sweat and tears. After all, they were doing it way before the monetary rewards made it financially worthwhile.' He paused long enough to allow her to consider his question. And then he answered it for her, 'Vanity, Doctor. It's that simple. A desperate need for self-esteem, or the esteem of others. Fame, celebrity. And they are utterly single-minded in the pursuit of it.' He chuckled. 'So, you see, it wasn't hard to convince them. After all, I was promising to deliver what it was they all wanted. Like a god, I could make them winners. Or not. It was their choice. But it was irresistible.'

'Only to cheats,' Margaret said.

Fleischer was indignant. 'They weren't cheating. They weren't taking drugs. I engineered them to be better. Naturally. It's the future, Doctor, you must know that. The enhancement of human performance by means of genetic manipulation. And not just in athletics. We're talking about every aspect of human life. Health, intelligence, physical capability. Soon we'll all be able to pop a pill to make us better in every way. Drugs to genetically treat those who are well, rather than those who are sick. And there's a fortune to be made from it. Well people can work and pay for their medicines. They live longer than sick people, and so they can buy their medicines for longer. Sick people get cured or die. Either way, they stop buying medicine. Well people just get better and better. Like my athletes.'

'Really?' Margaret was not impressed. 'Six of them are dead. You don't get many corpses winning races.'

Fleischer frowned and shrugged aside her unwelcome observation like some irritating insect that buzzed around his head. 'A glitch,' he said. 'One we can put right.'

Margaret dug her fingernails into her palms to stop herself from passing out. With a great effort she said, 'You still haven't told me how you did it.'

The German's smile returned. 'HERV,' he said.

Margaret frowned. 'HERV?'

'You know what HERV is?'

'Of course.'

He was positively gleeful. 'It is so deliciously simple, Doctor, it gives me goosebumps each time I think of it. Human endogenous retroviruses comprise about one percent of the human genome. I chose the HERV-K variant, because it is known to carry functional genes. It was an easy enough matter to isolate pieces of HERV-K from blood samples, and then amplify those pieces by cloning them in a bacterium. Are you following me?'

'Just about.' Margaret's voice was no more than a whisper, but her brain was still functioning, and she felt somehow compelled by Fleischer's icy blue eyes, and the nearly mesmeric delight he took in his own genius.

'I was then able to modify the cloned HERV, embedding in it genes with a unique promoter which would stimulate hormone production. In some cases the promoter would stimulate the athlete's body to produce increased amounts of testosterone, or human growth hormone. In others it would stimulate increased quantities of EPO. It depended upon whether we wished to increase speed or strength in a sprinter or a weightlifter, or whether we wanted to increase stamina in a distance runner or a cyclist.' He leaned further into the light. 'Did you know that EPO can increase performance by up to fourteen percent? Fourteen percent! It gives an athlete a phenomenal edge. If you are already one of the top half dozen distance runners in the world, you become unassailable. You will win every time.'

In spite of everything, Margaret found the concept both fascinating and horrifying. But there were still gaps in her understanding. 'But how? How did you make it work?'

He laughed. 'Also simple. I re-infected them with their own HERV. A straightforward injection, and the modified retrovirus carried the new genes straight into the chromosome.'

Margaret shook her head. 'But, if suddenly these athletes are creating excesses of whatever hormone it is you've programmed them to produce, they would OD on it. It would kill them.'

Fleischer was terribly amused by this. He laughed. 'Forgive me, Doctor. But you must think I am incredibly stupid.'

'Stupid is not the word I would have used to describe you,' she said, working hard to maintain eye contact.

His smile faded. 'The genes can be switched off and on,' he snapped. 'If you want me to be technical about it, the hormone promoter is triggered by a chemical which is recognised by the enzymes acting at the promoter to synthesise the RNA message for the protein hormone.'

'You can be as technical as you like,' Margaret managed dryly. 'But it doesn't mean I'll understand it.'

Fleischer's returning smile was smug. He was in the ascendancy again. 'I'll keep it simple for you, then. One chemical activates the gene. Another switches it off. And a second HERV is activated by a third chemical.'

'What's the function of the second HERV?'

'Stimulated by the third chemical, a protease enzyme in the second modified HERV will, literally, munch up the excess hormone. It can be activated at a moment's notice so that the presence of increased hormone in the system is undetectable. Quite simply because it's not there any more.' He waved a hand dismissively. 'A mere refinement. Because at the end of the day, the IOC and all their stupid testing bodies cannot say that naturally produced endogenous hormone constitutes doping.'

Margaret let another wave of pain wash over her, and then tried to refocus. 'So you engineered these seven athletes to produce, within themselves, whatever hormone would best enhance their particular discipline. And also the ability to flush it out of their systems at a moment's notice, so they could never be accused of doping.'

'Makes it sound devilishly simple when you put it like that. Don't you want to know how they were able to switch the hormone producing genes off and on?'

'I've already worked that one out,' Margaret said.

'Have you?' Fleischer was taken aback, perhaps a little disappointed.

'The bottles of aftershave, and perfume.'

His smile was a little less amused. She had stolen his thunder. 'You're a very clever lady, aren't you, Doctor Campbell? Yes, the aerosols act like a gas. The athlete only has to spray and inhale, and the unique chemical content of each scent, ingested through the lungs, sends the requisite message to the appropriate gene. Hormone on, hormone off.'

'And the breath freshener?'

'Triggers the destructive protease to chew up the excess hormone.' He straightened up in his seat and beamed at her triumphantly. 'Genetically engineered winners. Virtually guaranteed to break the tape every time.'

From the depths of her misery, Margaret gazed at him with something close to hatred. 'So what went wrong?'

And his face darkened, and all his self-congratulatory preening dissolved in an instant. 'I don't know,' he said. 'Well, not exactly. There was some kind of recombination between the introduced and the endogenous HERV. It created something we could never have foreseen. A new retrovirus which attacked the microscopic arteries of the heart.' He was thoughtful for a long time, gazing off into some unseen middle distance. Then, almost as if realising he still had an audience, he said, 'Of course, we did not know that at first. It was all going so well. All our athletes were winning. We were monitoring them all very closely.

And then suddenly our cyclist dropped dead without warning. Of course, I knew immediately there was a problem. But the last thing we wanted was anyone performing an autopsy. So we arranged for him to die "by accident". The body was removed from its coffin before it was burned at the crematorium, and then we were free to perform our own examination. Which is when we discovered the thickening of the microvasculature.'

'And you *knew* that your retrovirus had caused that?'

'No, not immediately. It wasn't until the three members of the sprint relay team became ill after coming down with the flu, that I began to piece things together. We knew that the cyclist had suffered from the flu shortly before he collapsed. That was when I realised that the retrovirus was being activated by the flu virus, and that there was nothing we could do about it. We kept all three athletes at our clinic, and they died within days of each other. An autopsy on one of them, after he had been "cremated", confirmed all my fears.'

'So you decided to get rid of the rest of your guinea-pigs before someone else started figuring it all out.'

'The risks were too great.' Fan Zhilong moved into the light, startling them both. They had all but forgotten that there were others there. He said, 'We could not afford to have any of our athletes take fright and start to talk.'

Margaret looked at him with disgust, seeing only his expensive haircut and his designer suit, his manicured hands and his air of confident invulnerability. 'And you funded all this?' He inclined his head in acknowledgement. 'Why?'

'Why?' He seemed amused by what he clearly thought was a silly question, and dimples pitted his cheeks. 'Because I am a gambler, Doctor Campbell. We are all gamblers here. And like all gamblers, we spend our lives in pursuit of the impossible. The sure thing.' His supercilious smile did not reach his eyes. 'And there can hardly be a safer bet than an athlete who is guaranteed to win. Our little experiment in human engineering here in China was going to be just the beginning. Had it been successful, there are athletes around the world who would not have taken much persuading to join our winners' club. Membership a guarantee of success. The potential rewards could have run to millions. Tens, maybe even hundreds, of millions.'

'Only there *is* no such thing as a *sure* thing, is there, Doctor Fleischer?' Margaret turned her contempt on the German doctor and saw that he appeared suddenly to have aged. All Fan's talk of 'woulds' and 'coulds' and 'might have beens' perhaps bringing home to him, finally, that it was all over. 'You must be very proud of yourself. Tricking young athletes in Germany into taking drugs that left them dying or disabled. And then exploiting the greed and insecurity of young Chinese athletes to pursue your insane idea of a genetically modified world. Only to kill them in the process. There's no such thing as a sure thing in science, either. Unless you think you're God. Only, gods are supposed to be infallible, aren't they?'

Fleischer gave her a long, sour look, and then he eased himself out of his chair and stood up. 'I'll get it right next time,' he said.

'I'm afraid there won't be a next time,' Fan said, and Fleischer turned towards him in surprise as Fan drew a small pistol from inside his jacket and fired point blank into the old man's face.

Lili screamed as Fleischer momentarily staggered backwards, blood pouring from the place where his nose used to be. Then he dropped to his knees and fell face forward on to the floor. Margaret was very nearly more startled by the scream than the shot. She had forgotten that Lili was there. The young athlete had not uttered a sound during the entire exchange.

Fan stepped back fastidiously to avoid getting Fleischer's blood on his shoes. He looked at Margaret. 'The police are far too close to the truth,' he said. 'We have to remove *all* the evidence.' And he raised his gun towards Margaret and fired again. Margaret screwed up her face, bracing herself against the impact of the bullet and felt nothing but the ear-splitting sound of the second shot ringing in her head in the confined space. There was a moment of silence and confusion, and then she opened her eyes in time to see Lili tipping forward, crashing to the floor, still tied to her chair. Most of the back of her head was missing.

Margaret felt herself start to lose control. Of her mind, of her body. She just wanted it all to be over. But Fan was in no particular hurry.

'I suppose your boyfriend is going to wonder what happened to you,' he said softly. 'Maybe he'll think you just changed your mind about getting married and took off back to America. Maybe he won't even care. But one thing is certain, he'll never find you. So he'll never know.' He turned and nodded to Sun who was still hovering just beyond the reach of the light. 'You do it.'

Sun stepped forward. He looked pale and shocked. 'Me?'

'I'm not used to asking twice,' Fan said.

Without meeting her eye, Sun slipped a gun from a holster strapped high under his leather jacket and raised it unsteadily towards Margaret. She looked straight at him, the tears running silently down her face. 'At least have the guts to look me in the eye, Sun Xi,' she said. And she saw the fear and confusion in his eyes as they flickered up to meet hers. 'I hope your child, when he is born, will be proud of you.' A series of sobs broke in her throat, robbing her momentarily of her power of speech. She gasped, struggling to control herself, determined to have her final say. 'And I hope every time you look him in the eye you'll see me. And remember my child.'

'Get on with it!' Fan snapped impatiently. And Sun turned and put a bullet straight through the centre of Fan's forehead. There was barely time for Fan to register surprise. He was dead before he hit the floor.

Sun turned back to Margaret. He shook his head. And through her own tears, she saw that he was weeping, too. 'I never knew it be like this,' he said pathetically. 'I sorry. I so sorry.' He raised his gun again and Margaret wanted to close her eyes. But she couldn't. And she saw him turn the barrel towards himself, sucking it into his mouth like a stick of candy. Now she closed her eyes, and the roar of the shot filled her head, and when she looked again he was lying on the floor. Four dead people lying all around her, an acrid smell that filled the cold air, and a pain that gripped her so powerfully that all she wanted to do was join them.

Through the window, she thought she could see the lights of the village twinkling in the distance. But she knew it was too far. They would never hear her shouts. She looked down and saw that the tops of her jeans were soaked with blood. And she knew that she would not have to wait much longer.

III

Li was exhausted by the time he and Tao got back to Section One. Physically and mentally. Somewhere, he had lost his stick, and found it hard to walk without it. He was closer to despair than he had ever been in his life. Closer to simply giving up. It all seemed so hopeless. It was perhaps two, maybe three hours, since Margaret had been taken from the Forbidden City. The chances of her still being alive were so remote he could not even contemplate them. If he could, he would have wept. For Margaret, for their child, for himself. But his eyes remained obstinately dry, full of the grit of failure.

His office felt bleak and empty, and lacking in any comfort under the harsh overhead fluorescent striplight. Tao said, 'I'll get some tea and check on developments.' He left Li to slump into his chair and survey the detritus of his working life that covered every inch of it. A life that seemed far away now, a life that belonged to someone else.

On top of the 'in' tray was a faxed report from Doctor Pi at the Centre of Material Evidence Determination. In the two and a half centimeters of Jia Jing's hair, he had found a record of regular concentrations of human growth hormone. But this was no synthetic substitute. It was the real thing, produced by his own body, in amounts that peaked way above normal concentrations, and then dipped again to normal, or below normal, levels. All at regular intervals over a two-month period.

Li let the report fall back into the tray. It hardly mattered now that he knew why the heads of the athletes had been shaved. That somehow they had been producing concentrations of endogenous hormone to enhance their performances. And that someone had cut off all their hair to hide that fact. Without Margaret, nothing in the world mattered to him any more.

Which was when he saw the envelope in the internal mail tray, its distinctive red, gold and blue public security emblem embossed on the flap, and he knew that it came from the office of the commissioner. He sat staring at it for a long time, unable, or unwilling, to make himself reach out and open it. Just one more thing that no longer mattered. Wearily he lifted it from the tray and tore it open. A cryptic acknowledgement of receipt of his letter of resignation. So it had reached the commissioner after all. And confirmation that he was relieved of all duties with immediate effect. Deputy Section Chief Tao was to assume interim control of the section until his replacement was appointed.

Li let the letter slip from his fingers and flutter to the desk. He wondered if Tao knew. If he had been summoned, or telephoned, or whether there was a letter from the commissioner waiting for him in his in tray, too.

Tao came in, then, with two mugs of steaming hot green tea and put one of them down in front of Li. His eye fell on the letter, and he glanced at his old boss. Li shrugged. 'I guess you're the chief now.'

Tao said, 'Apparently the commissioner's office has been trying to contact me all evening. My cellphone was bust.' He grimaced. 'There was a letter on my desk, too.'

A rap on the door broke the moment, and a flushed-looking Qian hurried in. 'Chief, we just got a report from the Public Security Bureau out at Miyun that residents in the village of Guanling reported hearing gunfire. They seemed to think the shots came from a cottage just outside the village.'

Li could barely muster interest. 'What's that got to do with us?'

Qian was surprised. 'Guanling, Chief? That's where Fleischer has his holiday cottage.'

And hope and fear filled Li's heart at the same moment, as the implications of Qian's words hit home. He looked at Tao who sighed, resigned. 'I could say I didn't open the letter till tomorrow,' he said.

Li was on his feet immediately. 'I want every available detective,' he said to Qian. 'Armed. I'll sign out the weapons.'

For most of the drive out to the reservoir, the snow had stopped falling. Brief blinks of moonlight illuminated a silver-white landscape, and in between the world was smothered with darkness, limiting vision to the range of their headlamps. As they drove through the village in careful convoy, a few shreds of light momentarily illuminated the snow-capped mountains beyond, with their peaks and clefts and shadows. There were lights in nearly every window, and dozens of villagers were out on the frozen tracks that intersected their homes. Through a clutch of dark evergreens, they saw the blue flashing lights of the local police who had surrounded the cottage, with strict instructions not to enter.

The local bureau chief shook Li's hand. 'There hasn't been a sound or a movement from in there since we got here, Chief,' he said in a low voice. He nodded towards a sleek, shiny black Mercedes parked at the gate. 'Keys are still in the ignition.' He took out a notebook and started flipping through the pages. 'I got them to phone in the number. It's registered to...' he found the name, '...to some guy called Fan Zhilong.'

Li felt a tightness across his chest. He was not surprised, but that did nothing to diminish his sense of dread. He waved Wu and Sang to the far side of the gate. Wu took his pistol from its shoulder holster and flicked away his cigarette butt, still chewing feverishly. Li could have sworn he was enjoying this, living out for real something he might have watched in a movie, or on an American cop show. Tao and Qian followed him to the nearside gatepost, and they all took out their weapons.

The house was deathly quiet. They could not see anything through the windows, but there was a soft light burning somewhere inside. There were several sets of tracks leading to and from the house, partially covered over by a recent fall. And even as they watched, the first flakes of a fresh fall began to drift down from a black sky. Li started cautiously along the path, and waved the others to follow. They fanned out across the garden, snow creaking beneath their feet like old floor-boards. But even when they reached the house, their view of the interior was still obscured by condensation inside the glass.

Gingerly, Li tried the door handle. It turned easily and the door slipped soundlessly off the latch. He nodded to the others, and after the briefest hesitation, they burst in, shouting as they went, issuing instructions to whoever might be there to get down on the floor with their hands on view. Gun barrels panned left and right to cover the room. And almost immediately they fell silent, breath condensing in rapid bursts in ice cold air filled with the sticky scent of drying blood. There were four bodies on the floor, and a sickening amount of blood. Sun, Fan and Fleischer, and Dai Lili, still tied to the chair, tipped on her side. It was all Li could do to stop himself from being sick.

His eyes raked across the carnage in confusion, before coming to rest on a figure slumped in a chair. It was a moment before he realised that it was Margaret. Her face was ghostly pale, her head lying at a slight angle, mouth gaping. She was soaked in blood from the waist down, and with an awful sense of the inevitable, Li knew that she was dead.

IV

Something out there was trying to get in. Something without shape or form, trying to penetrate the darkness. It was light, and it was pain, all at once. Confused sensations making no sense in a world without beginning or end. And then it was there, blinding her, coming from beyond the protective cover of her eyelids as they broke apart to allow the outside in. From somewhere a long way away, the pain which had forced them open, was suddenly very close. It was sharp and shocking. She coughed and nearly choked, and the cough sent the pain stabbing through her like the prongs of a fork. Still the world was a blur. Only her pain was focused. Somewhere down there. She made an effort and felt her hand move, soft cotton on her skin, and she shifted it towards her belly where she had carried her child for eight long months. And the swelling was gone. Her baby was no longer there. Only the pain remained. And it bubbled up through her to explode in her throat, a deep howl of anguish.

Immediately she felt a hand on her forehead. Cool and dry on her hot skin. She turned her head and a shadow fell across her eyes, blurred by her tears. The sound of a voice. Low and soothing. A hand took hers. She blinked hard and saw Li's poor, bruised face swim into focus.

'My baby...' Her voice tailed away into sobbing. 'I lost my baby...'

'No,' she heard him say, inexplicably, and she fought hard to make sense of this world that was crashing in on her. She was in a room. Pastel pink. An air-conditioning unit. A window. Grey light in the sky beyond it. And Li. 'Our child is fine,' he was saying, and she could not understand. How could their child be fine if it was no longer inside her. She tried to sit up, and the pain seared across her belly like fire. But it made everything sharper somehow. Li was smiling his reassurance.

'How...?'

'They cut you open. A Caesarian section. It was the only way to save the baby. They said it was...' he searched to recall exactly what they had said, '...abruptio placenta. The placenta tore off a bit and the two of you were losing blood.'

Margaret managed a nod.

'They said maybe you being tied to the chair like that saved both of you.'

'Where is it?'

'Not it.' He paused for emphasis. 'He.' And there was no doubting the pride in his smile. 'We have a baby boy, Margaret.' And he squeezed her hand. She wanted to laugh, but all that came were tears. He said, 'They put him in an incubator straight away, because he was four weeks premature. But he's a strong boy. Like his daddy.'

And from outside the limits of her conscious reach came the tiny sound of a baby crying, and she forced herself to look beyond Li, and saw her mother there with a swaddle of soft wool and cotton in her arms. She leaned over and laid the bundle beside Margaret on the bed. And Margaret turned to see her son for the first time. A pink, wrinkled little face, crying hard to let them know he was alive.

She heard her mother's voice. 'He looks just like his father. But, then, all babies are ugly.'

And finally Margaret was able to laugh, sending another spasm of pain forking through her. Her mother was smiling. Margaret whispered, 'So you don't mind having a Chinese grandchild?'

'You know, it's strange,' her mother said. 'I don't see him as Chinese. Just my grandson.'

V

Li heard the roar of the traffic out on Xianmen Dajie as he stepped from the door of the hospital into the long, narrow car park. Gangs of workmen with wooden shovels had cleared it of snow the previous evening, but overnight another inch had fallen and the workers had not yet returned for the early shift to clear it again.

But it had stopped snowing for the moment, and the first grey light of dawn smudged the sky in the east. The clouds had lifted. The day seemed less threatening, somehow, less dark. Like life. Li no longer needed his stick. There was a spring in his step. He felt free. Of responsibility, of fear. He was suffused by an overwhelming sense of happiness.

The car park was deserted. There were only a few cars parked there, belonging, no doubt, to the senior consultants—since very few others could afford to own a motor vehicle. By contrast, hundreds of bicycles were squeezed together, fighting for space under the snow-covered corrugated roof of the bicycle shed.

Li crunched carefully over the frozen snow towards his Jeep. Plunging temperatures during the night had formed an icy crust which he had to break by stepping heel first. His breath gathered in wreaths around his head, and through all his euphoria one tiny, nagging doubt came bubbling up from somewhere in the darkness to burst unexpectedly into his consciousness.

A picture started replaying itself in his head. He saw himself sitting in his office with Tao and Qian. They were discussing the break-in at the studio of the American photographer. He could hear Qian saying, *He'd been there on a recce the day before, and taken a few pictures for reference. Just gash stuff. Nothing that you would think anyone would want to steal.*

And Tao responding, *Well, that's something we'll never know, since he no longer has them.*

Oh, but he has, Qian had come back at him. *Apparently he'd already taken a set of contact prints. He's still got those.*

Li found the keys of the Jeep in his pocket and unlocked the door. He climbed in to sit in the driver's seat and stare blindly through the windshield at nothing his eyes could see. Sun had not been there during that conversation. So how could he have known about the contact prints?

Suddenly a hand curled around his forehead and forced it back with a jolt against the headrest, holding it there like a vice. And he felt the sharp blade of a knife piercing the skin of his neck. He froze, knowing that any attempt to free himself would kill him.

He heard the hot breath of Tao's voice in his ear. 'Sooner or later,' Tao said, 'I knew you would figure it out.' Almost as if he could read Li's thoughts. 'You arrogant big bastard. You thought that Sun was your protégé, your boy. But he was mine. Right from the start. Always.' He issued a small, sour laugh. 'And now we both know it, and you have to die.'

Li sensed the muscles in Tao's arm tensing. He glanced in the rearview mirror, and saw Tao's face in the moment before he died, eyes wide and enormous behind the dark frames of his glasses. He felt the blade cutting into his flesh. And then a roar that almost deafened him. Glass and smoke and blood filled the air. And Tao was gone. Li was aware of blood running down his neck and put his fingers to the wound, but it was barely a scratch.

He turned to see Tao sprawled across the rear seat, blood and brain and bone splattered across the far window.

And into his confusion crashed a voice he knew. He turned, still in shock, and saw a face. A jaw chewing on a flavourless piece of gum. 'Shit, Chief,' Wu said. 'I only came to see how Doc Campbell and the baby were. I'd have handed in the gun last night, only you weren't there to sign for it.' He looked at Tao with disgust. 'Bastard,' he said, with something like relish in his voice. 'At least I won't have to put any more money in the swear box.'

To receive a free catalog of Poisoned Pen Press titles, please contact us in one of the following ways:

Phone: 1-800-421-3976
Facsimile: 1-480-949-1707
Email: info@poisonedpenpress.com
Website: www.poisonedpenpress.com

Poisoned Pen Press
6962 E. First Ave. Ste. 103
Scottsdale, AZ 85251